Wolfgang Speicher

Als Wolfgang noch der Wolli war

Herstellung und Verlag:
Books on Demand, Norderstedt
ISBN 978-3-8391-1640-1

Vorwort

„Erinnerung heißt die Kunst, einmal Genossenes nicht nur festzuhalten, sondern immer reiner auszuformen.“

Diese Worte des Dichters Hermann Hesse (1877-1962) möchte ich dem vorliegenden Buch voranstellen.

Man muss sich in die Zeit zurückversetzen, in der sich die Erinnerungen an Kindheit und Jugend von „Wolli“ abspielten. Erst dann versteht man, wie es damals wirklich war.

Wolli wurde in einer Zeit geboren, wo die Welt noch in Ordnung schien. Von den düsteren Zeiten, die sich später aufbrauten, war noch nichts zu sehen. Er hatte großartige und fürsorgliche Eltern und liebevolle Geschwister; eine wirklich intakte und auch christliche Familie: die besten Voraussetzungen für eine schöne Kindheit und fürsorgliche Jugend.

Und so erinnert sich „Wolli“ schon sehr früh – im Alter von drei Jahren – an seine Kindheitserlebnisse. Es beginnt mit dem Umzug der Familie von Hermeskeil im Jahre 1932 nach Schweich.

Es folgen dann die Jahre einer unbeschwerten Kindheit und Jugend mit all‘ den großen und kleinen, schönen und weniger schönen Erinnerungen. Seine Erlebnisse sind so genau und präzise beschrieben, dass man von dem detaillierten Erinnerungsvermögen und umfassenden Wissen des Kindes „Wolli“ sehr überrascht ist.

Wenn auch in manchen Abschnitten des Buches die Einwirkungen der politischen Einflüsse der Vorkriegs- und Kriegsjahre mit ihren negativen Auswirkungen in den damals gängigen Sprüchen, Liedern und Gedichten ihren Niederschlag fanden, so spiegeln diese Schilderungen dennoch die wahren Verhältnisse der damaligen Zeit wider. Hin- und hergerissen von diesen äußeren Einflüssen fand „Wolli“ stets Schutz und Hilfe bei seinen aufrechten und christlich denkenden Eltern.

Auch wir, die wir diese beschriebene Zeitspanne miterlebt haben, finden uns in vielen Erzählungen in irgendeiner Weise wieder. Das vorliegende Buch ist auch eine faszinierende Beschreibung eines Teils der Schweicher Geschichte mit ihren Eigenheiten von Land und Leuten.

Mein Wunsch ist, dass dieses Buch „Als Wolfgang noch der Wolli war“ viele Leser findet. Die Älteren mögen bei der Lektüre ihre Erinnerungen wieder auffrischen. Die Jüngeren mögen lernen, die Vergangenheit zu verstehen.

Günther Porten
Stadtbürgermeister a.D.

Liebe Leser!

Wir feierten wieder. Diesmal war es mein Geburtstag, an dem wir uns in unserer Wohnung trafen. Als schönstes Geschenk überreichte man mir ein von meinen Geschwistern, Kindern und sogar Enkelkindern erstelltes und reich illustriertes Büchlein mit dem Titelbild auf dem Einband zu meiner Kindheitsgeschichte. Vorwiegend waren es Ereignisse aus der Zeit, die mich seinerzeit entscheidend prägten: Mein Elternhaus, meine Um- und Mitwelt, meine frühe Kindheit bis zur Einschulung und dem Tag, als wir in Abwesenheit meines Vaters Schweich verlassen mussten und tiefe Traurigkeit mich umfing. Allein die Erinnerung ist geblieben.

Ostern 1929 wurde ich in Nunkirchen, dem damaligen Restkreis Wadern an der Saar, geboren und drei Jahre später, wie in meinen Aufzeichnungen geschildert, ein Schweicher Junge.

Anlässlich meines Geburtstages wurde ich wieder einmal von meinen Kindern und Enkeln bedrängt, zu erzählen, was ich als der „Wolli" alles erlebt habe, und dies auch schriftlich aufzuzeichnen. Es mag manche erstaunen, dass mein Gedankengang bis weit in die Tage meiner Kindheit zurückreicht. Vieles verdanke ich wohl meiner mir stets anhaftenden Neugierde, dass ich mich noch an all' das erinnere, was bis zu dem Moment zurückreicht, in welchem ich das Hören und Sprechen erlernte. Auch das Umfeld, in dem sich alles abspielte, steht mir dabei noch immer vor Augen. Das gilt vor allem auch für die vielen Menschen, die mein ganzes Leben geprägt haben. Selbst an meiner Sprache, so sagt man, erkenne man noch immer den ehemaligen Moselaner.

Alles schien damals für mich jedoch viel größer zu sein und die Jahre viel länger. Oft schien für mich die Zeit stillzustehen. Und weil im Hause Speicher so viel erzählt, gelacht und gesungen wurde, klingen viele Melodien samt Text weiter in meinen Ohren. So auch das von Friedrich Rückert getextete und von Robert Radecke komponierte Lied: „Aus der Jugendzeit, aus der Jugendzeit klingt ein Lied mir immerdar. Oh wie liegt so weit, oh wie liegt so weit, was mein einst war!"
Dies gilt vor allem für den Lebensabschnitt: „Als Wolfgang noch der Wolli war" – in Schweich an der Mosel von 1932 bis 1942.

Wolfgang Speicher

„Mama, wenns ich mich auch noch so anstreng, ich kann mich nit dran erinnern, alt ich noch en Engelchen war!“ Meine Mutter hatte mich mitten in der Nacht zu sich ins Bett genommen. Es war wieder einmal so ein böser Alptraum, wie er mich in meiner frühen Kindheit förmlich überfiel und mich aufschreien ließ. Ich sah Bilder, durchlebte Ängste, die von mir bis heute nicht zu deuten sind. Es war furchtbar. Mama nahm mich dann zu sich ins Bett und sprach herzhaft auf mich ein. Ihre Streicheleinheiten waren wohl die Ursache, dass ich dann ruhiger wurde, die Angst langsam von mir wich und ich anschließend einschlief. Es waren Schulferien und etwas später Morgen.

Ferien, das bedeutete bei uns, dass auch die Eltern etwas länger schlafen konnten. Alles war so ruhig. Der gewohnte Lärm, den die Schulkinder, wenn sie von der Morgenmesse aus der Kirche zu der Schule kamen, sonst immer auf den beiden Schulhöfen machten, blieb dann aus. Die Dienstwohnung meines Vaters und damit auch das Zuhause unserer Familie war ein Teil des großen Gebäudes, der damaligen „Neuen Katholischen Volksschule“, in Schweich an der Mosel, mit sechs großen Klassenräumen. Hier zogen wir von Hermeskeil kommend im Frühjahr 1932 ein. Da gab es aber auch noch die „Alte Schule“ auf der anderen Seite der Ortsmitte. Ich war gerade drei Jahre alt geworden, und den Umzug vom Hunsrück in das romantische Moseltal habe ich nie vergessen. Das mag wohl an der Tatsache liegen, dass dieser Umstand tief greifende Spuren bei mir hinterließ. Mama und eine meiner älteren Schwestern saßen mit mir neben dem Fahrer des Möbelwagens. Schon beim Bepacken des Gefährtes samt Anhänger befielen mich Angst und Schrecken, glaubte ich doch, dass die bösen Männer uns beraubten. Mein Vater war mit meiner ältesten Schwester vorausgefahren, da diese am selben Tag als Schülerin eines Progymnasiums zur Auguste-Viktoria-Schule, dem damaligen Trierer Mädchengymnasium, wechselte.

Die Möbelpacker stiegen in eine Art Glaskanzel ein, die vor dem Ladeteil des Anhängers angebracht war. Auch ich wollte dort hinein. Es kam da gleich zu einer kleinen Auseinandersetzung zwischen mir und den Packern, die das nicht duldeten, und der Mama war ich böse, weil sie mich einfach schnappte und ins Führerhaus bugsierte. Dann begann die große Reise. Prompt schlief ich an der Seite der Mama ein. Der Möbeltransporter hielt vor einem großen Gebäude an der Landstraße, und alle mussten aussteigen. Beide Türen des Fahrergehäuses blieben offen, und auch die Möbelpacker verließen ihre „Kanzel“ und betraten das für mich sehr große Haus neben der Landstraße. Was dann aber geschah – sich bei mir gewaltig einprägte –, ließ mich staunen. Der Fahrer nahm den großen durchgehenden Polstersitz heraus und machte sich darunter zu schaffen. Dann kam ein Mann und begab sich an ein seltsames Gebilde, an dem sich oben zwei Glasbehälter befanden, und bewegte einen Griff zügig hin und her. Die beiden Glasbehälter füllten sich langsam mit einer gelblichen Flüssigkeit. Unser „Automann“ (den Begriff Chauffeur kannte ich damals noch lange nicht) nahm einen Schlauch in die Hand, führte diesen in eine Öffnung unter dem Fahrersitz. Dann leerten sich die Behälter einer nach dem andern an der so genannten Zapfstelle – wie ich heute weiß, also an einer Tankstelle.

Der Vorgang wiederholte sich mehrmals, und ich kam aus dem Staunen nicht heraus. Der große Sitz wurde dann wieder dort eingefügt, wo er vorher lag. Es hieß einsteigen, und dann stank es fürchterlich. Wieder hieß es anhalten. Ich musste mich erbrechen. Einer der Packer gebrauchte den Begriff „Kotzen“, den ich bis dato nicht kannte, und der in der Folge auch nicht zum gängigen Vokabular unserer Mama gehörte. Die Fahrt ging weiter. Vor uns ein für mich absolut unbekanntes Bild. Dann sagte meine neben mir sitzende Schwester: „Das ist die Mosel!“ Mit diesem Begriff konnte ich gar nichts anfangen. Und Tutti, so nannte ich meine Schwester Gertrud, versuchte, mir nun zu erklären, was die Mosel ist. Begriffen habe ich nur, dass es sich um einen sehr großen und breiten Bach handele, über den man nur mit einer Brücke ans andere Ufer gelangen könne. Aber dann fiel bei mir der Groschen, und seitdem weiß ich, was Mosel (die Schweicher sagten dazu Musel), was Brücke und, mit etwas Verzögerung später auch, „das andere Ufer“ besagten. Wir hielten auf der Schweicher Brücke. Ein Mann stoppte das Gefährt. Ein weiterer Mann kam auf uns zu. Ich wurde hellwach. Der Autofahrer gab dem ersten Mann Geld. Mama sagte, dass wir sonst nicht über die Brücke fahren dürften. Der andere Mann sprach dann mit unserer Mutter und erklärte ihr, dass ihn unser Papa gebeten habe, uns hier zu erwarten, um uns auf dem Weg durch den Ort (er sagte Flecken dazu) zu unserer neuen Wohnung zu begleiten. Er stellte sich einfach auf das Trittbrett des Führerhauses, hielt sich am Fensterrahmen fest und stellte sich als Kollege unseres Vaters vor. Es war der damalige Lehrer der einklassigen jüdischen Volksschule und Vorsteher der Schweicher ngemeinde, Rabbi Fruchter. Auch mit dieser Tatsache konnte ich damals nichts anfangen. Diese erste Begegnung mit einem Schweicher Bürger – der zudem Lehrer wie mein Vater war – hat sich meinem Gedächtnis unvergesslich eingeprägt. Wir kamen an. Papa empfing uns, und das Auspacken nahm kein Ende. Die Mama war sehr beschäftigt, ich wurde müde und ging über den so genannten Mädchenschulhof durch das große Eingangstor auf die Straße.

Der Umzug war natürlich besonders für die Kinder ein großes Ereignis. Ich wurde dann von Jungen und Mädchen umringt und befragt, wie ich heiße. Als ich Wolfgang sagte, ertönte lautes Lachen. Wie kann man so heißen, „su eppes gitt et doch nit“. Künftig musste ich mit dieser Sprache leben lernen und wurde oft ausgelacht, weil ich nicht immer die Worte auf „Schweicher Platt“ richtig fand und aussprach. Nach geraumer Zeit antwortete ich auf die Frage, was wir denn in unserer Familie sprechen: Daheim spreche ich Hochdeutsch (so glaubte ich nämlich), dabaussen awer Schwecher Platt. Als ich so zwischen den vielen Kindern stand, die uns zum Einzug begrüßten, packte mich plötzlich ein sagenhaftes Heimweh, und ich lief die Isseler-Straße in Richtung Spieles. Die Mutter hatte mich inzwischen vermisst und suchte mich. Dann traf sie die Schulkinder und fragte: „Habt ihr vielleicht einen kleinen Jungen mit langen blonden Haaren gesehen?“ Die Antwort kam prompt, wie es meine Mutter so oft erzählte: Ja, den Wolfgang! Und die Kinder fingen wieder an zu lachen. Dann hat sie mich, den Flüchtling, eingeholt und gefragt, warum ich denn weglaufe. Meine Antwort: „Ich will heim.“ Sie: „Wir sind doch jetzt hier daheim.“ Ich wieder „Nein, nein, ich will nach Hameskeil zu Frau Görtner.“ Sie war eine Lehrerswitwe, die im selben Hause wohnte, wo sich auch unser Domizil befand. Bei ihr ging ich ein und aus, bei ihr fühlte ich mich immer glücklich und geborgen. Lange habe ich sie in der Folge vermisst und nie mehr gesehen.

Ja, fortan machte ich mir viele Gedanken über den für mich erst so kurzen Lebensabschnitt, der letztlich zu der eingangs gestellten Andeutung eines schmerzhaften Alptraums führte: „Mama, wenn ich mich noch so anstreng‘, ich kann mich nit mehr dran erinnern, alt ich noch en Engelchen war.“ Vielleicht vier Jahre war ich alt, als ich immer wieder anfing zu philosophieren und alle möglichen Fragen stellte: warum, wofür, weshalb, wieso? Besonders fragte ich stets nach dem „Wie“. Meine Eltern stießen oft an den Rand der Verzweiflung, wenn ich mich mit deren so gut gemeinten Antworten nicht zufriedengab. Wie oft musste Gott als Ursache und Schöpfer, als letzte noch mögliche und wohl sinnvollste Antwort herhalten. Gott hat alles erschaffen. Es gibt eben nichts, was er nicht gemacht hat. Meine Gegenfrage brachte meine Eltern in ärgste Verlegenheit. „Aber Mama, aber Papa: „Wer hat denn den lieben Gott gemacht?“ Es war wohl diese Unruhe, wenn mich Alpträume quälten und mich die Mama zu sich ins Bett nahm, lieb auf mich einsprach, bis ich wieder in den Schlaf fiel.

Es gibt viele Erinnerungen, die mein „Hirn“ so präpariert haben, dass ich immer wieder einzelne Bilder einem meiner Lebensabschnitte zuordnen konnte und bis heute wirklich kann, und dies sogar annähernd chronologisch. So erinnere ich mich, teils nur schemenhaft, an die Zeit vor unserem Umzug nach Schweich. Zunächst natürlich an Hermeskeil. Wie schon erwähnt an die von mir so geliebte Frau Görtner. So redete ich sie auch an. Warum ich nicht Tante zu ihr sagte, lag wohl an der Tatsache, dass meine Eltern sie immer Frau Görtner nannten. An einen ihrer Söhne kann ich mich vage erinnern. Er hieß Joseph; Jupp aber wurde er gerufen. Er trug meist eine Mütze, eine Kopfbedeckung, die ihn als Schüler des Progymnasiums auswies. Auch meine älteste Schwester verfügte über solch ein Symbol. Auf dem Speicher des Hauses lag viel alter Kram, in dem ich mit Jupp wühlte. Viele Einzelheiten habe ich vergessen. Aber an einen großen Kinderwagen mit hohen Holzrädern und gewundenem eisernem Schiebegriff erinnere ich mich sehr gut. Ich wollte, dass Jupp diesen in den Hof bringt, damit ich dort mit ihm spielen kann. Aber dies hat ihm seine gestrenge Mutter verwehrt. Hermeskeil beging seine Kirmes. Meine Eltern und meine Schwestern gingen zum Rummelplatz. Ich erinnere mich noch bis heute an das Menschengewimmel, an die vielen Schaubuden und an die für mich größte Attraktion, ein Karussell. Lebendige Ponys zogen im Kreis kleine Wagen hinter sich her, in welchen Kinder saßen. Noch immer klingen deren Freudenrufe in meinen Ohren. Dann hielten die Pferde, viele Kinder stiegen aus, andere aber blieben in den Wägelchen. Ja, jetzt konnte und durfte auch ich endlich einsteigen. Man reichte mir sogar die Zügel, und los ging die Fahrt. Kein Glücksgefühl in meinem bisherigen Leben war größer. Jede Runde ein Hochgenuss. Oh Glück, verweile! Ich lebte nur noch dem Augenblick. Dass alles Gute einmal ein Ende hat, musste ich in dem Moment erfahren, als das „HÜH“ ertönte, die Pferde anhielten und mir mein gestrenger Vater, weil ich nicht aussteigen wollte, die Zügel wegnahm und mich – so war es leider – aus dem Wagen bugsierte. Dass mir die Tränen kamen, wer sollte es einem noch vor wenigen Sekunden so glücklichen Kind verübeln? Als mein Vater – der im Ersten Weltkrieg ein preußischer Offizier bei der kaiserlichen Garde war – hörte, dass ich weinte, schalt er mich aus. Selbst meine Mama vermochte in diesem Moment nicht, den gestrengen Vater von einer solch groben Reaktion abzubringen. Die Freude am Kirmesrummel war vorbei.

Vage erinnere ich mich auch an den Hof unseres Anwesens. In einem Schuppen stand ein Auto. Für mich war das ein echtes Weltwunder. Eigentümer des Gefährtes war ein ehemaliger Seminarlehrer, der am Progymnasium unterrichtete, Junggeselle war, und den ich Onkel Thees nannte. Wenn er mit dem Dixi, wie man dessen fahrbaren Untersatz wohl nannte, starten wollte, nahm er eine Kurbel zur Hand und schob diese in eine Öffnung unter der Motorhaube. Dann machte er sich im Innenraum direkt in der Nähe des Lenkers zu schaffen, zog an einem Knopf einige Mal hin und her, stieg wieder aus und begann mit der Kurbel heftig zu drehen, bis nach einigen Seufzern der Motor zu stottern anfing und dann ruhig zu laufen begann. Da stand ich nun und staunte. Alle W-Fragen kamen in mir wieder hoch, vor allem „Wie" ist das möglich? Warum, wofür, weshalb, wieso? Mama versuchte mir das zu erklären. „Es ist halt ein Auto, es heißt eigentlich ‚Automobil'. Übersetzt in unsere Sprache heißt das etwa: Es bewegt sich „aus eigener Kraft". Also dieses Gebilde, in das der Onkel Thees nun einstieg, bewegte sich (von Benzin wusste ich natürlich damals noch nichts) aus eigener Kraft von der Stelle. Ich wollte so gerne mitfahren. Aber der für mich in diesem Moment „böse" Onkel Thees erhörte mein Bitten nicht.

Es muss wohl Winter gewesen sein, als mich das Auto nochmals in großes Staunen versetzte. Der für mich jetzt nicht mehr böse Onkel kehrte von einer Fahrt zurück und lenkte sein Gefährt rückwärts in den Schuppen. Mit Argusaugen bestaunte ich das Wunderwerk, das sich ja aus „eigener Kraft" bewegen konnte. Wenn dem so war, musste es auch lebendig sein. So stand ich da mit all meinen kindlichen Überlegungen, als mir Onkel Thees die Richtigkeit meiner Überlegungen bestätigte. Diesmal war es mein Vater, der die Bühne des Geschehens betrat und so oft später von dem erzählte, was jetzt geschah. Onkel Thees, diesmal mit einem „Blaumann" bekleidet, rückte mit einem Eimer an. Dann kniete er sich vor der Kühlerhaube nieder und schob den Eimer darunter. Er fingerte anschließend an der Unterseite des Motors herum. Ein Aufschrei meinerseits: „Papa, Papa, Auto macht Bach!" Selbst die Flüssigkeit ähnelte der, die ich als Kind mit „Bach" bezeichnete, und dampfte genau so, wie wenn ich in der kalten Jahreszeit mein kleines Geschäftchen im Freien verrichtete, was ich ja inzwischen auch erlernt hatte. Ich erinnere mich noch an den Moment, als meine Mama mir dabei helfen wollte und ich ihr voller Stolz verkündete: „kann swelber"!

An ein anderes Ereignis erinnere ich mich auch noch genau. Da standen ein paar Stelzen, die dem „Jupp" gehörten. Auf diese hatte es meine Schwester Lore abgesehen. Mir, ihrem kleinen Bruder, wollte sie zeigen, wie groß sie war. Voller Erwartung war ich, als sie zunächst die langen Holzstangen unter die Arme nahm und fest an ihren Körper presste. Dann bestieg sie behutsam die seitwärts höher angebrachten Fußbretter und balancierte anfänglich gekonnt auf den Stelzen. Ja, sie wagte sogar einige Schritte. Es schien, dass sie in diesem Moment, als sie so hoch und mutig vor mir stand, auch zeigen wollte, wozu sie in der Lage sei. Und es geschah das, was aus meiner Wortwahl schon anzunehmen ist. Der Moment ihrer Freude war nur kurz. Eine Stütze der Stelzen brach ab. In keiner Weise möchte ich meine Schwester des Hochmuts bezichtigen. Aber ich neige dazu, mir durch Assoziationen Redensarten besser einzuprägen. So auch das Sprichwort: „Hochmut kommt vor dem Fall".

Es hat auch noch ein Kanarienvogel in unserem Hause existiert, der Hänschen hieß. Wir hatten Besuch, und das muss wohl in Nunkirchen, dem damaligen Restkreis Wadern gewesen sein. Vater wurde mit relativ jungen Jahren hier Schulrektor der Katholischen Volksschule. Ich erinnere mich nur noch an ein fürchterliches Geschrei meiner Cousine Marliese. Voller Stolz erzählten wir als Kinder immer, dass wir doppelt miteinander verwandt seien. Zwei Brüder Speicher heirateten am selben Tag zwei Schwestern, beides Lehrerinnen, und das im Kriegsjahr 1917. Ich wurde am Ostersonntag des Jahres 1929 in Nunkirchen geboren. Es muss sich also spätestens um das Jahr 1931 handeln, als uns der Aufschrei meiner Cousine in Angst und Schrecken versetzte. Der Kanarienvogel war dem Käfig entwichen und flatterte im Raume hin und her. Wo unsere Eltern waren, weiß ich nicht. Aber der Schrei drang – wie man so sagt – durch Mark und Bein. Marliese (so erzählt Schwester Lore, die neun Jahre älter ist als ich) hat sich schreiend unter eine Decke verkrochen und in ihrer saarländisch gefärbten Sprache gebrüllt „Wenn ich morgen früh tot bin, dann sag ich das aber meiner Mama!"

Unsere Eltern mit Lore, Tutti und mir 1930 in Nunkirchen.

Auf Hermeskeil zublickend sei gesagt, dass mein Vater dort nur knapp zwei Jahre tätig war und dann nach Schweich versetzt wurde. Zusätzlich erhielt er die Beauftragung durch die Bezirksregierung, junge Lehrer, welche die damals neugegründete Pädagogische Akademie absolviert hatten, bei der Vorbereitung auf die zweite Lehramtsprüfung zu beurteilen und zu begleiten, da sein Vorgänger, Rektor Derichs, unerwartet verstorben war und man einen entsprechenden Nachfolger brauchte.

Nun waren wir Schweicher Bürger. Ein neuer Lebensabschnitt begann. Man schrieb das Jahr 1932. Vater war damals 41 Jahre alt. Ich erinnere mich noch sehr genau, dass gleich nach unserem Einzug in die große Dienstwohnung oft Besuch kam. Einer der Ersten war ein Herr mit weißem, hinten zugeknöpften Kragen, ganz schwarz gekleidet. Es war der Schweicher Pfarrer, also der Pastor, wie man in Trier sagt. Seine amtliche Bezeichnung: Dechant Dr. Süß. Er sprach mit meinen Eltern. Auch ich war dabei, und er fragte mich, was ich denn einmal werden wolle. Ich musste wohl schon etwas in Hermeskeil durch die ständige Teilnahme meiner Eltern an den Sonntagsgottesdiensten mitbekommen haben. Deshalb antwortete ich ganz unbefangen und meiner Aussprache gemäß: „Pador". Mein Vater wollte wohl meine Antwort etwas verharmlosen, aber der Dechant antwortete ihm, er möge diese Aussage sehr ernst nehmen und mit seinem Beten begleiten. Ob mein Vater der Aufforderung in dieser Weise nachkam, weiß ich nicht. Eins aber kann ich sagen, dass er mir in allen Jahren meiner Kindheit sein Christsein bezeugte und stets seine, wie man damals sagte, Sonntagspflicht erfüllte. Ich habe es damals nicht anders kennengelernt. Auch das Beten gehörte einfach zum selbstverständlichsten Bestandteil unseres Familienlebens: morgens und abends, vor und nach den Hauptmahlzeiten. Da spielte vor allem das altvertraute Gebet zum heiligen Schutzengel, der auch auf einem Bild über meinem Bett zu sehen war, eine vorrangige Rolle. Morgens mit dem Schlusssatz: „An diesem Tag, ich bitte dich, beschütze und bewahre mich." Danach kam dann das Amen. Abends hieß es dann: „In dieser Nacht, ich bitte dich, beschütze und bewahre mich. Amen!" Wir lernten auch, für andere zu beten. So folgte dem Schutzengelgebet immer das Gebet für die Eltern und dann das Gebet für die „Armen Seelen" im Fegefeuer. Diese stereotypische Reihenfolge behielt ich sehr lange bei und fügte ihr noch hinzu, wie wir es von der Schule her gewohnt waren: „Alles für dich, oh heiligstes Herz Jesu!" Unsere Tischgebete wichen von denen in der Nachbarschaft erheblich ab. Dort sprach man meist vor dem Essen das „Vater unser" und das „Gegrüßet seist du Maria". Nach dem Mittag- und Abendessen wurde das „Vater unser" oft mehrfach wiederholt und mit zusätzlichen Gebeten ergänzt, deren Sinn ich damals nicht verstand und daher auch vergessen habe. Seit dieser ersten Begegnung sah ich den Herrn Dechanten, vom Lehrerkollegium „respektvoll" in die Mitte genommen, mehrmals im Schulhof während der großen Pause auf- und abschreiten, wenn er für die Klassen des 5. bis 8. Schuljahres Religionsunterricht erteilte.

Ein Datum hat sich bei mir ganz tief in der Erinnerung eingeprägt. Nicht, dass ich überhaupt damals schon wusste, was ein Kalender sei. In den späteren Jahren gehörte dieser Tag zu denen, die jeder Deutsche einfach wissen musste, der Tag der „Machtübernahme", also der 30. Januar 1933. Meine Mutter schimpfte. Woher sie den ihr total verhassten Gruß schon kannte, weiß ich nicht. Wahrscheinlich gab es schon vor dieser Zeit einige, die die Hand zum „Deutschen Gruß" erhoben. Auch hatte ich wohl mitbekommen, dass dieses „Heil" den Eltern, ganz besonders aber meiner Mama missfiel. Als von den beiden Schulhöfen ein Freudenschrei ertönte und die große Schülerschar klatschend „Sieg-Heil" brüllend sich nicht mehr beruhigte, gab mir meine Mutter zu verstehen, dass ihr das gar nicht gefalle. So stellte ich mich vor sie hin, streckte ihr die Hand entgegen und sagte: „Heil Mama". Nun hielt mich aber nichts mehr oben in der Wohnung. Ich eilte mitten auf den großen Jungenschulhof und wurde sofort von den für mich so großen Jungen umringt. Alle kannten mich mit meinen damals noch sehr langen lockigen Haaren. Wolfgang sagte aber keiner. Man nannte mich fortan einfach Wolli. Das änderte sich auch nie. Da stand ich nun, und die Jungen wollten mich das „Grüßen" lehren. Ich reagierte, hob auch eine Hand hoch und sagte: „Das heißt: Heil Mama!" An die Reaktion der Jungen vermag ich mich nicht mehr zu erinnern.

Klassenfoto vom Sommer 1933 unter den Kastanienbäumen im Schulhof. Rechts meine Eltern und ich.

Ein Erlebnis hat sich in der Folge tief bei mir eingeprägt: meine erste Fahrt mit der Eisenbahn. Wie ein Ungeheuer kam mir der Zug vor. Ängstlich klammerte ich mich an meine Mama. Ein Mann in Uniform schrie laut. Was, das verstand ich nicht. Türen wurden aufgerissen, und wir stiegen ein. Der ganze Zug (die Bezeichnung lernte ich erst später kennen) war stark besetzt, auch unser Abteil. Da fingen die Menschen an zu beten. Kurz danach ein lauter Pfiff, und es wurde absolut dunkel. Wir durchfuhren den Tunnel, von dessen Verlauf ich viele Jahre später in einem Schunkellied hörte: „Zwischen Schweich und Ehrang, da is en Tunel(l), wenn mer reinfährt, wird's dunkel, wenn mer rausfährt, wird's hell." Ja, es wurde wieder hell. Nochmals stiegen Menschen ein. Einige mit Fahnen. Es wurde gesungen, es klang so ähnlich wie „Heimats Keit". Was das bedeuten sollte, begriff ich nicht.

Wir fuhren über eine große Brücke. Viel fragen konnte ich nicht, da die Menschen immer beteten und Mama „Pst" sagte. Mein Vater nahm mich auf den Arm, und wir stiegen aus. Es roch seltsam, und die Menschenmasse drängte dem Ausgang zu. Da saß in einem Glashäuschen ein Mann mit großer Mütze. Ehe ich meinen Vater fragen konnte, griff Papa in eine seiner Seitentaschen und gab ihm einige kleine Kärtchen. Der nahm sie an sich und machte mit einem seltsamen Ding ein kleines Loch hinein. Gerne hätte ich Fragen gestellt. Aber wir wurden weitergeschubst. Wir waren in Trier angekommen. Menschenmassen, Fahnen, wieder das Lied vom „Heimats Keit" und endlos erscheinendes monotones Beten. Dass es sich dabei um das „Ungenähte Heilandskleid, der reinsten Magd, erhabnes Werk", also den „Heiligen Rock Jesu Christi" handelte, erfuhr ich in der Folge der späteren Jahre in der Kirche, in der wir als Trierer Diözesanen das Fest des Heiligen Rockes feierten. Dann erklang auch immer wieder: „Lasst uns heut' in Jubel preisen, unsres Heilands Huld und Gnad", eine Melodie, die mir, einem Ohrwurm gleich, noch lange nachher in den Sinn kam. Gehen konnte ich den weiten Weg nicht, weil die Menschenmasse wie eine Horde vorwärtsdrängte. So wurde ich von meinem Vater einfach auf die Schultern genommen und konnte nun alles genau beobachten: die großen Häuser, die Leute und ein Ungetüm, das ratternd und quietschend an uns vorbeifuhr. Zum Fragen ergab sich auf diesem Weg wieder keine Gelegenheit. Das ständige Beten war für ein Kinderohr einfach zu viel. Dann aber sagte mein Vater: „Das ist der Dom!" Was das wieder bedeuten sollte, begriff ich nicht, kam aber dann doch dahinter, dass wir uns einer ganz großen Kirche näherten, viel größer als unser Schweicher Gotteshaus, auch völlig anders gebaut, dazu so viele und unterschiedliche Türme. Das also nennt man Dom. Und plötzlich blieb alles stehen. „Papa, ich muss mal!“ Aber hierfür war er nicht zuständig. Da nahm die Mama die Regie in die Hand. „Joseph, gib mir das Kind!“ Schon brachte sie mich in die entsprechende Position, bückte sich und hielt mich einfach ab, so wie man es bei kleinen Mädchen auch tut, ohne dass dies ein anderer Mensch bemerkte.

Ganz langsam ging es danach weiter. Dicke lange Seile waren da aufgespannt, zwischen denen sich die Menschenmassen drängten. Viele Männer mit braunen Mützen und Uniformen (SA) regelten den Verkehrsfluss. Wie gigantisch wirkte auf mich der Innenraum, durch den sich alles drängte. Dann standen auch wir vor dem Ziel: dem „Heiligen Rock“. Hinter einer Glaseinfassung geschützt war er zu sehen. Aber wie heißt es im Lenau-Gedicht vom Postillion: „Kaum gegrüßt – gemieden“. Viel schneller als gedacht wurden wir wieder aus dem Dom gedrängt. Von der Heimfahrt weiß ich nichts mehr. Meine Mutter erzählte mir aber später, dass sie mich in der kommenden Nacht wieder zu sich ins Bett nehmen musste, weil ich phantasierte. Was ich erlebt hatte, war einfach zu viel für mich.

So verging für mich die Zeit. Langsam verlernte ich die Sehnsucht nach „Hameskeil“. Dafür machte ich Entdeckungsreisen im Umfeld der Schule, lernte Lehrer und Schüler kennen, bestaunte den hohen Feuerwehrturm auf dem Schulgelände und wagte schließlich meinen ersten Alleingang auf die Straße. Ein etwa gleich alter Junge kam auf mich zu. Er wohnte gegenüber. Seine Mutter nannte ihn Willi. Willi wiederum nannte mich Wolli. Mein neuer Name hatte also schon die Runde gemacht, und Willi sowie Wolli spielten fortan täglich im Schulhof, in unserer Wohnung oder im Haus von Willis Eltern. In diesem Haus gab es viel zu entdecken. Vor allem der riesige Speicher hatte es uns angetan. Da lagen in einer Mansarde Degen, wir nannten sie Säbel. Willis Mutter verwahrte diese als Andenken an ihre Brüder, die im Ersten Weltkrieg gefallen waren. Hier oben unter dem Dach wohnte auch ein kinderloses Ehepaar. Herr Pax war arbeitslos, Schreiner von Beruf, seine Frau verdiente sich etwas durch Putzen. Es roch da oben förmlich nach Armut. Die beiden waren aber sehr gut zu uns. Freund Willi hatte noch vier ältere Brüder: Franz-Josef, Egbert, Lothar und den Rudi. Die ältere Schwester hieß Hilde.

Die Schillings bewohnten ein riesengroßes Haus. Herr Schilling war selbstständiger Schnapsbrenner, einer von denen, der nicht selbst sein bester Kunde war. Den ganzen Tag verbrachte er in seiner Brennerei. Im selben Haus gab es auch zwei Einliegerwohnungen mit getrenntem Abschluss.

Auch dort ging ich ein und aus. In der Folge weiß ich hierüber viel zu berichten.

Derweil wurde mein Vater mehr und mehr in das Schweicher Leben integriert. Als Staatsbeamter und Soldat musste er so manchen Treue- und Fahneneid leisten: als junger Lehrer auf den Kaiser und zugleich König von Preußen; als Rekrut den Fahneneid im April 1914; als junger Gardeoffizier Erneuerung des Fahneneides 1917; nach dem 1. Weltkrieg als Beamter der Republiken; 1933, wie alle Beamten, auf Hitler und dessen Partei; bei seiner erneuten Einberufung als Offizier 1940. Vater wurde Mitglied der NSDAP. Seine Ernennung zum Ortsgruppenleiter hatte wohl viele Gründe. Ich darf und will ihm an dieser Stelle keinen so genannten Persilschein ausstellen. Schließlich hat er das Amt angenommen und auch bis 1937 ausgeübt, manche vaterländische Rede gehalten und die Ortsgruppe nach innen und außen repräsentiert. Berufliche Vorteile sind ihm daraus nicht erwachsen. Bei seiner Ernennung – schon vor meiner Geburt – war er der jüngste Stelleninhaber im Regierungsbezirk Trier.

Seine Weltanschauung deckte sich nicht mit derjenigen, die man einforderte. Den Austritt aus der Kirche lehnte er schroff ab. Er erteilte nach wie vor katholischen Religionsunterricht, obwohl man ihn von seiten der Kreisleitung ständig unter Druck setzte. Als dann der damalige Amtsbürgermeister Ruland in den Ruhestand verabschiedet wurde, stand dessen Nachfolger auch für die Übernahme als Leiter der Ortsgruppe Schweich zur Verfügung. Auch dieser geriet dann, wie sicher bezeugt ist, in Misskredit der Kreisleitung, da der gesamte Ort einschließlich der benannten „Funktionäre“ weltanschaulich nicht den geforderten Erwartungen entsprach. Man hatte bereits einen für diese Aufgabe prädisponierten politischen Leiter, einen Lehrer, gefunden und meinen Vater gebeten, sich als Schulleiter nach Konz versetzen zu lassen, um dem neuen Ortsgruppenleiter auch die Rektorenstelle zu gewähren. Vater lehnte ab und sprach, wie später ausführlich berichtet, beim Wehrbereichskomando vor. Dort wurde ihm mitgeteilt, dass sein Einberufungsbefehl bereits ausgestellt war. Nach geltendem Recht konnte er nicht mehr versetzt werden. Vater wurde Soldat, meine Mutter mehrmals vor den Kreisleiter geladen und höflich gebeten, ihren Mann umzustimmen. So wurde alles versucht, sich gütlich zu einigen. Vergeblich. Vater wurde im Kriege nach Trier versetzt, ohne ihm eine bestimmte Schule zuzuweisen, eine Wohnung in der Kurfürstenstraße angemietet, der Möbelwagen bestellt. Wir „wurden umgezogen“. Mein Vater war dabei nicht anwesend.

Von den meisten Ereignissen habe ich als Kind wenig mitbekommen. Ich fühlte mich sehr wohl in Schweich, Isseler Strasse 119. Die Dienstwohnung unserer Familie war sehr groß, der Hauptwohnkomplex mit eigenem Eingang über zwei Klassenzimmern, Geschosshöhe über vier Meter, breite Fensterbänke. Ein Lieblingsplatz für mich. Vom Schlafzimmer aus konnte ich den Jungenschulhof überblicken und den Schülern beim Ballspielen zusehen. Wegen der Schulleitung hatte mein Vater einige Unterrichtsstunden weniger zu halten als die übrigen Lehrpersonen. Ein älterer Kollege übernahm dann den Musikunterricht in Vaters Klasse. Er konnte wirklich gut singen und mit der Violine den Gesang begleiten. Der jeweiligen Jahreszeit entsprechend ertönte dann der Gesang. So lernte ich schon vor meiner Schulzeit, manches Lied mitzusingen. „Der Mai ist gekommen, die Bäume schlagen aus"; „Der Frühling hat sich eingestellt"; „Der Mond ist aufgegangen". Immer wieder hörte man das Mosellied: „Im weiten deutschen Lande zieht mancher Strom dahin". So lernte ich, mich auch als Kind der Mosel nahe zu fühlen. Als ich später nach mehr als dreißig Jahren einmal nach Neuwied am Rhein kam, fand ich zufällig an der Außenwand eines Hotels die Aufschrift: „In diesem Haus entstand das Mosellied". Ich dachte an den Lehrer Engelbert Schmidt und an die Schüler, von denen so viele das Lied später in der Fremde sangen, die Heimweh empfanden und zum großen Teil nicht mehr heimkehrten.

Gesungen wurde auch aus anderen Anlässen: Die Schüler und Schülerinnen und das gesamte Lehrerkollegium befanden sich auf dem großen Schulhof, als der greise Präsident Hindenburg (2.10.1847-2.08.1934) geehrt wurde. Alle sangen das Lied: „Deutschland, Deutschland, über alles". Die Grenzen dieses Staates haben sich längst geändert. Auch damals stimmten sie nicht so ganz mit der Wirklichkeit überein. Gesungen wurde im Anschluss an das so genannte Lied der Deutschen, das Lied, dessen Fahne uns in Elend und Verderben führte, was aber keiner der Sänger erahnte. Vergessen sei auch nicht, wie begeistert im gleichen Jahr ein anderes Lied erklang. Nach der Melodie des alten Bergmannsliedes „Glück auf, Glück auf, der Steiger kommt", sangen Lehrer und Schüler: „Deutsch ist die Saar, deutsch immerdar"! Man feierte begeistert die Wiedereingliederung des von Frankreich besetzten Saargebietes – nach gelungener Volksabstimmung – an das ehemalige deutsche Reichsgebiet.

Einen Text, den damals Lehrer Schmidt mit seinen Schülern sang, kann ich leider nicht ausfindig machen. „Die Tochter der Mosella, kommt still vom Vasgenwald, und wächst als ‚Sarabella', zur schönen Jungfrau bald". So ähnlich lautete der Text. Wer weiß heute noch, wo der Vasgenwald liegt, wen interessiert das Quellgebiet der Saar? Lehrer Schmidt führte seine Schüler auch auf der Landkarte an die Quelle.

Damals gab es im Schweicher Gesellenvereinshaus auch die „Verwahrschule“, betreut von Schwestern aus dem Schweicher Kloster. Ich bekniete meine Eltern förmlich, mich dort anzumelden. Im großen Saal tummelten sich die Kinder, brüllten und schrien. Ich schreckte förmlich zurück und konnte mich nicht zurechtfinden. Ein „Blechelefant“ konnte mich schließlich dazu bewegen, mich irgendwo hinzusetzen. Den aber riss mir dann ein älteres Kind aus den Händen. Ich brüllte los, wurde regelrecht „giftig“. Als mir die „Nonne“ den Hintern verhaute und mächtig mit mir schimpfte, schnappte ich mir die eigens für die „Verwahrschule“ gekaufte Blechdose und verließ das Haus auf Nimmerwiedersehen. Den Heimweg über den Spieles fand ich erst, als mich eine Frau an die Hand nahm. Sie wusste sogar, wer ich war. Mama hat aber nicht mit mir geschimpft. Heute glaube ich, dass sie einfach froh war, mich nicht jeden Tag begleiten zu müssen.

Wie Max und Moritz bildeten jetzt Wolli und Willi ein Paar. Durch eine überschaubare Mauer getrennt lagen Haus und Garten von Frau Schelkes. Sie lebte mit ihrer Mutter zusammen in ihrem Eigentum und trug bei der Gartenarbeit immer eine seltsame Kopfbedeckung, weshalb wir sie, erst fünf Jahre alt, das „Käppchen“ nannten. Sie verjagte uns immer von der breiten Mauer, schimpfte mit uns und gab uns auch nicht den Ball zurück, wenn dieser einmal auf ihren Rasen fiel oder auch weit oberhalb in den Beeten des sehr langen Gartens landete. Auch die großen Jungen hatten deshalb immer Probleme mit ihr. Einige von ihnen hatten sich darauf spezialisiert, den Ball, der beim Spiel über die Mauer gelangt war, wieder selbst aus dem Garten zu holen, wenn besagtes Käppchen weit genug entfernt war. Ein Satz mitten in die Gemüsebeete hinein, den Ball geschnappt, in den Schulhof geworfen und mit einem Klimmzug zurück über die Mauer auf den rettenden Schulhof. Das war aber nur am oberen Ende möglich, wo die Mauer etwas brüchig war. Das musste sehr schnell gehen, denn die Frau war sehr flink. Ich habe nie erlebt, dass sie einen Jungen erhaschte. Willi und Wolli aber waren zu klein, um eine solche Mutprobe zu bestehen. Als sie dann eines Tages den von uns nicht absichtlich in den Garten geworfenen Ball nicht zurückwerfen wollte, sannen wir auf Rache. Und die Gelegenheit bot sich schnell. Käppchen hatte Waschtag und legte die weiße Wäsche zum Bleichen auf die Wiese. Kaum hatte sie uns den Rücken zugedreht, warfen wir Dreck über die Mauer. Wie freuten wir uns, als wir unser Werk bewunderten. Schneller als wir gekommen waren, verschwanden wir. Von einer Stelle, die sie nicht einsehen konnte, beobachteten wir dann, wie die arme Frau alles wieder in einen Wäschekorb legte und im Hause verschwand. Willis Mutter hat sie wohl ihr Leid geklagt. Diese hat dann, wie weiß ich nicht, die Frau entschädigt. Wolli und Willi machten von jetzt an immer einen weiten Bogen um sie.

Die Schweicher Kirmes wurde immer erst spät im Jahreskreis begangen. Vielleicht wurde sie etwas vorverlegt, denn St. Martin, unser Kirchenpatron, wird ja am 11. November gefeiert. Ein später Vorwurf an meine Eltern: Selbst die Kinder minderbemittelter Eltern verfügten über ein wesentlich höheres Kirmesgeld als ich. Ich bekam gerade 30 Pfennig. Sicher, ich war auch nur ein Knirps von nunmehr gut fünf Jahren, und 1934 waren 30 Pfennig auch viel Geld. Andere Schweicher Kinder bekamen gerade zur Kirmes viel Besuch, und der Besuch drückte ihnen dann, so war es üblich, mehrere Kirmesgroschen in die Hand. Solche Spender fehlten mir. Aber die Schillingsjungen verfügten über eine Einnahmequelle. Absolutes Stillschweigen bei allen Mitwissern war hier geboten. Da gab es einen Mann, den man das Steitzchen nannte und dessen Hausnahme auch hier unerwähnt bleiben soll. Er trank gerne sehr billigen, aber guten Schnaps und wurde auf geheimnisvolle Weise beliefert. So auch an den Kirmestagen. Da war auf der „Sägkaul" auch ein Stand, wo man für wenig Geld beim Lumpenkrämer, den man „Kalöppchen" (oder Galöppchen wegen seiner beiden kleinen Pferde) nannte, die begehrten „Stoppenschießen" erstehen konnte mit den „Knallstoppen". Zwei von diesen Raritäten erwarb nun Willi, eine davon für Wolli. Was aber damit tun, war da die Frage. Auf dem Kirmesplatz hätte man uns diese sofort entrissen. Schließlich fanden wir uns auf dem Schulhof wieder. Da sahen wir Licht im Heizungskeller brennen. Der alte Herr Fisch war gerade dabei, die Schulheizung für die Nacht mit Koks zu versorgen, als wir beide unsere „Stoppen" durch das Kellerloch abfeuerten. Ohrenbetäubender Knall und auch ein Schrei im Kellerraum. Vier Beine, die schneller als ein Hase laufen können, waren vom Schulhof im Halbdunkel verschwunden. Was aus den „Stoppenschießen" geworden ist, daran kann ich mich nicht erinnern.

Das Jahr 1934 hat neben den bereits geschilderten Ereignissen viele Spuren der Erinnerung in mir hinterlassen. Meine Eltern nahmen auf Drängen meines Vaters am Reichsparteitag in Nürnberg teil. Mit anderen Schweichern fuhren sie dann in einem Sonderzug diesem Ziel entgegen. Weil mein Vater die Anmeldung der Schweicher Delegation wohl zu spät der Kreisleitung mitgeteilt hatte, wurden meine Eltern nicht mehr in Nürnberg, sondern in

Fürth untergebracht. Meinem Vater, aber erst recht meiner Mutter, war das recht. In Fürth waren sie freier. Ich aber war nachher sehr enttäuscht, glaubte ich doch, dass die Eltern direkt im Zimmer neben Adolf Hitler schlafen würden. So hatte ich dies den Spielgefährten erzählt. Auch hatte ich in meiner Naivität darum gebeten, Adolf Hitler von mir zu grüßen. Später erzählten mir die Eltern, dass sie Hitler nur einmal, und das nur von weitem, gesehen hatten, weil sie wegen des Ansturms der Massen und der schlechten Anbindung zum Reichstagsgelände zu spät ankamen. Nach Beendigung des Spektakels konnten sie aber das Gelände direkt verlassen und sich schnell in die Stadt begeben. Mama berichtete mir von der Burg in Nürnberg, von der dort befindlichen „Folterkammer". Jetzt war ich wieder ganz in meinem Element und wollte mehr und mehr von den grausamen Marterinstrumenten hören. Ich bedauerte, dass sie mir davon keine Bilder mitgebracht hatten, von Zangen und Daumenschrauben, von einem Nagelbett, einem Rad, wo Menschen einmal „gerädert" wurden. Wie das ging, wollte ich ausführlich wissen. Mama aber gab mir nur zur Antwort, dass das ganz schrecklich gewesen sei.

In der folgenden Nacht hatte ich einen entsetzlichen Traum. Diesmal sah ich sogar Menschen, die ich kannte; Menschen, die gefoltert wurden. Mama erzählte mir auch von einem Markt, der viel größer war als der Markt der „Peter und Paul-" und „Allerheiligen-Messe" in Trier. Da zog weihnachtlicher Duft durch meine Nase, als sie von Lebkuchen und Printen sprach, von den vielen Marktständen, von den Spielsachen, von all den Dingen, die Kinderherzen höher schlagen lassen. Auch von schönen Kleidern für Männer, Frauen und Kinder erzählte sie. Daran zeigte ich kein Interesse. Da überkam es mich, und ich stellte die Frage: Und was habt ihr mir mitgebracht? Da merkte ich, dass ich nicht das Einzige der Speicher-Kinder war. Mama sagte: „Ich habe euch allen etwas mitgebracht." Sie stellte eine große Dose Lebkuchengebäck auf den Küchentisch. Die große Küche war übrigens der Raum, in dem sich der größte Teil unseres Familienlebens abspielte. Wie froh wäre ich damals gewesen, wenn mir meine Eltern aus Nürnberg ein Bild mitgebracht hätten, auf dem sie, mit Adolf Hitler in der Mitte, zu sehen waren. Den Kindern tischte ich in der Folge solche Märchen auf, und ein ganz klein bisschen glaubte ich in meinen Wachträumen auch daran.

Während Schwester Lore bei ihrer Freundin in Ehrang weilte, waren Tutti und ich bei Familie Thul untergebracht. Der alte Thul, wie er genannt wurde, war Witwer und lebte mit seinen Kindern zusammen in seinem

Haus, damals Isseler Straße 105, Ecke Ehranger Pfad. Gegenüber dem Wohnhaus befanden sich die Scheune und der Viehstall. Darunter ein großer Weinkeller. Da waren die beiden Töchter, Maria und die Katharina, Katti genannt, und die Brüder Paul und Hein. Katti war meine besondere Freundin. Ich hatte Zahnschmerzen und musste dringend zum Dentisten. Mama traute sich nicht, mit mir diesen Gang anzutreten. Da sprang Katti ein, nahm mich liebevoll an der Hand und machte sich mit mir auf den Weg zum „Zähndokter", wie die Schweicher ihn nannten. Da saßen wir dann in einem Zimmer, als Herr Greif uns in einen anderen Raum führte. Er war ganz weiß gekleidet, sprach mit Katti und sie mit ihm. Dann wusste er wohl, wer ich war. Komisch, ich hatte gar keine Angst vor ihm. Ich wurde in einen ganz großen Stuhl gesetzt und staunte, als dieser sich in die Höhe zu bewegen begann. Ich wollte wissen, wie das möglich ist, als er fragte: „Wolfgang, kannst du schon zählen?" Voller Stolz antwortete ich natürlich „Ja". In einer Hand hatte Herr Greif ein Gebilde, das wie ein Kaffeesieb aussah. Mit der andern schüttete er paar Tropfen in das siebartige Gebilde und sagte: „Nun fang doch einmal an". Während Katti mir eine Hand hielt, begann ich mit dem Zählen. Meiner Mutter erzählte dann Katti, dass ich gerade bis drei gekommen sei, als die Narkose wirkte. Auch gab sie ihr einen kleinen Wattebausch mit dem Zahn, der mir gezogen worden war. Diesen hat meine Mama noch lange wie eine Reliquie neben den zuvor schon abgeschnittenen blonden Locken aufbewahrt. Diese hatte sie liebevoll mit einer blauen Schleife versehen mit einer Aufschrift: „Lieblings Härchen". Vage kann ich mich noch daran erinnern, dass es mir nach der Behandlung sehr übel wurde und ich mich mehrmals übergab. Katti sagte zu meiner Mutter, dass ich gebrochen habe. Das Wort, das damals der Möbelpacker beim Umzug von Hermeskeil nach Schweich gebrauchte, fiel aber nicht, obwohl im Normalfall die Schweicher solch eine Prozedur auch „kotzen" nannten. Katti hat mir Fastnacht einen Clownanzug genäht, eine Klatsche gekauft sowie eine Maske. Bei ihr stand ich auch, als ich erstmalig im Leben zusah, wie ein Fastnachtszug durch den Ort zog.

Hier waren Tutti und ich in den nächsten Tagen zu Gast. Wir wurden verwöhnt und fühlten uns sehr wohl. Tutti ging morgens zur Schule in das Gebäude, in dem wir wohnten. Sie besuchte das vierte Schuljahr. Ihr Klassenlehrer war Lehrer Engelbert Schmidt, den meine Schwester sehr verehrte. Ich blieb im Hause Thul und vergaß sogar meinen Freund Willi, weil es im Anwesen Thul so viel zu entdecken gab. Im Hause walteten die beiden Schwestern. Der alte Herr Thul saß unter einem Vordach des angebauten Schuppens und flocht Körbe aus Weiden oder besserte solche aus. Neidlos musste ich wohl erstmalig mir gegenüber eingestehen, dass dies mein Papa, von dem ich ja sagte, er könne alles, nicht vermochte. An eine Kette angebunden lag neben dem alten Herrn Moppie, ein schon alter Hund, der mir in den Finger biss, als ich ihm einen Knochen wegnahm. Ich brüllte wie am Spieß. Maria schimpfte mit dem Hund. Herr Thul sagte, dass das Tier nichts dafür könne. Katti nahm mich an die andere Hand, ging mit mir in die Küche an den Spülstein und hielt meinen blutenden Finger unter den Wasserhahn. Sie holte aus dem Küchenschrank ein Läppchen. Dann schüttete sie in eine henkellose Kaffeetasse einige Tropfen einer Flüssigkeit, die sie „Essigsaure Tonerde" nannte, und verdünnte diese mit etwas warmem Wasser, das sie mit einer Schöpfbolle aus dem Herdkessel entnahm. Zwar brannte diese Flüssigkeit etwas, Katti bekundete später aber Mama, dass ich nicht geweint habe, und ich meinte, ich sei tapfer gewesen.

Dort sah ich Maria zu, wie sie melkte. Paul fütterte die Kühe und mistete den Stall aus, und Hein versorgte Fritz, das große Pferd, hinter dem ich nie herlaufen durfte. Diese Weisung nahm ich auch sehr ernst. Vor einem Huftritt hatte ich wirklich Angst. Wie stolz war ich, als Hein mich mit auf das Feld nahm. Er spannte den Fritz vor den eisenbereiften Ackerwagen mit Scherendeichsel, klappte an der linken Seite des Wagens einfach einen Teil um, legte einige Säcke auf den Wagenboden und setzte mich neben sich. Vorher legte er noch eine riesige Gabel und ein Gerät auf den Wagen, das er teilweise mit einem Sack und einem Seil umwickelt hatte, weil es sehr scharf war. Es war eine Sense. Ich dachte wieder an Hermeskeil und die Ponys, sowie meinen bösen Vater, der mir damals, trotz der Bitten meiner Mama, die Zügel aus der Hand nahm. Der aber war jetzt in Nürnberg. Hein mähte nun Klee, lud diesen auf den Wagen, nachdem er die Seitenwand wieder in die frühere Position gebrachte hatte. Wir fuhren heimwärts. Ich saß oben auf dem frischen Klee. Hein hatte an der Stelle eine Art Mulde bereitet, aus der ich nicht herausfallen konnte. So verging die Zeit, ohne dass ich meine Mama, geschweige denn meinen Vater, vermisste. Es war wohl am früheren Vormittag, als Maria ihrem Bruder etwas sagte, das ich nicht begriff. Sie war gerade dabei, ihren Geschwistern in den Weinberg zu folgen. Auch Paul und Maria sollten samt Pferdegespann und natürlich mir dorthin. Beide gingen in den Kuhstall und legten der „Bless", wie man die Kuh nannte, einen Strick um den Hals, machten einige Knoten und eine Schlinge um das Maul. Paul versuchte nun, die Kuh aus dem Stall zu bringen. Sie stellte sich sehr stur an, sprang auf das neben ihr stehende Tier. „Ruf doch den Pitter", sagte Paul nun zu Maria, er soll mit mir „in de Steerstall hanner der verrückten Kuh mit em Knüppel gohn". Das klang sehr geheimnisvoll. Maria ging. Die Kuh wurde immer ungeduldiger, und Paul war in Schweiß gebadet, als Maria endlich kam und sagte, der Pitter sei nicht daheim. „Dann gehst du eben mit.“ Maria zuckte zusammen. „Majusebetter, datt machen ich nit.“ Da drückte Paul mir einen Knüppel in die Hand. Ich durfte nun Paul, er voran, durch den ganzen „Flecken“ begleiten. Einmal rannte die Kuh und riss den Paul – er war klein von Gestalt – fast zu Boden. Dann blieb sie wieder stehen und war nicht mehr von der Stelle zu bewegen. Paul rief mir zu, ich solle ihr mit dem Knüppel auf die „Häseln“ kloppen. Dann wieder ein Satz, der den Paul fast zu Boden riss. So ging es weiter. Der Weg nahm einfach kein Ende. Wir gingen weiter über den Spieles, an der Kirche vorbei, endlich die alte Schule, dann eine Linkskurve und am Pfarrhaus vorüber, das ich kannte. Da brüllte die Kuh mehrmals lautstark hintereinander, als wir noch immer nicht am Ziel waren, von dem ich nicht wusste, wo es liegt und was es war.

Meinen Dienst versah ich derweilen richtig. Die Kuh zeigte sich auch nicht mehr so „bockbeinig“ wie vorher. Wir gingen weiter und weiter. Rechterhand ein gepflegtes Haus, in dem ein Junge wohnte, der Wendelin hieß. Unterwegs blieben die Leute stehen, schüttelten die Köpfe, einige lachten. Unbeeindruckt dessen gingen Paul und ich, zwischen uns die Kuh, weiter und weiter. Dann vor uns ein für mich riesengroßes Gebäude. Es ertönte ein erlösendes Wort: „Hei simmer“. Wir gelangten in einen Hof, und Paul band die Kuh an einen Ring in der Wand. Was nun geschah, ist schnell beschrieben: Ein größerer Mann kam auf uns zu. Die beiden Männer sprachen miteinander. Der große zeigte mit dem Finger auf mich und sagte sinngemäß ins Hochdeutsch übertragen: „Und du stellst dich hinten in die Ecke und drehst dich nicht um.“ Da stand ich nun, als der große Mann in dem Gebäude verschwand, das „Stierstall“ hieß. Der Vorwitz trieb mich aber dazu, das Geschehen zu beobachten. Ich wagte es nicht, mich aus der Ecke zu entfernen, konnte aber seitwärts blickend das wahrnehmen, was mich in Angst und Schrecken versetzte. Der große Mann trat aus der Tür, eine Eisenstange in der Hand. Dann ein Riesenkopf, ähnlich dem einer Kuh, mit einem Eisenring in der Nase, an welchem der Eisenstab befestigt war. Fast fiel ich in Ohnmacht, als dann nach und nach die ganze Körperfülle des Ungetüms sichtbar wurde. Paul stand am Kopfende der Kuh. Der große Mann führte nun das gewaltige Tier, das Paul später den Stier nannte, von hinten an die Kuh heran. Ich hörte nur zwei Worte: „Nau Hans“ und wusste nun, dass der Stier Hans hieß.

Was dann geschah, konnte ich nur von der Seite sehen. Der Bulle richtete plötzlich seinen Kopf empor, der große Mann hielt ihn mit der Eisenstange am Nasenring fest und der Bulle sprang mit seinen gespreizten Vorderbeinen mitten auf den Rücken der Kuh, aber fast zeitgleich wieder herab. Der große Mann führte dann den „Hans“ wieder in den Stall zurück, als sei gar nichts geschehen. Paul aber sagte zu mir: „Gib mir mal den Knüppel“. Die Kuh stand mit gekrümmten Rückgrad da. Paul legte den Knüppel seitwärts darüber und begradigte es wieder. Ich aber schlich dem großen Mann nach und sah, dass da insgesamt drei solcher Ungetüme standen: große Kühe, nur das Euter sieht anders aus. Das war meine Beobachtung.

Meine Eltern kamen am selben Tag gegen 23.00 Uhr wieder zuhause an. Für Tutti und mich hieß es Abschied nehmen. Katti begleitete uns zurück zum Schulgebäude. Da Tutti aber Angst hatte, mit mir allein den Abend in der Wohnung zu verbringen, und Lore noch in Ehrang blieb, hatten unsere Eltern erlaubt, dass Tuttis Schulfreundin Louise bei uns übernachten konnte. Diese aber hatte eine Schwester, damals 7 Jahre alt, die Hilde, Hildchen genannt, die auch bei uns schlafen wollte. Gesagt, getan! Wir hatten ein sehr großes Schlafzimmer neben dem meiner Eltern, mit zwei breiten Betten. Hildchen sprach ein Abendgebet, das ich damals zum ersten Mal hörte: „Abends wenn ich schlafen geh‘, vierzehn Englein mit mir geh‘n“, das Gebet also, das Engelbert Humperdinck in seiner Oper „Hänsel und Gretel“ vertonte. Aber ehe sich die große Engelschar zu uns gesellte, ging es erst einmal lustig zu. Eine Treppenleiter befand sich im Abstellraum. Die stellte ich neben den Kleiderschrank, bestieg diesen als erster und sprang auf die Betten. Das gefiel den drei Mädchen. Wir schrien vor Freude. Jeder bestieg den Schrank mehrmals und sprang auf die weiche Matratze, bis die Halterung nachgab und einsackte. Wir hatten Glück, dass der Sprungkasten von einem stabilen Nachttopf aufgefangen wurde und nicht in eine absolute Schieflage geriet. Die Schlafordnung war vorgegeben: Tutti teilte sich ein Bett mit Louise, das andere Hildchen und ich. So schliefen wir auch ein. Mich verfolgten aber die vielen Eindrücke des Tages. Auch der Stierstall, die Stiere, vor allem aber das, was diese von den Kühen unterschied. Kühe hatten vier „Strich“ oder „Stricke“, aus denen die Milch kam. So richtig habe ich das allerdings nie verstanden. Bei den Stieren sah das anders aus. Das beschäftigte mich wohl im Traum, als das Licht anging und meine Eltern unser Nachtlager bewunderten. Diesmal war es nicht die Mama, an die ich mich schlaftrunken wendete, sondern Papa, dem ich die Frage stellte: „Papa, geben Stiere auch Milch?“ Mein Vater verneinte die Frage und fragte: „Warum?“ „Ei, die haben doch Stricken“. Gar oft musste ich mir im Laufe der Jahre dieses Ereignis anhören, bis ich selber darüber von Herzen lachen konnte.

Ein Ende hat aber die Geschichte vom Nachtlager auf der eingekrachten Matratze noch lange nicht. Da die drei Mädchen schulpflichtig waren, weckte meine Mutter sie am kommenden Morgen rechtzeitig und versorgte sie. Jeden Morgen brachte uns ein Bäckerjunge Frühstücksbrötchen ins Haus. Pausenbrote brauchte Mama uns auch nicht mitzugeben, weil wir in der großen Pause ganz schnell bei ihr einkehren konnten. Mich aber ließ sie weiterschlafen. Vater, der immer ein Witzbold war, stand vor meinem Bett und sagte: „Na, du Schlingel, steh mal auf, ich muss dringend mit dir sprechen. Also, Wolfgang, was du da heute Nacht gemacht hast, ist nicht richtig. Du hast mit dem Hildchen zusammen geschlafen. Wer das macht, muss auch heiraten. Ich rufe jetzt den Pastor an und rufe das Hildchen, und dann heiratet ihr." „Nein, nein, ich will nicht heiraten, ich bin ja noch zu klein." „Das ist kein wichtiger Grund." Vater ging zum Telefon. Das war ein schwarzes Gehäuse mit seitlich angebrachter Kurbel, oben ein großes Gabelpaar mit der Hör- und Sprecheinrichtung, die wie ein Trichter aussah. Ich fing an zu zittern, als er an der Kurbel drehte, die gleich anfing zu läuten. Telefonate wurden damals nur über das „Fräulein vom Amt"vermittelt, wenn man den Hörer aus der Gabelung nahm. Das aber wusste ich nicht. Nochmals die Frage meines Vaters: „Warum willst du das Hildchen nicht heiraten?" In letzter Verzweiflung gab ich die Antwort: „Et hat mir heut Nacht zu viel geforzt!" Hildchen nannte er danach lange scherzhaft: „Schnürchen" (Schwiegertochter).

Das Hildchen (Mitte)

Ja, da gab es noch einige Ereignisse, die sich bildhaft im Album meines Hirnes eingeprägt haben, Bilder, die ich zeitlich nicht genau einordnen kann. Den großen Feuerwehrturm auf dem Jungenschulhof habe ich bereits erwähnt. Von der breiten Fensterbank meines Schlafzimmers hatte ich ihn immer vor Augen. Jetzt aber rückten Männer heran: Uniformen, seltsame Helme auf dem Kopf, bei einigen mit langen Lederlappen, die vom Helm bis weit über die Schultern hingen. Ein Poltern war zu hören. Mit seltsamen Karren kamen danach einige angerannt. Alles ging im Laufschritt. Befehlstöne erklangen. Einige Männer machten sich sofort an den Karren zu schaffen, denen sie Dinge entnahmen, die ich nicht kannte, andere wickelten lange Bänder auf und verschraubten ein Ende an ein seltsames Gebilde mit riesigen Hebelarmen und jeweils zwei großen Griffen. Aus den sonst mit Läden verschlossenen fensterartigen Öffnungen drang auf einmal Rauch. Ich brüllte wie am Spieß: „Mama, Mama". Papa war auch bei uns. Da hörte ich wohl erstmals das Wort Feuerwehrübung. Was das nun war, konnte ich in der Folge staunend erleben. Einige Männer sprangen auf das Ding, das man Feuerwehrspritze nannte und fortan nur noch in Schweich als Requisit der Vergangenheit, als Erinnerung an alte Zeiten im Spritzenhaus neben dem damals noch existierenden „Bulles" und der Polizistenwohnung zu bestaunen war. An jeder Seite zwei Hebel und Griffe. Dann ging es auf und ab. Das dicke Band, an dessen Ende sich ein Mann befand, der ein besonderes „Etwas" in den Händen hielt, wurde plötzlich ganz dick, und dann sah ich einen Wasserstrahl, wie ich ihn bis dahin nicht kannte. In alle Öffnungen wurde dieser gerichtet, Das zischte, Kommandorufe erschallten. Und dann schrie jemand „Wasser halt". Mir fiel auf, dass es derselbe Mann war, der zuvor fast noch lauter „Wasser marsch" geschrien hatte. Papa sagte mir danach, dies sei ein Befehl, und Befehlen müsse man immer folgen. Das taten diese Männer, unter denen sich auch mein lieber Freund Hein Thul befand. Sie rannten auf den Feuerwehrturm mit seltsamen Leitern zu und ebenso seltsamen Enden. Die schoben sie in die fensterartigen Öffnungen der unteren Etage hinein und kletterten die Sprossen empor. Dann wurden der ersten Truppe Leitern hochgereicht und blitzartig mit den Hacken in die darüber liegenden Öffnungen geschoben. Neue Männer stiegen über die ersten Leiterpaare nach oben, während die bereits im ersten Stock befindlichen wie Wiesel weiter nach oben kletterten. Auch ein Feuerwehrschlauch wurde nach oben gezogen. Mehr weiß ich nicht von dem Ereignis, das mein Vater Feuerwehrübung nannte, und bei dem meine Mama mich fest umklammerte, weil ich unbedingt mitten unter den Feuerwehrmännern verweilen wollte. Jemanden habe ich bei dieser Aktion schmerzhaft vermisst, meinen Vater. Wie stolz wäre ich damals gewesen, ihn dort auch in Funktion zu sehen, möglichst als denjenigen, der die Spritze in der Hand führte.

Da stand nun das schwarze Gebilde, das ich so liebend gerne einmal von innen bestaunt hätte. All mein Sehnen und Bitten half dabei nichts. Man sprach davon, der Turm sei baufällig, müsse wohl abgerissen werden, solle ganz vom Schulhof verschwinden und an anderer Stelle ein neuer erbaut werden. Und tatsächlich, irgendwie knirschte es bereits im Gebälk. Es mag morgens kurz vor halb acht gewesen sein, als mein Vater mich aus dem Bett nahm und auf die breite Fensterbank setzte. Es stürmte gewaltig und vom Turm her ertönte ein seltsames und immer lauter werdendes Ächzen. Dann hörten wir ein berstendes Krachen. Das Gebilde neigte sich genau in Richtung Schulgebäude. Unter lautem und berstendem Getöse klatschte der Turm auf den Boden des Schulhofes und rutschte noch etwas weiter in Richtung Gebäude. Meine Mama schrie, Papa reagierte mit „typisch Weib", nahm mich auf den Arm, weil er wusste, dass mich – wie die Schweicher sagten – der Vorwitz plagte. Damit hatte er durchaus Recht. Wir erreichten das Gebilde, als sich auch schon die ersten Schulkinder auf dem Schulhof einfanden und den Trümmerhaufen bestaunten. Ich selbst fand ein geborstenes schwarzes Brett, ein quergerissenes Holz, das in meiner Phantasie einem Gewehr ähnlich sah. Aus Angst, ein anderer könnte mir es wieder wegnehmen, versteckte ich es in einer Ecke. Dann wurden alle Neugierigen des Schulhofes verwiesen.

Zu meinem größten Bedauern gehörte auch ich dazu. Wie gerne hätte damals der „Wolli" den „Willi" gerufen, um hier zu spielen. Auch Mama war absolut dagegen. Sie sprach von Splittern und rostigen Nägeln, von Blutvergiftung und Verletzungsgefahren. Allein ihre Argumente konnten mich nicht überzeugen. Ich war wieder einmal traurig und habe, weil Papa nicht anwesend war, richtig geweint. Aber Mama konnten meine Tränen diesmal nicht rühren. Der Nachmittag kam. Der liebe Herr Fisch, der Hausmeister, erschien auf dem Plan, dann kamen Männer mit Sägen, Hämmern und anderem Gerät, das ich nicht kannte. Sie zerlegten den „Torso" in viele Einzelheiten, sortierten Bretter je nach ihrer Form und warfen alles auf verschiedene Haufen. Dicke Balken wurden an einer anderen Stelle abgelegt. Einige Männer hatten Eimer bei sich und machten sich sogleich an den Brettern zu schaffen. Dann sah ich von meiner Fensterbank aus, dass sie mit Zangen Nägel aus dem Holz zogen, die sie in die Eimer warfen. Meine gestrengen Eltern verwehrten mir auch diesmal den Zugang zum Schulhof. Ein Kuhgespann kam angefahren, auf das man die entnagelten Bretter auflud und wegfuhr. Ein kleines Denkmal muss ich, und diesmal namentlich, einem besonderen Paar setzen, das jetzt auch auf dem Schulhof erschien: Es war ein Landwirt aus der Brückenstraße, der „Neufink" hieß, mit seinem Maultier vor dem Einspännerwagen. Man erzählte mir später, dass dies eine Kreuzung zwischen einer Pferdestute und einem Esel sei. Auch dieser Wagen wurde mit Brettern beladen und abgefahren. Unser Herr Fisch bemühte sich derweil, unterstützt von einigen großen Schuljungen, die zerbrochenen Bretter einzusammeln. Der Mann tat sich dabei schwer. Er hatte bei einem Betriebsunfall in einem Sägewerk gleich vier Finger verloren. Wie lange die „Entsorgung" damals dauerte, weiß ich nicht. Die zerbrochenen Holzreste wurden an Ort und Stelle von einem Gemeindearbeiter zerkleinert und in dem zur Schule gehörenden Holzschuppen gelagert. Dann erst durfte der Schulhof wieder in der Pause benutzt werden und auch ich diesen nochmals betreten. Wie groß aber war da mein Schreck: Mein verstecktes, einem Gewehr ähnelndes Brett war verschwunden. Weil keiner es sah, kamen mir augenblicklich die Tränen. Wie sagte Vater doch immer zu mir: „Ein Junge darf nicht weinen!" Wenn Mama das hörte, antwortete sie: „Aber Joseph!"

Neben meinen Freund „Willi" waren damals weitgehend ältere, ja sogar viel ältere Jungen meine Gefährten. Allein Familie Schilling hatte, wie schon berichtet, neben einer einzigen Tochter, der Hilde, noch fünf Söhne. Nur „Willi" war einige Monate jünger als ich. Franz-Ludwig, der Älteste, arbeitete in der Brennerei seines Vaters und war etwa neun Jahre älter als ich. Ihm folgten in geringen Abständen Egbert, Lothar und Rudi. Es muss kurz nach unserem Einzug in Schweich gewesen sein, als sich das ereignete, was ich nur schemenhaft in Erinnerung habe. Wir spielten mal wieder unter dem Dach des großen Hauses Schilling. Das war nur möglich, weil Herr Schilling sich ständig in der Brennerei aufhalten musste, um den Brennereiprozess zu steuern. An Werktagen wurde ihm deshalb das Mittagessen in seinen Arbeitsraum gebracht. Von dem, was in den Speicherräumen geschah, bekam er deshalb auch nichts mit. Das war auch in den kommenden Jahren stets das Gleiche. Hier spielten wir im Spätherbst 1933. Laut ging es damals nicht zu, weshalb uns keiner störte. Auch Frau Pax nicht, die, wie bereits berichtet, hier oben ihre ärmliche Behausung hatte. In einer Ecke stand ein großer Tontopf, den die Jungen „Düppen" nannten. Einige rochen daran, und einer sagte sinngemäß: „Dat ist saure Kappes" (vielleicht sagte er auch Kappesbütt). Ein Wort habe ich aber behalten und auch die Aufforderung: „Wir machen der Frau Pax enn Deuwelei". Die Meute lachte, dann stellten sich alle um das „Sauerkrautdüppen", öffneten die Hosenknöpfe und (Verzeihung) pinkelten in den Topf. Nur „Willi" und „Wolli" beteiligten sich an dieser Aktion nicht; nicht aus Tugend, sondern weil wir in jeder Hinsicht damals noch zu klein waren. Der Zufall wollte es, dass ich mit Willi in deren Küche längere Zeit nach dem oben geschilderten Ereignis spielte, als Frau Pax diesen Raum betrat und „Willi und „Wolli“ hörten, dass sie sagte – was ich nur annähernd in Schweicher Mundart wiedergeben kann: „Frau Schilling, gib mir doch ein Plätzchen im Keller. Untern Dachen is et zu warm, meine ganze Kappes iss verdorben, den stinkt wie der Deubel und schmeckt gräulich!“ So etwa klang die bittere Klage dieser armen Frau. Ich selbst dachte wirklich nicht an einen Zusammenhang mit dem, was sich Wochen zuvor unter dem Dach ereignet hatte, als sich „Willi“ etwas stotternd meldete und schlicht und einfach erklärte: „Dat is nit zu warm, mir hann in dat Düppen gepisst“. Seine Mutter versprach der lieben Frau Pax sofort, dass sie ihr aus ihrem Sauerkrautvorrat soviel gebe, wie sie das ganze Jahr über benötige. Das Ereignis wurde wohl auch nach außen getragen, denn meine Schwester bezichtigte mich nach längerer Zeit, ich hätte der armen Frau Pax ins Sauerkraut gemacht. Ich brauchte lange, bis ich begriff, was sie meinte. Ich hätte wohl alles total vergessen, hätte sie mich nicht förmlich dieser bösen Tat bezichtigt und mich darüber nachdenken lassen. In Begleitung der „großen Jungen“ spielten wir an der Mosel nahe der Einmündung des Föhrenerbachs. Wegen der Hochwassergefahr hatten die Schweicher dort einen Damm gebaut, über den ein Weg führte. Das war der kleine Damm im Gegensatz zum großen, der von der Schweicher Brücke in Richtung Issel verlief. Etwa zwischen Brücke und dem kleinen Damm befand sich unmittelbar in Ufernähe das „Kalkhäuschen“. So nannte man das Gebäude, in dem früher zu Bauzwecken Kalk gebrannt wurde. Wir krochen in das Kalkhäuschen hinein. Gut roch es darin aber nicht. Dann gesellte sich zu uns ein eher junger Mann, den die großen Jungen gut kannten. Was gesprochen wurde, weiß ich nicht. Nach einiger Zeit verzogen wir uns wieder in den Eingangsbereich des Kalkhauses. „Komm“, sagten die Großen und nannten einen Vornamen, den ich längst vergessen habe. Ich weiß nur noch, dass der „jüngere Mann“ auf mich hinwies und etwas sagte wie: „Aber der Jung da“. Ich musste mich weiter in den hinteren Bereich verkriechen, von dem, was dann wohl geschah, weiß ich gar nichts. Auch das hätte ich längst vergessen, hätte mir meine Schwester nicht gesagt, ich sei auch im „Kalkhäuschen“ dabei gewesen. Es gab in der Folge einen Prozess vor dem Trierer Amtsgericht, wo der „jüngere Mann“ verurteilt worden ist. Warum, sagte man mir aber nicht. Mein Vater sprach mich nicht darauf an. Später hörte ich wieder einmal von dieser Begebenheit, und ich ahnte nun, was sich damals dort im Kalkhaus ereignet hatte.

In dieser Zeit war mein Vater ein sehr vielbeschäftigter Mann. Abgesehen von seinem Lehrerberuf war er auch als Ortsgruppenleiter in Aktion. Gleichzeitig war er Schiedsmann der Gemeinde und Schöffe beim Amtsgericht in Trier.

Er bereitete aber auch Kinder auf den Besuch der 2. Klasse des Gymnasiums, damals sagte man Quinta dazu, vor: Louise Thesen, Gerta Kreusch, meine Schwester Tutti und dann „Mauerers Jupp", den Neffen seiner früheren Kollegin Eva Mauerer. Er erteilte diesen vor allem Französischunterricht. Während der Ferien kam noch Franz-Josef Reuland, der Sohn unseres Apothekers, hinzu. Er war Schüler eines Gymnasiums mit Internat und hatte so seine Schwierigkeiten in manchen Schulfächern. Franz Josef kam fast täglich zu uns und Papa lernte mit ihm. Vor allem Frau Reuland war Papa dafür sehr dankbar. Eines Tages erschien dann der liebe Franz Josef mit einem großen Handwägelchen vor unserer Haustür und entlud diesem mehrere Kartons, in welchen sich größere Figuren befanden. Alle bunt bemalt: Dragoner, Husaren, stehende, liegende und kniende Soldaten mit Gewehren, pferdebespannte Kanonen. Auch Fahnenträger, Hornisten und einzelne Pferde waren dabei. Alles schleppte er auf „Speichers" Speicher. Aufgestellt nannte er das dann: Festung. Dort spielten wir immer wieder Krieg, bis mir dies zu langweilig wurde und ich lieber den Spielen draußen nachging. Wann diese Festung, der ich seltsamerweise nie nachtrauerte, wieder von unserem Speicher verschwand, weiß ich nicht. Ich weiß nur, dass auch „Willi" und sein Bruder davon nicht begeistert waren. Außerdem roch sie seltsam.

So um Nikolaus 1934 war es, als Franz-Josef mir im Anschluss an seinen Nachhilfeunterricht im Auftrag seiner Mutter ein Buch schenkte. Lesen konnte ich zwar noch nicht. Frau Reuland wollte erzieherisch auf mich und wohl auch meine Eltern einwirken. Mein Ruf, ein böser Junge zu sein, hatte sich offenbar herumgesprochen, und das bis in die Apotheke. Während ich diese Zeilen zu Papier bringe, steht das Buch unmittelbar neben mir auf einem der vielen Bücherregale. Sein Titel: „Sankt Nikolaus und sein Knecht Ruprecht." Untertitel: „Ein Bilderbuch für brave Kinder von Alois Albert Zürcher mit Bildern von M. Annen." Auf der folgenden Seite ist dann als Anregung dick und deutlich zu lesen: „Bescheidene Vers'chen für bescheidene Leutschen! – Prächtige Bilder für hellglänzende Seelchen!" Was bei Franz-Josef nicht half, sollte bei mir wenigstens fruchten. Der Erfolg: Ich lernte das Fürchten. Nach eigener Erkenntnis war ich kein „Hellglänzendes Seelchen". Ich gehörte eher zu den „bösen Rangen, die des Teufels Lieder sangen" und die der Nikolaus in den Sack des Knechtes Ruprecht steckt, wie es die Bilder zeigen und der Text es besagt. Vorweg aber die Bemerkung: Meine Eltern haben das Buch wohl nie gesehen, zumindest haben sie es übersehen. Wahrscheinlich wäre es sofort im Ofen gelandet. Meine Schwester Tutti zitierte mir gerade vor dem Nikolausabend diese furchterregenden Strophen und verwies auf die entsetzlichen Bilder. Aber noch viel schlimmer war ihr Kommentar: „Der böse Junge bist du". Diese Texte in den Ohren, diese Bilder vor Augen ließen mich nachts wieder laut aufschreien. Entsetzt klammerte ich mich dann wieder an meine liebe Mama, die sich zu mir in mein großes Bett legte. Ihre Streicheleinheiten, vor allem aber ihre trostreichen Zusprüche bewirkten, dass ich langsam wieder zur Ruhe kam. Sie sang mir mit ihrer geschulten Stimme ganz leise

14

Knecht Ruprecht und die Plagegeister.

Viele böse Geister hausen,
Im Geäst der alten Bäume,
Wenn es stürmt, davon sie sausen,
Durch des weiten Waldesräume.

Böse Worte gar ertönen,
Von der Geister wilder Scharen,
Tugend, Reinheit sie verhöhnen,
Weil sie immer böse waren.

Siehst du nur ein Wink des Alten
Und schon kommen sie gegangen,
Um des bösen Amts zu walten,
Und um Kinder einzufangen.

ins Ohr: „Schlaf, Herzens Söhnchen, mein Liebling bist du, schließe die kleinen Guckäugelein zu.“ So schlief ich wieder ein. Ob ich dann von den lieben Engelein träumte, deren Bilder auch im Nikolausbuch kommentiert werden, weiß ich nicht.

18

Die bösen Plagegeister und Ruprecht zimmern Käfige.

Kräftig drauf und los geschlagen,
Auf Gesellen, ohne Rast,
Daß die Bretter wohl ertragen,
All' den Frevel und Morast.

„Buben wartet nur bis morgen,
Bis der Käfig fertig steht,
Dann beginnen erst die Sorgen,
Euer Lachen dann vergeht!"

Vorwärts, schnell u. immer schneller,
Ritsche, ratsch du Sägeband,
Morgen wird der Käfig-Keller
Vollgefüllt bis an den Rand.

Quälen, martern bis sie zittern,
Schlagen, plagen bis zum Tod,
Wollen wir sie hinter Gittern,
Das ist unser täglich Brot.

So nur büßet man das Böse,
All' die Sünden groß und klein,
Fort Gesellen mit Getöse!
Fertig! In den Wald hinein!

19

Die Plagegeister an der Arbeit.

Schaurig hallt der Geister Sang,
Jetzt den dunklen Wald entlang,
Blitzesschnell und ohne Zahl,
Fahren sie durch's Tannental.

Fahren in die Seelen ein,
Und bereiten Qual und Pein,
Tag und Nacht und ohne Ruh',
Geht die Jagd der Hölle zu.

Sieh' doch nur die Kinder an,
Die der Sünde zugetan,
Aengstlich laufen sie umher,
Fröhlich sein, das gibt's nicht mehr!

Die Gründe meiner damaligen Albträume blieben meiner Mutter verborgen. Mit dieser Hypothek belastet, wurde „Wolli" aber sehr verunsichert. Ich lernte das Fürchten und war fortan nicht mehr bereit, allein in unsern Keller zu gehen. Etwas kam noch hinzu. Neben dem bösen Nikolausbuch gab es noch eine Gestalt, „Der Bokes", wie ihn die Schweicher nannten. Er lehrte Kinder das Fürchten, und das nicht nur am Nikolaustag. Ja, der Bokes war irgendwie allgegenwärtig. „Wolli" und „Willi" hatten beide gewaltigen Respekt vor diesem unbekannten Wesen. Um beim Wort zu bleiben, wir respektierten ihn. Mancher Streich wurde nicht begangen aus Furcht vor diesem Unwesen. Meine Eltern sprachen nie von ihm, wahrscheinlich haben sie diesen Begriff nie gehört, obwohl in meinem damaligen Umfeld nicht nur die Kinder ihn kannten, sich vor dem Bokes fürchteten und Erwachsene damit drohten: „O wart du nummen, de Bookes kommt un holt dich bei de Ohren." Übrigens war das Wort auch einer der typischen Schweicher „Zunamen", die man gebrauchte. „Oh, den sieht aus wie ein Bokes." Bei näherer Betrachtung erkannte man da meist eine Auffälligkeit, die nicht dem Normalbild entsprach. So auch das Wort „Steitzchen" oder „Stäutzchen", wie man damals den einen oder anderen Schweicher Bürger im Anhang an seinen Familiennamen nannte.

Ob seiner frappanten Ähnlichkeit mit dem großen Feldherrn, der ruhmreich in die preußische Geschichte einging, wurde jemand „ Blücher" genannt.

Wir Kinder fürchteten uns sehr vor ihm, auch die von der Mastein-Isseler-Straße, die nachher nur noch Isseler Straße hieß. Da gab es eine Straße, die hieß Hohlweg. „Willi“ und „Wolli“ hätten die nie betreten. Nicht nur, weil sie zu weit von unserem Spielviertel lag. Selbst unser angeborener „Vorwitz“ führte uns nie dahin. Uns Kindern hatte man einfach verboten, diesen Bereich zu betreten, weil die dort lebenden Kinder uns verprügeln würden. In der Tat, der Hohlweg interessierte mich gerade deshalb gewaltig. Auch meiner Schwester erging es so und wahrscheinlich auch deren Freundinnen, der Louise Thesen und der Gerta Kreusch. Ihr Bruder, viel älter als ich, zählte auch zu denen, die ich Freunde nannte. Sehr oft weilte ich bei ihm an seinem Arbeitsplatz in der Backstube. Er erzählte mir einmal, dass Schweich drei Bahnhöfe habe: den Staatsbahnhof im Westen, die Bimmelbahn auf der anderen Moselseite und den dritten Bahnhof, Schweich Süd-Ost. Diesen Bahnhof wollten wir nun alle kennenlernen. In Begleitung Erwachsener machten wir uns dann an einem Sommertag, vom Spieles kommend, an Kirche und alter Schule vorbei, auf den Weg und erreichten den Hohlweg. Jetzt wusste ich, was „Kreuchen Jupp“ mit Bahnhof Schweich Süd-Ost meinte. Aneinandergereiht standen da Eisenbahnwagen. Die Räder fehlten. Eine Menge Kinder spielte auf dem Weg. Wir wurden begafft und sahen auch, dass diese Waggons bewohnt waren. Bemerkungen fielen: „Da wohnt de Blücher“. Alles sah – selbst von Kinderaugen betrachtet – trostlos aus. „Oh guck mal“ sagte wieder jemand und zeigte auf einen Waggon, der ganz von Kletterrosen umrankt war: „Hei wohnen die Grünens“. So glaube ich, es gehört zu haben. Die Frau wurde gelobt, als ordentlich und fleißig bezeichnet und mit vielen anderen schönen Attributen bedacht, während andere Frauen anders benannt wurden, mit Begriffen, die sich bei mir negativ eingeprägt haben. Einige Zeit danach verschwanden aber diese „Gebäude“, der dritte Schweicher oder Schweecher Bahnhof, wie ihn „Kreuschen Jupp“ bezeichnete.

Die arbeits- oder erwerbslosen Männer konnten durch die verschiedensten Arbeitsbeschaffungsmaßnahmen wieder in den Arbeitsprozess eingegliedert werden. So oder so ähnlich erzählte man damals. Die Familien fanden dann auch im Flecken eine Wohnung. Der „Blücher“ wohnte jedenfalls in der Waggon-Behausung. Wir Kinder lernten uns aber am Moselufer vor ihm zu fürchten. Dort fischte er mit einem quadratförmigen Netz, das von vier sich kreuzenden Bügeln waagerecht an einer langen Stange hing. Das Netz verschwand unter dem Wasser, die Stange nahm er zwischen die Beine und hielt sie oberhalb fest in den Händen, stets bemüht, das Gleichgewicht zu behalten. Viele größere Jungen standen da und schauten zu, und im Gefolge

„Willi“ und „Wolli“. Der Blücher lehnte sich mit der ganzen Wucht seines Körpers plötzlich zurück, und der Rand des großen Netzes erschien an der Wasseroberfläche. Nochmals wandte der Fischer seine ganze Kraft auf; das Netz kam höher und höher. Ein Staunen bei uns: Es zappelten genau in der Mitte des Netzwerkes viele, wenn auch kleine Fische. Der Blücher drehte sich jetzt recht umständlich in Richtung Ufer und brachte das Netz an Land. Wir wollten natürlich alle nach den zappelnden Fischen greifen, sprangen aber sofort zurück, als uns der gefürchtete Fischer anschrie. Da stand eine seltsame Kiste, in die fingergroße Löcher gebohrt waren. Dieses „Ding“ war mit einem Strick (oder war es sogar mit einer Kette) an einer Weide befestigt. Auf der Oberseite war eine Klappe. Diese wurde nun geöffnet, und die größten Fische wurden hineingeworfen. Gerne hätten wir die kleineren mitgenommen. Diese aber warf der Mann zurück in die Mosel. Der inzwischen wieder verschlossene Kasten wurde jetzt in das Wasser geschoben. Ein Junge sagte, damit „die Fisch nit frecken“. Wieder war ich um eine Vokabel reicher, die ich aber auch nicht, wie viele Worte „von der Straße“, bei meiner Mutter auszusprechen gewagt hätte. Der ganze Prozess wiederholte sich mehrmals. Gerade wurde wieder eine Ladung Fische an Land gebracht, als da jemand lautstark brüllte: „Blücher, Blücher“. Was dieser uns entgegenschrie, war wohl furchterregend. Alles spurtete in die verschiedensten Richtungen auseinander. Und dann sahen wir den Wüterich laufen. Der für mich ab diesem Zeitpunkt arme Mann rannte schreiend an uns beiden vorbei den großen Jungen nach, ohne sie zu erreichen. Und jetzt brüllten mehrere „böse Buben“: „Blücher“. „Willi“ und „Wolli“ machten sich danach auf den Heimweg.

Es war wieder das Schilling-Haus, das mich besonders in Beschlag nahm. Als Mieter wohnte hier die Familie Steffens. Papa Steffens war Postbediensteter beim Telegraphenamt und tagsüber immer unterwegs. Seine Frau bewohnte mit Tochter Mariehilda einen mit Abschluss versehenen Teil des Hauses. Hier war ich lange Zeit ein lieb gewonnener und stets verwöhnter Gast. Besonders während der Schulferien, wenn alles so still auf dem ganzen Schulgelände war, zog es mich magisch zu Frau Steffes und der damals schon 16jährigen Tochter hin. An der Abschlusstür war sogar eine elektrische Klingel angebracht. Wie oft begehrte ich dort am späten Vormittag um Einlass. Dann erschien meistens Mariehilda. Dass sie im Nachthemd dastand, empfand ich keineswegs seltsam. Ja, dann fühlte ich mich so richtig wohl, glücklich und geborgen. Wie selbstverständlich folgte ich der „dicklichen“ (was ich keineswegs als Makel empfand) Mariehilda ins Schlafgemach des Ehepaares Steffes. Da lag die gute und für mich so liebe Frau im weichen

Bett, und ich wurde zu meiner großen Freude auch hineinbugsiert, direkt neben die Frau Steffes. Auf die andere Seite kroch Mariehilda. Was ich in „bangen" Nächten liebevoll neben meiner Mama erfahren durfte, wurde mir jetzt gleich von zwei Seiten zuteil: „Beglückende Körperwärme." Ja, da gab es auch noch etwas, was mich in den Schulferien immer wieder in die Arme von Mama und Tochter Steffes trieb, ein Frühstück ganz besonderer Art. Auf dem Nachttisch standen bunte „Tüten", und daraus duftete es herrlich. Der Inhalt nannte sich „Waffelbruch", ein Gebäck, das damals für wenig Geld bei „Kellichs", dem Edeka-Laden des Ehepaares Kellersch, gekauft werden konnte. In diesen Tüten befanden sich meist angebrochene Eiswäffelchen und andere Plätzchen, die als dritte Wahl vermarktet wurden. Auch ich liebte dieses Gebäck sehr, und für Mariehilda und deren Mama waren sie das Hauptgericht an jedem Morgen. Zwischen beiden liegend oder auch sitzend wurde ich mit diesem „Mana" verwöhnt. Als ich dann wieder einmal in den Armen meiner Mama lag, machte ich eine Feststellung, die ich auch aussprach: „Mama, die Frau Steffes hat aber viel mehr Speck als du." Was daran so witzig sein sollte, begriff ich einfach nicht, als beide Eltern lautstark lachten und dieses Ereignis auch in geselliger Runde erzählten. Wie so oft im Leben hieß es auch bei mir wieder Abschied nehmen. Steffes sind umgezogen, und ich habe sie nie mehr gesehen. Später wurde dann jedoch erzählt, Mariehilda sei verstorben.

Kurz vor meiner Einschulung zu Ostern 1935 hat sich noch Folgendes zugetragen. Meine Eltern nahmen mich zum Einkauf mit nach Trier. Hier gab es viele große Geschäfte. In Erinnerung blieb aber das Innere des Bahnhofsgebäudes mit großen Gemälden an den Wandflächen. Eines davon faszinierte mich besonders: Eine große Burgruine, davor ein Fluss, einige junge Männer mit bunten Mützen, wenn mich nicht alles täuscht auch ein Storch. Da stand ich mal wieder mit einem ganzen Korb voller W-Fragen. Diesmal lautete die Erste davon: Was? Mama sagte mir, das sei Heidelberg, und las mir die Beschriftung vor: „All Heidelberg, du feine, du Stadt am Neckarstrand". Das sagte mir natürlich gar nichts. Was dann folgte, habe ich schemenhaft im Gedächtnis bewahrt: „Wenn du mal groß bist und tüchtig in der Schule warst, kannst du da viel lernen." Wie sie mir den Begriff „Universität" klarmachte, bezeugte mal wieder ihr pädagogisches Geschick, war sie doch selber einmal Lehrerin gewesen, eine Lehrerin alter Schule. Und wie bei der Heilig-Rock-Wallfahrt auf dem Rücken meines Vaters überkam es mich jetzt stehend mitten in der Bahnhofshalle. Mama konnte nicht mehr zur selben Praxis schreiten wie seinerzeit in der Menschenmenge. Sie schnappte mich am Arm und ging mit mir eine Treppe hinab. Da stand hinter einer Tür eine Frau mit einer weißen Kittelschürze. Einige Worte wurden gewechselt. Mama sagte „Ach“, nahm ihren Geldbeutel aus der Handtasche und gab der Frau eine Geldmünze. Erst jetzt durften sie und ich hinter einer Tür verschwinden, wo Mutter mir bei der Verrichtung meines „kleinen Geschäftes“ Hilfestellung leisten musste. Eines konnte ich aber nicht begreifen. Ich war wieder ganz der „Wolli“ (für Mama natürlich, um bei einer Niedlichkeitsform zu bleiben, ihr Wölfchen). Es ging um das Geld! Geld verdienen wie diese Frau? Der Gedanke ging mir nicht mehr aus dem Sinn. Nur war die Verwirklichung eines solchen Planes schwer. Blitzartig durchzuckte es mich. Ich wollte aber mit niemandem den zu erwartenden Gewinn teilen, weshalb ich den gefassten Beschluss auch alleine, sogar ohne „Willi“, in die Tat umsetzte. Hinter einem Zaun vor dem Mädchenschulhof, aber durch ein Tor gut betretbar, lag unser Vorgarten. An geeigneter Stelle grub ich ein Loch in die Erde. Zwei Bretter waren schnell gefunden, welche ich über die „Kaul“ legte. Da stand in unserem Hauskeller auch ein alter Stuhl ohne Sitzfläche. Den nahm ich und stellte ihn mit seinen vier Stuhlbeinen über die Vertiefung. Es war gerade Schulpause, als mein Vater zu mir kam und mich aus meinen Träumen vom Geldverdienen riss. „Was machst du denn da?“ Und weil ich meinem Werk noch keinen Namen gegeben hatte, das Wort „Toilette“ noch nicht kannte, auch nicht den Begriff Abort gebrauchen wollte, antwortete ich, einen Schweicher Begriff verwendend: „Ei, Papa, ich bauen en Abtritt. Du sperrst dann alle Abtritte (für Jungen und Mädchen streng getrennt gab es jeweils sechs Plumps-Aborte, von den Kindern Abtritt genannt) einfach zu und sagst den Kindern, dass sie nur auf meinen Abtritt gehen dürfen.“ Lehrer Zenner bestaunte anschließend auch mein Wunderwerk und blieb seltsamerweise, im Gegensatz zu meinem Vater, sehr ernst dabei. Da nahm er seinen Geldbeutel aus der Tasche, gab mir 5 Pfennige, folgte aber meiner Bitte nicht, die „Anlage“ einzuweihen. Ich war mal wieder sehr enttäuscht. Herr Zenner aber tröstete mich und versprach mir, dass er morgen wiederkomme. Ich habe mich dann auch vom Ort des Geschehens entfernt. Als ich nach einiger Zeit vom Spielen auf der Straße in den Vorgarten kam, war alles verschwunden: Die Grube zugeschüttet, der Traum vom großen Geldverdienen verrauscht. Ich war unsagbar traurig. Wie oft aber – auch in meinem Beisein – wurde danach unter Schmunzeln erzählt, was damals geschah. Ob ich mich da schämte oder mich darüber freute, weiß ich nicht mehr. Vater und Lehrer Zenner hatten daran wohl ihren Spaß.

Wieder waren es große Jungen, die mich umringten. Zwei Mädchen näherten sich von der Isseler Straße kommend unserem Standort. Eine davon war sehr dick. Böse Zungen nannten sie: „Dicke Berta". „Wolli, sei kein Feigling!" Sie zeigten auf das arme Kind. Gleichzeitig forderten sie mich auf, einen Pferdeapfel (oder waren es derer zwei) in die Hände zu nehmen und damit die „Dicke Berta" zu bewerfen, was ich auch prompt tat. Das Mädchen weinte lautstark, die „großen Jungen" lachten, und ich sah mich als großen Helden. Ob ich mir nach dieser Prozedur die Hände wusch? Wahrscheinlich habe ich diese einfach an meiner Hose abgewischt. Wieder war es der böse Wolli, dessen Schandtat die Runde machte. Lehrer Scherer soll damals gesagt haben: „Aus dem wird niemals etwas"!

Ostern 1935 wurde ich dann eingeschult. Diesem Geschehen fieberte ich entgegen. Jetzt, so glaubte ich, war ich endlich groß. Ein lederner Schulranzen wurde gekauft, einer für Jungen mit breiter und langer Verschlussklappe. Ein Pferdekopf war dort hineingestanzt. Bei Sachsenweger wurde ein Buch erworben, das man Fibel nannte. Dazu gab es auch noch eine kleine Blechdose mit einem bunten Bildchen darauf und einem Schwämmchen darin. Der Einkauf der Griffeldose gestaltete sich schwierig, weil ich unbedingt eine größere haben wollte, die aus zwei übereinanderliegenden Teilen bestand, die man aufklappen konnte und dann wie ein Flugzeug aussahen. Ich bekam nur die kleinere. Beim Einkauf der Schreibtafel war man gnädiger. Meine hatte einen roten Rand. Auch wurden einige Griffel erstanden, wie die Schreibwerkzeuge, mit denen man auf Schiefertafeln schrieb, genannt wurden. Mama häkelte zwei seilartige Gebilde, die sie an einem kleinen Loch des Tafelrandes befestigte, und nähte dicke Läppchen daran, die wie kleine Puppenkissen aussahen.

Mit diesen Gerätschaften versehen betrat ich damals die Schule. Da standen viele Menschen, meist Kinder und Frauen, und alles schrie wild durcheinander, bis mein Vater ein Machtwort sprach. Komisch, danach war alles still. Zu meinem Vater gesellten sich dann Fräulein Felten und Lehrer Scherer. Dann hieß es: „Alle Jungen gehen jetzt mit Lehrer Scherer in die eine, die Mädchen mit Fräulein Felten in die danebenliegende Klasse." In irgendeiner Bank fand ich mich dann wieder. Neben mir Mauerers Franz, neben ihm ein Junge, der Ewald Finster hieß, und dann die vielen anderen. Wie man sagte, war das ein besonders großer Schuljahrgang. Einige Kinder hatten keinen Ranzen und trugen ihre „Schulsachen" in einer Stofftasche. Wir mussten unsere „Mitbringsel", zu denen auch damals die Butterbrotdose gehörte, auf eine Ablage unter der Bank legen, und dann sagte Lehrer Scherer: „Aufstehen!" Nicht alle verstanden das wohl. So übten wir erst einmal „Hinsetzen" und „Aufstehen". Das war Hochdeutsch, die erste

Fremdsprache, die so manches Schweicher Kind damals erlernen musste. Danach wurde gebetet. Lehrer Scherer brachte uns im Laufe kürzester Zeit bei, das „Kreuzzeichen zu machen“ und dabei die entsprechenden Gebetstexte zu sprechen. Unser „Schulzeug“ lag aber weiter unter der Bank. Lehrer Scherer erzählte uns danach eine Geschichte, und alle hörten aufmerksam zu. Ich glaube, sie lautete „Heinerle im Storchennest“ und handelte von einem Jungen und dessen erstem Schultag. Das war natürlich für alle spannend, auch für diejenigen, die eigentlich nur das „Schweicher Platt“ sprachen. Also, Klein Heiner wurde eingeschult, er kam zu früh auf dem Schulhof an, auf einer anlehnenden Leiter kletterte er auf das Schuldach, auf dessen Schornstein sich ein Storchennest befand. Was das war, konnten wir nur erahnen. Hatten wir in unserer Heimat doch nie einen Storch, geschweige denn ein Storchennest gesehen. Der Vogel war uns aber als der „Kinderbringer“ bekannt, der der Mutter immer ins Bein biss, damit diese beim Kind im Bett liegen bleiben musste. Da oben war also ein großes Nest für den Storch, das der Heiner betrachtete. Er legte sich hinein und schlief ein.

In der Folge begann für uns „I-Männchen“, wie uns die größeren Kinder herablassend bezeichneten, der Schulalltag. „Rauf, runter, rauf: Pünktchen oben drauf!“ Auf der Schiefertafel, genau zwischen den Linien und dem Griffel in der Hand, wagten wir die ersten Schreibversuche. Dabei zerbrach schon bei manchen das sehr spröde Schreibgerät, und manche Träne floss. Auch ich gehörte zu denen, die sich bei diesen Versuchen schwertaten. Schwierigkeiten hatte ich vor allen Dingen dabei, einen Buchstaben wie den anderen genau zwischen den vorgegebenen Linien zu schreiben. Dem neben mir angstvoll sitzenden Franz ging es genau so. Mit Argusaugen beobachtete der Lehrer unser zaghaftes Bemühen, bis sein strenger Blick auf Ewald Finster fiel. Er hielt den Griffel in der linken Hand und bemühte sich, wie wir alle zu schreiben. Ewald hatte wohl schon im frühen Kindesalter einen Unfall. Die rechte Hand war gelähmt. Er konnte alles nur mit der Linken verrichten. Der arme Kerl bekam nun gleich in den ersten Tagen einen Klaps.

Die andere Tafelseite war für die Rechenaufgaben bestimmt. Wir lernten das Zählen von 1 bis 10 und danach auch das Schreiben dieser Zahlen in die Rechenkästchen unserer Tafel. Das ging, wenigstens bei mir, wesentlich leichter. Dann aber kam auch bald das „Kopfrechnen“ hinzu, das ich sogar als schön empfand, solange es sich nur um zwei Zahlen im unteren Bereich handelte. Dann aber ließ mein Lerneifer viel zu wünschen übrig. Herr

20. April 1935
Obere Reihe von links: Herr Kieselmann, Herr Scherer, Frl. Mauerer, Herr Zenner, Lehrer Rosenbaum (Person mit Heft; später nach Mayen versetzt), Frl. Drocour, Herr Schmidt und Frl. Loser. Untere Reihe von links: mein Vater (in der von Mama so sehr gehassten Uniform), Frl Felten und Herr Goujet.

Scherer wurde immer ungeduldiger. Wegen der sehr breiten Bankreihen – wir saßen jeweils zu acht Schülern nebeneinander – sprang unser Lehrer auf die Bankreihen, den geschmeidigen Rohrstock in der Hand und überragte uns nun in voller Männer-Körperlänge. Kopfrechnen: „2 + 4 + 3 = ?“ Tatsächlich nannte dann der eine oder andere das richtige Ergebnis. Vor lauter Angst vergaß ich einfach die Zahlen, die da genannt worden waren. Und dann war es soweit, dass wir beim Familiennamen gerufen wurden. Ewald Finster war noch wesentlich ängstlicher als ich. Der arme Kerl zitterte, als er angesprochen wurde: „Finster!!!“ Die Antwort blieb aus und dann hieß es: „Alt üwwer die Bux.“ „Mauerer!“ „Alt üwwer die Bux.“ „Speicher!“ Auch hier: „Alt üwwer die Bux.“ Den Rohrstock nannte er immer liebevoll „Onkel Fritzchen“. Zuhause erzählten wir Jungen davon nichts. Damals war es durchaus möglich, in vielen Fällen sogar üblich, dass Kinder, die in der Schule körperlich gezüchtigt wurden, nochmals eine Tracht Prügel erhielten, weil sich Eltern durch ihr Kind blamiert fühlten. Meine Mutter entdeckte dann, als sie mich, wie damals üblich, in einer Zinkwanne badete, seltsam gefärbte Streifen auf meinem „Hintern“. Als erfahrene Pädagogin wusste

Herr Schmidt, Frl. Loser, mein Vater, Herr Goujet und Herr Zenner

sie natürlich um deren Ursprung. Weil Papa nicht dabei war, kamen mir damals auch die Tränen. Ich sagte ihr, dass ich „schlecht rechnen könne" und deshalb, wie all die anderen Kindern auch, „das Mäuschen" zu schmecken bekam. Ich wollte nicht noch einmal bedauert werden, denn für mich, wie auch für die meisten Kinder, gehörte dieses Geschehen mit zum Alltag der Schule. Später hörte ich dann einmal sagen, dass in der Bibel steht: „Wer seinen Sohn liebt, der züchtigt ihn."

Lehrer Scherer war damals bereits ein kranker Mann und musste mehrmals während des Unterrichtes ein Glas Wasser trinken und dazu ein Pulver einnehmen. In der ganzen Schule gab es aber keinen Wasserkranen. Deshalb fiel mir die ehrenhafte Aufgabe zu, ihm ein Glas Wasser zu besorgen. Dazu musste ich dann durch den damals noch offenen Hintereingang in unsere Wohnung, in der sich in unserer Küche über dem Spülstein der einzige Wasserkran befand. Zwar existierte ein solcher noch in der Waschküche unseres Hauskellers, den ich aber, seit ich die bösen Geschichten aus dem Nikolausbuch kannte, alleine nicht mehr zu betreten wagte. Das Wasser brachte ich dann Herrn Scherer und war mächtig stolz.

Lehrer Scherer wurde oft krank. Der sogenannte Unterricht ging weiter. Fräulein Felten sprang ein, Lehrer Kieselmann (er war auch Konrektor) kam und dann zur Aushilfe Lehrer Kaiser. Das „Mäuschen" dominierte nicht mehr das pädagogische Geschehen. Dafür sangen wir sehr viel und lernten sogar einige kleine Gedichte, die in der Fibel standen: „Schlitten vorm Haus, steig ein, kleine Maus!" Schade, dass ich die weiteren Strophen vergessen habe. Das ganze Geschehen war auch bildhaft dargestellt: Der Schlitten und die kleine Maus, dazu die ergänzenden Strophen: „Zwei Kätz'chen davor, so geht's durch das Tor, zwei Kätzchen dahinter, so geht's durch den Winter." Das Geschehen endete mit einer Tragödie. Der Schlitten kippte um. Wo aber war die kleine Maus geblieben? Die Antwort der Katzen: „Hat nicht still gesessen, haben wir sie aufgefressen!"

Fräulein Felten konnte gut und viel erzählen. Sie hielt sich dabei, wie ich erst viel später begriff, an all das, was sich im Moment so ereignete. Der „liebe Heiland" spielte da immer eine große Rolle. Wir beteten zu Beginn des Unterrichtes und auch am Ende der letzten Stunde. Da waren auch andere Gebete als diejenigen, die ich schon kannte. Am Ende des Schulunterrichtes, wenn wir die Worte zum Kreuzeszeichen sprachen, fügten wir hinzu: „Gelobt sei Jesus Christus, in Ewigkeit. Amen." Dem folgte dann noch: „Alles für dich, du heiligstes Herz Jesu." So endeten ab jetzt auch immer unsere häuslichen und selbstverständlichen Gebete am Morgen, zu den Mahlzeiten und natürlich auch am Abend. Hier sei noch erwähnt, dass uns die Mutter danach mit Weihwasser segnete, das sie in einer seltsam geformten Flasche im Kleiderschrank verwahrte, in einem „Boxbeutel". Wir beteten auch für ein Kind, das an einer bösen Krankheit gestorben war, um eine gute Ernte und vor allem auch für unsern Führer! Dies Gebet lernten wir sehr schnell auswendig. Es hat sich bei uns Kindern unvergesslich eingeprägt:

„Segne, Herr, mit starker Hand
unser Volk und Vaterland.
Lass auf uns'res Führers Pfaden
leuchten deine Huld und Gnaden.
Weck' im Herzen uns auf's Neue
Deutscher Ahnen Kraft und Treue.
Also lass uns stark und rein,
deine deutschen Kinder sein!"

Meine Mama aber war nicht geneigt, auch dieses Gebet in unseren häuslichen Gebetsschatz aufzunehmen. Warum sie es gar nicht schön fand, konnte ich damals nicht begreifen. Erwähnt sei auch noch, dass da auch vor Weihnachten einige neue Liedtexte aufkamen, deren Melodien schön klangen, von denen vor allem mein Vater gar nichts hielt: „Hohe Nacht der klaren Sterne, die wie weite Brücken stehn!" Ein anderes hieß: „Es hat in der tiefschwarzen Nacht geschneit, weiß hat sich der Schnee übers Land gebreit.....!" „Das alles hat doch nichts mit Advent und Weihnachten zu tun!" Das war die einhellige Aussage unserer Eltern. Man erzählte uns einige Geschichten von den „Alten Germanen", von Mistelzweigen, von Wintersonnenwende, von Julfeiern. Gleichzeitig aber wurde uns das weihnachtliche Ereignis noch viel leuchtender aus gleichem Mund verkündet, und das in einer Weise, dass die „Hohe Nacht der klaren Sterne“ davor verblasste.

Die Adventszeit hatte begonnen. Fräulein Felten und Herr Kaiser hatten einen großen Adventskranz an der Decke unserer Klasse aufgehängt. Eine dicke rote Kerze wurde angezündet. Wir sangen Adventslieder, deren Melodien bis heute in mir nachklingen, deren Texte ich aber größtenteils nicht verstand. Aber es war feierlich und morgens immer noch dunkel. Und gerade in einem Zustand höchster Glückserwartung traf es mich wie ein harter Schlag. Die für mich etwas verdrängten Bilder und Zeilen von „Frau Reulands Nikolausbuch“ wurden wieder grausame Wirklichkeit. Datum: Sankt Nikolaus 1935. Am Adventskranz brannte eine oder zwei Kerzen. Advent, das bedeutete Ankunft, genauer gesagt Vorbereitung auf die Ankunft des Herrn! Da saßen wir Kinder in der Erwartung der Dinge, die da kommen sollten. Wir sangen: „Nikolaus, komm in unser Haus“ und „Lasst uns froh und munter sein und uns heut im Herrn erfreun.“ Dabei kam in mir durchaus nicht das Gefühl der Freude und Heiterkeit auf, als es vor unserm Klassenzimmer läutete. Danach sprang ein Ungetüm in den Raum, das Laute ausstieß, die uns durch Mark und Bein drangen. In einer Hand raschelte es mit einer langen Kette, in der anderen hielt es ein Bündel Ruten. Rote Hörner, eine feuerrote Zunge, schrecklich sein Gesicht. Brummend legte sich das Ungetüm, vor mir noch immer knurrend, auf den Fußboden. Die Schweicher nannten ihn den „Pelzebock“. Der sah ja noch viel schrecklicher aus als jener „Knecht Ruprecht“ im Nikolausbuch. In seinem Gefolge erschienen wenigstens die „bösen Geister“ nicht, die die „bösen Buben“ in den Sack steckten und in den Käfig sperrten. Oder war es der „Pelzebock“, der heute in unserer Klasse deren Aufgabe übernahm? Dieser hatte nämlich auch noch einen riesengroßen Sack mit in unsere Klasse geschleppt, aus dem zwei Beine heraushingen, Füße mit richtigen Kinderschuhen. Jetzt endlich betrat würdigen Schrittes St. Nikolaus unseren Raum. In der Hand den Bischofsstab, die Mitra – die Kopfbedeckung des Bischofs – auf dem Haupt und mit schneeweißem langen Bart. Wir Kinder erstarrten vor Ehrfurcht und das Fräulein Felten begrüßte den „Heiligen Mann“. Alles wurde still, nur der „Pelzebock“ knurrte noch immer, bis der Heilige Nikolaus ihm befahl, nunmehr zu schweigen. Einer durfte jetzt den Bischofsstab festhalten. Wie gerne hätte ich dieses „Ehrenamt“ übernommen. Dann nahm St. Nikolaus ein dickes goldenes Buch zur Hand, und wir hörten erstmals seine Stimme, die mit der eines Bass-Sängers zu vergleichen war, mir aber bekannt und vertraut zu sein schien: „Die Engel haben in diesem Buch alles aufgeschrieben, was ihr gemacht habt.“

Danach folgten viele Namen. Mauerers Franz, der Ewald Finster, Schäffers Walter und viele weitere Namen standen in diesem Buch, alles liebe, alles brave, alles liebenswerte Buben. Ich aber war nicht dabei. Obwohl klein von Gestalt, jetzt wurde ich noch kleiner. Fräulein Felten reichte jetzt dem Nikolaus noch ein weiteres, ein schwarzes Buch. „In diesem Buch stehen die Namen der Kinder, mit denen ich schimpfen muss. Sie alle haben die Rute verdient, die Knecht Ruprecht mitgebracht hat. Da fing ich an zu zittern. Natürlich nannte der Nikolaus zuerst meinen Namen und forderte mich auf, mich hinzustellen. Da stand ich da, von allen Kindern angegafft, und schämte mich abgrundtief. Er zählte mir meine „Schandtaten“ auf. Eine davon habe ich mir gut gemerkt und auch die Ermahnung, die mir St.Nikolaus mit auf den weiteren Lebensweg gab. „Du bist auf das Schuldach gestiegen, hast mit den Füßen in der Dachrinne gestanden. Wenn dich dein Schutzengel nicht festgehalten hätte, wärst du herabgestürzt, und jetzt wärst du tot.“ In der Tat, es stimmte, was Nikolaus da sagte. Nur das mit dem Schutzengel war nach meiner Meinung etwas anders. Es war meine Schwester, die mich voller Schreck da oben stehen sah und liebevoll auf mich einredete, ganz ruhig zu bleiben. Sie fand sehr schnell zu mir. Ein Glück, ich saß unmittelbar vor dem Dachfenster, als mich Lore behutsam am „Schlafittchen“ packte und sicher durch das Fenster zu sich zog. Danach bewies sie mir, dass sie neun Jahre älter war als ich. Sie verhaute mir gründlich den Hintern. Meine Mama kommentierte das Geschehen mit den Worten: „Da hast du aber mal wieder einen guten Schutzengel gehabt!“ In diesem Fall war also meine Schwester diejenige, die mir gegenüber im Auftrag des Schutzengels gehandelt hat. Vielleicht meinte der Heilige Nikolaus dies genau so. Manche meiner vermeintlichen Schandtaten standen nicht im schwarzen Buch. Aber dann drohte er mir mit dem Finger, und ich versank fast in den Erdboden. „Was muss ich denn da lesen! Du hast Mädchen mit Pferdeäpfeln beworfen!“ Und zum ersten Mal seit langer Zeit wurde ich mit meinem richtigen Vornamen angesprochen. Das lag nach meiner Meinung sicher an der Tatsache, dass die „himmlischen Heerscharen“ meine Schandakte unter diesem Begriff aufzeichneten, obwohl ich diese als Wolli und meist nur gemeinsam mit anderen begangen hatte. Jetzt stand ich da und fing an zu weinen. Von den großen Jungen, die mich zu dieser „Schandtat“ ermutigt hatten, war hier gar nicht die Rede. Das hätten die Engelchen doch auch aufschreiben müssen. Natürlich versprach ich dem Heiligen Nikolaus, all diese bösen Dinge nie mehr zu tun, obwohl ich wusste, wie schwer das einem Wolli fiel. Beschämt schlich ich nach Hause. Meiner Mama und erst recht nicht meinem Papa sagte ich auch nur ein Wort vom Nikolausbesuch. Anderntags meinte einer meiner Mitschüler: „Dat war nit der richtige Nikolaus! Dat war de Lehrer Kaiser. Saget keinem. Sonst kriss de noch Prügel!“

Lehrer Scherer trat nach längerem Krankenhausaufenthalt seinen Dienst an. Er musste sich dort einer schweren Magenoperation unterziehen, und Fräulein Felten hat mit uns Kindern während dieser Zeit viel für ihn gebetet. Ich weiß nicht mehr, wie sich der Wechsel vom 1. ins 2. Schuljahr vollzog. Es waren aber immer wieder im Wechsel drei „Lehrpersonen", die das erste Schuljahr betreuten: Lehrer Scherer, Fräulein Felten und der Junglehrer Kaiser. Wir wechselten den Klassenraum. Vorher standen alle Kinder auf dem großen Jungenschulhof, mein Vater aber auf der sehr breiten Mauer, die das Schulgelände umgab, und hielt eine „Rede an sein Volk", von der ich nichts verstand. Anschließend erklang dann als vaterländischer Abschluss die Nationalhymne. Natürlich die erste Strophe. „Deutschland, Deutschland über alles" und danach das damals schon direkt damit verschmolzene Horst Wessel-Lied: „Die Fahne hoch"! Fräulein Felten war jetzt offiziell unsere Klassenlehrerin. Lehrer Scherer kam aber auch noch öfters zu uns. Herr Scherer galt als begabter Pädagoge für den Zeichenunterricht. Mit wenigen Strichen zeichnete er die Umrisse eines Hundes an die Schultafel und erklärte uns, wie man das macht. Es lässt sich schlecht beschreiben. Aber nach der uns dargestellten Methode gelang es tatsächlich, einen Hundekopf täuschend ähnlich zu zeichnen. Da saßen wir, bestaunten sein Kunstwerk an der Tafel und versuchten, etwas Ähnliches auf unsere Schiefertafel zu zeichnen. Er verließ den Klassenraum und gebot uns „mucksmäuschen"-still zu sein. Ob das Gebilde auf meiner Tafel einem Hund, einer Katze oder einem anderen Lebewesen ähnlich sah, weiß ich nicht. Lehrer Scherer, der vor dem Pausenzeichen nochmals in die Schulklasse kam, sah sich einige unserer Kunstwerke an und blieb vor meinem Freund Franz Mauerer stehen. Dieser hatte seine Griffeldose als Lineal benutzt, mit dem Griffel zwei Linien gezogen und sonst noch einige Striche gemacht. Jetzt aber schien Lehrer Scherer wieder der „Alte". „Was soll das denn sein!" Der arme Franz fing zu zittern an, wusste er doch, dass sein Abbild auf der Tafel nicht der Erwartung des strengen Lehrers entsprach. „Ich will, ich will ein Pferdchen malen!" Dem folgte als Reaktion: „Dann will ich dir einmal ein Pferdchen malen". „Onkel Fritzchen" war das „Maluntensil".

Das Jahr 1936 hatte es, wie man so sagt, in sich. Man hatte mir, weil ich schon immer ein „Brüderchen" haben wollte, empfohlen, abends ein Stück Zucker auf die Fensterbank zu legen. Das würde der Klapperstorch in der Nacht, wenn ihn keiner sieht, auffressen. Wenn ich dann noch lieb und brav sei, würde er mir meinen Wunsch erfüllen. Dass so etwas möglich war, erfuhr ich von meinem Spielfreund Reini und dessen Bruder Paul, die mit ihren Eltern oberhalb von uns in der Isseler Straße wohnten. 1935 kam dort ein Brüderchen zur Welt. Die Mutter lag in einem großen Raum, der mit einem Vorhang unterteilt war. Wahrscheinlich war dieses Zimmer einmal ein Kaufladen gewesen oder als solcher gebaut worden. So hat es sich bei mir eingeprägt. Reini war ein Jahr älter als ich. Er erzählte mir sehr glaubhaft, dass der Klapperstorch seiner Mutter ins Bein gebissen habe, als er ihnen den kleinen Bruder brachte, und deshalb seine Mutter im Bett liegen müsse, bis alles wieder geheilt sei. Ob die Idee, Zucker auf die Bank zu legen, nur von ihm kam, wage ich heute zu bezweifeln. Zumindest war es mein Vater, der mich in diesem Glauben beließ, ja sogar ermutigte, den Zucker auf die Fensterbank zu legen. Das tat ich dann auch, und morgens war die Süßigkeit verschwunden, für mich ein Zeichen, dass der Storch tatsächlich in der Nacht in Aktion trat. Papa sagte mir, aber die Mama sprach auch davon, dass sie lieber nach Trier in ein Haus fahren würden, um das Kind zu bekommen. Dann war es so weit. Eine meiner Cousinen, damals 21 Jahre alt, übernahm die Haushaltsführung, die Eltern fuhren mit einem Taxi nach Trier, und ich spielte im kleinen zur Wohnung gehörenden Höfchen hinter unserer Wohnung, als mein Vater zu mir kam und mir sagte, dass ich eine Schwester bekommen hatte. Ich war sehr enttäuscht, hatte ich mich doch so sehr auf den kleinen Bruder gefreut. Für den Fall, dass das neue Kind ein Mädchen sei, hatte ich gedroht, diesem dann den Hintern zu verhauen. Darauf bezog sich mein Vater, als er meinen Gesinnungswandel erkunden wollte. „Nein, Papa, et is mir noch zu klein!" Diesmal ging es nicht mit der Bahn nach Trier. Vom Spieles in der Dorfmitte gelegen, konnte man mit einer Art Taxi, das sehr groß war, preiswert nach Trier hin- und zurückfahren. Papa und Tutti stiegen ein, und wir fuhren gemeinsam mit anderen Fahrgästen nach Trier. Dort angekommen gingen wir zum – wie meine Mutter das später bezeichnete – Wöchnerinnenheim. Mein Vater wurde laut, als man mir den Zugang verwehren wollte. Wir betraten ein Zimmer mit zwei Betten. Da lag dann meine liebe Mama. Im andern Bett lag eine Frau, deren Namen ich nie vergessen habe, Frau Dötsch. Sie hatte wohl ein paar Tage vor meiner Mutter ein Mädchen zur Welt gebracht. Meine kleine Schwester durfte ich nur hinter einer Glasscheibe betrachten. Dann mussten wir uns wieder von der Mama verabschieden, weil zumindest meine Besuchszeit abgelaufen war. Der Abschied von Mama fiel mir schwer. Da brachte man Frau Dötsch das Mädchen und legte es seiner Mutter in den Arm. Ein Blick meinerseits auf das Kind, und Wolli blamierte vor allem seine Mama unsterblich. Ich bog mich vor Lachen und schrie: „Oh, watt hat dat Kind für en Nas!" Wie oft wurde dieses Ereignis in der folgenden Zeit immer wieder erzählt. Ein schlechtes Gewissen hat es aber bei mir nicht hinterlassen. Ich hatte doch nur die für mich geltende Wahrheit ausgesprochen.

Schon vor besagter Fahrt ins Wöchnerinnenheim nach Trier nahm meine Mutter einen riesigen rechtwinkligen Korb von „Speichers“ Speicher. Der wurde gründlich gereinigt. Mama nähte dann eine große Umhüllung mit einem Volant, wie sie den oberen Abschluss des Gebildes nannte, um das Weidengeflecht. Das war dann der Korb, wo das Kind, falls der Storch ein solches bringen sollte, hineingelegt werden sollte. Thuls waren wohl schon in alles eingeweiht, als Mama Tutti und mich in deren Haus schickte und uns einen großen Leinensack mitgab. Ob es der Paul oder der Hein war, einer von ihnen ging mit uns zur Scheune. Da hinten, in einer Ecke, lag Haferspreu vom letzten Dreschvorgang, den dann Katti, die auch herbeigeeilt kam, in unseren Leinensack stopfte. Sie hatte sogar Zwirn und Faden bei sich, mit dem sie den Sack zunähte. Wir brachten diesen heim. Da gab es auch noch in der oberen Isseler Straße einige Schreinereien. Ein Mann kam bei uns vorbei, machte sich mit einem Zollstock (so nannte er das Ding) am Korb zu schaffen und schrieb einige Zahlen in ein kleines Heft. Nach wenigen Tagen brachte er ein Holzgestell, in das der Korb haargenau passte. Das Kinderbett wurde im Schlafzimmer meiner Eltern aufgestellt. Der Korb war sehr groß. Da hielt ich es nicht lange aus, wollte ich doch wissen, ob ich noch in den Behälter passe, in dem ich schon meine Säuglingszeit verbracht haben sollte. Ich stellte einen Stuhl daneben und stieg hinein. Nun lag ich darin und fühlte mich sehr wohl. Da kam meine Cousine,die uns in den wenigen Tagen, die Mama abwesend war, den Haushalt führte, in das Schlafzimmer. Sie schimpfte mit mir, weil die schöne Decke des Korbes und das Kopfkissen „verkrumpelt“ seien und sie diese jetzt wieder bügeln müsse. Schnell fand ich mich auf dem Fußboden wieder. Klara, meine Cousine, schimpfte auch mit mir, weil ich ihr gegenüber nicht den gebührenden Respekt erwies. Das hat sie mir in den kommenden Jahren oft erzählt: „Wütend hast du da mit beiden Füßen auf den Boden getreten und mich angebrüllt, du hast mir nichts zu sagen, du bist nicht meine Mutter!“ Dann kam Mama heim, von meinen beiden großen Schwestern begleitet. Lore war damals schon über 16 Jahre alt, Tutti 11. Unsere Mama ist mit 47 Jahren noch einmal Mutter geworden. Vater kommentierte den Einzug mit den Worten: „Hier ist der zweite Frühling eingekehrt.“

Per Erlass wurde der Nachmittagsunterricht abgeschafft. Die Folge: Es kam zu einer Verkürzung der Unterrichtszeiten. Fortan dauerte die Unterrichtsstunde nur noch 45 Minuten. Die Pausenzeiten wurden gestrafft, eine Stunde am Vormittag mehr unterrichtet. Damit stand die Schule an allen Nachmittagen für andere Aktivitäten zur Verfügung. Künftig trafen sich ab jetzt vor allem die Jungen und Mädchen der „Hitlerjugend“. Damals lernte ich viele Liedtexte und Melodien kennen und mitsingen, die heute noch wie ein „Ohrwurm“ mein Trommelfell reizen. Viele Lieder stammten noch aus der „Wandervogel-Zeit“. Einige davon haben sich in dem Liederbuch „Die Mundorgel“ bis heute erhalten. Sie waren frei von ideologischen Einflüssen. Mein damaliges Lieblingslied war: „Und die Morgenfrühe, das ist unsere Zeit, wenn die Winde um die Berge singen...!“ Zu dieser Melodie konnte man sogar marschieren. Wurde ein Lied angestimmt, ertönte der laute Ruf: „Drei, Vier!“ Mama sagte dazu: „Das Lied hat aber ein anderes Taktzeichen.“ Sie schimpfte, wenn da andere Lieder erklangen, deren Melodie mich damals begeisterte: „Vorwärts, vorwärts, schmettern die hellen Fanfaren“. Wenn dann der „Fanfarenzug“ in den Schulräumen übte, konnte ich nicht begreifen, dass ausgerechnet mein Vater dies nicht wollte.

Sicherlich waren es keine ideologischen Gründe, dass zu meinem großen Bedauern künftig in den Räumen der „Alten Schule“ der „Fanfarenzug“ übte. Wie gerne hätte ich da mitgemacht und auch eine Uniform getragen wie die „großen Jungen“. Dafür war der Wolli einfach noch zu klein. Innerlich fieberte ich aber dem Augenblick entgegen, bis ich mit Uniform und Fanfare bei nationalen (man mag sie auch „nationalistisch“ nennen) Aufmärschen teilnehmen konnte. In der Schule lief der Unterricht in meinem Schuljahr weiter. Lesen, Schreiben, Einmaleins üben. Wie oft höre ich Fräulein Felten sagen: „Die Antwort muss wie aus einer Pistole geschossen erfolgen“. Unser aller Lieblingsfach war fortan der Bibelunterricht. Fräulein Felten konnte wirklich wunderbar erzählen, wenn sie von der Erschaffung der Welt berichtete, von Adam und Eva, von der Sünde, der verführerischen Schlange und dem Teufel, vom ganz bösen Kain und dem lieben Bruder Abel. Sie sagte uns auch, dass wir jetzt die „großen Jungen“ seien, sieben Jahre alt, dass wir deshalb auch jeden Sonntag in die Kirche gehen müssten und freitags kein Fleisch essen dürften. Das war für die meisten ohnehin selbstverständlich. Mit gleichem Eifer las sie uns eine Geschichte vor von einem „Hitlerjungen Herbert Norkus“, der, wie die Heiligen für Jesus, sein Leben für seinen Führer hingegeben hat, dessen Bild neben dem großen Kreuz an der Wand hing. Beide Bilder hatten in unserm Gesamtunterricht einen hohen Stellenwert. Damals gab es noch viele kirchliche Feiertage. Aber auch die „Staatsfeiertage“ waren ganz wichtig und prägten den Schulunterricht.

Besonders hatte es Fräulein Felten der 9. November angetan. Wir lernten mit Eifer das Lied: „In München sind viele gefallen, in München war’n viele dabei. Es traf vor der Feldherrenhalle sechzehn Helden das tödliche Blei!“ Was waren das für böse Menschen, die am 9. November diese getreuen Helden erschossen hatten und den lieben Führer in einem Gefängnis einsperrten? Die Toten lägen in zwei Tempeln in Bronzesärgen und davor brenne in zwei Schalen eine leuchtende Flamme, die Tag und Nacht von uniformierten Kameraden bewacht werde. Die letzte Strophe erklang: „Ihr Toten vom 9. November, ihr Toten, wir schwören es euch: Es leben noch vieltausend Kämpfer für das Dritte, das großdeutsche Reich." Vermutlich habe ich damals geglaubt und erzählt, dass mein Papa auch dabei gewesen sei. In meiner Phantasie sah ich ihn vor mir, wie er direkt neben Adolf Hitler und Hermann Göring marschierte, als die Schüsse fielen und 16 Helden das „tödliche Blei“ traf.

Wir Kinder waren wirklich dem Weinen nahe, als wir diesen schrecklichen Bericht hörten und wohl auch dem Heiland dankten, dass Adolf Hitler nicht einer der Toten vom 9. November war. Sonst hätten wir heute niemanden, der unser Vaterland wie ein lieber König oder Kaiser regiert.

Es gab aber noch andere große und wichtige Helden, die uns vorgestellt wurden. Dann war es immer „mäuschenstill“. Wir lauschten, als uns Fräulein Felten von einem Helden erzählte, der, weil er sein Vaterland über alles liebte, von den bösen Franzosen in der Nähe von Düsseldorf erschossen worden ist: Albert-Leo Schlaggeter. Er war im 1.Weltkrieg ein tapferer Offizier. Als dann die „bösen“ Franzosen unser schönes Vaterland einfach besetzten und beraubten, war Albert-Leo Schlaggeter darüber sehr böse. Mit Pulver sprengte er einen Zug, der mit Kohlen beladen war und nach Frankreich fahren sollte, einfach in die Luft. Ganz böse Menschen haben diesen Mann dann verraten. Leider gab es von diesem großen Helden kein Lied, das seine Heldentaten verkündete. Anders war es bei einem Mann, der lange vor unserer Zeit als nationaler Held besungen wurde: Andreas Hofer. Auch er wurde von Franzosen erschossen, weil er sein Vaterland tapfer verteidigte. Das Lied wurde schon vor langer Zeit in allen deutschen Schulen gesungen:

In Mantua in Banden der treue Hofer war
In Mantua zu Tode, führt der Feinde Schar.
Es blutete der Brüder Herz.
Ganz Deutschland lag in Schmach und Schmerz,
mit ihm sein Land Tirol.

Was wir da hörten, ergriff Herz, Wille und Gemüt. Das war einfach zu viel für ein damals sieben- bis achtjähriges Kind. Aber wir lernten auch dieses Lied mit allen Strophen. Am meisten schockiert waren wir darüber, dass Andreas Hofer sein eigenes Grab ausschaufeln musste.

Ich will nicht lange bei demjenigen verweilen, aus dessen Feder und vor allem aus dessen Denken das Lied entstammt, das quasi als zweite deutsche Nationalhymne leidvoll in unsere Geschichte einging: „Die Fahne hoch!" Das Horst-Wessel-Lied. Auch hier fand sich ein Texter und Komponist, der das Leben und Sterben des „Erzmärtyrers" der nationalistischen Bewegung, des SA-Sturmführers Wessel besang:

„Von allen den Kameraden, war keiner so lieb und so gut,
als unser Sturmführer Wessel,
ein lustiges Hakenkreuzler Blut."

Schon die erste Strophe brachte meine Mutter bereits in Rage. Das heißt nicht „als", sondern „wie". Danach regte sie sich über die Wortkonstruktion „Hakenkreuzler Blut" auf und erzählte von bösen Dingen, die der Kerl angestellt habe. Das waren Eigenschaften, die nicht mit dem Moralbegriff meiner Mama zu vereinbaren waren. Der Kommentar meines Vaters: „Das ist kein Vorbild, das ist alles andere als ein Held". Im Bett habe man diesen Kerl erschossen, in einer Situation, von der ich nicht verstand, was er damit meinte. Mama zeigte auf mich und sprach: „Aber Joseph, das Kind".

Unsere Schweicher Pfarrkirche war dem Heiligen Martin geweiht. Er sollte sie beschützen, so sagte Fräulein Felten und erklärte uns das Bildnis, das auf eine Wand gemalt war. Martin teilt mit dem Schwert seinen Mantel. Ein Soldat, ein Held, so sahen wir ihn hoch zu Ross. Wir erfuhren, dass St. Martin später Bischof wurde, obwohl er nicht Bischof werden wollte. Er hat sich im Gänsestall versteckt, die Gänse verrieten ihn aber durch ihr Geschnatter. Dann wurde er „zum Bischof gemacht", weil der liebe Gott das wollte. Der arme Mann, der vor Kälte zitterte, sei der „Heiland" gewesen, der prüfen wollte, ob Martin ein guter Mann sei. So erzählte es uns Fräulein Felten. Danach sangen wir dann das St. Martins-Lied: „Sankt Martin, Sankt Martin, Sankt Martin ritt durch Schnee und Wind".

Wir kamen ins dritte Schuljahr. Fräulein Reis übernahm die Klasse. Sie war, wie man erzählte, ein Schweicher Mädchen und bei allen Schülern und Eltern sehr beliebt. Wir vertieften bei ihr unsere Schreib- und Rechenkünste und lernten vor allem viele Gedichte, die ich heute noch aufsagen kann. Sie hielt sich im Bibelunterricht immer genau an die Abläufe des Kirchenjahres. Besonders begeisterte sie uns in dem Fach, das damals „Heimatkunde" hieß. Hier war sie ja wirklich „beheimatet": Rixius Varus, der Meulenwald, Trier, die Nachbardörfer von Schweich, Bekond, Föhren. 1. und 2. Azert, die Dicke

Eiche, die Mühlen am Föhrener Bach, die Zeit, als es in Schweich noch keine Brücke gab, der Fährturm und auch der Bau der „Mittelmoselstraße“. Sie erklärte uns, weshalb der Ort oberhalb von Issel Quint heißt, und wir erfuhren, dass dieser Name von den Römern stammt. Quint bedeutet fünf, so sagte sie. Gemeint sei damit die Entfernung von fünf Meilen des Ortes Quint von Trier. Das Dorf Dezem erhielt von den Römern seinen Namen, weil es zehn römische Meilen von Trier entfernt liegt.

Es muss im Herbst 1937 gewesen sein, als wie damals üblich der Heldengedenktag begangen wurde. Laut Lehrplan hatten wir ein Gedicht von Walter Flex gelernt, „Die Dankesschuld“: „Ich trat vor ein Soldatengrab und sprach zur Erde tief hinab, mein stiller, grauer Bruder du, das Danken lässt mir keine Ruh“! Wir kannten natürlich alle Strophen, weil wir sie durch das ständige Aufsagen lernten. Ein Grundsatz der Pädagogik, der, wie mir scheint, nicht mehr so recht erkannt wird. Die alten Römer kannten ihn schon. Ins Deutsche übersetzt lautet er: Die Wiederholung ist die Mutter der Studierenden. Manchem mag es einfach dumm erscheinen, ein Gedicht mehrmals hören zu müssen. Aber gerade dadurch habe ich erfahren dürfen, dass diese Art zu lernen mir viel geholfen hat. Wahrscheinlich hätte ich das meiste längst vergessen, das ich heute noch im Gedächtnis gespeichert habe. Ich merkte wirklich, was Fräulein Reis empfand, als wir Walter Flex, der auf der Insel Ösel im Ersten Weltkrieg gefallen ist, so unbefangen zitierten. Waren es die Ereignisse, die das damalige noch junge Schweicher Mädchen Margarete Reis im Weltkrieg traurig stimmten?

In unserem Lesebuch standen weitere Gedichte von Kriegshelden, von Kriegsweihnachten, und im Liederbuch stand das von Hermann Löns getextete Lied: „Ich weiß einen Lindenbaum stehen“ mit dem immergleichen Refrain: „Oh grüner Klee, oh weißer Schnee, oh schöner Soldatentod“. Wir kannten dieses Lied nicht, wussten auch sonst nichts über den berühmten Heidedichter, erst recht nicht, dass er bereits im August 1914 bei Reims gefallen war, übrigens als einfacher Soldat und Kriegsfreiwilliger im Alter von über 40 Jahren. Ich bin heute der Überzeugung, dass diese feinsinnige Frau in dem Moment von ihrer Vergangenheit eingeholt wurde. Jemand sagte: In unserem Buch, und er nannte sogar die Seite, steht ein sehr schönes Gedicht, das wir lernen und aufsagen können. Dann fiel das Wort: „Kriegsweihnacht“. Fräulein Reis fing an zu weinen. Dann sagte sie: „Ich kann es nicht mehr hören!“

Wie schon gesagt, bei ihr lernten wir viele Gedichte mit sehr einprägsamen Texten. Wir mussten, wenn wir ein Gedicht aufsagten, zuerst den Namen der Autoren nennen. Zwei Gedichte blieben ganz besonders in meiner Erinnerung haften: Julius Sturm: Der Bauer und sein Kind:

„Der Bauer steht vor seinem Feld
und zieht die Stirne kraus in Falten.
Ich hab' den Acker wohl bestellt,
auf gute Aussaat streng gehalten.
Nun sieh mit eins das Unkraut an,
das hat der böse Feind getan!
Da kommt sein Knabe hochbeglückt,
mit bunten Blumen reich beladen,
im Felde hat er sie gepflückt,
Kornblumen sind es, Mohn und Raden.
Er jauchzt: Sieh' Vater, nur die Pracht,
die hat der liebe Gott gemacht!"

Es muss im Juni oder Anfang Juli 1937 gewesen sein. Ob es Hauen Pittchen aus dem Langgarten oder Biewer Ewald war, der nur wenige Häuser unterhalb wohnte, vielleicht auch wir drei gemeinsam auf dem Weg, wir pflückten Blumen in einem Kornfeld in der Verlängerung des Ehranger Pfades. Die legten wir dann Fräulein Reis auf das Lehrerpult. Die roten fingen schon an zu welken. Die Lehrerin sagte uns, dass dies Mohn sei. Eigentlich heiße es Klatschmohn. Auch Raden waren dabei, die aber auf mich keinen besonderen und bleibenden Eindruck machten. Die mitgebrachten Kamillen wurden zur Seite gelegt, und danach bewunderten wir die Kornblumen. Da überkam es mich mal wieder: „Davon gibt es ein Lied. Das hat die „Jela" gesungen und auch deren Schwester, deren Vornamen ich vergessen habe. Die beiden singen oft, wenn sie am offenen Fenster stehen". „Kannst du uns das Lied auch vorsingen?" Da sangen gleich mehrere Kinder mit mir: „Kornblumenblau ist der Himmel am herrlichen Rheine, kornblumenblau sind die Augen der Frauen am Rheine. Darum trinkt Rheinwein, Männer seid schlau. Dann seid am Ende auch ihr: Kornblumenblau". Fräulein Reis lachte wohl etwas. Ein besonderes Lob für unsere Sangeskünste sprach sie uns aber nicht aus. In der großen Pause erzählte sie, was sie erlebt hatte, dem Lehrerkollegium. So hörte auch mein Vater davon, der diesmal bestimmt froh war, keine Schandtat zu erfahren, an der ich beteiligt war.

Fräulein Reis hieß mit Vornamen Margareta. „Thuls Katti" kannte sie schon aus ihrer gemeinsamen Schulzeit und sagte „Du" zu ihr. Für manch andere Schweicher war sie das „Reis'chen Gretchen". Ihr Namenstag war nach dem damaligen Kalender der 13. Juli. Geburtstage wurden im Trierer Land selten gefeiert, auch nicht in unserer oder anderen Schweicher Familien. Am „Josephstag“, dem 19. März, ging es bei uns immer sehr turbulent zu. Das fing schon in der Schule an. Da kam der Dechant sogar in unsere Wohnung, um meinem Vater zu gratulieren. Meine Mutter hatte sich ihm wohl anvertraut und zu erkennen gegeben, dass sie mit dem Parteiamt, das ihr Mann innehatte, gar nicht einverstanden war. Er ging darauf ein und sagte sinngemäß: „Wir sind froh darüber, dass er das macht und nicht der ‚Hecken'“. Es kamen auch immer viele Schweicher Bürger. Meist waren es wohl solche, die in irgendeiner Weise in der Gemeinde besonders aktiv waren. Auch sein Nachfolger im „politischen Amt“, Kurt Keuchen, der neue Amtsbürgermeister von Schweich, reihte sich fortan in den Kreis der Gratulanten ein. Papa war nie ein Kostverächter. Vor allem liebte er den Schweicher Wein. An seinem Namenstag wurde er immer reich beschenkt, natürlich mit Moselwein der bis heute für mich bekannten Weinlagen: Annaberg, Herrenberg, Königsberg. Dann wurde auch gefachsimpelt. Neben „Trevirisgläsern“, die meine Mutter so liebte und die auf dem Tisch standen, brachte einer der Schweicher „Amtsträger“ einen Karton Probiergläschen mit. Er vertrat den Schweicher „Winzerverein“ und forderte die Namenstagsgäste auf, die Weine zu probieren und zu begutachten. Er übernahm auch das Öffnen der Flaschen, die in „Strohhülsen“ verpackt waren und zum Ärger meiner Mutter viel Dreck auf dem Fußboden hinterließen, für dessen Beseitigung sie nachher zuständig war. Nun wurde eine Flasche nach der anderen geöffnet, der Mann vom Winzerkeller schenkte ein. Ich schaute genau zu und wunderte mich, dass dieser die ohnehin so kleinen Gläschen immer nur bis knapp zur Hälfte füllte. Nun begann das Probieren. Die Männer schnalzten mit der Zunge, kauten anschließend. Danach fielen Wörter, die ich damals nicht verstand, aber inhaltlich wohl begriff. Eines habe ich mir tief eingeprägt: „Das gibt bestimmt einmal einen Jahrhundertwein“. Es wird wohl der Josephstag 1938 gewesen sein, als man diesen damals neuen Wein im Wohnzimmer meines Vaters verkostete – den Jahrgang 1937. Im Vergleich dazu, sagte einer der Männer – und dieses Wort hat sich bei mir ganz tief eingeprägt –, sei der Jahrgang 1936 „Eulenpisse“. Auch ich wußte inzwischen, was der zweite Teil des „zusammengesetzten Dingwortes“ bedeutete. Mutter hasste solche Anlässe. Vor allem wetterte sie gegen das nach ihrer Ansicht unanständige Benehmen einiger „Gratulanten“. Der Dechant hatte sich vorher schon „abgesetzt“. Es wurde laut in unserer Wohnung, und es dauerte lange, bis der Letzte unser Haus verließ und Mama zu Papa aufblickte und sprach: „Aber Joseph“. Ob er das so richtig verstand? Ich glaube gemerkt zu haben, dass mein Herr Papa etwas unsicher auf den Beinen stand.

In dieser Fastenzeit fand in unserer Kirche eine „Mission“ statt. Ein „Herr Pater“ predigte. Seine Stimme war wesentlich lauter als die von Dechant Dr. Süss. Immer wieder sprach er vom Namenstag, von Namenspatronen, vom Himmel, und dann fiel auch das Wort Geburtstag. Damit schien er wirklich nicht einverstanden zu sein. Es folgte mehrmals dann auch eine Begründung, die ich nie vergessen habe: „Geburtstag ist ein Jahr näher zum Tode – Namenstag ein Jahr näher zur Vollendung!“

Wir Kinder machten uns nun Gedanken darüber, wie wir dem Fräulein Reis einen schönen Namenstag in der Schulklasse bereiten konnten. Auch diesem Tag ging ein besonderes Ereignis voraus. Wir hatten ja erlebt, dass zu gleichen Anlässen in „höheren Klassen“ die Namenstage der Lehrpersonen gefeiert wurden, und das wollten wir nachmachen. Wer aber sollte uns dabei helfen? Da hatte Heltens (Krewer) Hans eine Idee. Sein Onkel, der „Krewer Hein“, und dessen Frau hatten den lieben und guten Herrn Fisch abgelöst und den neuen Putzdienst in der Schule übernommen. Hans sagte nun: „Mein Onkel kann dichten und uns auch beim Schmücken der Klasse helfen“, und Krewer Hein war auch gleich zum Helfen bereit. Er schickte uns zum Wirt Adams, den wir baten, uns Girlanden auszuleihen, mit denen dieser immer zu Fastnacht seinen Tanzsaal schmückte. Er gab uns einen großen Pappkarton, mit dem Hans und Wolli zu Onkel Hein in die Schulklasse kamen. Dann nahm der liebe Mann eine sehr hohe Treppenleiter und begab sich an die Arbeit. Im Heizungsraum stand auch ein kleiner Kasten mit Nägeln, Hammer, Zange und anderem Kram. Für den Krewer Hein war es gar kein Problem, in entsprechender Höhe Nägel in die Wände zu schlagen. Dann spannte er die bunten Girlanden von Wand zu Wand. Jetzt brauchten wir auch noch Blumen – am besten Rosen. Woher diese aber nehmen? „Adamsen Hein“ wurde von uns wieder aufgesucht. Gegenüber der Gastwirtschaft stand auf der anderen Seite der Isseler Straße eine breite natursteinerne Mauer mit einem großen Tor. Dahinter lag ein sehr gepflegter Blumengarten und ein Springbrunnen mit einem großen Wasserbecken, in dem sich viele Goldfische tummelten. In dem Garten befand sich auch eine Kegelbahn. Herr Adams hatte wirklich Ahnung von Gartengestaltung. Alles stand – es war Juli – in voller Blüte. Ohne große Worte schnitt er mit einer besonderen Schere, die sonst bei der Weinlese Verwendung fand, zwei große Blumensträuße und gab sie uns mit der größten Selbstverständlickeit. Ich glaube, wir hielten es noch nicht einmal für nötig, Danke zu sagen. Wie der „hochbeglückte Knabe“ im Gedicht von Julius Sturm überreichten wir dann Krewer Hein die ganze Blumenpracht. Da lagen nun die vielen Blumen: Rosen und auch viel größere Blüten. Was aber damit tun? Wieder hatte Onkel Hein eine Idee: „Ihr habt doch daheim Einmachgläser". Meine Mama habe ich gar nicht gefragt, ob ich solche aus dem „Einmachkeller" nehmen könne. Ich schnappte mir drei oder vier der größeren „Weckgläser" und fand mich schnell wieder in unserer Schulklasse ein. Es gab innerhalb dieser Schule keinen Wasserkran und kein Spülbecken. Nur an einer Wand des „Mädchenschulhofs" befand sich ein Ding, das die Schulkinder mit „Krunen" bezeichneten. Das war also die einzig erreichbare Wasserquelle. In einem Putzeimer schleppten wir Wasser in die Klasse, füllten die Einmachgläser mit der notwendigen Flüssigkeit und steckten kunterbunt so viele Blumen in die Gefäße, wie wir nur hineinquetschen konnten. Platz zum Aufstellen war genug vorhanden. Die Blumen mit den dicksten Blüten hatte „Onkel Hein" schon aussortiert und auf das Lehrerpult gelegt. Da lagen sie, als Hans zum Onkel sagte: „Du kannst doch dichten, schreib uns doch ein Gedicht an die Tafel". Da lag sogar bunte Kreide. Die nahm Krewer Hein zur Hand und schrieb auf die erste Tafel: „Zum Namenstage heut' wünschen wir dir alle erneut und wünschen alle das Beste zum frohen Namensfeste". Auf die zweite Tafel schrieb er: „In allen vier Ecken soll Liebe stecken". Und wirklich, er hatte es auf die Ecken abgesehen, als er den Hammer, einige Nägel und danach die größten Blüten nahm und uns bewies, dass die Tafeln aus Holz und nicht aus Schiefer bestanden. Da konnten wir nur staunen. Wie schön sah jetzt die Tafel aus. In allen vier Ecken sahen wir nun die Sinnbilder der Liebe: Rosen und andere schöne Blüten. Da hatte der Hein noch eine Idee. Er erzählte uns, dass zu feierlichen Begrüßungen auch mit Kanonen oder Revolvern geschossen würde. Fräulein Reis würde sich bestimmt über eine solche Begrüßung gewaltig freuen. Was aber tun? Eine Kanone hatten wir nicht, Hein aber eine Idee: Er gab uns 10 oder 20 Pfennig und schickte uns zum Toni, dem Waffenhändler, mit dem Auftrag „Pulverstoppen" zu kaufen, die Munition also, mit der Wolli und Willi seinerzeit den alten Herrn Fisch im Keller fast zu Tode erschreckten. Hein ging an den Kartenständer und schob das Innenteil nach oben, an dem die Landkarten und Schautafeln befestigt werden konnten. Zum Hans sagte er, „Geh äs up den Schulhof und bring mer klein Steincher". Hans brachte seinem Onkel das Gewünschte. Danach bückte sich der Mann und sagte: „Nun gib mir mal en Pulverstoppen". Den legte er genau in die Höhlung des Kartenständers und auf das obere Ende des Stoppens ein passendes Steinchen. „Nun passt mal auf, wie das geht. Hoffentlich funktioniert et!" Hein machte sich am Bügel der Innenstange zu schaffen und ließ diesen fallen. Das gab einen Knall! Ohrenbetäubend! Die Fenster wurden geöffnet, damit der „Pulverdampf" sich verzog, und danach der Kartenständer erneut von Hein präpariert. Natürlich ließ ich es mir nicht nehmen, mich genau einweisen zu lassen, wie ich anderntags den Salutschuss zu Ehren des Namenstagskindes abfeuern konnte. Noch etwas fehlte uns. Ein Namenstagsgeschenk. Was tun? Da gab uns der gute Hein zum zweiten Mal etwas Geld mit dem Auftrag, nochmals zum Wirt Adams zu gehen, um eine Flasche Limonade zu kaufen. Das taten wir dann auch, wurden aber ausdrücklich dazu verpflichtet, das „Leergut" wieder zurückzubringen. Da stand nun unser Namenstagsgeschenk auf dem Pult, von Blumen umrankt, und Hans und Wolli fieberten dem entgegen, was sich anderntags ereignete.

Alle waren ganz still, als unser Namenstagskind die Klasse betrat, und brüllten diesmal das vertraute „Du" verwendend und grammatikalisch falsch: „Wir gratulieren Dich zum Namenstag!" Das Fräulein strahlte. Über ihr die Girlanden, den Blumenduft riechend und einen kleinen Knicks vor uns machend sagte sie bewegt: „Dankeschön!" Wie gewohnt kam auch unsere Antwort: „Bitteschön!" Dann war ich an der Reihe! Ich löste den Bügel vom Kartenständer, prompt folgte ein fürchterlicher Krach. Einige schrien, und das Namenstagskind fiel vor Schrecken um. Es dauerte lange, bis sie sich wieder vom Boden erhob. Da stand ich da: was so lieb gemeint war, hatte gerade das Gegenteil dessen bewirkt, was wir wollten. Ich war mal wieder in Verruf geraten. Und da der Krewer Hein ausdrücklich verboten hatte, ihn als Mittäter zu verraten, haben wir beide auch geschwiegen.

Nicht viel später lernten wir wieder ein Gedicht. Es war Spätsommer. Der Jahreszeit gemäß wurde der Unterricht gestaltet. Herbst: „Die Tage werden kürzer, und die Nächte werden länger!" Aber der Herbst hat auch seine besonderen Reize. Er beschenkt uns überreich. Die Früchte der Erde, wie sie genannt wurden, lernten wir gerade in dieser Jahreszeit kennen. Und in einem Gedicht wurden davon einige aufgezählt, reife Früchte, die vom Baume purzelten, als ein Mensch ihn schüttelt:

Da fallen herunter die Reifen und Losen,
die Äpfel und Birnen und Aprikosen.
Die Jungen und Mädchen rufen Hurra,
der Onkel Herbst ist wieder da.

Dass wir aber auch für das Getreide, die Kartoffeln, das Gemüse dankbar sein dürfen und müssen, ging uns erst richtig auf durch die Art und Weise, wie unsere Lehrerin uns dies behutsam erklärte. Nun waren die Getreidefelder gemäht, über die Stoppeln wehte der Wind. Wir lernten und betrachteten vor allem das Gedicht von Victor Blüthgen:

Gemäht sind die Felder, der Stoppelwind weht.
Hoch droben in Lüften mein Drache nun steht,
die Rippen von Holze. Der Leib von Papier,
zwei Ohren, ein Schwänzlein sind all seine Zier.
Und ich denk: so drauf liegen im sonnigen Strahl,
ach, wer das doch könnte, nur ein einziges Mal!

Da guckt ich dem Storch in das Sommernest dort:
Guten Morgen, Frau Störchin, geht die Reise bald fort?
Ich blickt in die Häuser zum Schornstein hinein:
O Vater, o Mutter, wie seid ihr so klein.
Tief unter mir säh ich Fluss, Hügel und Tal,
ach, wer das doch könnte, nur ein einziges Mal!

Und droben, gehoben auf schwindelnder Bahn,
da fasst ich die Wolken, die segelnden an;
ich ließ mich besuchen von Schwalben und Krähn
und könnte die Lerchen, die singenden sehn;
die Englein belauscht ich im himmlichen Saal;
ach, wer das doch könnte, nur ein einziges Mal!

An dieser Stelle folgt zuerst einmal ein großes Kompliment an diese so sehr bescheidene und dennoch so große Pädagogin der „Alten Schule". Behutsam führte sie uns an die Aussageabsicht dieses Gedichtes heran. Sie wusste genau, was sie zunächst erklären musste, um die Strophen richtig zu verstehen. Fräulein Reis erklärte uns, dass der Storch ein Zugvogel sei und im Herbst dorthin fliegen muss, wo er, wenn es bei uns kalt und frostig wird, Frösche und Futter findet. Hier würden die Störche sonst verhungern. Erst wenn es bei uns warm wird und die Natur aus dem „Winterschlaf" erwacht, kämen die Störche wieder in ihr altes Nest zurück. Dann gibt es dort, wo die Störche auf den Dächern der Häuser ihre Nester bauen, auch Frösche und all das, was die großen Vögel für sich und die Aufzucht ihrer „Kinder" nötig bräuchten. Auch seien hier die Tage länger. Die jungen Tiere würden alle verhungern, wenn die Tage im Sommer nicht so lange wären, weil sie sonst nicht genügend Zeit hätten, das viele Futter zu suchen. Auch die Sache mit dem Schornstein war schnell geklärt. Sie kannte aus ihrer Kindheit noch Häuser mit einem offenen Schornstein, in dem an einem Feuerhaken ein Kessel hing. Auch beim Schmied Rosenbaum könnte man heute noch von oben herab in die Werkstatt schauen. Als ich das hörte, dachte ich an Max und Moritz, die der armen Witwe Bolte mit einer Angel die Hühner und den gebratenen Hahn „klauten“. Danach haben wir das Gedicht nochmal gelesen, als Fräulein Reis in uns die Sehnsucht erweckte, auch einmal auf diesem Drachen liegen zu dürfen. Ach, wer das doch könnte, nur ein einziges Mal!

Nachdem wir das Gedicht auswendig gelernt hatten und es mehrmals von verschiedenen Kindern stehend vor der ganzen Klasse vorgetragen worden war, lautete die schriftliche Hausaufgabe für den andern Tag: „Wenn ich fliegen könnte“. Das war etwas für mich. Meine Phantasie ging förmlich mit mir durch. Wenn ich das könnte? Nur ein einziges Mal. Ich bemühte mich sogar, besonders schön zu schreiben, und fragte mich: „Wohin“ und fing an aufzuzählen: Ich würde nach Berlin fliegen; ich würde nach Jerusalem fliegen; ich würde zu Adolf Hitler fliegen; ich würde nach Rom fliegen.

Wohin ich überall fliegen wollte, reihte ich aneinander und dachte mir aus, wie schön das wäre. Ich schwebte förmlich über den Wolken. Die Engel sah ich total anders als die im Nikolausbuch von Frau Reuland. Voller Stolz präsentierte ich der Lehrerin mein Werk. Für besonders gute Leistungen verteilte Fräulein Reis „Fleißkärtchen“. Wenn man derer zehn gesammelt hatte, bekam man von ihr ein Heiligenbildchen überreicht. Voller Erwartung harrte ich nun dem Moment entgegen, ein Fleißkärtchen zu erhalten. Fräulein Reis verlor ihre Beherrschung, schalt mich einen Dummkopf und – was mich besonders traf: sie gab mir Schläge mit dem Rohrstock, auf jede Hand einen. Es war weniger der körperliche Schmerz, es war eine abgrundtiefe Scham, die mich überkam. Natürlich habe ich meinen Eltern davon nichts erzählt. Sogar meinen Freund Willi, der damals im 2. Schuljahr war, habe ich an diesem Tag nicht besucht. Ich ging in Richtung Spieles, bog links ab und stand vor dem Schaufenster des Geschäftes, dessen Inhaber man Portens Steitzchen nannte. Ich sah mir die Auslagen an. Ein U-Boot interessierte mich am meisten. Fünf Mark sollte es kosten, war schwimmfähig und mit einer Spannfeder konnte man es antreiben. Meine Phantasie wurde wieder aktiv. Wie mit dem Drachen in die Höhe, tauchte ich diesmal ab in Meerestiefen, bestaunte Fische, als hinter mir ein Junge sagte: „Ätsch, du hast heut morgen Prügel gekriegt“. Mehrmals musste ich auch im „Eckchen“ stehen mit der Aufforderung: „Stell dich ins Eckchen und schäm dich“. Das aber mussten auch andere oft über sich ergehen lassen. Wenn ich dort in der Ecke stand, wusste ich natürlich, warum. Voller Scham schlich ich nach Hause.

Mama war eine sparsame und tüchtige Hausfrau. Sie saß oft an der Nähmaschine, häkelte und strickte, stopfte Strümpfe, Wäscheteile, sortierte alles, und wenn Schwester Lore ein Kleidungsstück zu klein wurde, bekam dieses die vier Jahre jüngere Tutti. Diese Teile nannte sie „Erbchen". Passte Tutti dann ein Schlüpfer nicht mehr, erbte ich mit der größten Selbstverständlichkeit auch deren Unterhosen. Zwar gab es hier bei mir immer ein kleines Problem, das aber mit etwas Geschick von mir zu bewältigen war. Ich war gerade sieben Jahre alt, als sich Folgendes ereignete: Mama gab mir eine von Tuttis Unterhosen. Darüber zog ich meine normale kurze Hose. Da geschah etwas, das ich anfänglich nicht bemerkte: eines der Gummibänder lockerte sich, der Stoff der Unterhose bahnte sich einen Weg am Oberschenkel und meiner normalen Hose vorbei und konnte gesehen werden. Schon die Farbe dieses Kleidungsstückes war typisch für Mädchen, und wer wollte schon als Junge meines Alters als Mädchen bezeichnet werden. Es war eine der damals üblichen und typischen Unterhosen für Mädchen. Plötzlich schrie ein Junge hinter mir in Schweicher Mundart: „En Frauleutsbux, en Frauleutsbux. O en Frauleutsbux!" Im Nu standen da ganz viele Schulkinder und brüllten: „Frauleutsbux, Frauleutsbux, Frauleutsbux!" Heulend gelang es mir, der Mitte zu entkommen. Durch den Hintereingang unseres Wohnbereiches flüchtete ich in die Arme meiner Mutter und heulte mich schluchzend in ihren Armen aus. Ich schämte mich und war nicht mehr bereit, den Schulhof zu betreten. Natürlich zog mir die Mama den „Schandlappen" aus und wollte mir ein neues Exemplar aus „Tuttis Erbchen" anziehen. Ich wehrte mich mit aller Kraft. Mama erklärte mir, dass diese Hose doch „ganz" sei. In dem Moment erkannte ich ganz deutlich, dass ich ein richtiger Junge und kein Mädchen war: „Das ist eine Mädchenhose, die hat keinen Schlitz!" Dieses Argument zog. Meine Mama nahm eine Schere zur Hand und machte an betreffender Stelle einen Schnitt. Nadel, Faden und Fingerhut lagen bereit. Sie umnähte jetzt den Einschnitt mit einem Faden. Ihr Werk nannte sie dann „Hexenstich". Was das wieder mit einer Hexe zu tun hatte, begriff ich nicht. Es war doch wohl schon einige Zeit seit meiner Flucht vom Schulhof vergangen, als meine Mutter mich an der Hand nahm und mich in meine Schulklasse brachte zu Herrn Scherer, oder war es Herr Kaiser oder das Frollein Felten? Nach Schulschluss lief ich dann einem Jungen in die Arme, weitere kamen hinzu und umringten mich. Da fiel wieder das so böse Wort „Frauleutsbux". Jetzt konnte ich aber richtig kontern: „Dat is kein Frauleutsbux. DA IS EN SCHLITZ DRIN!" Und zur Belustigung zeigte ich diesen.

Seit der Geburt meiner Schwester ging natürlich auch außerhalb des Schulunterrichtes das Leben weiter. Meine Schwester berichtete, da habe

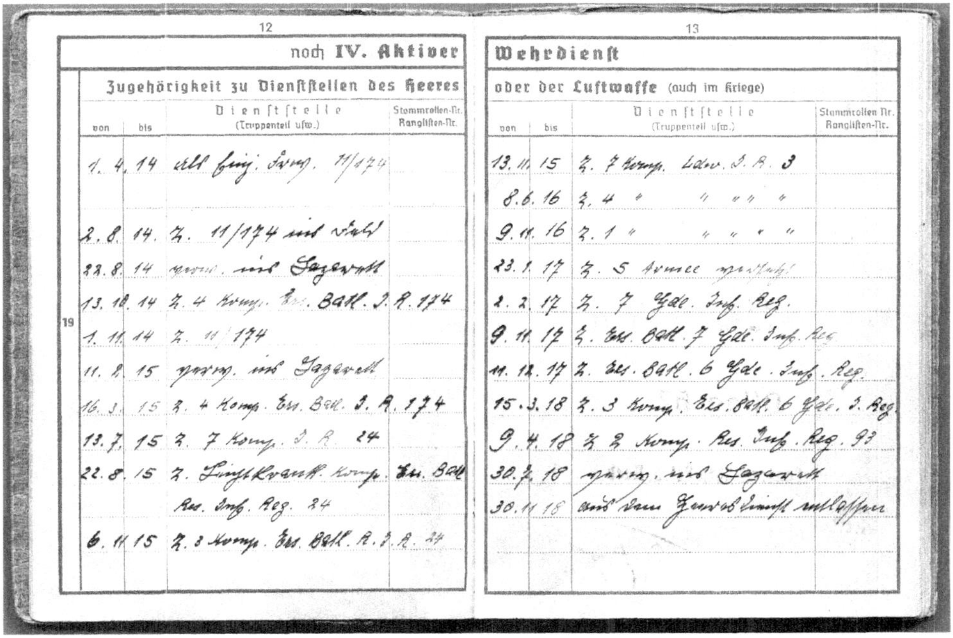
12 | 13

noch IV. Aktiver				Wehrdienst			
Zugehörigkeit zu Dienststellen des Heeres				oder der Luftwaffe (auch im Kriege)			
von	bis	Dienststelle (Truppenteil usw.)	Stammrollen-Nr. Ranglisten-Nr.	von	bis	Dienststelle (Truppenteil usw.)	Stammrollen-Nr. Ranglisten-Nr.
1.4.14		als freiw. Freiw. 11/174		13.11.15		z. 7 Komp. Ldw. I.R. 3	
				8.6.16		z. 4 " " " "	
2.8.14		z. 11/174 ins Feld		9.11.16		z. 1 " " " "	
22.8.14		verw. ins Lazarett		23.1.17		z. 5 Armee [illegible]	
13.10.14		z. 4 Komp. Ers. Batl. I.R. 174		2.2.17		z. 7 Gde. Inf. Reg.	
1.11.14		z. 11/174		9.11.17		z. Ers. Batl. 7 Gde. Inf. Reg.	
11.2.15		verw. ins Lazarett		11.12.17		z. Ers. Batl. 6 Gde. Inf. Reg.	
16.3.15		z. 4 Komp. Ers. Batl. I.R. 174		15.3.18		z. 3 Komp. Ers. Batl. 6 Gde. I. Reg.	
13.7.15		z. 7 Komp. I.R. 24		9.4.18		z. 2 Komp. Res. Inf. Reg. 93	
22.8.15		z. [illegible] Komp. Ers. Batl. Res. Inf. Reg. 24		30.7.18		verw. ins Lazarett	
				30.11.18		aus dem Heeresdienst entlassen	
6.11.15		z. 3 Komp. Ers. Batl. R.I.R. 24					

jemand erzählt, dass unser Vater von Schweich versetzt werden solle. Es war sogar von Konz die Rede. Es schien auch etwas an der Sache zu stimmen. Jedenfalls meldete sich der Vater krank, klagte über Rheuma, zeigte auch eine Narbe am rechten Arm. Dort war er im Februar (laut dem mir vorliegenden Wehrpass) 1915 bereits zum zweiten Mal verwundet worden. Der Amtsarzt verordnete ihm eine Kur in Aachen. Ich weiß nicht, wie lange unser Vater dort „kurte“. Konrektor Kieselmann musste zu seinem Leidwesen nunmehr die Schulleitung stellvertretend übernehmen, worüber er alles andere als glücklich war. Jedenfalls war er sehr froh, als mein Vater, vom Rheuma genesen, den Dienst wieder aufnahm. Schweich bekam ein Jahr zuvor auch einen neuen Lehrer, Herrn Goujet. Eine seiner Töchter war mit meiner Schwester Lore Schülerin der Auguste-Viktoria-Schule in Trier, dem Mädchengymnasium, das auch Schwester Tutti besuchte. Barbara, von uns Bebbi genannt, und ihr Bruder Leo mussten bis dato täglich vom Dorf Metternich im Kreis Bitburg nach langem Fußweg und langer Bahnfahrt nach Trier pendeln. Da war es absolut verständlich, dass sich Herr Goujet sehr bemühte, eine wesentlich bessere Anbindung zum Schulort seiner Kinder zu finden. Dies gelang nur, wenn er auch bereit war, bestimmte Auflagen zu erfüllen. Gelegen kam dabei die Tatsache, dass in Schweich eine Lehrerstelle durch den Umzug von Lehrer Rosenbaum nach Mayen frei wurde. So gelangte Familie Goujet nach Schweich und zog gegenüber von uns im Hause Schilling ein. Herr Goujet war wie mein Vater im Weltkrieg Offizier, hatte ein Auge verloren und wirkte fortan als Lehrer und stellvertretender Leiter der Ortsgruppe in Schweich.

Sohn Leo war ein tüchtiger Schüler und Typus einer Führungspersönlichkeit. Kein Wunder, dass er bald auch Fähnleinführer des Jungvolkes wurde. Ich mochte ihn sehr und er auch mich. Wenn er an den Nachmittagen Gruppenstunden mit den ihm anvertrauten „Pimpfen" hielt, war ich immer gerne dabei, und er duldete mich auch in diesem Kreis. Vor allem begeisterten mich die „zackigen" Lieder, die wir sangen: „Ein junges Volk steht auf zum Sturm bereit, reißt die Fahnen höher, Kameraden. Wir fühlen nahen unsere Zeit, die Zeit der jungen Soldaten. Vor uns marschieren mit sturmzerfetzten Fahnen die jungen Helden der jungen Nation. Deutschland, Vaterland, wir kommen schon." Ja, das nannte man „zackig". Auf diese Melodie ließ es sich gut marschieren. Dann stand ich meist mit meinesgleichen am Schulhofsrand und schaute begeistert zu. Er zeigte uns auch die Epidiaskop-Bilder: Soldaten beim Manöver, Arbeitsdienst im Einsatz, Hitlerjungen im Lager. Dann wurde wieder gesungen: „Ein Heller und ein Batzen, die waren beide mein!" Langweilig war das nie. Oft habe ich damals meinen weiteren Freundeskreis vergessen. Mein Vater war mit vielen Dingen nicht zufrieden, schimpfte über Anweisungen, die er von „oben" erhielt. Da kam auch einmal ein Mann mit ihm in das Wohnzimmer. Wir hörten plötzlich beide brüllen und fluchend verließ dieser Mann über unser großes Treppenhaus die Wohnung. Als Mama jetzt wieder „Joseph" sagte, nahm Vater ein Wort in den Mund, von dem Mama behauptete, dass man ein solches nicht mal in die Hand nimmt: Ich lasse mir dieses „Scheiß-Blatt" nicht andrehen.

In diese Zeit fiel auch der Wechsel in der Schweicher Parteispitze. Das Telefon wurde abmontiert, weil dieses von der Ortgruppe Schweich installiert worden war. Amtsbürgermeister Kurt Keuschen kam. Kurt und Joseph saßen im Wohnzimmer und sprachen von Dingen, von denen ich absolut nichts verstand. Sie tranken eine Flasche Annaberg, Königsberg, Herrenberg oder sonst eine Flasche, jedenfalls war es ein Schweicher Wein. Dass ich das behalten habe, verdanke ich allein der Tatsache, dass mein Vater in seiner Schreibtischschublade eine ausgediente Zigarrenkiste hatte, in der er Briefmarken aufbewahrte. Die hatte ich natürlich in meinem Vorwitz längst entdeckt und von Papa erfahren, dass diese nur für Ausnahme-Briefe benutzt werden dürfen. Nicht der damals aufgedruckte Hindenburgkopf war da zu sehen. Ich denke, es war ein Hakenkreuz. Was sonst noch neben dem Pfennigsbetrag zu sehen war, habe ich mir nicht eingeprägt. Als sich die „Genossen“ voneinander verabschiedeten, sagte mein Vater: „Moment mal, Kurt, da sind noch die Briefmarken“ und reichte seinem Nachfolger im politischen Amt das Kästchen samt Inhalt. Herr Keuschen sah sich die Wertzeichen an und sagte dann sinngemäß: „Nun komm, aber! Die kannst du doch behalten.“ Mein Vater: „Damit kann und darf ich jetzt nichts mehr anfangen“. Zu meinem großen Bedauern nahm der Amtsbügermeister mit den Briefmarken auch die Zigarrenkiste mit.

An unserer Hauswand waren auch zwei emaillierte Hinweisschilder angebracht: Das obere: „Amt des Leiters der NSDAP SCHWEICH (oder sogar National-Sozialistische-Deutsche-Arbeiter-Partei). Jedenfalls war es in meinen Augen sehr groß. Darunter war auf einem kleineren Schild zu lesen: „AMT DES SCHIEDSMANNS“. Kurz darauf war das obere Schild verschwunden. Die Stelle, wo es vorher befestigt war, erkannte man fortan nur noch an vier Löchern und einem helleren Fleck an der Hauswand. Wenn mich nicht alles täuscht, wurde es danach an einem Haus im Reitergässchen angebracht. Dass meine Mama in diesem Moment einen Kommentar der Erleichterung von sich gab, weiß ich genau, kann ihn aber wörtlich nicht mehr zitieren. Das Hinweisschild auf „das Amt des Schiedmannes“ aber blieb. Dagegen hatte Mama nichts einzuwenden, und Vater waltete hier weiterhin seines Amtes. Der Sitzungsraum war immer unser Wohnzimmer: In der Mitte ein großer Tisch, umgeben mit einem Sammelsurium von Stühlen und einem größeren, aber sehr einfachen schwarzen Holzsessel am oberen Kopfende, auf dem mein Vater immer seinen Platz einnahm. Auf dem Tisch stand ein Tintenfass mit Federhalter. Da gab es auch noch einen „Tintenlöscher“, der wie eine kleine Schaukel aussah. Genau vor dem Sitzplatz lag ein dickes Buch (viel dicker als das schwarze Buch des Heiligen Nikolaus). Darüber hing eine große Lampe, die mit Stoff umspannt war. Im selben Raum befanden sich auch unser Bücherschrank und eine Kommode (so nannte meine Mama das Ding) sowie Bilder an der Wand, die ich damals noch für große Kunstwerke hielt. Das war also die Amtsstube, in der Papa die Parteien, wie er sie nannte, empfing. Für uns Kinder – meist waren das Tutti und ich – hieß es dann immer, den Raum niemals während einer Sitzung zu betreten, woran wir uns auch strikt hielten. Zwischen diesem Raum und unserem Esszimmer, das nur selten benutzt wurde, befand sich eine Verbindungstür. Der Ablauf einer solchen Schiedsmanns-Verhandlung verlief in seinen Grundstrukturen immer gleich. Es klingelte an der Haustür, die mit einer elektrischen Schaltung geöffnet werden konnte. Die erste „Partei“ kam die Treppe hinauf. Einige Worte wurden gewechselt und die Gruppe auf die Sitze an der einen, die nachfolgende, die immer etwas später klingelte, auf der anderen Tischseite platziert. Tutti und ich huschten meist unbemerkt in unser Esszimmer und setzten uns unmittelbar vor die geschlossene Verbindungstür, wo wir lauschten und durch das Schlüsselloch schauten. Dann übernahm unser Vater das Wort. An eine seiner ersten Äußerungen erinnere ich mich bis heute. Ich gebe sie sinngemäß wieder: „Vor Beginn der Verhandlung bitte ich Sie, sich möglichst noch zu einigen!" Ob es jemals schon nach dieser Eröffnung zu einer Einigung kam, weiß ich nicht.

Einige Namen, die oft mit ihren Klagen vor den Schiedsrichter traten, waren uns Kindern auch von der Straße bekannt. Sie bewohnten damals ein Schlichthaus gegenüber der Kirche. Sie schrien sich gegenseitig an. Aber die Stimme meines Vaters brachte sie schnell zum Schweigen. Ein Fall sei besonders erwähnt. Zwei Rivalinnen hatten wieder einen Streit auf der Straße, hatten sich gegenseitig beschimpft, was dann auch die mitgebrachten Zeugen bestätigten: „Du dreckisch Fraumensch, hass mich ‚Schneepisser' genannt." „Dat hass de ja uch gemach." Eine Zeugin konnte das bestätigen. „Wo sollt ich den suss hin gehn? Unseren Abtritt leit doch up der anerer Seit von der Strass." „Und wat hast du zueerst üwwer mich gesagt??? Na, watt denn? Du hass mich Luxemburger Strohsack genannt." Die Einlassungen endeten dann im „Verhandlungsprokoll", was beide Klageführende als schwere Beleidigung ansahen. Von meinem Vater unter Druck gesetzt, kam es dann zur gütlichen Einigung, und die Parteien verließen nacheinander das Haus. Ich meine, dass meine Schwester Tutti sogar einmal ihre Freundin Louise zu einem solchen Lauschvergnügen mitbrachte.

An dieser Stelle muss ich, um den Faden nicht zu verlieren, einige Ereignisse erwähnen, die neben dem bislang Beschriebenen erwähnenswert sind. Mit meiner Schwester Mechthild nahm nicht nur ein Kind, sondern wirklich ein ganz neues Familienleben seinen Einzug. Ich war jetzt nicht mehr der Mittelpunkt! Nicht dass ich mir „abgeschrieben" vorkam. Mechthild war in ihrem Säuglingsalter oft krank. Sie schlief in ihrem Kinderkorb. Mama konnte sie nicht stillen. Meine Schwester war also ein Flaschenkind. Meist ging ich abends mit unserer Milchkanne zu Thuls, wo mir Maria oder Katti die Milch in meine Kanne schütteten. Sie verwendeten dabei immer ein „geeichtes Maß", das sie randvoll füllten. Dann kam mit einer „Bolle" noch ein Nachschlag hinzu. Katti sagte mir, dass das Litermaß einmal im Jahr geprüft werden muss, und zeigte am Rand eine Verdickung mit einer eingeprägten Zahl. Mit einer Engelsgeduld ertrugen die beiden alle meine Fragen, und deren Antworten konnten mich meist auch überzeugen. Da stand ich auch oft an der Zentrifuge.

Darüber war eine breite trichterförmige Schüssel angebracht. In diese konnte ein ganzer „Streicheimer“ mit gesiebter Milch geschüttet werden. Unterhalb einer Kurbel gab es zwei schwenkbare hohle Arme. Einer wurde so gedreht, dass er über einem kleineren Gefäß mündete. Unter den zweiten hohlen Arm wurde etwas tiefer ein Eimer platziert. Dann begann eines der Thulsmädchen mit der Kurbel zu drehen. Es fing seltsam an zu klingeln. Immer schneller wurden die Bewegungen, bis endlich das Schellen aufhörte und aus beiden Öffnungen wieder Milch floss. Wenig in den Topf und viel in den Eimer. Man erklärte mir, dass die Flüssigkeit, die in den Eimer floss, Magermilch sei. Die sei jetzt für die Schweine bestimmt. Im kleineren Gefäß sei jetzt Rahm, ich meine aber, dass man Schmant sagte. Den schüttete man danach in einen größeren Tontopf, in dem der Rahm mehrerer Tage gesammelt und in der „Rump“ zu Butter verarbeitet wurde. Das war ein kleines Fass, an dessen einem Ende ein Zahnrad angebracht war. Oben war eine breite Öffnung mit einem verschließbaren Deckel. Alles wurde von einem Gestell getragen, zwischen dem das Butterfass mit einer Handkurbel gedreht werden konnte. Wieder hieß es drehen, drehen, drehen. Am Klang erkannte man sogleich, ob aus dem Rahm Butter geworden war. Und in der Tat sah ich, als man oben den Deckel öffnete, dass in einer seltsamen trüben Brühe ebenso seltsame Klumpen schwammen. Jetzt wurde der Inhalt der Rump wieder in den Milcheimer gegossen, und die Butterklumpen wurden herausgefischt. Das schmeckt gut, bekam ich dann zu hören, und man reichte mir mit der Schöpfbolle einen Schluck Buttermilch, die mir anfangs allerdings nicht besonders gut schmeckte. In einer flachen Schale wurden die Butterstücke auf dem Küchentisch immer wieder ausgedrückt und letztlich zu einem Gebilde geformt, das man Laib nannte.

1937: Vorgarten des Schulhauses; meine Eltern mit Lore, Tutti, Mechthild (auf Mamas Arm) und mit mir. Im Hintergrund das Haus der Familie Schilling

Doch kommen wir zurück zu meiner Aufgabe. Ich brachte die Milch nach Hause, Mama kochte diese sogleich ab und passte dabei höllisch auf, dass sie nicht überkochte und auch

Mama mit ihren drei Töchtern

nicht anbrannte. Für Mechthild wurde daraus ein Fläschchen bereitet, an dem auch ich noch immer gerne nippte. Ich kann mich auch noch an Haferflocken erinnern, die Mama vorher aufkochte und dann durch ein Haarsieb drückte. Später fügte sie dem Haferschleim geriebene gekochte Möhren hinzu, manchmal auch Zwieback. Kühlschränke gab es damals noch nicht. Die Milch muss wohl einmal verdorben sein. Mechthild wollte nicht richtig trinken. Sie wurde krank, erbrach sich, hatte Durchfall und hustete ständig. Das Frollein Doktor Wolters, unsere Kinderärztin, diagnostizierte Brechdurchfall, und beide Elternteile, natürlich auch wir Kinder, lebten in ständiger Angst. Nie im Leben habe ich meinen Vater in ähnlicher Weise erlebt. Glaubte ich bis dahin nämlich, dass ein richtiger Mann, so wie er es von mir forderte, nicht weinen dürfe. Er hatte also auch nahe am Wasser gebaut. Ich merkte das aber nur daran, weil er sich mit dem Taschentuch die Augen abwischte.

Das Kind wurde wieder gesund. Der zusammenklappbare Kinderwagen, in dem ich schon in Nunkirchen und Hermeskeil transportiert wurde, fand jetzt nochmals seinen Einsatz. Nach gründlichster Reinigung wurde er mit einem prallgefüllten Haferspreusäckchen ausgestattet. Mama hatte auf der Nähmaschine alles gefertigt, auch das, was sonst noch nötig war. Mit diesem Gefährt wurde Mechthild in die Außenwelt gebracht, oft von den Eltern zusammen mit uns. Gern nahm Papa dann als Ziel eine Gaststätte ins Auge, was der Mama nicht ganz recht war. Sie nahm da schon lieber einen Korb mit Kuchen mit, eine Thermosflasche und eine große Decke, auf der wir uns gemütlich lagern konnten. Aber auch Lore und Tutti kümmerten sich ganz liebevoll um das Kind. Lore war 16 Jahre alt, als Mechthild zur Welt kam, und zeigte einige Mutterinstinkte, nicht nur der Mechthild, sondern gerade mir gegenüber. Sie glaubte, ich würde nun vernachlässigt werden. Tutti dagegen betrachtete ihre zwölf Jahre jüngere Schwester mehr als lebendige Puppe. Stolz schob sie diese im antiquierten Kinderwagen durch den Ort, meist begleitet von einer Schar älterer Mädchen. Das Kind wurde bestaunt, vor allem Frauen traten zum Kinderwagen und gaben ihre Bemerkungen ab. In Begleitung meiner Schwester waren meist mehrere Mädchen, von denen immer wieder ein anderes den Wagen schieben wollte. Auch ich war oft dabei. Einmal fuhren wir den Ehranger-Pfad in Richtung Feldstraße, der damals einzig geteerten Straße von Schweich. Dort, wo beide Straßen sich kreuzten, wohnte in einem schönen Eigenheim das Fräulein Drocour, eine soeben pensionierte Lehrerin aus dem Kollegium meines Vaters. Bei den Kindern galt sie als äußerst streng. Mit einer ledigen Schwester, die ihr den Haushalt führte, teilte sie das Anwesen. Die beiden Damen fuhren zu einer Familienfeier in den Hunsrück und hatten unserer Tutti erlaubt, während ihrer Abwesenheit im Garten die reifen Erdbeeren abzuernten. Das ließ sich Tutti nicht zweimal sagen. Alles fiel über die Erdbeeren her. Auch ich bekam meinen Anteil. Eines der größeren Mädchen nahm nun unsere Mechthild aus dem Kinderwagen heraus, drückte sie an sich, als schon das zweite Mädchen erklärte, dass sie jetzt an der Reihe sei. Meine Freundin Hildchen, die mein Vater immer noch „Schnürchen" nannte, stand mit mir am Kinderwagen. Schon war eine neue Idee geboren, die Hildchen und ich schnell in die Tat umsetzten. Ich war gerade sieben Jahre alt, Hildchen neun. Sie legte mich in den Kinderwagen und deckte mich zu.

1936: Lore, Tutti und ich

Damals war ich alles andere als ein schönes Kind. Ich war direkt verunstaltet. Das hatte folgende Bewandtnis: Fast alle Kinder unseres gesamten Umfeldes hatten eine andere Frisur, nämlich eine Glatze, manche eine Glatze mit Vorgarten, das heißt, dass, bis auf einige Haarreste unmittelbar über der Stirn, alles kahl war. Die erstere Form der Glatze, die auch alle Schillingsjungen hatten, wollte ich auch haben. Der Frisör Körperich kam aber meiner Bitte nicht nach. Er verlangte die Genehmigung meines Vaters oder der Mutter. Als diese dann wieder einmal für einige Tage ausnahmsweise abwesend waren, sah ich meine Zeit gekommen. Tutti ging mit mir zu Körperichs Otto, dem Sohn des Geschäftsinhabers. Ehe Tutti überhaupt etwas sagen konnte, sprach ich das aus, was ich so lange begehrte: „Ich will en Glatz". Seine Frage: „Hat dir dein Papa das denn erlaubt?" Tutti erbarmte sich meiner und beantwortete sie mit einem klaren „Ja". Ich bin der festen Überzeugung, dass sie diese Notlüge nie gebeichtet hat. So verschwand dann mein dichtes und blondes Haar. Ich sah mich selbst im Spiegel. Jetzt hatte ich eine Glatze. Meine Ohren, die ohnehin sehr groß sind, standen weit ab. Die Leute auf der Straße bestaunten mich. Thuls Katti sagte: „Aber Wolli", selbst Willi erkannte mich kaum wieder, und als Schwester Lore mich sah, bekam ich von ihr eine ordentliche Portion Prügel. Woher sie den dann folgenden Vergleich kannte, weiß ich nicht: „Du siehst aus wie ein Arsch mit Ohren". Sie spottete anschließend weiter und fragte immer wieder: „Wo ist denn unsere Sonntag-Nachmittags-Zuckerdos?" Das traf mich ganz tief. Hatte ich doch damals gerade von ihr, meiner liebsten Schwester, ein Lob erwartet. Am andern Morgen bestaunte mich dafür aber Fräulein Felten. Sie lachte und fragte: „Hattest du Pferdchen?" Ich begriff erst viel später, dass sie damit Läuse meinte, die Mama übrigens „Bobbelchen" nannte. Wir blieben als Schulkinder auch nicht von der Plage verschont.

Noch etwas kam hinzu, was mein Aussehen beeinträchtigte: ich verlor meine ersten Milchzähne. In einer der Lücken bahnte sich damals ein neuer Zahn den Weg nach oben. Da lag ich nun mit all meiner Schönheit im Kinderwagen, mit angezogenen Beinen sogar recht bequem. Die großen Mädchen lachten, behielten Mechthild aber auf dem Arm. Jemand zeigte auf ein Haus und sagte: „Da wohnt ein Kommunist"! Ehe ich fragen konnte, was das sei, trat eine für mich damals schon uralte Frau an den Kinderwagen, den Hildchen schob. Tutti zog sich sofort etwas zurück, als Frau Rössler, so hieß diese Dame, sich über den Rand des Kinderwagens beugte und mich bestaunte. „Ei, ei, da ist ja das Ditti! Oh, du kannst ja schon lachen und bekommst schon Zähnchen." Sie wischte sich die Augen, Tutti und Freundinnen samt Mechthild auf dem Arm verzogen sich blitzschnell, nur

Hildchen blieb standhaft und brach erst in lautes Lachen aus, als die liebe gute alte Frau Rössler weiterging.

Noch einmal war es Frau Rössler, die mir über den Weg lief, damals vor Schillings Haus. Kurz zuvor musste Mama Speicher ihren Josef wieder ermahnen. Papa sang ein Spottlied auf den alten Kaiser. In einem Liederbuch hatte er ein Gedicht entdeckt mit der Überschrift: „Parademarsch!“ Da hieß es immer wieder Parademarsch, Parademarsch. Das war dem altgedienten preußischen Gardeoffizier des Ersten Weltkrieges einfach zu dumm. Es muss ihn so aufgeregt haben, dass er seine Stimmbänder in Aktion setzte und lauthals sang: „Parademarsch, Parademarsch, der Kaiser hat ein ...“ (Mama sagte mal wieder: Aber Joseph, das Kind!“). Vater aber sang weiter: „Loch im Ohr!“ Die Melodie hatte ich damals schon öfter gehört. Inzwischen war ich aber auch in der Entwicklung fortgeschritten und dem Einfluss der Schweicher Straße unterlegen. So wusste ich, dass sich der Vers nicht reimte. Außerdem zögerte mein Herr Papa einen Moment, nachdem meine Mama ihn ermahnt hatte, ehe er weitersang: „... ein Loch im Ohr“. Nun sang ich also diese traute Weise samt Text vor Schillings Haus, als gerade Frau Rössler erschien. Ich sang dazu aber den Text so, wie er mir reimgerechter erschien. Frau Rössler mag zwar schlechte Augen gehabt haben, aber hören konnte sie ausgezeichnet. „Oh, was hast du da für ein böses Lied gesungen. Von wem hast du das denn gelernt?“ Meine Antwort: „Ei, von meinem Papa.“ Frau Rössler schüttelte den Kopf, sagte etwas vor sich hin und ging weiter.

Um diese Zeit überschlugen sich die Ereignisse in unserem Ort. Es hieß, die Arbeitslosen hätten eine Arbeit gefunden. Man begann mit dem Bau der „Reichsautobahn“. Die Trasse, die östlich am Rande des Ortes vorbeiführen sollte, wurde vermessen. Unterhalb des Forsthauses wurden aus einer Wiese mit Schaufeln und Spaten Rasenstücke ausgestochen und seitwärts davon sorgfältig aufeinandergelegt. Diese Aktion dauerte gar nicht lange. Dann kamen Männer aus ganz Deutschland angerückt, und in der Schule hörten wir, dass jetzt der Westwall gebaut werde. Man erklärte uns auch die Notwendigkeit einer solchen Maßnahme. Das war wohlgemerkt noch vor dem Krieg. Die Arbeiter wurden in den verschiedenen Familien einquartiert. Das geschah keineswegs unter Zwang. Für viele Schweicher bedeutete das eine sich lohnende Aktion: Die Westwallarbeiter brachten Geld ins Haus. Auch wir hatten zwei Männer in Einquartierung. Ich weiß sogar noch ihre Namen: Lessmeister und Schulze. Sie bewohnten damals unsere Mansarde und Schwester Lore, die abgesondert von der übrigen Familie ihr Refugium dort oben gefunden hatte, musste fortan wieder ihr Schlafgemach mit Tutti teilen. Die Männer wurden auch verpflegt.

Mutter schmierte ihnen morgens schon in aller Frühe Berge von Butterbroten mit Wurst und Käse. Einer von den beiden bat sie sogar, ihm noch eine weitere Stulle mitzugeben. Das Mittagessen erhielten die Männer aus einer Gulaschkanone an ihren Arbeitsstellen, den Bunkern. Was eine Gulaschkanone war, wussten wir Kinder alle aus den vielen Erlebnisberichten der alten Frontsoldaten. Am Abend kehrten die Westwallarbeiter wieder hungrig in ihre Quartiere zurück. Natürlich gab es dann eine vollständige warme Mahlzeit, mit Suppe vorweg, danach bergeweise Bratkartoffeln, Gemüse oder Salat und natürlich Fleisch, freitags jedoch Spiegel- oder Rühreier. Eines Tages kam dann der jüngere Mann mit Namen Schulze, ich glaube, es war ein Berliner, brachte ein weibliches Wesen mit, das er als seine Freundin (oder sagte er Braut?) bezeichnete, und wollte mit dieser gerade treppauf in sein Gemach verschwinden, um sie in seinem Zimmer einzunisten, als Mutter energisch zwischen die beiden schritt. „Das gibt es in unserm Hause nicht!" Der Schulze schaute meine Mama entgeistert an und sprach: „Das ist doch ganz natürlich!" Aber Mama gab ihm unmissverständlich zu verstehen, dass sie das nicht dulde und er, Schulze, sofort ausziehen müsse, wenn er ihre Weisung nicht befolge. Die beiden verließen die Wohnung, Schulze knurrte noch etwas vor sich hin, was ich wieder genau hörte, aber nicht so richtig einordnen konnte: „Scheiß Katholiken!" Er fand dann für seinen Besuch bei Adams ein Zimmer. Wie Mama und Schulze sich einig wurden, weiß ich nicht. Jedenfalls hatten wir danach einen weiteren Kostgänger zu Tische sitzen, eine Frau, der, weil sie kaum sprach, Tutti ein männliches Attribut gab. Sie nannte sie einen stummen Moritz.

In diese Tage fiel ein Ereignis, das wir Kinder des 3. und 4. Schuljahres fiebernd erwarteten. Wenn wir damals mit der Moseltal-Bahn von Schweich nach Trier fuhren, konnten wir an einer Stelle auf der anderen Moselseite den Ort Pfalzel sehen. Am Moselufer lag dort verankert ein Ausflugsschiff. Dieses Boot wurde für eine Tagesreise angemietet. Am Schweicher Moselufer legte es in Nähe des Fährturmes an, wir stiegen ein und fingen gleich an zu singen: „In weiten deutschen Landen fließt mancher Strom dahin ..." Es ging moselabwärts, und wir sahen alle Ortschaften, die wir schon von der Heimatkunde her kannten. Zunächst aber sahen wir den Brückenbogen von unten und kurz danach zwei kleine Felsbrocken, die aus dem Wasser ragten. „Das sind die beiden Hungersteine!", sagte Fräulein Reis. Die sieht man nur, wenn die Mosel wenig Wasser hat. Das war wohl an diesem Tag der Fall, deshalb müsse der Steuermann gut aufpassen, dass er immer in der Schiffrinne fahre, wo genug Wasser sei. Da ragte auch ein seltsames Gebilde aus dem Wasser, neben dem ein breiter Kahn schwamm. Wieder lernte ich ein neues Wort kennen, „Bagger“. Wir erfuhren, dass dieser die Schiffsrinne freihielt. Was er aus dem Wasser herausnahm, nannte man Kies. Dieser wurde über eine Rutsche direkt in den großen Kahn geschüttet, der direkt neben dem Bagger lag und dessen Schaufeln sich kreischend bewegten. Alles wurde irgendwo angelandet und gesiebt und beim Straßen- oder Hausbau verwendet. Die dicksten dieser Steine brauchte man auch für Pflaster.

Die Orte Kirsch und Longuich kannten wir alle, mit dem Dorf Riol wussten wir aber schon weniger anzufangen. Es folgten weiter am linken Moselufer Longen und Lörch sowie Mehring. Die Fahrt ging weiter, Butterbrote wurden ausgepackt. Auch meine Mutter war mit von der Partie. Selbst den „Stummen Moritz“ nahmen wir mit. Das Wesen lief meistens auch stumm neben uns her. Fräulein Reis zeigte mit dem Finger auf ein Dorf und sagte: „Das da ist Detzem“. Jetzt kannten wir auch den Ort, dem die Römer zehn Meilen moselabwärts von Trier diesen Namen gegeben hatten. Wir passierten nach längerer Fahrt am rechten Moselufer eine Stelle, die unsere ganze Aufmerksamkeit erregte. Mein Vater wies auf zwei große Gebilde hin und erklärte uns, dass durch diese dicken Rohre, die steil den Berg hinunterführten, mit gewaltiger Kraft Wasser fließe, das Turbinen antreibe, die wiederum Strom erzeugten. „Da unten seht ihr das Haus, in dem die Turbinen stehen.“ Da standen auch einige eiserne Strommasten. Weil wir weiterfuhren, verblieb für weitere Betrachtungen keine Zeit. Rechts und links der Mosel sahen wir die vielen Weinberge. Dann legten wir in Trittenheim an. Als Erstes stellte ich fest, dass die dortige Moselbrücke zwei verschieden geformte Pfeiler hatte. Ich wollte wissen, warum das so sei. Diese Frage aber konnte mir keiner von denen, die ich doch, weil sie Lehrer waren, für „allwissend“ hielt, beantworten.

Und nun begann für mich ein nicht enden wollender Fußmarsch. Wir sangen: „Das Wandern ist des Müllers Lust“ mit allen Strophen. Ab und zu wurde eine Pause eingelegt. Der Weg war lang und steil. Dann aber waren wir am Ziel angelangt. Wir standen auf einer mir riesig hoch erscheinenden Mauer, über die ein breiter Weg führte. Auf der einen Seite lag tief unter uns ein kleiner Bach, auf der andern Seite direkt neben uns ein See. „Das ist die Drontalsperre.“ Die Mauer „staue“ das Wasser, und weil es nicht abfließen könne, sei hier ein großer „Stausee“ entstanden. Viele Wiesen und Felder hätten sich damals dort befunden, auch eine Mühle, die von dem steigenden Wasser überflutet wurde. Noch lange haben wir uns in der Schule mit den Eindrücken beschäftigt, die wir auf dieser Schiffsreise mit anschließender Bergwanderung gewonnen hatten.

Wir Schulkinder wurden damals auch in die Pflicht genommen. Plakate wurden am Kartenständer aufgehängt, mit Bildern, die wir bis zu diesem Moment nicht kannten. Ein gelber Käfer mit schwarzen Streifen, darunter Kartoffelblätter mit raupenähnlichen Tieren darauf und dann die Rückseite eines Kartoffelblattes mit vielen gelben und kleinen eiförmigen Gebilden. Kartoffelblätter kannten wir alle. Dann fiel zum ersten Mal das Wort: „Kartoffelkäfer". Es war übrigens die Zeit, wo auch der Begriff „Vierjahresplan" umging. Damit wir in Deutschland immer genug Kartoffeln zum Essen hätten, müsse der böse Feind, der die Felder sonst abfressen würde, vernichtet werden. Ein Freudenschrei war danach zu hören, als man uns sagte: „Morgen gehen wir Kartoffelkäfer suchen. Wer von euch einen solchen findet, bekommt zur Belohnung eine goldene Uhr". Die wollte doch jeder gewinnen. Wir drehten jede Kartoffelstaude mehrmals um, fanden aber zu unserm größten Bedauern weder Käfer noch Larven. Der Schaden, den wir damals dabei anrichteten, war natürlich viel größer, als wenn Kartoffelkäfer ihn verursacht hätten. Wenige Jahre später verursachte jedoch dieser Plagegeist große Schäden. Es wurden Spritzmittel zur Bekämpfung eingesetzt, die die Bauern aus einer Anlage neben dem Winzerkeller beziehen konnten, in der seit einiger Zeit auch die Spritzbrühe zur Bekämpfung der vielen Weinbergschädlinge hergestellt wurde.

Die Sache mit der Kartoffelkäfersuche führte eines Tages zu einem entsetzlichen Unglück. Ein Schuljunge bestieg einen Masten der Überlandleitung, die uns mit Strom versorgte. An jedem der eisernen Masten war zwar ein Schild angebracht mit der Warnung „Besteigen verboten". Aber ehe einer der aufsichtsführenden Lehrpersonen etwas wahrnehmen konnte, war es schon geschehen. Der Junge kletterte den stählernen Mast hinauf und berührte die Starkstromleitung. Kinder berichteten später, sie hätten dort oben ein Licht aufblitzen sehen. Danach hangelte sich der Junge noch mit letzter Kraft zu Boden. Der arme Matthias Thesen wurde ins Krankenhaus gebracht, wo man ihm einen Arm amputieren musste. Und wieder hieß es trotz der schrecklichen Folgen, der hat aber einen guten Schutzengel gehabt.

Am Westwall wurde weitergebaut. Ein Gebilde, das man Bunker nannte, entstand in unmittelbarer Nähe am Ende der Isseler Straße. Im Pühlen errichtete man ähnliche Gebilde. Dann wurden die Westwallarbeiter morgens auf Lastwagen verladen und zu entfernteren Baustellen gebracht. Und als Anfeuerungsruf hörte man damals oft: „Hau, ruck, der Westwall steht". Die Westwallarbeiter genossen nicht immer den besten Ruf. Da zeigte so manchmal einer auf den anderen und sagte, dass er was auf dem Kerbholz habe und deshalb lieber am Westwall arbeite. Hinter vorgehaltener Hand wurde damals auch erzählt, dass für straffällig gewordene Westwallarbeiter da oben im Hunsrück, in Hinzert, ein Lager gebaut sei. Jetzt verstand ich meine liebe Freundin Katti, wenn sie ein Lied sang, das mit der Zeile endete: „Schwere Jungens müssen in die Bunker gehn". Sie hat mir auch erklärt, was schwere Jungens sind.

Immer wieder wurde vom Krieg gesprochen. Da saßen wir Jungen und lauschten mit Staunen, was uns die Veteranen erzählten. Einige schienen sich dabei sehr wichtig vorzukommen. So erzählte uns einer, wie er als Scharfschütze in vorderster Front gelegen habe. Er habe alle Franzmänner erschossen, die ihm vor die Flinte kamen. Eine seiner großen Heldentaten beeindruckte uns besonders. Auf Schweicher Platt berichtete er: „Da war ein Franzos, den hat hinter enem Baum sein großes Geschäft erledigt, dem hann ich einen verpasst. Den kan jetzt nit mehr!" Wir hörten zu, und er kam sich dabei wahrscheinlich wie ein großer Held vor. Auch mein Vater wurde in der Schule und von mir oftmals gebeten, vom Krieg zu erzählen. Von seinen Verwundungen hat er uns zwar berichtet. Auch vom großen Hunger im letzten Kriegsjahr 1918. Wie gerne aber hätte ich von ihm gehört, wie viele Franzosen oder Russen er erschossen habe. Darauf gab er mir und seinen Schülern noch nicht einmal eine ausweichende Antwort.

Ab nun überschlugen sich die Ereignisse. Wieder einmal stand ich vor der Scheune und dem Stall von Thuls. Davor dampfte der Misthaufen, und Fritz, der Einspännergaul, steckte sein Maul durch ein kleines Fenster und schaute Hein beim Arbeiten zu. Diesmal hatte der einen großen Vorschlaghammer an der Wand stehen. Eine Spitzhacke und auch eine Schaufel lagen auf der schweren Schubkarre, und ein Haufen dicker abgerundeter Steine befand sich noch auf dem Kastenwagen mit Scherendeichsel. Hein sagte mir, dass er diese Steine gekauft habe. Die seien aus der Mosel. Jetzt wusste ich, woher sie stammten, Ich dachte an den Bagger, den wir bei unserer Schiffsreise gesehen hatten, und an die Erklärung, dass der Kies ausgesiebt werde und die dicken Steine als Kopfsteinpflaster verwendet würden. Mit der Kreuzhacke machte sich Hein neben dem Misthaufen zu schaffen und ebnete eine Fläche ein. Mit der Schaufel schüttete er danach Sand auf den Boden. Dann nahm er mit der Mandel Steine vom Wagen und fing an zu pflastern. Kunstfertig legte er einen Stein an den anderen und klopfte diese mit einem Hammer fest in den Sand. Da stand ich eine lange Zeit und sah ihm zu. Es mögen wohl einige Quadratmeter gewesen sein, die so aneinandergefugt wurden, als Hein mit noch einer Karre Sand ankam, den er mit der Schaufel über die von ihm gesetzten Steine gleichmäßig verteilte. Danach nahm er den ganz dicken Hammer, der da an der Wand stand, und begann, mit wuchtigen Schlägen zu „stampen“. Ein Mann war zwischenzeitlich auch als Zuschauer auf die Bühne getreten. Ihm sagte der gute Hein: „Dat is en patente Stamper“. Danach gebrauchte er ein Wort, das ich nicht mehr vergessen habe: „Puvei“. Wieder einmal hatte ich ein Wort aus dem Schweicher Vokabular hinzugelernt. Die „Kulang“ hatte es vor allem den Kleinkindern angetan. Wenn wir darin spielten und planschten, wurden wir immer wieder von den Erwachsenen verjagt. Bah, pfui! Eine Kanalisation war zu damaliger Zeit nicht vorhanden. Alles Regen- und Schmutzwasser lief in die Kulang (ein Wort, das aus französischer Vergangenheit stammte: le Coulant = der Abwassergraben) die leicht abschüssige Isseler Straße auf beiden Seiten dem Spieles entgegen. Manchmal stank die Brühe entsetzlich, was uns Kinder, aber auch den damaligen Gemeinderat anscheinend nicht störte. Gewisse Dinge wurden jedoch nicht über die Kulang entsorgt. Die fanden meist hinter den Häusern oder in einem Schuppen, so wie bei Thuls in einem Häuschen hinter einer Tür mit einem herausgesägten Herzen, ihr Zwischenlager. Alles, was flüssig oder zähflüssig war, floss aber durch die Kulang. Man erzählte sogar, dass eine Frau ihren emaillierten Eimer, in dem sie zuvor die Nachttöpfe entleert hatte, morgens in die Kulang schütten würde. Wen störte das schon! So mancher Misthaufen befand sich ja auch nicht weit von der Kulang entfernt.

In der Nacht hatte es stark gefroren. Dort, wo der Langgarten in die Isseler Straße mündete, stand ein Eckhaus. Hier waren Bauarbeiter damit beschäftigt, in einer Hausecke einen Durchbruch vorzunehmen. Dieser bekam eine von einem Steinmetz angefertigte Einfassung aus rotem Sandstein, in die dann später eine Tür eingesetzt werden sollte. Wenige Tage zuvor stand Margot, die Tochter des Hauses, auf der Straße und weinte. Sinngemäß sagte sie: „Die bösen Männer machen unser ganzes Haus kaputt!“. Das Ehepaar Ulmen plante in der Tat, hinter dem Umbau einen Laden zu errichten. Neben der alten Haustür war auf einem Schild zu lesen: „Baptist Ulmen – Schneidermeister“. Tutti und ich, aber auch andere Kinder meinten, dass es sich bei der Bezeichnung Baptist um einenTitel handele.

In der Kulang lag noch etwas Bauschutt und gerade hier staute sich die Brühe, die Spieles-abwärts fließen sollte. Der zu Matsch verdichtete Brei gefror über Nacht. Hauptverursacher der Schweinerei war ein Schnapsbrenner. Wenn er Hefeschnaps brannte, konnte er nicht, wie das beim Brenner Schilling üblich war, die flüssigen Reste durch eine Leitung in seinen tiefergelegenen Garten entsorgen und ließ dieser Brühe einfach in der Kulang ihren freien Lauf.

Das hat er auch früher getan, nur hatte sich darüber keiner beschwert. Nun aber staute sich die zu Eis erstarrte Brühe vor dem Hause Ulmen. Kurze Zeit zuvor hatte Schweich einen neuen Gendarmen bekommen, den Polizeimeister Bosbach, der nicht mehr in die Wohnung seines Vorgängers einzog, sondern sich im Oberstift einmietete. Sein Vorgänger wurde bei einem Diensteinsatz von einem Auto angefahren und schwer verletzt. Er überlebte zwar den Unfall, blieb aber fortan Invalide. Familie Reinhard bezog danach eine neue, viel schönere Wohnung im Reitergässchen. Doch nun zurück zum Hause des Schneidermeisters Baptist Ulmen. Der stand da mit dem Kordels Schuster, dem Malermeister Schlöder und dem Frisör Körperich, umrahmt auch von Frauen aus der Nachbarschaft sowie vielen Kindern. Sie alle starrten die Isseler Straße hinauf und harrten wohl der Dinge, die da folgen würden. Noch einmal sei auch in diesem Zusammenhang das vertraute Gespann Wolli und Willi genannt, als Polizeimeister Bosbach erschien. Der sah sich die ganze Bescherung an. Auf dem Kopf trug er als Zeichen seiner Würde einen Helm, den man Tschako nannte und bei dessen Anblick wir Kinder in Ehrfurcht erstarrten. Der ohnehin schon große Mann wirkte mit diesem Gebilde auf dem Kopf noch wesentlich größer, als er war. Der Polizist ging weiter, an der Schule vorbei und bog dann rechts ab in die Einfahrt zwischen dem Haus der Brennerei und dem Häuschen der Familie Barthelme. Wir nahmen Stellung ein hinter dem großen Tor des Schulhofes. Auch einige Erwachsene waren dem Polizisten bis zur Höhe der Gastwirtschaft Adams gefolgt und blieben dort stehen. Es ging ziemlich laut dahinten zu. Dann endlich kam der Polizist wieder zum Vorschein, ging würdigen Schrittes an der Menschenansammlung vorbei und von seiner Hausecke schaute auch Herr Ulmen die Isseler Straße hinauf. Als der Polizist aus Sichtweite aller entschwunden war, kam wie ein wütender Hund der Verwarnte auf die Straße gerannt. In seiner Rechten hatte er einen Schanzenknüppel. Den schwang er wütend um sich und brüllte, dass man es fast bis zum Spieles hören konnte: „Ich hauen dem krebierten Batti, dän Batti up den Batti“! Der Satz hat uns Kindern mächtig imponiert, so dass wir ihn sehr oft wiederholten.

In Schweich gab es eine und eine einklassige jüdische Volksschule. Beide lagen etwas abseits der Hauptstraße in einer Art Sackgasse. Der ganze Bereich reizte die Phantasie aller Kinder und nur selten konnten wir Zeugen dessen werden, was da geschah. An den Samstagen unserer Ferien konnten wir aber erleben, wie die Juden Gottesdienst feiern. Die Männer trugen dabei eine Kopfbedeckung, die die Schweicher „Schappes“ nannten. Es ging sehr laut beim Gottesdienst zu und seltsam klang der Gesang. In den Innenraum der Synagoge durften wir nicht. Es standen immer zwei Männer in der

Tür, die uns den Eingang verwehrten. Die Judenkinder brauchten samstags nicht zur Schule zu gehen, weil dieser Tag, der Sabbat, nach jüdischem Brauch, so wie es im Alten Testament steht, als heilig galt. Gott ruhte am Schöpfungsmorgen, nachdem er alles erschaffen hat, aus. Fräulein Felten hatte uns schon erklärt, dass wir den Sonntag feiern, weil Jesus an einem Sonntag von den Toten auferstanden sei. Daran würden die Juden aber nicht glauben. Unsere Schulferien fielen nicht immer mit den Ferien der Judenkinder zusammen. So gelang es uns damals, wenigstens von außen einen Blick in die Klasse zu werfen, in welcher Lehrer Fruchter unterrichtete. Wenn es einmal zu laut wurde, sagte man damals oft: „Das ist ja ein Geschrei wie in einer Judenschule". Wie für uns das Morgengebet üblich war, lernten die Judenkinder in einer eigenen Sprache lautstark ihre Gebete. Sie hatten alle eine Art Tafel vor sich liegen und einen seltsamen „Griffel" in der Hand. Von links nach rechts führten sie diesen über den Text, der da geschrieben stand. Judenkinder haben ganz andere Buchstaben, hatte uns Fräulein Felten erzählt, und alle Juden müssten diese und die Gebetstexte lernen und nachher auswendig aufsagen können. So habe auch Jesus in der Synagoge von Nazareth lesen und schreiben gelernt. Ich selbst kannte nur wenige Judenkinder und kann mich nicht an einen einzigen Namen erinnern. Ein jüdischer Junge aus der Bahnhofstraße schien aber zu wissen, wer ich war. Als ich an dessen Elternhaus vorbeiging, rief er laut „Wolli". Die Größeren neckten die altersgleichen Juden und riefen ihnen zu: „Jud, scheiss in die Tut". Die Retourkutsche folgte aber prompt im gleichen Dialekt: „Christ, scheiss up de Mist". Hinter vorgehaltener Hand wurde damals gemunkelt, dass einige Juden auswandern würden, und zwar nach Amerika. Da hätten sie Verwandte. An eine jüdische Familie kann ich mich sogar erinnern. Es war ein Bäcker aus der Brückenstraße, bei dem seinerzeit die Familie Steffens aus dem Schillingshaus ihr Brot kaufte. Dahin nahm mich damals die Tochter Mariehilda oft mit. Wie üblich bekam ich dann auch immer ein „Zuckersteinchen" zum Lutschen. Anlässlich eines Bischofsbesuchs Mitte der dreißiger Jahre hatte Bäcker Nathan, wie man erzählte, ein großes Schild an seinem Schaufenster befestigt, auf dem zu lesen war:

Und bin ich auch ein Israelit,
so ehr' ich doch den Bischof mit.

Zeitlich genau weiß ich das nun folgende Ereignis nicht genau einzuordnen. Es muss schon in die Zeit gefallen sein, in der die Judenhetze begann und mancher Jude aus Furcht Schweich verlassen hat. Da starb ein jüdischer Schweicher Bürger. Bei einem meiner Spaziergänge mit Schwester Tutti und Lore kamen wir auch öfters zur Familie Scherer. Hinter deren Garten befand sich der jüdische Friedhof mit seltsam anmutenden Grabsteinen. Die Schriftzeichen konnte keiner von uns lesen. Gisela, eine Tochter von Lehrer Scherer, erzählte uns, dass die Juden ihre Verstorbenen in Holzkisten beerdigten. In der jüdischen Gemeinde war also Trauer angesagt. Was sich damals zutrug, hat meinen Vater und erst recht meine Mutter empört. An einer Mauer des Gasthauses Dany war ein großer schwarzer Schaukasten angebracht. Auch die größeren Kinder standen oft davor und schauten sich die Bilder an und lasen die Texte. Auf dem Schaukasten stand geschrieben: „Das schwarze Korps". Hier konnte man eine Zeitung lesen mit dem Titel „Der Stürmer". Daneben befand sich auch noch Platz für weitere Anschläge. Wenige Tage nach dem jüdischen Begräbnis drückten sich viele Schweicher an diesem Kasten die Nasen platt. Was es da zu lesen gab, nahm in Windeseile seine Runde im Ort. Anlässlich eines Jahrgangstreffens hat mir einer meiner Mitschüler den Originaltext gegeben, den sein Schwiegervater als kritischer Zeuge damals abschrieb und verwahrte:

Gedicht von der Modistin Kettern aus dem Jahre 1938

Jüngst trug in dem Schweicher Lande,
eine koschere Judenbande,
Rafael zum Friedhof hin.
Diesmal mußten sie ihn tragen,
denn es fehlte an dem Wagen,
weil nicht wie in früherer Zeit,
die Gemeinde war bereit,
einem stinkenden Kaleien,
ihren Wagen zu verleihen.
Hinterm Sarg, einer Kist von Brettern,
watschelt auch Modistin Kettern,
den Rafael, den Rafael, den konnt sie nicht vergessen,
weil er so lieb und nett des öfteren ist gewesen.
Außer dieser einen Magd,
hatten es noch zwei gewagt,
dem Begräbnis beizuwohnen,
und es wird sich hier wohl lohnen,
ihren Namen auch zu nennen,
da wir sie ja beide kennen.

Frau Tonner und Frau Lehnert,
beide waren auch dabei,
~~bei dem koscheren Geschrei.~~
Schweicher Bürger laßt euch sagen,
sollten sies noch einmal wagen,
dann an euch die dringende Bitte,
heraus mit ihnen aus unserer Mitte.

Es hat lange gedauert, bis man den Namen des „Poeten“ fand. Zunächst aber wurden einige Personen verdächtigt, der Autor dieses „Gedichtes“ zu sein. Als Wochen nach diesem Ereignis meine Mutter bei der Modistin Kettern einen Hut kaufte, fing die Hutmacherin an zu weinen und sagte: „Das war aber nicht schön von ihrem Mann.“ „Was denn?“ „Das mit dem Gedicht.“ Jetzt erst begriff unsere Mama, was da gemeint sei. Genau kannte sie den Text nicht, wusste aber von dessen Inhalt. Sie konnte aber das Fräulein Kettern nicht ganz davon überzeugen, dass ihr Mann nicht der Verfasser war. Nach längerer Zeit nannte man den Namen des Verfassers, den ich hier aber nicht nennen möchte.

Auch an die Reichskristallnacht (9. auf den 10. November 1938) kann ich mich erinnern: Wir Kinder hörten am Morgen des 9. November, dass in der Nacht die Judenschule zerstört worden sei. Nach dem Unterricht rannten wir sofort in den „Synagogenecken“ und sahen, dass auch dieser aufgebrochen war. Bänke hatte man einfach vor die Türen geworfen, Fensterscheiben waren eingeworfen. Aus der Schule hatte man auch alles, was nicht niet- und nagelfest war, auf den Schulhof geschmissen. Ein benachbarter Bauer und Winzer sagte: „Die wollten die Synagog un die Schull anstecken, dann wäre meine Scheuer und mein Haus gleich mit verbrannt.“ Nur wenige Schweicher beteiligten sich bei dieser Aktion. Deshalb rückte eigens eine Arbeitsdiensteinheit aus dem Ort Föhren an. Es gab auch SA-Männer, welche in die Häuser der Juden drangen, diese aus den Betten trieben und Hausrat auf die Straße warfen. Die Reaktion der Bürgerschaft war verhalten. Die einen sagten: „Majusebetta, Majusebetta!“ Und zum ersten Mal hörte ich damals: „Das ist der biblische Fluch!“. Ich weiß nicht mehr, ob am kommenden Sonntag in der Verkündigung dieses traurige Ereignis angesprochen wurde. Woran ich mich erinnere, es zeitlich jedoch nicht mehr einordnen kann, ist, dass unser Bischof verhaftet worden war. In diesem Zusammenhang rief unser Pastor dazu auf, für ihn zu beten. „Haltet zum Bischof, damit auch Gott zu euch halte“, lautete der Aufruf. Der Kommentar meiner Eltern: „Wenn das so weitergeht ...“ „Du armes Deutschland“, fügte Vater noch hinzu.

Die SA versammelte sich am nächsten Sonntag auf unserem Schulhof. Sie sangen die üblichen Lieder, und meine Mutter hielt sich die Ohren zu, als die Männer immer wieder das bestialische Schreien erdröhnen ließen. Ich selbst habe nur zwei Teile ihres Hassgesanges behalten, der natürlich auf die Juden bezogen war: „Haut se, haut se, haut se auf die Schnauze ...", danach „haut se immer lustig hin, immer in die Fresse rin". Dasselbe Gejohle mussten auch die armen Juden in ihren Häusern ertragen. Dass die Juden allgemein nicht besonders beliebt waren, mag wohl dem Zeitgeist zuzuschreiben sein. Auf der Tanzmusik lautete eine Parodie zu einem „Rheinländer", welche sogar noch über das Kriegsende hinaus gesungen wurde:

„Gret', Gret', hann ich et dir nicht gesagt, heirat' nur kein Jud',
denn wenn du seine Nas' dann siehst, dann ärgerst dich kaputt."

Damals erzählte uns die Mama, dass sie sich kurz vor Ausbruch des Ersten Weltkrieges von ihrem kargen Lehrerinnengehalt ihre „Singer"-Nähmaschine kaufte, auf welcher sie im Laufe der vielen Jahre so manches Kleidungsstück gefertigt hatte. Der Verkäufer sei ein sehr reeller Jude gewesen. Zu Kriegsanfang wurde dieser Mann Soldat. Wenige Monate später sei er in Frankreich gefallen. Vom Gastwirt und Metzger Monzel erzählte man Folgendes: Ein fanatischer Nazi hätte ihn eines Tages verwarnt, weil er einem Juden Rindfleisch verkauft habe. Der liebe Geschäftsmann habe geantwortet: „Wie soll ich wissen, datt dat ein Jud' war? Et gibt auch bei uns Männer mit krummen Nasen."

Manchmal wurde von den Soldaten, aber auch von uns Hitlerjungen eine Art Potpourri gesungen, also mehrere Lieder nacheinander. Den ersten Liedteil habe ich vergessen. Danach aber folgte: „Krumme Juden zieh'n dahin, daher; sie zieh'n durch's Rote Meer. Die Wellen schlagen zu, die Welt hat Ruh'". Der Texter musste wirklich saudumm gewesen sein. Es waren ja gerade die Juden, welche Gott vor der Flut bewahrte und deren Feinde in den Wogen mit Ross und Wagen vernichtet wurden. Aber diesen gehässigen Unsinn sangen alle nach. Das Lied ging weiter mit „Heidemarie, wenn wir am Rhein marschieren, Heidemarie, wenn wir den Wein probieren, dann wünsch ich mir dazu und der Kompanie eine, die küsst wie du, wie die Heidemarie". Auch in diesen letzten Teil stimmten wir Kerlchen freudig mit ein.

Chronologisch kann ich einige Dinge nicht genau einem Datum zuordnen. Mein Onkel Jakob, ein Bruder meines Vaters, besuchte uns in Schweich. Es muss nach der Wiedereingliederung des Saarlands in das „Deutsche Reich" gewesen sein, denn mein Onkel, ein Steiger, war nach langer Wartezeit (die französische Verwaltung im Saarland hatte ihn, wie alle Bergbeamten, die nicht für Frankreich votiert hatten, auf Wartegeld gesetzt) wieder als Bergbeamter eingesetzt worden. Er war jetzt Revisor, der in ganz Deutschland ständig unterwegs war und den Versand der Saarland-Kohlen kontrollierte. Das muss wohl ein guter Posten gewesen sein. Immerhin konnte er sich nach relativ kurzer Zeit in Saarbrücken ein schönes Haus bauen. Kommentar meiner Eltern: „Sein langes Warten hat sich gelohnt!“ Onkel Jakob, den ich als Kleinkind Onkel Rabkop nannte, kam anlässlich einer Revisionsreise nach Trier zu uns nach Schweich zu Besuch. Er benutzte die Moseltalbahn, zu der wir Schweicher einfach die „Bimmel“ sagten, und berichtete: „Da hat soeben ein Mann in der Brückenstraße seine Frau niedergeschossen und sich dann selbst eine Kugel durch den Kopf gejagt.“ Als Kind stand ich dabei. Wie die Eltern reagierten, weiß ich nicht mehr genau. Mama jedenfalls drückte mich ganz dicht an sich. Zu ersten Mal in meinem Leben hörte ich damals das Wort: „Selbstmord“.

Das war nun in der kommenden Zeit das Ortsgespräch Nummer eins. In unserer unmittelbaren Nachbarschaft befand sich das Geschäft des Ehepaares Joseph Kellersch, ein EDEKA-Laden, in dem wir die meisten Lebensmittel einkauften. Manchmal gab es dort längere Wartezeiten, weil die meisten Artikel nicht, wie heute üblich, verpackt, sondern in Tüten abgewogen wurden. 1 Pfund Zucker, 1 Pfund Salz, 1/2 Liter „Olig“, 1/2 Pfund Zietz (Rübenkraut). Auch Mehl, Nudeln und Fassmargarine wurden genau abgewogen. Das alles erfolgte sehr genau mit einer Waage und geeichten Gewichten. Wenn Kinder etwas einkauften, wurden diese von den Erwachsenen oft an die Seite gedrängt. Da lauschte ich all dem, was über den Fall geratscht und getratscht wurde. „Oh, dat arm Framensch, den dräkische Kerel, Majusebetta, dat oarm Kand“ und immer wieder: „Majusebetta, Majusebetta, Majusebetta!“ (Sinn: Maria, Josef, bittet). An dieser Stelle erfuhr ich dann auch, „dat dä Lump nit up däm Kirchhof“ beerdigt werden darf. Dann kam der Kommentar: „ganz im hintersten Ecken“. Man sprach auch von geweihter Erde. Immer wieder musste ich in den folgenden Jahren auf meinen Wegen als Fahrschüler zum Bahnhof der „Bimmel“ das Haus passieren, wo am Fenster die gelähmte und vom Schicksal so stark betroffene Frau saß. Ihr kleiner Sohn Günter bildete für sie den einzigen Kontakt zur Außenwelt. Er hatte eine etwas heisere Stimme. „Lieber Gott, wo warst du? Wo warst du, „Heiliger Schutzengel?“ Warum habt ihr es zugelassen, dass ausgerechnet dieser so liebe Junge, der doch so gut schwimmen konnte, in der Mosel ertrank?“ Erst Tage nach dem tragischen Ereignis wurde das Kind geborgen. Wir Schulkinder haben den kleinen weißen Sarg auf dem langen Weg zum Grabe begleitet.

Oberhalb von Schillings wohnten Drückenmüllers, Landwirt und Winzer. Ihr jüngster Sohn hieß Karl, die Mutter nannte ihn immer Kaorel. Frau Druckenmüller stammte nicht aus Schweich, so glaube ich, damals gehört zu haben. Deshalb würde sie auch etwas anders sprechen als die übrigen Schweicher. Da war auch noch eine ältere Tochter, die sie „Jela“ nannte. Die Namen der älteren Geschwister habe ich vergessen. Auch die Scheune der Druckenmüllers gehörte für Willi und Wolli zum beliebten Spielrevier. Besonders beeindruckend für mich war die Kelter. Anders als bei den Geschwistern Thul wurde das Presswerk ohne Druckverstärker mit einem sehr langen Balken von wenigstens zwei Männern bedient. Wenn ich es richtig behalten habe, sagte man, das sei der „Wiesbaum“, der bei der Heu- und Getreideernte gebraucht wurde. Vor dieser Kelter standen wir beide, als einer der beiden Druckenmüller-Söhne uns fragte: „Soll ich euch einmal die ‚schwarze Kuh‘ zeigen?“ Die wollten wir beide natürlich sofort sehen. Da legte mir der böse Mensch gleichzeitig beide Hände um die Ohren und hob mich einfach in die Luft. Ich fing erbärmlich an zu schreien. Ehe ich mit beiden Beinen wieder auf dem Boden stand, hatte der schlaue Willi durch das große Scheunentor längst das Weite gesucht. Ich aber bewies wieder zweimal, dass ich nicht so schlau war wie mein etwas jüngerer Freund. Ohne diesen war ich nochmals in der Scheune. Eigentlich wollte ich mit dem etwa sechs Jahre älteren Karl spielen, als dann dessen viel größerer Bruder vor mir stand und sagte: „Wolli, watt has du da an der Hand?“ Ich muss ihn wohl sehr erstaunt angeschaut haben, als er mich aufforderte, ihm einmal meine Hand zu geben. Zur Höflichkeit durch meine Mutter gut erzogener Junge reichte ich ihm meine „Rechte“, also das schöne Händchen. Er ergriff mit seiner wesentlich größeren „Tatze“ mein „Händchen“, presste dieses genau auf seinen Popo (ich gebrauche hier das Wort, das meine Mutter erlaubt hätte) und „pupste“ mit lautem Schall auf meine Hand. Er lachte sich dabei halbtot und ging danach seiner gewohnten Arbeit nach. Jetzt hatte ich etwas erlernt, das ich auch einmal in die Tat umsetzen wollte. Mama, Schwester Mechthild und ich befanden uns in unserer Wohnküche. Diese war für uns der Hauptaufenthaltsraum an normalen Tagen. Ein Vorwarnsystem kündete mir an, dass jetzt der Moment gekommen sei und mir nur wenige Momente vergönnt waren, meinen Plan in die Tat umzusetzen: „Mechthild, was hast du denn an deinem Händchen?“ Sie gab es mir, und ihr geschah nun genau das, was mir in Druckenmüllers Scheune widerfahren war. Mama aber raubte mir, ehe ich lauthals lachen konnte, meine ganze Freude ob der vollbrachten Tat. Eigentlich hätte ich das

Betreten der Scheune endgültig vermeiden sollen, doch ein Sprichwort sagt: „Aller guten Dinge sind drei!“ Damals musste ich aber erfahren, dass aller „schlechten Dinge“ auch drei sind. Nichtsnutz Druckenmüller (der Ältere der Gebrüder) sah mich sofort, als ich die Scheune betrat, und sprach mich an. Er rauchte gerade eine Zigarette, musste damals also älter als 18 Jahre gewesen sein: „Ich kann dän Damp von der Zigarett durch mein Augen blasen!“ Das aber wollte ich nicht glauben. Nichtsahnend musste ich dann meine rechte Hand auf meine Brust legen und ihm ganz fest in die Augen schauen. Dann bückte er sich tief zu mir nieder und nahm einen kräftigen Zug. „Jetzt aber pass genau up!“ Ja, ich passte genau auf. Da presste der Lümmel mir die brennende Zigarette einfach auf meine kleine Hand. Wie das schmerzte. Statt Dampf aus den Augen zu sehen, rannte ich wie „ein gesengtes Ferkel“ aus der Scheune und kühlte meine schmerzende Brandwunde unter dem einzigen Wasserkran auf dem Schulgelände. Fortan habe ich die Scheune nicht mehr betreten.

Nur zweimal wurde ich in den April geschickt, wofür ich mich allerdings später revanchierte: Schwester Lore kam zu besagtem Datum nach Hause und sagte zu mir: „Neben Adams liegt ein ‚kaputtener Hund‘“. Natürlich rannte ich sofort dorthin, fand aber nichts. Als ich enttäuscht meine Schwester danach befragte, antwortete sie nur „April, April!“. Was das genau bedeutete, begriff ich erst, als mir ein Junge zwei Pfennige in die Hand drückte und den Auftrag erteilte, dafür „Staketensamen“ (Staketenzäune) zu kaufen. Im Geschäft wurde ich ausgelacht, und auch der Geschäftsmann sagte nur „April, April!“. Damit konnte ich mich nicht zufriedengeben. Ich kaufte mir also zwei Bonbons. Der Junge aber wollte seine Pfennige zurückhaben. Ich teilte ihm mit, dass ich mir dafür ‚Zuckersteinchen’ gekauft habe. Auf die Frage, wo diese seien, sagte ich nur: „in meinem Mund.“ Andere Jungen versuchten, mich auf ähnliche Weise in den April zu schicken: „Oh wie dumm“ sollte ich verlangen oder „Hau mich blau“. Bei mir hatten sie keinen Erfolg mehr damit, aber gerne habe ich mir diese Begriffe abgeguckt und bei anderen das gewünschte Ziel erreicht.

Meine Streifgänge führten mich auch in die Ortsmitte. Besonders hatte es mir dabei ein Besuch bei der lieben Familie Kreusch angetan. Die ganze Familie Kreusch steht mir im Moment, da ich dieses schreibe, so wie damals vor Augen: die gütige Mama Kreusch, die im Küchenbereich waltete, für Familie und Lehrlinge kochte, hin und wieder Gäste im Café bediente und oft im Laden anzutreffen war. Sie hatte mich, natürlich auch meine kleine Schwester Mechthild, mit in ihr Mutterherz geschlossen. Immer bescherte sie uns eine Freude mit einem Teilchen oder einer Süßigkeit. Aber das war nicht das Einzige, was uns immer wieder ins Haus Kreusch zog. Auch den Papa Kreusch musste man einfach lieb haben. Eigentlich habe ich ihn nur in seiner Bäckerkleidung in Erinnerung. Aber nicht nur bei der Ausübung seines Handwerks durfte ich ihm zusehen. Es war für mich stets ein großer Moment, wenn der in der Nähe wohnende Frisör mit einer Aktentasche in der großen Küche der Familie Kreusch erschien, Herr Kreusch aus der Backstube gerufen wurde und auf einem Stuhl Platz nahm. Heißes Wasser war immer im „Wasserschiff" des Herdes vorhanden. Mit der Schöpfbolle entnahm der Barbier jetzt heißes Wasser, schüttete dieses in ein Gefäß, das er unter den Wasserkran hielt, ließ kaltes Wasser dazulaufen und prüfte mit einem Finger, ob dieses Gemisch diese richtige Temperatur erreicht hatte. Die Männer sprachen miteinander. Auch ich erfuhr mal wieder, was sich gerade so im Ort ereignet hatte. Dann wurde dem Papa Kreusch ein weißes Tuch um Hals und Brust gelegt, und der Barbier fing an, seines Amts zu walten: Pinsel in warmes Wasser, Bartstoppeln kräftig mit warmen Wasser eingepinselt, ein rundes Stück Rasierseife wurde danach mehrmals über die zu rasierende Gesichtsfläche gerieben. Im erwähnten Gefäß schlug nun der Frisör mit Hilfe von Pinsel und der Rasierseife einen Schaum (ähnlich dem, den Bäcker Kreusch oder sein Sohn Jupp aus Schlagsahne erzeugten, um damit die Cremetorte zu verzieren) und transportierte diesen per Pinsel auf das Gesicht des zu Rasierenden. Er rieb das Schaumwerk mit allen Fingern kräftig in den Bartwuchs hinein. Nochmals rührte dann der kundige Bartscherer aus Rasierseife und Wasser mit besagtem Pinsel Schaum und pinselte diesen wieder seinem Gegenüber ins Gesicht. So harrte dann mein lieber Herr Kreusch der Dinge, die da kommen mussten. Der Friseur griff in die Aktentasche und entnahm ihr ein seltsames Gebilde: ein Stück, aus Holz gefertigt, beidseitig mit breiten Lederriemen bespannt. Jetzt entnahm er der Tasche ein Gerät, drückte an einer Seite an einem kleinen Hebel, und aus dem braunen kleinen Handgriff erschien eine silberfarbene Klinge. Das Ganze nannte man Rasierklinge. Komisch, so nannte doch auch mein Vater die kleinen Dinger, die er in seinem Rasierapparat befestigte und wovor er mich immer warnte. Die Schleifprozedur möchte ich nicht länger beschreiben. Danach aber rückte der Frisör dem Bart zu Leibe. Manchmal verzog Herr Kreusch sein Gesicht, Schaum samt Bartstoppeln wurden immer wieder an einem Tuch abgewischt, danach mit einem feuchten Waschlappen die Seifenreste aus dem Antlitz des Barbierten entfernt. Nochmals griff der Frisör in ein anderes Behältnis, entnahm diesem ein steinartiges Gebilde, tauchte es in Wasser und machte sich an einer bestimmten Stelle im Gesicht von Herrn Kreusch zu schaffen. Dieser verzog etwas sein Gesicht, ließ es sich aber gefallen. Es sei Alaunstein, so hörte ich viel später, der bei Schnittwunden die Blutung einschränke.

Da waren aber auch noch die übrigen Kreuschenkinder. Fangen wir beim Jupp an. Eigentlich war er damals schon im heiratsfähigen Alter, für mich aber einfach der Jupp. Wie der Vater stand er den ganzen Tag in der Backstube und war immer zu einem Scherz bereit. Von ihm hatte ich ja erfahren, dass Schweich drei Bahnhöfe hatte. Einmal wurde er für mich auch zum „Retter in größter Not". Das kam so: Direkt neben der Bäckerei Kreusch gelangte man über eine Art Sackgasse zu einigen Wohnhäusern, die ich nicht unerwähnt lassen möchte. Da wohnte als Erster ein Witwer mit zwei Töchtern. Dieser Mann heiratete damals eine Witwe, die neues Leben ins Haus brachte: Es war ein Junge, den die großen Jungen fragten: „Wie heißt denn dei Vatter?" (gemeint war natürlich der Stiefvater). Ich kann einfach nicht verstehen, dass ich eine solche Antwort überhaupt behalten konnte: „Odem, Zwirnfodem, drei Eier, Kukuk". Den Familiennamen weiß ich nicht mehr, seinen Vornamen habe ich mir aber eingeprägt: Adam.

Am Ende der Sackgasse wohnte die Familie Lentes. Ein Mädchen hieß Olga. In Schweich gab es übrigens mehrere Familien mit Namen Lentes (Meine Mutter war auch eine geborene Lentes. Ihr Vater war Lehrer, der früh verstarb. Geboren wurde dieser in der Nähe von Wittlich als Sohn des dortigen Schulmeisters, der aus Mehring stammte. Im Zuge der allgemeinen Ahnenforschung ergab sich, dass wir Speicher-Lentes über einen gemeinsamen Vorfahren, der in Mehring um 1820 lebte, miteinander verwandt sind.). Gegenüber Lentes' Haus befand sich eine der größten Attraktionen von ganz Schweich: das Schlachthaus der Pferdemetzgerei Dickmann. Wie oft wurde ein armes Ross über diese Sackgasse zur Schlachtbank geführt. Ich wurde nie Zeuge des dortigen Geschehens. Aber es stank mitunter ganz entsetzlich im ganzen Ecken. Unterhalb befand sich ein kleinerer Misthaufen und darüber ein vergittertes Etwas. Jupp erklärte mir, dass dies das Fenster vom „Bulles" sei. Was ein Bulles war, wusste ich. Es sprach sich immer schnell im Ort herum, wenn die Polizei hier jemanden eingesperrt hatte. Das hatten auch wir Jungen einmal erfahren. In den großen Hof, der zum Eingang des Bulles führte, wurden wir nicht eingelassen. Aber da hinten, wo sich das kleine Fenster über dem Misthaufen befand, konnten wir tatsächlich erleben, dass hinter dem Gitter ein Mensch war. Mein lieber Freund Jupp ging einfach auf das Gitter zu, und dann sprach er ganz ungeniert mit dem „Einsitzenden". Wir hatten gehört, dass die Gefangenen nur Wasser und Brot zu essen bekämen, und davon nur wenig. Der gute Jupp ging nun in sein Haus und brachte bald darauf Brötchen mit, die Mama Kreusch reichlich belegt hatte, und reichte diese dann „däm aormen Kärl" durch das Gitter. Am andern Tag war das Gefängnis wieder unbewohnt.

Der kleine Misthaufen gehörte der Bäckerei Kreusch. Zur Auslieferung ihres Brotes hatten Kreuschens einen eigenen Kastenwagen mit Kutschersitz und Scherendeichsel. Das Zugpferd stand in einem kleinen Stall. Mehrmals belieferte Jupp damit Außenkunden in Issel. Wie stolz war ich, wenn er mich bei diesen Geschäftsreisen mitnahm. Es hatte ausnahmsweise in Schweich einmal geschneit. Jupp machte dennoch seine Runde nach Issel. Wir standen mit unseren Schlitten in Höhe der Schule an der Straße, als Jupp vorbeifuhr. Er stoppte sein Gefährt, und wir Kinder durften unsere Schlitten am Hinterteil des Wagens anbinden. Er trieb den Gaul trotz des Schnees zu größerem Tempo an. Das Seil des Schlittens, auf dem ich mit Willi saß, zerriss plötzlich, der Schlitten kippte um, und wir beide lagen im Schnee.

Doch nun nochmals zu Jupp als meinem vermeintlichen Lebensretter. Der Laden des Pferdemetzgers Dickmann lag direkt an der Hauptstraße. Da konnte man an Haken hängend die Würste sehen. Das Schaufenster verfügte über einen breiten Rollladen. Am obersten Ende des Fensterglases konnte man lesen: Ross-Schlächterei. Es war die Zeit, als durch die Aktion KDF (Kraft durch Freude) für wenig Geld den Volksgenossen im Dritten Reich Reisen ermöglicht wurden zu Zielen, die früher nur den Reichen vorbehalten waren. Selbst Schiffsreisen gehörten dazu. Nach der Weise „Teure Schwalben fliegt nach Helgoland" sang man damals:

KDF fliegt nach Helgoland,
jeder Volksgenosse muss mal an die See, drei Mark achtzig,
ja, das macht sich,
und den Rest bezahlt die NSDAP.

So kamen viele Omnibusse aus den Patengemeinden Mitteldeutschlands immer wieder ins Trierer Land und machten auch Station in Schweich. Ein Bus hielt nahe des Spieles vor dem Café Kreusch, das etwas oberhalb der Pferdemetzgerei Dickmann gelegen war. Als der liebe „Pädsmetzger", wie die Schweicher ihn nannten, dies sah, ließ er schnell seinen Fensterladen wenige Zentimeter herab. Der Schriftzug Ross-Schlächterei konnte nicht mehr gelesen werden. Ich glaube, dass alle verfügbaren Brötchen in der Bäckerei schnell ausverkauft waren. Auch bei Dickmanns lief das große Geschäft. Herr Dickmann wetzte das Messer, nahm Wurst um Wurst von der Stange, seine Frau kassierte fleißig, als ich mich an den anstehenden Kunden vorbeidrängte und laut in den Laden schrie: „Pfui; dat is doch Pädswurst!". Ich wollte doch nur den Kunden sagen, dass dies keine normale Metzgerei sei. Da hatte ich aber meine Rechnung ohne den „Pädsmetzger" gemacht. Der tat einen Satz und brüllte laut, dass dies mein Freund Jupp hören konnte: „Ich drehen dir datt Gelinge rum“ und rannte mir mit dem Metzgermesser in der Hand hinterher. Die Angst lief mir förmlich über den Nacken. Kreuschens Jupp hielt mir die Tür zur Backstube offen und machte diese gleich hinter mir wieder zu. Ich verkroch mich hinter den Holzscheiten, die nahe dem Dampfkessel gelagert waren.

Die Bäckerei passte sich in der Folge den Erfordernissen der neuen Zeit an. Pferd und Kutsche wurden verkauft, und ein dreirädriges Automobil, später von Tochter Agnes gesteuert, versorgte künftig den auswärtigen Kundenstamm. Die Älteste der Kreuschens Kinder war Maria. Eines Tages sagte Jupp zu mir: „Ich bin der Schwager vom lieben Gott!“. Ich muss ihn wohl ganz entgeistert angeschaut haben, als er mir die Wahrheit seiner Aussage bewies. „Uns Maria ist Braut Christi!“ (Nonne; das aber war Jahre später). Gerta gehörte zum Freundinnenkreis meiner Schwester Tutti und auch Inge, die Jüngste der Geschwisterschar, segelte mit in der Gruppe.

Den Kreuschen Ecken darf ich nicht verlassen, ohne ein Mädchen zu erwähnen, das uns Schulkindern damals als Inbegriff der Ehrlichkeit vorgestellt wurde. Das Kind hatte eine Brieftasche mit einem großen Geldbetrag gefunden und diese dem Besitzer zurückgegeben. Es war die Anneliese Lautwein, der ich hier ein kleines Denkmal setze.

Da gab es auch noch die Metzgerei mit der Gaststätte Monzel, in der sich das folgende Ereignis zugetragen hat. Mein Vater nahm mich mit in die Wirtschaft, wo er sich mit seinem Kollegen Tendam aus Issel traf. Ich bekam eine Flasche Limonade. Papa und sein gewichtiger Kollege hatten einen Ringel Fleischwurst vor sich liegen, mit Brot und Messern auf einem Holzbrettchen. Auch ich bekam meinen Anteil von der Wurst ab. Brot wollte ich nicht. Am liebsten aß ich damals (heute auch noch) ein „Stück Wurst mit ohne Brot“. Ich weiß nicht, um wieviel Kilogramm das Körpergewicht des Herrn Tendam über einem Doppelzentner lag. Jedenfalls war es das erhebliche Übergewicht seines Körper, das, als er dem Pfeil folgte, hinter dem geschrieben stand: „Zu den Aborten“, dafür sorgte, dass er in der Falltür einbrach, unter der sich die Treppe zum Keller befand. Der arme Mann musste von mehreren Männern unter Aufwand aller Kräfte aus seiner beklemmenden Lage befreit werden. Die Falltür wurde sehr schnell wieder repariert.

In der Werkstatt von Kordels Schuster hielt ich mich besonders gerne auf. Hier konnte ich immer alles erfahren, ohne auch nur einmal fragen zu müssen. Es roch so eigenartig nach einem Gemisch aus Leder, Pech, Schuhkleber und Schweißfüßen. „Ja, hast du schon gehört? Dat Mädchen kriecht en Kind von däm oder däm." Damit konnte ich nichts anfangen. „Dän Rickes gitt entlass. Hän wor uch lang genug weg. Dän Mirten von der Feldstraß hat en Reissverschluss an der Bux, wo suns Knöpp sin. Dat Erna mächt en gut Partie, wenn dat den Walter heirat." Da war auch die Rede von einem Mann, der mit den Sittengeboten allgemeiner Moral kurz nacheinander in Konflikt geraten war und den man in der Werkstatt als „Reichsbevölkerungsminister" bezeichnete. Was das besagte, wußte ich nicht. Den Begriff aber habe ich mir, ohne es zu wollen, eingeprägt.

Das Jahr 1938 hatte es in sich. Eigentlich fing es für mich schon im Spätherbst 1937 an. Da begann nämlich die intensive Vorbereitung auf den Empfang der Ersten Heiligen Kommunion. Ich fieberte unserer ersten Stunde des Kommunionsunterrichts entgegen. Das Wort Kommunion auszusprechen fiel nicht nur mir, sondern den meisten Kindern sehr schwer. Selbst Erwachsene können es, wie ich das heute noch feststellen kann, manchmal nicht richtig. Alles hatte einen klaren Aufbau im Hinblick auf Didaktik und Methodik, wie das die Pädagogen nennen. Diese Begriffe brauchten wir Kinder nicht, um unseren Lehrmeister, den Pastor, also unseren Seelenführer, zu verstehen. In diesen Bereich hatte selbst unser Kaplan, den wir alle sehr mochten, nicht hineinzureden. Nennen wir ihn also mit seinem kirchlichen Rang und akademischen Titel: Pastor Dechant Dr. Süß. Als Erster gab er mir eine klare Antwort auf die Frage, die mich schon so lange beschäftigte. In der Tat, so stellte sich dabei heraus, war es auch die erste Frage unseres damaligen Katechismus: „Wozu sind wir auf Erden?". Wir sind auf Erden, dass wir den Willen Gottes tun und dadurch in den Himmel kommen". Auf uns Kinder angewandt und etwas negativ ausgedrückt lautete das so: „Ihr müsst den Willen Gottes tun, sonst kommt ihr nicht in den Himmel!" Jedenfalls stellte sich dabei heraus, dass es sich schon wirklich lohne, den Willen Gottes stets und getreu zu erfüllen, weil dies der alleinige Weg zum Himmel sei. In den nun folgenden Unterrichtsstunden versuchte unser Seelenhirte, wie das ein treuer Hirt ja tut, uns behutsam auf den Weg zu der Stätte zu führen, die wir als gläubige Christen den Himmel nennen.

Zuerst sprachen wir über die Sünde. Nein, hier muss ich sagen, über die Sünden. Wir mussten die Zehn Gebote Gottes auswendig lernen, was wir wohl auch ausnahmslos taten. Wenn wir eine Sünde begehen, beleidigen wir Gott und tun ihm damit furchtbar weh! Gott sieht alles, was wir tun. Er sieht vor allem auch, was wir Gutes tun. Das wird uns der liebe Gott im Himmel belohnen.

26

Merke es Dir liebes Kind, wie es den braven und schlimmen Kindern im späteren Alter ergeht!

Eine gut verlebte Jugend,
Reich an Wissen, reich an Tugend,
Sichert Dir das schönste Leben,
Frohe Tage, frohes Sterben.

Schlimm doch geht's den bösen Rangen,
Die des Teufels Lieder sangen,
Die des Tages Zeit verschwenden,
Werden sicher böse enden.

Gott merkt sich aber auch, wenn wir gesündigt, vor allem aber Todsünden begangen haben. Das wird er mit der „Ewigen Verdammnis", wir sagen dazu „Hölle", bestrafen. In diesem Augenblick kamen alle Schreckensbilder in mir hoch, die im Nikolausbuch bei mir Grund für furchtsame Träume waren. Vor allem das Bild des weinenden Kindes, das auf einer Wolke vor der Himmelspforte von Gott dem Vater abgewiesen wird, also auf ewig verdammt wird. Und ich glaubte, dieses Kind sei ich. Eine furchtbare Angst stieg in mir auf. Wie freudig bin ich zum Beichtunterricht gegangen. Gut, Sünden konnte man ja beichten. Das war wieder ein gewaltiger Trost für mich. Wie willig und gerne erlernte ich blitzartig auch das Gelöbnis, das wir am Ende des Sündenbekenntnisses hinzufügten und das wie ein heiliger Eid geleistet wurde: „Ich will mir ernsthaft vornehmen, mein Leben zu bessern und nicht mehr zu sündigen. Oh Jesu, gib mir deine Gnade dazu. Amen." Wenn wir das Amen sprechen, so sagte uns der Herr Pastor, heißt das: So soll es auch sein.

Auch unser liebes Fräulein Reis begleitete die meisten unserer Kommunionkinder am Weißen Sonntag 1938 auf dem Weg zum „schönsten Tag unseres Lebens". Ich kann hier nur einige Stichworte nennen: Gott liebt alle Menschen und will, dass alle Menschen einmal in den Himmel kommen. Der hat vor allem die Mütter lieb und schimpft mit seinen Jüngern, weil sie die Frauen verjagten, die ihre Kinder Jesus zeigen wollten. Dieser Jesus befiehlt ihnen: „Lasst die Kinder zu mir kommen und verbietet es ihnen nicht. Gerade für Kinder ist viel Platz bei mir im Himmel." So ähnlich schilderte uns unsere Lehrerin das Bild vom lieben Heiland.

Das war ein Bild, mit dem ich wirklich etwas anfangen konnte. Diese Anrede hatte mich bereits meine Mama gelehrt, wenn ich mit Jesus sprach und für beide Elternteile betete. Mit dem Vaterbild Gottes war das anders. Das lag vor allem an der Tatsache, dass es in Schweich eine Familie gab, in der sich die Kinder vor dem Oberhaupt der Familie, zu dem sie Vater sagten, fürchteten. Auch munkelte man, dass die Frau oft sehr traurig war. Diesen Mann verglich ich ungewollt mit dem Bild in meinem Nikolausbuch. Der strenge Vater, der seinen Sohn, weil er ihn liebt, auch züchtigte, wobei den Eltern Nikolaus und Knecht Ruprecht helfen. Meine Schwestern und ich sagten zu unserm leiblichen Vater ganz vertraut: Papa. Viel später habe ich dann erfahren, was die Bibel meint, wenn wir zu Gott rufen: „Abba“. Das heißt: „Lieber Vater“, also Papa.

Wie oft bekam ich das damals zu hören, wenn Mütter mit ihren Kindern schimpften: „Oh, wart du, bis deine Vatter von der Arbeit kommt.“ Fräulein Reis war es, die uns auch die Liebe zu Gott, dem lieben Vater, lehrte. Sie wählte vor allem solche Gebete aus, die uns diesen Vatergott lieben lehrten. Sogar das „Vaterunser“ klang fortan ganz anders in meinen Ohren. Vor diesem Vater im Himmel brauchte ich mich nicht zu fürchten. So ging ich auch in froher Hoffnung zur Erstbeichte.

Ich brauchte sehr lange, da ich auch schlecht lesen konnte, bis die Aufforderung kam: Nun erforsche dein Gewissen, denke ernstlich nach, was und wie oft du (seit deiner letzten guten Beichte) gesündigt hast. Folgender „Beichtspiegel“ kann dir dabei helfen. Unser Sprüchlein vor Beginn des Sündenbekenntnisses kannten wir alle genau. Kreuzeszeichen, „Gelobt sei Jesus Christus“. Danach der Beichtvater: „In Ewigkeit, Amen“. „Dies ist meine erste Beichte. In Demut und Reue bekenne ich meine Sünden“. Danach folgte das Sündenbekenntnis.

22

Der Besuch des St. Nikolaus.

„O wie himmlisch siehst du aus,
Lieber heil'ger Nikolaus!
Fast verlier ich jetzt den Mut,
Dich zu bitten, sei mir gut!“
Meine Fehler fühle ich,
Tief im Herzen bitterlich,

Vater, Mutter, ach verzeiht,
Daß ich Euch so Leid bereit.
Nur den alten Ruprecht dort,
Schicket eiligst, bitte, fort,
Nie betrüb' ich Euch dann mehr,
Glaubt es doch, ich bitte sehr!

Und der gute Nikolaus spricht gar ernst und lieb:

Schön ist das, du gutes Kind,
Fort die Sünde, fort geschwind.

Immer folgsam, brav und rein,
Führet in den Himmel ein!

Doch, den bösen Buben dort,
Bringet ihn an sichern Ort!
Bis der Trotz des Schlingels bricht,
Sperret ein den Bösewicht!

23

Heimfahrt!

Kalt und frostig ist die Fahrt,
Durch das schneeige Gelände,
Eis und Frost an Kleid und Bart,
Fest die Zügel in die Hände! —

So nun fährt die längste Zeit,
Ruprecht mit den schlimmen Buben,
Eine große Strecke weit,
Ueber Stock und Stein und Gruben.

Traurig und gar schaurig tönt,
Wehgeschrei und schlimme Lieder,
„Vater, Mutter, seid versöhnt,
Holt nach Hause uns jetzt wieder!"

Doch der Buben Weheklang,
Geht verloren in den Lüften,
Nur der Plagegeister Sang,
Findet Echo in den Klüften,

Unterdessen fährt St. Klaus,
Mit dem Wagen und dem Schimmel,
Schnell zur kalten Welt hinaus,
Zu den Engeln in den Himmel.

Mein Vater hatte mir bei der Erstellung meines Beichtzettels getreu der Weisung, alles zu notieren, was mich belastete, geholfen. Hin und wieder versuchte er, meine Gewissensbisse etwas zu entschärfen, war aber dennoch der Meinung, dies einfach dem Herrn Pastor zu überlassen. Sicherheitshalber habe ich danach doch noch einmal den ganzen Beichtspiegel durchgelesen, der für alle Gläubigen, bestimmt aber nicht für Kinder erdacht war. Dem Zettel habe ich noch einiges hinzugefügt, worauf mein Papa nicht eingegangen war. Da gab es eine Sünde, die „Unkeuschheit" hieß. Sie kam an Stelle sechs des Bekenntnisses vor. Eigentlich konnte sich wirklich keiner von uns Beichtkindern etwas Konkretes darunter vorstellen. Der Beichtspiegel sagte darüber auch nichts in kindgemäßer Sprache aus. Soviel begriffen wir Jungen jedoch, dass es sich da um etwas Unanständiges handelte. Während meiner Gewissenserforschung besann ich mich zurück auf den Speicher der Familie Schilling, wo wir vor mehreren Jahren in die Sauerkrautbütte der armen Frau Pax hineingemacht hatten. Da fiel mir auch noch ein, dass wir einmal sehr interessiert einigen großen Jungen zuschauten, als diese den Sieger ermittelten, der am höchsten mit seinem Strahl über eine Wand „machen" konnte. Der Sieger von damals war der Hänss. Man verdonnerte uns zum Schweigen, was wir auch hoch und feierlich gelobten. Das habe ich damals als Unkeuschheit oder, wie man auch sagte, unter Unschamhaftigkeit verstanden und voller Scham bekannt. Der Beichtvater ging nicht näher auf mein Bekenntnis ein. Dann sprach er nach kurzem Zögern: „Was war das, was du da soeben gebeichtet hast? Los, sag es schon!" „Ei, ei, ei, eine schwere Sünde!" Da flossen bei mir schon die Reuetränen. Jetzt folgte die nächste Frage: „Wohin wärst du gekommen, wenn du jetzt gestorben wärest?" Mir versagten jetzt fast die Stimmbänder. „Los, sag es schon!!!!" Meine Antwort: „In die Hölle!" Etwas gnädiger drang dann die Stimme durch das Gitter des Beichtstuhls: „Versprichst du mir, das nie mehr wieder zu tun?" Ja, das habe ich liebend gerne getan. Zur Buße brauchte ich allerdings nur drei Vaterunser und drei „Gegrüßet seist du Maria" zu beten. Dem folgte die „Lossprechung" und anschließend sagte der Herr Pastor: „Gelobt sei Jesus Christus". Meine Antwort: „In Ewigkeit. Amen."

Nach Verrichtung der mir auferlegten Buße kamen gleich schon wieder Gewissensbisse in mir auf. Mir fiel nämlich plötzlich wieder ein, was ich damals angestellt hatte, als ich das arme Mädchen mit Pferdeäpfeln bewarf. Zwar hatten mich damals die großen Jungen zu dieser Mutprobe aufgestachelt, aber ich war der böse Täter und musste diese Tat auch verantworten und deshalb auch beichten. Die Frage war für mich jetzt ganz einfach: „War das jetzt eine Todsünde oder eine lässliche Sünde?" Letztlich hatte ich unschamhaft gehandelt, und Unschamhaftigkeit war eine Todsünde. Diese hatte ich aber nicht gebeichtet und deswegen eine noch viel schwerere Schuld auf mich geladen, die man „Gottesraub" nannte. Da kniete ich nun auf meinem „Armen-Sünderbänkchen" und dachte ganz scharf nach. Und siehe, ein Stern der Erleuchtung offenbarte mir, dass ich nur eine „lässliche Sünde" begangen hatte, weil ich das Mädchen, das wir die dicke Berta nannten, nur ärgern wollte. Das aber fiel unter die Rubrik, die ich unter dem Sammelgeständnis „Ich habe gezankt" gebeichtet hatte.

24

Am Ziele.

An dem Ziele angekommen,
Werden die Buben aus den Säcken genommen,
Fliegen schnell mit Spott und Hohn,
Rutsch, in den Käfig, plumps liegen sie schon.

Ohne Mutter, ohne Vater,
Kriechen sie müde hinter Wänden und Gatter,
Das ist nun für dies Gesind,
Strafe der Sünde, wie sie's verdient.

Wir Erstbeichtlinge wurden in zwei Gruppen aufgeteilt. Diese Selektion hatte der Pastor selber getroffen. Diejenigen, die bei unserem Kaplan beichten durften, haben nachher erzählt, wie schön das Beichten bei ihm war. Egal, was kommt, so dachte ich in diesem Moment, wenn du vor deiner „Ersten Heiligen Kommunion" nochmals beichten musst, gehst du einfach zum Kaplan. Das habe ich auch getan. Zwar war mein

Sündenbekenntnis kaum anders. Der aber hat mir gesagt, dass dies keine Todsünden waren. Zurückblickend muss ich sagen, dass wir im weiteren Verlauf des Kommunionunterrichts sehr viel lernten. Alles gipfelte letztlich in der Glaubensaussage: Unter den Gestalten von Brot und Wein kommt der Heiland auf den Altar in der Heiligen Messe zu uns Menschen. Wenn wir ihn dann würdig empfangen, kommt er zu uns: mit Leib und Seele, mit Fleisch und Blut, mit Gottheit und Menschheit. So wurde es uns eingeprägt. Weil Jesus Gott ist, dürfen wir ihn in der Gestalt des Brotes auch anbeten.

In den Wein unserer Freude über die Vergebung der Sünden goss dann aber eine Klosterschwester ganz bittere Wermutstropfen. Wir waren damals alle zusammen in einem Raum des Jugendheimes, wo uns die Schwester Geschichten von lieben und bösen Kindern erzählte. Sie hatte auch ein Buch bei sich, in dem viele Geschichten standen. Es unterschied sich wesentlich vom Buch der Frau Reuland. Aber mit Worten kann man auch Bilder vorstellen. Eine Sünde des Beichtspiegels hatten wir wohl nicht so besonders verstanden. Die aber erklärte die Ordensfrau uns in einer Geschichte. Eigenartig, es handelte sich dabei nicht um einen bösen Jungen, sondern um ein Mädchen, um ein Kind, das sich wie wir auf den Empfang der Ersten Heiligen Kommunion vorbereitete. Das Mädchen hatte eine Todsünde aus Scham nicht gebeichtet. Mit dieser Riesenschuld beladen ging das Mädchen mit den andern Kindern dennoch zur Erstkommunion. Kaum hatte sie die Heilige Hostie empfangen, schrie sie ganz laut: „Ich habe unwürdig kommuniziert!“ Dann brach sie zusammen, sie war tot. Einem solchen Schicksal wollte ich entgehen und sann darüber nach, ob meine beiden bisher abgelegten Beichten würdig waren oder ob ich einen Gottesraub begangen hatte, und das vielleicht sogar zweimal. Da dachte ich an das befreiende Wort des lieben Herrn Kaplans, das er mir im Beichtstuhl tröstend mit auf den Weg gab: „So, Wolfgang, hab‘ nicht so viel Angst. Was du vergessen hast zu sagen, schließen wir jetzt alles mit ein. Der Heiland verzeiht dir alles.“ Nicht, dass ich die grausame Geschichte, die uns die Schwester (bestimmt in guter Absicht) erzählte und in Worten ausmalte, je vergessen hätte. Diesmal war ich bestimmt nicht damit gemeint. Außerdem handelte es sich bei dem bösen Kind nicht um einen Jungen, sondern ausnahmsweise um ein Mädchen.

In den folgenden Wochen begann für mich auch ein besonderer Abnabelungsprozess. Bislang genoss ich immer das Privileg, an den Sonntagen zusammen mit meinen Eltern die Heilige Messe zu besuchen. Beide Elternteile konnten gut singen, und im Bistum Trier wurde in der Schulmesse viel gesungen. Mit dem Hochamt konnten wir Kinder wenig anfangen. Ich sang auch immer fleißig mit, obwohl ich manche Worte und sogar manche Sätze nicht richtig verstand. Nach meiner Meinung sang man in Schweich damals immer etwas langsamer als in anderen Kirchen. Wie herrlich und schön stellte ich mir die Himmelfahrt des Auferstandenen vor, wenn die Orgel erklang und alles mitsang: „Oh sehet ihn sitzen, umleuchtet von Blitzen, umstrahlet von Sonnen in ewigen Wonnen." Alle Lieder kannte ich nur vom Hören. So auch das Lied, das wir alljährlich am Palmsonntag sangen: „Singt dem König Freudenpsalmen, Völker, ebnet seine Bahn, Salem, streu ihm deine Palmen, sieh, dein König naht heran" (ich verstand: Nataran). Herr Kuhn liebte es, etwas lang gezogen zu spielen. Ich sang fleißig und recht schön mit. Wer aber der „Salem" war, der da die Palmen streut, konnte ich nicht verstehen. Für mich war das ein frommer Mann, der Palmen auf den Weg streute (für mich waren das übrigens die Buchsbeutel-Zweige, zu denen man in Schweich Palmen sagte). Unser Nachbar Adams hatte davon eine ganze Hecke, mit der er am Palmsonntag die Nachbarschaft versorgte. Die „Palmen" wurden dann in der Kirche geweiht. Meine Mama steckte dann immer einen Zweig hinter das Kreuz und in das Weihwassertöpfchen. Am darauf folgenden Montag brachten wir Kinder auch Zweige mit in die Schule, die dann ein ganzes Jahr das Kreuzzeichen in unseren Klassen zierten. Damals gehörte das Kreuz noch zum selbstverständlichen Inventar einer Schule, genauso wie das Hitlerbild. Doch nun nochmals zurück zum Lied. Für mich gab es also einen Mann namens Salem (so hieß damals auch eine sehr bekannte Zigarettensorte). Dieser Herr Salem streute Palmen aus in einer Weise, wie wir Kinder dies von den Fronleichnamsprozessionen her kannten. Es sollte ja ein großer König kommen, und der hieß für mich „Nataran". Es gab doch viele biblische Könige: den König David, den grausamen König Herodes, warum da nicht auch noch einen König Nataran.

Ich musste damals meinen beliebten und vertrauten Platz gegen einen zwischen den übrigen Kindern eintauschen. Eigentlich kam dieser Wunsch von mir selber. Zwischen dem Altarraum und den ersten Kirchenbänken standen mehrere lange etwa zwanzig Zentimeter hohe und breite Kniebankreihen für die Schulkinder. Geordnet nach Schulklassen und getrennt von den Mädchen, knieten wir dort in allen Gottesdiensten, erhoben uns, wenn das Evangelium verkündet würde, machten eine 180-Grad-Wendung, wenn der Priester die Kanzel bestieg, und setzten uns nieder mit dem Rücken zum Altar. Nach der Predigt machten wir nochmals eine entsprechende Kehrtwendung. Ob mit Absicht oder weil in der hinteren Kniebank jemand nicht mehr die Balance wahren konnte, fiel jemand um. Der Erste plumpste auf seinen Vordermann, und so kippten alle nacheinander um. Am Schlimmsten aber erging es dabei dem armen Kerlchen, das vor sich keinen Halt mehr fand und dann mit dem Gesicht auf den Fliesen des Fußbodens landete. Wer wollte es uns damals verübeln, wenn wir, trotz aller Ehrfurcht vor einer geweihten Stätte, ein Lachen nicht verkneifen konnten, auch dann, als das liebe Kerlchen, das es am härtesten getroffen hatte, anfing zu heulen. Da waren aber auch gleich einige Erwachsene zur Stelle, die das Kind umsorgten. Rot ummantelt mit einer „Hellebarde" in der Hand sowie einer großen roten Kopfbedeckung trat dann der „Kirchenschweizer" in Aktion, der immer würdigen Schrittes durch die Kirchenschiffe schritt und vor dem wir Kinder einen gewaltigen Respekt hatten. Er wohnte damals im oberen Teil des „Langgartens". Selbst wenn wir ihn im Alltag sahen, begegneten wir ihm mit einer seltsamen Scheu. Er hatte einen Enkel, der mächtig stolz auf seinen Opa war. Den fragten manchmal die größeren Jungen: „Wie sagt deinen Grosspap in der Kirch?" Seine Antwort, die ich damals für sehr witzig hielt, lautete: „Ich stech dir die Lanz in de Panz!"

So hatte auch ich fortan meinen eigenen Platz in der Kirche gefunden und erlernte recht bald das Balancieren auf den Kniebänken. Von dort hatte ich einen guten Blick auf den Altar. Aufmerksam verfolgte ich alles, was im Altarraum geschah. Es klingelte, dann traten die Messdiener mit dem Priester vor die Altarstufen, alle machten eine tiefe Kniebeuge. Jemand sagte mir: „Die beten jetzt das Staffelgebet", worunter ich mir wieder einmal nichts vorstellen konnte. Dann hörte man ein Murmeln. Wenn man etwas seitwärts kniete, konnte man sehen, dass sich die Messdiener in gebeugter Haltung an die Brust klopften. Auch der Priester machte dies. Schon vor der Kniebeuge übergab der Priester einem der Messdiener eine komische Kopfbedeckung, die dieser dann an eine Stelle brachte, die wir nicht einsehen konnten. Und für uns begann dann das ewig lange Knien. Man möge mir verzeihen, in solchen Momenten war ich nicht immer ganz fromm. Ich wünschte mir, ich sei ein Huhn oder Hahn, die auf ihren schmalen Stangen stundenlang die Zeit verbrachten und sogar dabei schliefen, ohne herunterzufallen. An hohen kirchlichen Feiertagen war es im Bistum Trier Brauch, die Heilige Messe vor dem ausgesetzten „Allerheiligsten" zu lesen. Dann wurde die „Monstranz" vom Priester selbst auf den Altar gestellt. Hinter ein Schauglas, das mit goldenem Zierwerk eingefasst war, schob er jetzt eine große geweihte Hostie, die er aus dem „Tabernakel" nahm. Auch diesen Begriff hatte uns der Pastor anlässlich seines Unterrichtes erklärt: „Tabernakel heißt eigentlich Zelt. In einem heiligen Zelt verwahrten die Juden in Schaugefäßen das Mana, mit dem Gott sein Volk auf dem Weg durch die Wüste speiste. Auch wir haben ein solches Zelt in unserer Kirche, das mitten auf unserm Altar steht. Man kann es aber nur sehen, wenn der Priester mit einem Schlüssel die kleine Tür öffnet, die dieses heilige Zelt schützt, so dass keine bösen Menschen das kostbarste Gut, den Leib Christi, rauben oder verunehren." Den „Herrenleib" stellte er in eine eigens dafür vorgesehene Nische. Weihrauch wurde gebracht und vor der Monstranz geschwenkt. Im Anschluss daran wurde das Volk damit gesegnet. Das geschah bei uns im Bistum dreimal während der Heiligen Messe. Das Messopfer feierte der Priester immer mit dem Rücken zum Volk. Niemals durfte er dem Allerheiligsten den Rücken zeigen, deshalb brachten die Messdiener ein breites Banner, das der Priester genau vor die Monstranz stellte, die dann nicht mehr zu sehen war. Meist legte er danach sein priesterliches Obergewand ab und bestieg die Kanzel. Wir Kinder machten dann wieder eine Kehrtwendung um 180 Grad und setzten uns auf die schmale Bank, nachdem der Priester das Evangelium verkündet hatte. Dem folgte meist eine sehr lange Predigt. Einige Männer, die hinten in der Kirche standen, verließen diese und kamen erst zur „Opferung" zurück in den Kirchenraum. Diese musste man erleben, damit man der „Sonntagspflicht" genügte. Dazu gehörte auch die Heilige Wandlung und die Kommunion des Priesters. Vor der Gabenbereitung erfolgte der zweite Segen mit der Monstranz. Die Fahne wurde wie zuvor von einem Messdiener weggetragen und die Monstranz vom Priester in die Nische gestellt, damit jeder sie sehen und Jesus Christus sichtbar in der Gestalt das Brotes anbeten konnte. Da kniete auch ich mit den vielen anderen Kindern. Wie sagte doch unser Pastor: „Beten heißt, fromm mit Gott reden". Da sagte ich dem Heiland all das, was ich so auf dem Herzen hatte.

Wir knieten auf unseren schmalen Bänken, als die Schellen der Messdiener uns verkündeten, dass jetzt der wichtigste Teil der Heiligen Messe beginnt: die Heilige Wandlung, wo Jesus vom Himmel steigt und über den wesentlich kürzeren Weg direkt von der Monstranz herabkommt um auch die ungeweihten Hostien in sein Heiliges Fleisch zu verwandeln. Alle Anstrengungen halfen mir aber nicht, diesen Wandlungsprozess wahrzunehmen. Es muss wohl ein Hochamt gewesen sein. Nur der Priester kommunizierte die heiligen Gaben. Im Hochamt wurde damals bei uns den Gläubigen die Heilige Kommunion nicht gereicht. Noch einmal traten die Messdiener in Aktion. Sie brachten das Weihrauchfass, der Priester legte auf die brennenden Kohlen Weihrauchkörner und schwenkte dieses mehrmals hin und her. Ein Messdiener legte ihm danach ein großes Tuch über die Schulter, und wir Kinder hatten schon schmerzende Knie. Der Chor sang, und dann empfingen wir den „Sakramentalen Segen". Jetzt erst durften wir uns erheben. Einige Kinder fingen an zu husten, man sagte, das komme vom Weihrauch.

Jedesmal war es für uns Kinder ein Ereignis, wenn in der Kirche eine Taufe war. Da versammelten wir uns vor dem Kirchenportal. Es gehörte sich für die Paten des Täuflings, im Anschluss an die Tauffeier die Kinder zu beschenken. Sie warfen dann „Zuckersteinchen" oder sogar in Papier verpackte Karamellen auf die Straße. Wir Kinder fielen darüber her, und manche Träne floss, wenn uns die Großen die Süßigkeiten wegschnappten, die wir schon mit den Fingerspitzen berührt hatten. Ich bekam selten eines davon ab, obwohl ich doch sonst recht flink und geschmeidig war. Einmal musste ich mich sogar mit einem Klümpchen begnügen, das in der ‚Kulang' gelandet war.

Da gab es auch noch etwas ganz Geheimnisvolles. Nach einer Andacht oder einer Messfeier ging eine dunkelgekleidete Frau zum linken Seitenaltar. Dort kniete sie nieder. Dann kam der Pastor oder Kaplan. Kein Messdiener war dabei. In der Hand hatte der Geistliche ein kleines schwarzes Buch. Ich dachte schon, dass dies das Buch des Knecht Ruprecht sei, aus dem mir vor vielen Jahren meine Schandtaten vorgelesen wurden. Zur Frau gewendet sprach er jetzt Worte, die keiner von uns verstehen konnte. Ich weiß nicht einmal, ob der Priester Weihwasser bei sich hatte. Die Frau blieb auch ganz still, während der Priester sie mit einigen unverständlichen Worten segnete. Das ließ mir nun keine Ruhe mehr. Auch die anderen standen sprachlos umher. Die Frau begab sich noch vor das Bildnis der Mutter Gottes und betete still vor sich hin. Der Priester war längst in der Sakristei verschwunden. Wir konnten auch keinen Messdiener fragen, weil keiner dabei war. Da aber stießen wir auf eine Frau, die Tante eines Jungen. Der fragte sinngemäß: „Tant, wat war denn datt?" „Die Frau is ausgesegnet worden. Die hat doch en Kind gekriecht. Jetz darf die wieder in die Kirch gehen!"

24. April, Weißer Sonntag 1938: „So ist nun da die segensreiche Stunde, nach der ich verlangt, in der ich zum ersten Mal das lebendige Himmelsbrot, den allerheiligsten Leib Jesu Christi, meines Erlösers, genießen werde!" Mit dieser Einleitung begann die Heilige Messe. Streng achteten wir darauf, dass wir auch das „Nüchternheitsgebot" einhielten. Wir durften auch keinen Schluck Wasser vorher trinken, weil nur der Heiland das Recht hatte, an solchen Tagen unsere erste Nahrung zu sein. Unsere Kommunionskerzen wurden brennend vor den Altar gestellt, und wir Kinder durften sogar in den vordersten Bänken des Gotteshauses Platz nehmen. In unsern Kommunionskleidern empfingen

wir dann das von uns so ersehnte Himmelsbrot. Damals dachte ich, dass ich in diesem Moment das glücklichste Kind sei. In feierlicher Prozession hatte man uns zur Kirche geleitet, in feierlicher Prozession verließen wir das Gotteshaus. Wir sangen: „Fest soll mein Taufbund immer stehn, ich will die Kirche hören. Sie soll mich allzeit gläubig sehn und folgsam ihren Lehren. Dank sei dem Herrn, der mich aus Gnad in seine Kirch‘ berufen hat; nie will ich von ihr weichen." Wie schwer war es allerdings im Laufe des Lebens, dieses Versprechen zu wahren. Mit unserem Kaplan machten wir nachmittags, im Anschluss an die Dankandacht, eine Prozession zum „Heilbronnen", einem Gnadenort im Meulenwald, mit einer schönen Kapelle und einem Kreuzweg davor. Wir betrachteten die Stationen und beteten den Rosenkranz. Keiner hat sich beschwert, dass das alles etwas viel für uns Kinder war. Soweit zum kirchlichen Teil. Zuhause erwarteten uns Gäste. Ich war damals sehr traurig, dass zu meinem Fest nur wenige angereist waren. Mein Pate, Bruder meines Vaters, Studienrat in Essen, hatte sich entschuldigt und mir einen 20-Mark-Schein als Geschenk in sein Glückwunschschreiben gelegt. Meine älteste Cousine, die auch meine Patin war, kam von der Saar mit ihren Eltern angereist, schenkte mir eine Armbanduhr, musste aber am selben Tag wieder abreisen, weil sie als Lehrerin am Montag Unterricht zu geben hatte. Aus der Schweicher Nachbarschaft erhielt ich viele Topfblumen, und eine liebe Familie legte ihrem Glückwunschschreiben ein Fünf-Mark-Stück bei. Noch vor dem Mittagessen lief ich zur Drogerie Gerhardt und klingelte, obwohl man sich gerade mit Tochter Doris zum Kommunionsessen versammelt hatte. Herr Gerhardt kam heraus, und ich kaufte mir eine Box (Foto-Apparat 4,5 x 6, samt Einlegefilm) für genau 4,80 Mark. Daheim wartete ungeduldig die ganze Tischgemeinschaft, genau acht Personen, auf denjenigen, zu dessen Ehre man hier versammelt war. Auf dem Weg zum Heilbronnen versuchte dann unser Kaplan, einige Aufnahmen von uns Kommunionkindern zu machen. Alle davon waren aber (ich hätte heulen können) verwackelt, weil der Kaplan immer zweimal auf den Auslöser drückte. Lediglich eine Aufnahme gelang, und die machte einer von uns. Sie zeigt uns von links nach rechts: Josef Lehnert, Wolfgang Speicher, Peter Philipsen, Franz Mauerer. Gerade über die beiden in der Mitte beschwerte sich einige

Tage später eine ehemalige Lehrerin. Das Fräulein betrieb im oberen Teil der Richtstraße einen Lebensmittelladen. Wir hatten uns nicht an die bis dahin allgemein geltende Kleiderordnung gehalten. Der Peter trug den auffälligsten Kommunionsanzug und wich damit von der Norm erheblich ab. Meine Kleidung wurde von ihr als unsittlich bezeichnet. Ich war nämlich der einzige Junge, der keine langen schwarzen Strümpfe anhatte, die auch die ganzen Oberschenkel bedeckten und uns zwangen, ein Leibchen zu tragen, an dem man sie befestigte. Meine Mutter hatte mir eigens für die Kommunionfeier weiße Kniestrümpfe gekauft, die mir bis kurz unterhalb des Knies reichten. Selbst der Herr Pastor wurde über diesen Fehltritt ausführlich informiert, und über den Verkaufsladen gelangte diese Botschaft in die Gerüchteküche unseres Ortes: „Hast du schon gehört: Majusebetta! Majusebetta!“

Bereits am 9. Mai 1938 empfingen wir durch unseren damaligen Bischof Franz-Rudolf Bornewasser das Sakrament der Firmung. Vom Firmunterricht kommend lernte ich mit einem Isseler Jungen, dessen Namen ich leider vergessen habe, in unserem Schulhof nachfolgenden lateinischen Gesang, den ich nie vergessen habe:

> *Confirma hoc, deus, quod operatus es in nobis,*
> *a templo sancto tuo, quod est in Jerusalem.*

Mein Firmpate war unser Nachbar, der Lebensmittelhändler Joseph Kellersch.

Die Isseler Kinder mussten, um in unseren Ort zu kommen, etwa eine Strecke von einem Kilometer zurücklegen. Ein Großteil davon verlief über die Isseler Straße. Je nach Stand der Dinge bedeutete das eine Art „Spießrutenlauf“. Zwar habe ich nie erlebt, dass es zu Prügeleien kam, wie das früher schon einmal geschehen war, aber sie mussten so manchen Spott über sich ergehen lassen. Issel war ein kleiner Ort. Wie oft mussten deshalb die Mädchen und Jungen, die sich nicht wehren konnten, den Spruch hören:

> *Issel ist die große Stadt,*
> *wo man nichts zu fressen hat,*
> *wo die Mäuse exerzieren*
> *und die Ratten kommandieren.*

An zwei Ereignisse kann ich mich besonders gut erinnern. Vater hatte wieder einmal den Schelm so richtig im Nacken sitzen, und unsere Mama war dabei das Ziel seiner Spöttelei. Adolf Hitler machte sich damals Gedanken um den „großdeutschen Nachwuchs“ und verlieh den Müttern, die mindestens vier Kindern das Leben geschenkt hatten, das „Mutterkreuz“. Je nach Kinderzahl in Bronze, Silber und Gold. Mit vier lebend geborenen Kindern gehörte unsere Mutter zu den Frauen, die diese Auszeichnung in „Bronze“ erhielten. Mama musste allein zur Veranstaltung gehen, weil die Verleihung in einer „NS-Frauenschaftsfeier“ stattfand, wo nach Meinung unseres Vaters Männer nichts zu suchen hatten. Also blieb er mit uns Kindern allein daheim. Mutter wollte ohne ihren Mann nicht gehen. Er gab ihr aber zu verstehen, dass er als einziger Mann nicht zwischen all den Weibern sitzen wolle, um sich das Gequatsche des „Oberhuhns“ der Frauenschaft anzuhören. Mutter wurde damals sehr oft gebeten, in der Frauenschaft ein Amt zu übernehmen, zumindest in einem Teilbezirk der Ortsfrauenschaft, in einem „Block“. Das war unserer Mutter einfach zu dumm. Außerdem war sie nie ein „Vereinsmensch“. So musste unsere Mama an jenem Abend allein zum Gasthof Dany gehen, weniger um geehrt zu werden, sondern um auch gleichzeitig den Berechtigungsschein für verbilligte Fahrten mit der Reichsbahn zu erhalten, der mit der Verleihung des Mutterkreuzes den Frauen überreicht wurde. Wie nicht anders zu erwarten, trat Mama unmittelbar nach dem Festakt ihren Heimweg an. Inzwischen hatte unser Herr Papa seine vier Sprösslinge auf einem großen Absatz unseres Treppenhauses postiert und einen Spruch einstudiert, den wir dann gleich dreimal zusammen mit seiner sonoren Stimme ertönen ließen: „Die Blockmutter kommt, die Blockmutter kommt, die Blockmutter kommt!“ Darauf sagte unsere Mutter: „Joseph, wie kannst du mich vor unseren Kindern zur Zielscheibe deines Spottes machen?“

Genau so reagierte unsere Mama, als sie sich eine schwache Lesebrille bei unserem Schweicher Optiker kaufte. Sie kostete damals genau fünf deutsche Reichsmark. Wir Kinder bestaunten das schwarz umrandete Wunderwerk auf der Nase der Mutter. Sie nahm eine Zeitung zur Hand und begann zu lesen. „Warum habe ich mir nicht schon viel früher eine Brille gekauft. Auch den Faden kann ich jetzt leichter durch das Öhr der Nähnadel einführen.“ Im Moment, als Mama ihre neue Errungenschaft zufrieden begutachtete, sprach Papa Speicher der Mama zugewandt: „Wenn die Mutter ihren Zwicker aufsetzt, werden die Kinder in die Gottheit versenkt.“ Wenige Zeit später beobachtete ich, dass der „Spötter“ mit Mamas Lesebrille auf der Nase die Zeitung las. Eine eigene Brille kaufte er sich damals noch nicht. Wie oft hörte ich auch in den folgenden Monaten: „Joseph, gib mir bitte meine Brille“. So wurde der von Vater benannte „Zwicker“, wie es mir nachträglich vorkommt, hin und wieder zum „Zankapfel“.

Vor unserer Haustür ging das Leben wie gewohnt weiter. Willi und Wolli begegneten sich seltener, weil ich nach unserer Firmung auch weitere Alleingänge in den Ort unternahm. Ich lernte jetzt auch die Gegend um unseren Winzerkeller kennen. Vorwitzig wie immer, steckte ich meine Nase in alle Ecken und Häuser. Da wohnte Farschen Johann in der Nähe. Lehnerts Jupp, der auch einer des Vierergespanns auf dem gemeinsamen Kommunionsbild ist, ging mit mir in die Werkstatt seines Bruders, der dabei war Stühle zu flechten. Sein Bruder war blind, beherrschte aber das in einer Blindenschule erlernte Handwerk hervorragend. Ich sah staunend zu, und der Jupp sagte: „Dat kann der alles auch machen, wenn et deuster is." Der Weg führte mich weiter am Hohlweg vorbei, wo sich der von Kreuschen Jupp als Schweich Süd Ost bezeichnete Bahnhof nicht mehr befand, immer weiter Richtung Uhlengarten bis hinauf durch die Corneliuspforte zum Stierstall, wo ich einst die Erfahrung machen durfte, dass das Pferd nicht der Papa der Kuhkälber war. Einen Schritt in den Stierstall wagte ich aber nicht. Ich begegnete nur dem mir bekannten Briefträger Krewer, einem weiteren Onkel meines Klassenkameraden Hans Helten. Was ihn angeht, möchte ich hier erwähnen. In meinem Aktenschrank befindet sich ein eigener Ordner mit der Aufschrift: Hans Helten, geb. 10.12.1928. Das Amtsgericht Siegburg hatte mich auf Wunsch von Hans Helten am 8. Dezember 1997 zu dessen Betreuer (früher Vormund) bestellt.

Hans erschien einige Jahre vorher in unserer Stadt, wo er sogleich Kontakt mit mir aufnahm. Anlässlich unseres Goldjubiläums des Kommunionsjahrgangs 1938 brachte ich ihn am 15. Mai 1988 mit nach Schweich. Selten habe ich in meinem Leben einen Menschen erlebt, der so froh und glücklich war. Wie gerne wäre er in Schweich geblieben. Ich nahm ihn wieder mit nach Siegburg. Danach bereitete er mir viel Kummer. Seine Alkoholprobleme, die ihn seinerzeit seinen erlernten Beruf als Schornsteinfegermeister kosteten und seine Ehe in Bruch gehen ließen, führten ihn an den Rhein. In Bonn wurde er beruflich umgeschult und seiner gewandten Art verdankte er im neu erlernten Beruf eine Anstellung als Kellner im Restaurant des Bundeshauses in Bonn. Da aber hatte man, wie man so sagt, den Bock zum Gärtner gemacht. Hier lernte er eine Bedienstete des Bundestages kennen, die auch dem Alkohol ergeben war. Hans wurde gekündigt, er verlor seine Bleibe und landete auf der Straße. So fand ich ihn. Er war mir gegenüber sehr ehrlich. Fortan lebte er direkt neben meiner Dienstwohnung im Kolpinghaus. Es gab zwar immer Probleme mit Hans. Straffällig wurde er aber nie. Wegen seiner geselligen Art war er bald als der Hans in unserer Pfarrgemeinde bekannt und zu jedem Dienst bereit. Da gab es einige Männer, die es besonders gut mit ihm meinten und unseren Hans immer wieder mit an die Theke nahmen. Eines Morgens fand man Hans unweit des Kolpinghauses blutend auf der Straße liegen. Man hatte versucht ihn auszurauben. Aber was war bei ihm schon zu holen? Sein spärliches Taschengeld reichte sowieso hinten und vorne nicht. Hans war immer sauber und bestens bekleidet. Er war der Liebling aller Damen unserer Caritasstube und erhielt von diesen die modernsten Anzüge, Hemden, Mäntel, Unterwäsche und Schuhe. Das waren Spenden aus dem Nachlass wohlhabender Verstorbener und wohl auch der Grund, weshalb man versuchte, ihn zu berauben. Als man bei ihm nichts fand, hat man ihn bis zur Bewusstlosigkeit verprügelt. Weil Hans zu diesem Vorgang keine Angaben machen konnte, wurden die Täter auch nicht ermittelt. Von den Folgen dieses Überfalls hat sich Hans nicht mehr richtig erholt. Hinzu kamen ganz heftige Entzugserscheinungen und eben die Tatsache, dass er völlig mittellos war. Alles konnten wir ihm geben, nur Geld nicht. Das Kolpinghaus kündigte Hans seinen Aufenthalt in ihrem Wohnbereich. Alle meine Versuche scheiterten diesmal, unseren Hans als Nachbarn zu behalten. Er war unfähig geworden, für sich eigenständig zu handeln. Um der Amtsfürsorge zu entgehen, bat er den Richter, mir diese Aufgabe zu übertragen. Ich brachte ihn im wohl besten Haus für betreutes Wohnen unter. Wegen seiner schönen Kleidung und seines vornehmen Benehmens wurde er von den Mitbewohnern, aber auch von der Hausleitung besonders geschätzt. Er bat mich zwar immer wieder um Geld, weil er sich Obst oder Zahnpasta kaufen wolle. Diesen Trick kennt aber jeder, der sich mit Alkoholkranken befassen muss. Auch das Haus war auf diese Dinge eingestellt. An der Pforte kaufte ich ihm dann gleich für mehrere Tage Obst und eben die gewünschte Zahnpasta und andere Kosmetika. Auch mit der Behörde gab es viel Arbeit und Streit in der „Sache Hans“. Die Akte wurde immer dicker. Dann erreichte mich ein Anruf, ich solle sofort in die Klinik kommen. Ich setzte mich in mein Auto und erfuhr von der Klinikleitung, dass man Hans wegen einer starken Hirnblutung in die Uniklinik nach Bonn verlegt habe. Obwohl Hans in einer ähnlichen Situation wenige Wochen zuvor selbst einen Priester gerufen hatte, bei dem er beichtete und die Krankensalbung empfangen hatte, setzte ich mich sofort mit der Klinikseelsorge in Verbindung, kam aber über einen Anrufbeantworter nicht hinaus. Ich bat dringend um einen Rückanruf, aber ein solcher erreichte mich nicht. Es war schon abends gegen 23.00 Uhr. Morgens um 6.00 Uhr fuhr ich nach Bonn. Dank meines Dienstausweises und der Betreuungsurkunde unseres Amtsgerichtes wurde mir dann gestattet, die Intensivabteilung zu betreten. Ich durfte Platz nehmen. Nach kurzer Wartezeit kam ein junger Arzt auf mich zu und sagte, dass besagter Patient verstorben sei. Er zeigte mir eine Röntgenaufnahme. „Wir haben zwar versucht, den Verstorbenen zu reanimieren, aber sehen Sie sich diese Aufnahme an."

Bereits am Vortag war Hans um 17.50 Uhr verstorben. Keiner hatte mich, wie es Pflicht der Heimleitung gewesen war, rechtzeitig informiert. Die Sachbearbeiterin sei in Urlaub gewesen. Entschuldigen Sie vielmals. Soll nicht mehr vorkommen. Auch die Beerdigung gestaltete sich äußerst schwierig. Alles lief über mich, aber nicht ohne die anderen. Er hatte einen Sohn, der musste befragt werden, wollte aber mit allem nichts zu tun haben. Die Polizei suchte mich auf und bat um Angaben. Ich versuchte den Vetter von Hans Helten zu erreichen, den Hans Krewer, der, wie Hans Helten mir sagte, in Köln wohnte. Eine männliche Stimme meldete sich. „Mein Vater ist bereits verstorben, und meine Mutter lebt auch nicht mehr." So musste ich, weil niemand mir diese Entscheidung abnahm, reagieren. Hans war kein Bonner Bürger. So stimmte ich dem zu, was in diesem Fall die einzig mögliche Initiative war: Mit einer kleinen Gruppe Siegburger Frauen, mit dem Pfarrgemeinderatsvorsitzenden von St. Servatius und einer Abordnung des Sozialdienstes habe ich für unseren Hans in der Friedhofskapelle in Bonn einen Gedenkgottesdienst gehalten. Alle Beteiligten haben ihn gesegnet. In Siegburg gedachte die ganze Pfarrgemeinde St.Servatius und die ehemaligen Mitbewohner des Kolpinghauses an nachfolgendem Sonntag des Toten. Ein Lob auch der hiesigen Frauengemeinschaft: Sie stiftete mehrere Gottesdienste zur Ehre des Toten. Die Urne von Hans wurde anonym auf dem Friedhof in Hennef an der Sieg beigesetzt.

Auf meinen Spaziergängen ging ich oft ein und aus bei meinem Schulfreund Franz Mauerer. Im ersten Schuljahr saßen wir nebeneinander. Wenn Herr Scherer über die Bankreihen lief, sein „Onkel Fritzchen" in der Hand schwingend, war Franz derjenige, der vor mir „das Mäuschen" zu schmecken bekam, weil wir ihm im Moment nicht antworten konnten, wieviel 6 + 3 + 5 ist. Seine Tante Eva wohnte gegenüber. Als gerade pensionierte Lehrerin war sie die geborene Betreuerin in Sachen Hausaufgaben. Auch bei ihr habe ich zusammen mit Franz viel Zeit verbracht. Bei Mauerers konnte man Elektroartikel, Nägel, Haushaltsgeräte, Zangen, Hämmer, Schaufeln, Kohlenherde, Kuhketten und viele Werkzeuge kaufen. Hinter dem Haus waren die Schlosserei und die Elektrowerkstatt. Herr Mauerer war immerhin Elektro- und Schlossermeister sowie Geschäftsmann. Im Hof zwischen Küche und Werkstatt gelegen ließ es sich wunderbar spielen. Gefährlich für mich war aber der Eingang durch das Tor an der Zellenpfützstraße. Im Hofe wachte nämlich der „Koob", den man Jakob nannte. Das war kein Hund, nein, es war ein kohl-pech-raben-schwarzer Vogel, ein Rabe.

Wie habe ich den Franz beneidet, ohne neidisch zu sein. Verglichen mit mir hatte er viele Spielzeuge. Wahrscheinlich gehörten diese seinem Bruder Jupp und ihm zusammen. Sie beide verfügten über Automodelle mit gummibereiften Rädern. Meine Spielautos waren aus Blech. Da ich immer sehr vorwitzig war, überlebten diese Gebilde nicht lange. Ich erforschte immer gerne das Innenleben solcher Spielsachen. Mit dem Kartoffelschälmesser meiner Mama öffnete ich die Blechlaschen und sah mir das Federwerk genau an. Als ich dies mehrmals tat, brachen die Blechlaschen ab. Zwar versuchte ich, mit Hansaplast alles wieder zusammenzufügen, was aber meist misslang. Franz schenkte mir einmal ein schönes Fotoalbum zum Namenstag, in das wir auch einige Bilder einklebten. Es war der 31. Oktober. In diesem Jahr fiel mein Namenstag auf das Christkönigsfest, das erst am 11. Dezember 1925 von Papst Pius XI. eingeführt wurde. Begangen wurde das hohe Fest damals immer am letzten Sonntag im Oktober. Seit der großen Liturgiereform begeht die Weltkirche den Festtag am letzten Sonntag des Kirchenjahres. Wir waren noch hin- und her gerissen von dem Lied:

O Du mein Heiland hoch und hehr,
dem sich der Himmel beuget,
von dessen Liebe, dessen Macht
die ganze Schöpfung zeuget:
Christus mein König, Dir allein
schwör ich die Liebe lilienrein,
bis in den Tod die Treue.

(Wie bei so manchem Kirchenlied wurde die Aussagekraft des Textes in späteren Jahren verwandelt. Statt des Schwures heißt es jetzt: „schenk ich die Liebe stark und rein". Eid und Lilienvergleich wurden gestrichen. Böse Zungen nannten es übrigens das „Meineid -Lied". Uns aber galt es als heiliger Schwur.)
Franz sprach mich mit meinem richtigen Vornamen an, als er mir zum

Namenstag gratulierte und sagte: „Du bist ein König!" Da fühlte ich mich sehr geehrt! Dass mein Namenstag nur zufällig mit dem Christkönigsfest zusammenfiel, begriff ich erst viel später. Im Anschluss an unsere kleine Feier ging ich dann mit Franz zusammen in die Vesper. Statt auf unseren „Folterbänken" Platz zu nehmen, führte er mich auf die Orgelempore, die ich bis dahin nie betreten durfte: Sein Ehrengast Wolfgang durfte direkt neben ihm ganz vorne einen Platz einnehmen. Franz erklärte mir, dass dieser Platz seinem Vater gehöre. Er habe dafür Geld bezahlt. Ich fragte mich: „Warum macht mein Papa das nicht auch?"

Da gab es aber auch noch etwas in der oberen Etage bei meinem Freund Franz: Ein Klavier! Wir verfügten nicht über ein solches Instrument, obwohl meine Mama meinte, dass ein solches doch in unseren Haushalt gehöre. Sie hatte selbst in ihrer Kindheit und im Lehrerinnenseminar das Klavierspiel erlernt, Vater musste sogar in seiner Seminarzeit das Orgelspielen erlernen. Wahrscheinlich war ihm dies seither so verhasst, dass er kein Instrument mit Tastatur in seiner Wohnung wollte. Auch entsprach er all meinem Flehen nicht, mir in späteren Jahren wenigstens eine Ziehharmonika zu kaufen. Auf dem Kleiderschrank meiner Eltern aber stand ein Geigenkasten mit einer 3/4-Violine. Diese hatte er vor Jahren meiner Schwester Tutti geschenkt. Weil sie Linkshänderin war und es ihr wahrscheinlich auch am Willen mangelte, das Geigenspiel ausgerechnet von ihm zu erlernen, verstaubte der Kasten auf seinem Stammplatz im Schlafzimmer der Eltern. Einmal im Jahr wurde das Instrument gebraucht, zu Weihnachten. Dann nahm der Herr Papa das Ding zur Hand und verschwand damit in unser Wohnzimmer. Ich schlich natürlich hinter ihm her und hörte und sah, was dort geschah. Vater stimmte die Geige. Mit der Stimmgabel bestimmte er die Tonhöhe. Dann drehte er solange an den Saitenspannern herum, bis er, wie er sagte, den Grundton gefunden hatte. Dann vernahm ich fürchterliche Kratzlaute in meinen Ohren. Zuerst versuchte er, nur mit den Fingern die Tonhöhen zu bestimmen, die er auch mit seiner Stimme begleitete: „Zippi, Zippi, Zippi". Als er dann den Bogen ansetzte, den er zuvor über ein steinähnliches Gebilde strich (Kolofonium), klangen die Töne schon besser. Die „Saiten" müssten eingestimmt werden: G-D-A-E. „Da gibt es einen dummen Spruch, den du ganz leicht behalten kannst. Merke dir die Folge und vergiss ihn nie: Geh-Du-Alter-Esel." Als alter Schulmeister fügte er aber direkt hinzu: „Die Tonleiter hat acht normale Töne. Fangen wir mit der C-Dur-Tonleiter an: C-D-E-F-G-A-H-C." Ich bedauerte sogleich, dass ich ihm in das Wohnzimmer gefolgt war. Denn ich musste nicht nur gleich die Töne aufsagen, sondern auch vorsingen.
Singen konnte mein Papa wirklich gut. So gelangen mir auch die Singlaute.

Aber Papa gab nicht nach. Er war ein äußerst ungeduldiger Mensch. Jetzt musste ich die Tonleiter auch gleich rückwärts aufsagen und vorsingen. Am liebsten hätte ich in diesen Momenten geheult; das aber durfte ich nicht. Dann erklärte er mir, dass es da Ganz- und Halbton-Schritte gibt: „Von Drei nach Vier und von Sieben nach Acht erfolgt nur ein Halbtonschritt. In der C-Dur-Tonleiter ist das also?“ Nun musste ich das selber herausfinden, und das ohne Klavier. „Also“, sagte der liebe Papa? Meine Antwort: „Von E nach F von H nach C.“ Aber ein Klavier kaufte er nicht.

Ja, der liebe Franz Mauerer hatte ein Klavier. Da klimperten wir beide, und keiner störte uns bei unseren musikalischen Übungen. Franz bekam sogar später Violinunterricht in Trier. Auch das verwehrte mir mein Papa. In diesem Zusammenhang muss ich erwähnen, dass mein Vater eines Tages den Geigenkasten nochmals vom Kleiderschrank nahm. Ich bekam es schon mit der Angst zu tun, lagen doch zu viele negative Erfahrungen zwischen diesem Instrument und mir. Was war geschehen? Wir hatten plötzlich keinen Strom mehr im Haus, nachdem Mama das elektrische Bügeleisen angeschaltet hatte, aus dem dann Funken sprühten. Der Sicherungskasten befand sich im Konferenzzimmer der Schule. Aus dem Geigenkasten nahm mein Papa jetzt eine Saite, die mit einem dünnen Draht umwickelt war, und staunend sah ich zu, wie er diesen um seinen Finger wickelte. Mit einem Stück des aufgewickelten Drahtes folgte ich Papa durch den großen Schuleingang über die Treppe hinauf zum Konferenzzimmer. An der rechten Wand dieses Raumes waren zwei schwarze Gebilde befestigt, die mein Vater Stromzähler nannte. Aus einem schraubte er dann ein Ding heraus, das er als Sicherung bezeichnete.„Hab‘ es mir doch gedacht“, sagte der Papa, nahm den dünnen Draht und wickelte diesen um das obere Ende der Sicherung, das andere Ende steckte er in ein winziges Loch am unteren Teil. Diese „geflickte Sicherung“ schraubte er wieder in den Sicherungskasten. Wir hatten wieder Strom. Ich selbst entfernte mich danach ganz schnell über die Straße zu meinem Freund Willi, aus Vorsichtsgründen: Es konnte ja sein, dass der Geigenkasten noch im Wohnzimmer stand.

Seit das Emaille-Schild neben dem Gartentor verschwunden und nur ein kleines mit der Aufschrift „Schiedsmann“ dort zu sehen war, hatte sich einiges auch in der Dienstwohnung meines Vaters verändert. Die Gemeinde bewilligte einige Wünsche meiner Mutter. Jahrelang hatte sie darum gekämpft, dass man doch endlich in der Wohnung ein Badezimmer installieren solle. Platz war reichlich vorhanden. Neben unserer Mansarde befand sich ein Raum mit einem Fenster. Die Zivilgemeinde wollte diesem Wunsch nie entsprechen und verwies bei ihren damals üblichen Inspektionen auf unsere große Waschküche mit einem Waschkessel, in dem ja Badewasser erhitzt werden könne, und auf die Zinkbadewanne. Solange ich kein Badezimmer kannte, habe ich das auch nie als ein Manko empfunden. Samstags wurden wir Kinder nacheinander da unten gebadet. Lore wehrte sich gegen diese Prozedur und war nicht mehr bereit, in diese „Familienbrühe" zu steigen. Der neue Amtsbürgermeister muss wohl ein Machtwort gesprochen haben, als das Wunder geschah. Ein Wasserleitungsanschluss wurde am bereits vorhandenen Schornstein vorbei nach oben verlegt und gleichzeitig ein Wasserabflussrohr. Eine Trennwand mit Leichtbauelementen war schnell montiert. Dann bestaunte ich das angelieferte Wunderwerk: den kupfernen hohen und runden Badeofen. Eine emaillierte Badewanne, auf vier gusseisernen Füßen stehend, wurde davor aufgestellt, sowie eine Verbindungstür zwischen Mansarde und dem neuen Raum eingesetzt. Malermeister Schlöder rückte an und fertig war das Wunderwerk. Als Mama sich auch noch erdreistete und den Wunsch äußerte, hier oben gleichzeitig eine Toilette einzubauen, wurde dies als reiner Luxus bezeichnet. Dabei brauchte man eigentlich nur ein Abflussrohr mit größerem Durchmesser. Immerhin verfügte die sehr geräumige Wohnung schon über ein „Wasserklosett". Dies befand sich allerdings erst nach Überwindung des hohen Treppenhauses ganz unten im hintersten Teil eines Anbaus. Man musste immer zunächst die zweite große Eingangstür, die unseren Wohnbereich mit dem Jungenschulhof verband, mit einem Schlüssel aufschließen. Im Winter fror die Toilette oft ein. Außerdem konnte dieser stille Ort auch jederzeit über einen kleinen Vorgarten kommend von jedermann benutzt werden, was Mama oft in Rage brachte. Da war vor allem eine Lehrerin, auf die Mama nicht gut zu sprechen war, der sie diesen Weg verbauen wollte. Und dieser Plan gelang. Die zweite große Eingangstür wurde einfach nach hinten versetzt, und das Problem war gelöst. Nun gelangte auch in den Wintertagen aus der großen beheizten Eingangsdiele Warmluft in den neu geschaffenen Bereich. Als dann aber meine Mutter ganz energisch darauf bestand, vor der Toilette ein Waschbecken anzubringen, wurde ihr auch dieser Wunsch erfüllt. Meister Funk rückte an, nahm Maß und installierte ein kleines Handwaschbecken und darüber einen gewöhnlichen Wasserkran. Das Stück Seife zum Händewaschen lag in einer an der Wand befestigten Schale, die meine Mama zusammen mit einem Handtuchhalter dort anbrachte.

Fortan fand die wöchentliche Badeprozedur im neuen Badezimmer statt. Wir durften aber erst in die Wanne steigen, nachdem wir zunächst über das große Treppenhaus hinunter in der Toilette verschwunden waren. Mutter aber hatte für alle Fälle da oben auch noch einen Toiletteneimer deponiert, weil doch, wie die damalige Ortsgemeinde es ausdrückte, ein zweiter „Abtritt“ reiner Luxus sei. Damals fragte mein Vater, der immer sehr nüchtern solchen Dingen begegnete: „Wer hatte in der Bibel den schönsten Abort?“ Seine Antwort: „Es war der König David. Der hatte einen Absalon.“ Schwester Lore hatte hier oben ihren Schlafbereich. Sie war abgehärtet. Jeden Morgen duschte sie sich fortan mit kaltem Leitungswasser und fror deshalb, wie sie sagte, tagsüber selbst im kältesten Winter nicht.

Eines Tages fuhr der Zimmermann Stein aus der Feldstraße mit mehreren Männern und einem mit Balken und Brettern hochbeladenen Wagen auf den Pausenhof der Jungen. Das Holz wurde abgeladen. Die großen Jungen erklärten Wolli und Willi, dass ein neuer Feuerwehrturm gebaut werde. Den Einsturz des alten hatte ich ja erlebt. Ich wusste deshalb, wie solch ein Ding aussah. Zunächst gruben die Männer an vier Stellen tiefe Löcher in den Boden, aus dem sie verfaulte Reste des alten Turmes entfernten. Ein weiteres Gefährt brachte Kies und Zement sowie vier schwere Winkeleisen. Danach wurde Kies auf den Boden geschüttet, darüber einige Zementsäcke entleert und alles mit Schaufeln vermischt. Einer der Männer sagte: „Wo is denn hei en Krunen?“ Ja, auf dem ganzen Schulhof war kein einziger Wasserkran vorhanden. Deshalb mussten die Männer das Wasser in Eimern über eine weite Strecke vom Mädchenschulhof zur Baustelle schleppen. Ich glaube, dass auch unser Putzeimer benötigt wurde. Dann wurde der „Speiss gemischt“. Wir hätten so gerne auch darin gematscht, aber das durften wir nicht. Die Winkeleisen wurden senkrecht in die Erdlöcher gestellt. Mit Zollstöcken und Wasserwaagen machten sich die Männer jetzt an die Arbeit und spannten Schnüre. Nach einiger Zeit, währenddessen wir immer wieder verscheucht wurden, schippten die Arbeiter in die Löcher rund um die Winkeleisen den „Speiss“, den sie Beton nannten. Nochmals machten sie sich an den Schnüren und Winkeleisen zu schaffen. Der Zimmermann Stein aus der Feldstraße nickte mit dem Kopf und sagte sinngemäß: „Da kann nix mehr verfaulen.“ Anschließend wurden wir alle vom Schulhof verjagt. Wenige Tage später entstand dann vor unseren Augen das hohe neue Wunderwerk, das künftig äußerst selten von der Feuerwehr zu Übungszwecken gebraucht, dafür aber von uns Kindern zu einem der schönsten Spiel- und Tummelplätze benutzt wurde.

Es waren mal wieder die großen Jungen, die ihrem Einfallsreichtum folgend einen Weg in das „geheimnisvolle Innere“ fanden. Nachdem die freiwillige Feuerwehr die Einweihung des Turmes mit einer Übung abgeschlossen hatte, stand das „Ding“ ungenutzt auf dem Schulhof und wurde in allen Pausen und von allen Seiten bestaunt. Zu dieser Zeit wurde auch das Inventar der Schule um einige Lehr- und Lernmittel bereichert. Darunter befanden sich zwei neue Stricke zum Tauziehen, zwei Speere mit Eisenspitzen, zwei Diskusscheiben, zwei große Bögen mit vielen Pfeilen und auch ein Luftgewehr. Kurzzeitig wurde ein junger Lehrer an der Schweicher Schule tätig. Er legte die zweite Lehramtsprüfung ab. Weil Sport seit einiger Zeit als Vorstufe der Wehrertüchtigung galt, wurden diesem Junglehrer, von welcher Seite auch immer, die Lehrmittel für den Sportunterricht genehmigt. Ich glaube, er hieß Herr Nosberts. Die Bögen erwiesen sich von Anfang an als viel zu groß und schwer für Kinder. Nur wenige Jungen war stark genug, die gewichtigen Diskusscheiben werfen zu können. Auch die Speere erwiesen sich, weil nach olympischen Maßen gefertigt, als schulisch nicht verwendbar. Lediglich das Luftgewehr hatte es allen Schülern angetan. Geeignet war es aber auch nicht für einen Unterricht, weil die etwa fünfzig Jungen in einer Unterrichtsstunde alle wenigstens einmal einen Schuss abfeuern wollten. Der Lehrer wurde versetzt, und die neuen Errungenschaften standen oder lagen fortan bei den anderen Lehrmitteln in einem Schrank im Konferenzzimmer. Es hatte sich auch herumgesprochen, dass der Schulhof an den Nachmittagen unbeaufsichtigt sei, weil dann kein Unterricht mehr stattfand. Der ganze Schulhof war mit einer hohen und breiten Mauer umgeben, über die man bequem laufen konnte. Genau dort befand sich die Rückseite des Turms. An dieser lösten die einfallsreichen großen Jungen zwei Bretter. Diese brauchte man nur leicht anzuheben, und man gelangte in den Innenbereich des Turms. Ich weiß nicht, wie lange die Jungen dieses Geheimnis wahren konnten, bis auch ich davon erfuhr und feierlich geloben musste, kein Verräter zu sein. Eines Tages war dann auch der dicke Strick, der unter dem Begriff Tauziehen in der Inventarliste der Schule verzeichnet war, unauffindbar verschwunden. Wann er letztmalig eine schulische Verwendung fand, konnte nicht mehr ermittelt werden. Und wieder hieß es für mich: „Hand auf‘s Herz, Schnauze halten!“ Über die nicht einsehbare Seite stieg ich durch den geheimen Eingang an der Rückseite des Turmes in dieses Gebilde hinein. Es stank fürchterlich nach Teer. Der ganze Turm war innen und außen schwarz angestrichen. Es war ein warmer Sommertag. Die Sonnenstrahlen beheizten den Innenraum. Als Erstes entdeckte ich den vermissten Strick. Er hing vom Balkenwerk des Dachs senkrecht herunter durch zwei große Öffnungen der Zwischenböden beider Stockwerke bis auf den Boden. In der ersten Etage hatten die Jungen einen Tisch aus alten Brettern gezimmert und eine Art Bank. Hier traf man sich, und keiner bemerkte etwas von diesem Versteck. Dazu muss ich anmerken: Seit einigen Jahren diente das ganze Anwesen nicht mehr nur schulischen Zwecken. An den Nachmittagen fanden auch in den Klassenräumen Gruppenstunden der Hitlerjugend (HJ und BDM) statt, aber auch des Jungvolkes. Leo Goujet war Fähnleinführer. Portens Theis Hauptjungvolkführer, Badems Engelbert vom Bahnhof nannte sich Jungzugführer. Die Mädchen führte damals Hilde Mairose. Sonntags trafen sich die SA und auch andere Einheiten.

Für meinen Vater hieß das, dass er nach Unterrichtsende die Kontrolle über das Geschehen nicht mehr ausüben konnte und wollte. Auf einmal gab es hier viele Herren im Hause. Er hatte ein sehr dickes Fell, aber auch die notwendige Gelassenheit. Als er wieder einmal von einer Schulleitertagung in Trier zurückkam, war er sehr verärgert. Kollegen aus andern Gemeinden hatten sich darüber beklagt, dass in ihren Schulen ähnliche Zustände herrschten. Sie mussten sich aber den Gegebenheiten beugen. Ich sehe ihn noch, wie er „beschwipst“ die Wohnung betrat und dabei sang: „Es geht alles vorüber, es geht alles vorbei, selbst Adolf Hitler und seine Partei“. Meine Mama, die längst derselben Meinung war, entgegnete ihm sehr entschieden: „Aber Joseph, pass auf!“

Eines Tages (es war wohl 1938) erschien der neue Amtsbürgermeister und Nachfolger im politischen Amt meines Vaters in unserer Wohnung. Wie gewohnt ging ich hinunter in den Keller und brachte eine Flasche Wein herauf. Mama hatte schon Gläser auf den Tisch gestellt. Es muss sich um ein ernsteres Gespräch unter vier Augen gehandelt haben. Als sich die beiden verabschiedet hatten, sagte mein Vater zu meiner Mutter: „Da hat mich doch so ein verdammtes Schwein „schwarz“ machen wollen. Der Kurt hat das alles aber geschickt abgebogen. Es folgten noch andere Sätze. Und wieder war es die Mama, die sprach: „Joseph, ich hab dir schon immer gesagt ...!“

Vater war auch Schöffe beim Amtsgericht in Trier. Wenn er nach solchen Verhandlungen von Trier nach Hause kam, brachte er meist eine Tasche voller Köstlichkeiten mit, weil er selber auch kein Kostverächter war. Damals lernte ich beispielsweise Kapern, Kaviar, Kieler Sprotten, Gabelrollmöpse und andere Delikatessen kennen. Das hatte er von seinem „Schöffengeld“ gekauft, welches er nach jeder Verhandlung als eine Art Aufwandsentschädigung erhielt. Politische Witze waren damals an der Tagesordnung. Meist wurden sie hinter vorgehaltener Hand erzählt. Hauptumschlagplatz war meistens die Theke in einer Gaststätte. Um einen politischen Witz ging es auch bei einer Gerichtsverhandlung: Ein Wirt aus Ehrang war angeklagt worden, weil er einen solchen Witz erzählt hatte (Vater hat dieses Ereignis oft geschildert, wenn er in trauter Runde mit anderen Leuten zusammensaß.). Es ging um Hermann Göring. Den Vorsitz hatte Amtsgerichtsrat Schürholz, der Vater einer Mitschülerin von Schwester Tutti, Louise Thesen und Gerta Kreusch. Mein Vater lobte die wirklich geschickte Leitung des Amtsrichters in diesem Prozess. „Der Beklagte wird gerufen und soll sich zur Anklage äußern, die gegen ihn vorliegt: Äußern Sie sich zu dem Witz, den Sie erzählt haben!" Der Angeklagte habe gefragt: „Welchen meinen Sie, ich kenne viele Witze". Ein Zeuge wurde in den Gerichtssaal gerufen und aufgefordert, den Witz zu erzählen, der dem Gastwirt laut Anklage in den Mund gelegt wurde. Der Zeuge aber konnte sich nicht konkret an Einzelheiten erinnern. Um zum Kern des Vorwurfes zu finden, musste jetzt der Richter persönlich den Witz erzählen. Er tat es in einer Weise, dass er selbst und die beiden Schöffen sich nicht mehr ganz der Würde ihres Amtes entsprechend verhielten. Sie konnten sich eines zaghaften Lächelns nicht erwehren. Einige Leute im Zuschauerraum lachten sogar, weshalb der Richter diese aufforderte, das zu unterlassen. Doch nun zum Witz: Hermann Göring hatte seine Emma geheiratet. Auf der Hochzeitsreise mussten sie in einem Hotel übernachten, in dem es keine Heizung gab. Da war nur ein Ofen im Schlafzimmer, neben dem Brennholz lag und eine Zeitung. Die beiden lagen im Bett, als Emma sagte: „Hermann, es ist so kalt. Mach doch Feuer an." Der gehorsame Hermann gehorchte seiner Emma, nimmt die Zeitung, legt darauf Holz und zündet das Papier an. Nach einiger Zeit war der ganze Raum voller Qualm. Emma fängt an zu husten und sagt, „Hermann, was hast du gemacht? Woher kommt denn dieser dicke Qualm, womit hast du denn das Holz angezündet?" Hermanns Antwort: „Mit dem Trierer Nationalblatt". „Das darfst du doch nicht nehmen, das brennt doch nicht, das kohlt doch nur".

Als nun auch der letzte Zuhörer nicht mehr den notwendigen Respekt vor der Würde des Hohen Gerichts bewahren konnte, sprach nach kurzer Beratung mit den Schöffen Amtsrichter Schürholz ein weises Urteil: „Das Verfahren wird eingestellt!" Er ermahnte jedoch den Beklagten, künftig nicht mehr solche „dummen" Witze zu erzählen, schließlich sei das Nationalblatt von Trier ein amtliches und seriöses Organ und Hermann Göring eine Persönlichkeit, über die man auf solch niedrigem Niveau nicht witzeln dürfe.

Im Jahr 1936 wurde bereits der „Vierjahresplan" verkündet. Auch wir Schulkinder wurden schon im 2. Schuljahr damit vertraut gemacht. Wir lernten: „Spar, spar, spar, teuer ist die War und das Geld ist rar, darum spar!" Man hielt uns auch dazu an, alles zu sammeln, was noch verwertet werden konnte. Damals zogen begeisterte Jungen und Mädchen mit

Handwägelchen durch den Ort. Es war eine Aktion des „Jungvolkes". Sie sammelten „Altmaterial". Wie gerne hätte ich auch dabei mitgemacht. Aber ich musste noch etwas warten, bis auch ich ein „Pimpf" werden durfte. Ich durfte ja noch keine Uniform tragen. Natürlich lief ich mit durch den Ort und stimmte lautstark ein in den Gesang:

„Lumpen, Eisen, Flaschen und Papier,
ausgeschlagene Zähne sammeln wir,
Tuben, Kapseln, Knochen brauchen wir,
ja, das sammeln wir!"

Die Handwagen füllten sich sehr schnell. Entleert wurden sie hinter dem großen Eingangstor vor dem ehemaligen Bulles. Nur einer ärgerte sich aus berechtigten Gründen über diese Aktion: „Das Kallöppchen", der damalige Schweicher Lumpenkrämer und Schausteller.

Auch der Eintopfsonntag wurde eingeführt. Ein Gesangschlager nahm gleich seine Runde: „Wenn am Sonntagmittag die Dorfmusik spielt: Eintopfgericht, Eintopfgericht, Erbsen". Das Volk nahm es also mit Gelassenheit, was da von „oben" verordnet wurde. Mit dieser Aktion sollte an diesen Tagen Geld eingespart werden, das dann für das Gelingen des Vierjahresplanes eingesammelt wurde. Sogar die Firma Maggi bot damals Suppen mit der Aufschrift „Eintopfgericht" zum Preis von zehn Pfennig an. Die meisten Leute hielten sich an diesen Aufruf. Auch wir! Mama sagte, ein guter Eintopf sei auch nicht billiger als ein normales Mittagessen. Wenn dann die Sammler klingelten, erhielten sie einen Geldbetrag. Diesmal war es jedoch meine Mama, die mir einen gut gemeinten Wunsch verwehrte. Wie gerne hätte ich Fräulein Felten erzählt, dass Mama am Sonntag das „Eintopfgericht" der Firma Maggi gekocht hat.

Damals gab es den Reichsnährstand. Auch unsere Schweicher Landwirte und Winzer mussten sich so mancher Verordnung von oben fügen. Sie standen sich aber nicht unbedingt schlecht dabei. Fortan herrschte Planwirtschaft. Festpreise wurden eingeführt. Ende 1938 stieg der Butterpreis von 80 auf 90 Pfennig je 250 Gramm. Auch für das Getreide galt ab jetzt ein fester Preis. Rindfleisch wurde etwas teurer und der Weinanbau rentabler. Die Landwirte wurden aufgefordert, wieder Flachs anzubauen. Es galt vor allem, Devisen einzusparen. Die deutschen Metzger verarbeiteten bei der Wurstherstellung am liebsten die dicken in Ägypten produzierten Zwiebeln. Die ließen sich leichter schälen und waren vor allem billiger. Nun rief der

Reichsnährstand zu erhöhter Zwiebelproduktion auf und gewährte den Produzenten eine Abnahmegarantie zu lukrativen Festpreisen. Dies war eine der Zielvorstellungen des Vierjahresplanes, dessen Verwirklichung Adolf Hitler seinem Vasallen Hermann Göring übertragen hatte: „Oberste Devise – keine Devisen.“ Über diesen Erlass mag man sich wohl an der Theke von Gasthaus und Metzgerei Adams, Simon oder Monzel lustig gemacht haben. Als unser Papa die Küche betrat und sang: „Es braust ein Ruf wie Donnerhall, in Deutschland sind die Zwiebeln all. Da sprach der Göring noch vor kurzem, man kann auch ohne Zwiebeln ...!“ Wie gewohnt folgte danach die schon so oft zitierte Missfallensbekundung: „Aber Joseph.“ Ob sie dabei Göring oder das letztgenannte Wort meinte oder sogar beide Wörter? Ich kann sie nicht mehr fragen.

Wer denkt noch zurück an die „Gasmaskenaktion“? Jeder „Volksgenosse“ musste eine solche besitzen. In drei Größen wurden diese grünen Masken je nach Kopfumfang verpasst. Meine war mit einen „K“ = Kind gekennzeichnet, andere Größen waren „F“ = Frauen und „M“ = Männer. Natürlich probierten wir Kinder die neuen Errungenschaften sogleich aus. Wo aber war das Gas? Wir konnten nur feststellen, dass wir, über Schillings Misthaufen gebeugt, nichts riechen konnten. Der Sammelbegriff dieser Aktion lautete „Luftschutz“. Zuständig für den Reichsluftschutzbund war Lehrer Nikolaus Zenner. Er bildete auch die Luftschutzleute aus. Auf seinen Antrag hin erfolgte die Erstellung eines Übungsgebäudes auf unserem Schulhof. Es war eine Art Hütte und stand auf Konsolen aus Backsteinen. Das Dach endete etwa einen Meter über dem Schulhofboden und hatte nur eine geringe Neigung. Auf ihm tummelten sich vor allem die „Jungmädel“ in ihren „Kletterwesten“ und sangen Lieder, die sich kaum von denen des Jungvolkes unterschieden. Herr Zenner übte jetzt öfters mit Männern und Frauen sowie Tochter Hilde den „Ernstfall“. Zunächst mussten die Leute mit einer dickflüssigen Brühe alle Balken und Bretter von innen anstreichen. Das war ein Brandschutzmittel, damit das Holz nicht so schnell in Flammen geriet. Auf dem Boden stand eine Bütte mit Wasser und daneben eine Spritze. Dann wurden Brandsätze gelegt und gelöscht.
Meine Schwester Lore, inzwischen Oberprimanerin, machte in den Sommerferien mit mir weite Spaziergänge. Wir gingen bis zum Sauerbrunnen auf der anderen Moselseite. Es dauerte sehr lange, dieses Ziel zu erreichen, und wir beide waren todmüde, als wir endlich wieder daheim ankamen. Sie kannte viele Lieder aus der „Wandervogelzeit“, die wir gemeinsam sangen. An einen Spaziergang zum Hardthof kann ich mich gut erinnern. Dort wohnte eine ältere Freundin, die Lore vom Volkstanz kannte. Sie

war Mitglied dieser Gruppe, die sich aus den Jahrgängen 1910 bis 1920 rekrutierte. Ich kann mich an einen Auftritt entsinnen. Anlässlich der Einweihung der Mittelmoselstraße war Lore auch mit dabei. Im Oberstift gab es eine Schreinerwerkstatt. Dort arbeitete Raskops Karl, der Sohn eines früheren Schweicher Lehrers. Hier traf sich Lore mit Zenners Gerhard, der schräg gegenüber wohnte und ebenfalls Pennäler in Trier war. Auch Scherers Raimund kam dann hinzu. Sicherlich nahm ich bei solchen Begegnungen die Rolle eines „Anstands-Wauwaus" wahr. Sie kaufte mir Bücher, die ich begeistert gelesen habe. In einem der Bücher waren alle Rangabzeichen und Dienstgrade der Wehrmacht, Luftwaffe und Kriegsmarine zu finden. Die habe ich mir in Windeseile eingeprägt.

In mehr oder weniger regelmäßigen Abständen ging ein Schweicher Original mit einer Schelle durch den Ort und blieb dann an immer den gleichen Stellen stehen, um mit lauter Stimme zu verkünden: „ Bekanntmachung!" An wenige Einzelheiten kann ich mich noch sinngemäß erinnern. „Die von mir gemachten Angaben über XXXX sind unwahr. Hiermit entschuldige ich mich in aller Öffentlichkeit." Es folgte dann der Name des Auftraggebers. Das war immer, wie man in Schweich sagte, ein „gefundenes Fressen" für die Zuhörer. Meist folgte dem ein neues Getratsche: „Dem Luder musst doch mal „et Maul" gestoppt werden!"

Eine andere Bekanntmachung lautete alljährlich zu festen Zeiten: „Die Wingerten sind von dann und dann geschlossen". Für uns Kinder besagte dies, dass wir in dieser Zeit die Weinberge nicht betreten durften. Auch wurde uns untersagt, Feldblumen für unsere „Mai-Altärchen" auf den Wiesen zu pflücken. Durch eine andere Bekanntmachung wurde uns das Spielen auf den Feldern verboten. Wir spielten dennoch am Ortsrand. Ein Junge rief: „Guck, da is den Haas." Während die übrigen Kinder wegliefen, blieb ich neugierig stehen und sah mich fleißig nach einem Hasen um, konnte aber keinen sehen. Ich bedauerte sogar, dass ich kein Salz in meiner Hosentasche hatte. Thuls Paul oder der Hein hatten mir nämlich erzählt, wie man Hasen fangen kann. Man brauche dem Hasen nur etwas Salz auf das Schwänzchen zu legen und ihn dann an den langen Ohren packen und heimtragen. Nur vom Förster dürfe man sich nicht erwischen lassen, denn das sei „Wilddieberei". Während ich noch grübelnd dastand, kam ein sehr großer und hagerer Mann auf mich zu, den ich kannte. Das war doch der Nachbar der Familie Thul, sein Sohn war der Fritz. Der Mann fragte mich, was ich denn hier mache? Was ich damals antwortete, weiß ich nicht mehr. Seine Belehrung, das sei jetzt verboten, habe ich allerdings verstanden.

Auch wusste ich ab jetzt, dass er der „Feldhüter“ war. In der Schule wurden uns damals in einer abgedunkelten Klasse Stummfilme gezeigt. Das war für uns immer eine Attraktion: „Von einem, der auszog, das Gruseln zu lernen“, „Stadtmaus und Feldmaus“, „Tischlein deck dich, Goldesel streck‘ dich, Knüppel aus dem Sack“. Ein weiterer Stummfilm mit Untertiteln in Sütterlinschrift hieß: „Der Wettlauf zwischen Hasen und Igel“. Da rannten nun Hase und Igel mehrmals um die Wette. Der Igel nahm seine Igelfrau, zog ihr Männerkleider an und postierte sie am Ende der Rennstrecke auf einem Rübenacker. Er aber traf sich mit dem Hasen am anderen Ende des Feldes. Dann hieß es: „Die Wette gilt“. Hase und Igel rannten los, jeder in seiner Furche. Während der Hase losraste, blieb der Papa-Igel gleich stehen und verkroch sich wieder an seinen Startpunkt. Währenddessen stellte sich die Igel-Mama am unteren Feldende in Position. Als nun der keuchende Hase dort ankam, sagte die verkleidete Igeldame zum Hasen: „Ich bin schon da“! Eine neue Wette folgte. Der Hase rannte los und wurde wieder am anderen Ende von dem dort wartenden Igel-Papa empfangen mit den Worten: „Ich bin schon da!“ So ging es hin und her, bis der Hase tot zusammenbrach. Pädagogisch wurde diese grausame Geschichte aus dem Märchenbuch der Gebrüder Grimm jedoch nicht aufgearbeitet. Als ich den Feldhüter vor mir stehen sah, wusste ich, wer der Hase war. Eine gewisse Ähnlichkeit zwischen den beiden stellte ich fest.

Wieder ging der Ausscheller durch den Ort: „Ab sofort können bei Zeyen Mätti im Langgarten Wehlenscheine zum Preis von einer Mark gekauft werden. Nur wer einen solchen Schein hat, darf Wehlen (Heidelbeeren) pflücken. Ein solcher Schein galt aber nur für ein bestimmtes Waldgebiet. Eine Frau sagte zu einer anderen: „Für eine Mark kann ich mir fünf Pfund kaufen.“ Oben am Staatsbahnhof befand sich die Gastwirtschaft Schilling. Dort saß in dieser Zeit der alte Gastwirt und kaufte die Heidelbeeren auf. Gern hätte ich auch zu den Verkäufern gehört, um Geld zu verdienen. Meiner Mutter machte ich den Vorschlag, dass sie doch auch Wehlen pflücken sollte, um Geld zu verdienen; ich würde ihr ja dabei helfen. Sie lehnte aber ab.

Bekanntmachung: „Der Zirkus Barley gastiert unterhalb der Mittel-Mosel-Straße. Tierschau, Kindervorstellung, Veranstaltung für Erwachsene“. Eintrittspreise wurden genannt. Das war etwas für mich. Ohne einen Pfennig in der Tasche machte ich mich auf und schlich um das Gelände. Da standen die Wohnwagen der Dompteure und Artisten. Einer der Jungen musste sogar während des Aufenthalts bei uns die Schule besuchen. Hier war er natürlich für uns „Star in der Manege.“ Wie gerne hätte ich in diesem Moment mit ihm getauscht und wäre mit auf Zirkusreisen gegangen. Diesen Jungen traf ich dort auf dem Gelände. Er nahm mich an der Hand und zeigte mir alle Tiere. Zum ersten Mal im Leben sah ich da zwei Elefanten. Mit einer Kette war ein Hinterbein an einem Pfahl befestigt. Der Junge nannte einen Namen und gab dem Tier aus seiner Hosentasche ein Stück Würfelzucker. In respektvollem Abstand stand ich daneben. Auch Affen hatte ich bis dahin noch nie gesehen. Hier aber konnte ich sie in ihren Käfigen direkt bestaunen und deren Ähnlichkeit mit uns Menschen entdecken. Selbst einige Raubtiere bekam ich zu Gesicht. Von deren Käfigen hielt der Junge aber respektvollen Abstand. Inzwischen hatte sich eine große Kinderschar, aber auch Erwachsene vor dem großen Zirkuszelt eingefunden. Sie alle kauften sich dort zunächst eine Eintrittskarte. Da sah ich aber auch einige traurige Kinder stehen, denen einfach das Geld fehlte: 10 Pfennig für die Tierschau, 30 Pfennig für die Veranstaltung im Zelt. Die hatte ich auch nicht. Wieder nahm mich der Junge an die Hand. Er ging mit mir an eine Zeltwand und hob diese hoch. Wir krochen durch die Öffnung und waren nun im Zelt. Statt auf einer der vielen Bänke nahmen wir an einer Stelle Platz, die für den Nachwuchs der Mitarbeiter bestimmt war. Von dort aus konnten die Kinder alles genau sehen, was sie für ihren künftigen Beruf brauchten. Der Jens, so hieß mein Zirkusfreund, gehörte auch dazu. Seine Eltern nannten sich beide Artisten. Da saßen wir beide nun. Das Zelt füllte sich. Zu den vorderen Bänken gingen wenige Leute, aber etwas weiter hinten nahmen sehr viele Menschen Platz.

Die vorderen Plätze seien „teurer", sagte Jens. Der Zirkus begann. Das Programm verlief in einer Weise, wie wir das wohl alle kennen. Alles war für mich sehr beeindruckend, saß ich doch auf dem besten Platz. An eine Clown-Nummer erinnerten sich in der Folge noch lange Zeit alle Kinder. Der berühmte „dumme August" trat auf und machte seine albernen Späßchen. Wasserspritzen, Schnabelschuhe, dicke Nase, Purzelbäume und dann der Satz, der alle Lehrer unserer Schule, vor allem aber auch meinen Vater in Rage versetzte: „Peu, peu ist gesund für die Lunge". Auch die Kinder, die nicht die Zirkusveranstaltung besuchen konnten, sprachen wochenlang diesen Blödsinn nach. Ein zweiter „dummer August" trat auch auf. Die beiden veranstalteten dann ihren gemeinsamen Quatsch, den wir alle aber so herrlich fanden. Einer hatte einen riesigen Trichter und steckte diesen dann in den Hosenbund des anderen. Der stand nun da, drehte sich mehrmals herum, und wir harrten der Dinge, die da folgen sollten. Da kam der andere August mit einen Gefäß voll Wasser und schüttete dieses in den Trichter. Die Kinder brüllten vor Lachen. Der August mit dem Trichter aber verzog keine Miene. Er sagte, warum wir denn alle lachten. Dann warf er zunächst den Trichter auf den Boden und zog eine große Flasche, die sich in seiner Hose befand, heraus. Sie war mit Wasser gefüllt. Das nannten die Kinder hinterher einen „Trick". Danach fragte der eine Geck nochmals den anderen „Was ist ein Geist?" Die Antwort, die witzig sein sollte: „Geist ist sich Mutter vom Bock!"

Das Jahr neigte sich dem Ende zu. Weihnachten stand vor der Tür. Da versammelten sich viele Frauen in einem der Klassenräume. Vorher hatten sie eine Haussammlung durchgeführt. Was sie mitbrachten, teilten sie auf und machten daraus Pakete. Diese wurden dann mit einer Anschrift versehen. Die Frauen wussten genau, für wen das Paket bestimmt war. Es handelte sich um eine Aktion des Winterhilfswerkes, kurz WHW genannt. Sie sangen: „Hohe Nacht der klaren Sterne!"

Kurz vor Weihnachten visitierte Schulrat Bernd aus Trier noch einmal die Volksschule in Schweich. Noch hingen in allen Klassen die Kreuze, meist nicht weit entfernt vom Hitlerbild und anderen Parteigrößen. Es war noch dunkel, als der große Schulrat anklopfte und den Klassenraum meines Vaters betrat. Seine „Visitationsreisen" machte er immer auf dem Fahrrad. Es war eine Sonderanfertigung, jedenfalls war es größer als ein normales Fahrrad. Er war „Frühaufsteher": so sahen ihn zur Sommerzeit die Fahrschüler, die mit der Moseltal-Bahn nach Trier fuhren, auf der parallel verlaufenden Landstraße. Viele davon waren Lehrerkinder. Man erzählte damals, dass einige moselabwärts wohnende Schüler von der öffentlichen Telefonzelle am Trierer Bahnhof den Vater informierten: „Der Schulrat kommt!"

Mein Vater kannte ihn gut von den vorherigen Visitationen und Prüfungen der „Lehramtsaspiranten". Der Schulrat fragte ihn, was er im Moment mache. Vater sagte ihm, dass er gerade Bibelunterricht erteile. „Gibt es da nicht Wichtigeres zu tun?", muss die Frage des dienstlich Vorgesetzten gewesen sein. Dann nahm der Schulrat die Regie in seine Hand. Vater setzte sich auf den Stuhl und gab anschließend folgenden Bericht: Er fragte die Kinder: „Wer war heut morgen in der Kärch?" Eine ganze Reihe von Jungen zeigte auf. „Wat habt ihr denn da gemacht?" Antwort: „Gebetet und gesungen." „Wat habt ihr denn gesungen?" Die Schüler glaubten, dass sie jetzt singen sollten, und legten ihr Gebet- und Liederbuch auf die Bank. „Was für Lieder habt ihr denn gesungen?" Die Kinder (13-14 Jahre alt) verwiesen auf ein Lied mit der Überschrift: „Ruf der Väter." Der Schulrat ließ sich ein Gebetbuch anreichen. Die entsprechende Seite war schnell gefunden, der Oberpädagoge schüttelte mit dem Kopf. Er verwies auf den

Anfang der dritten Strophe. „Lies mal das Wort: ‚O Adonai'! Jetzt riecht mal daran." Die Kinder versuchten, den Geruch zu bestimmen. Keiner konnte etwas Besonderes riechen. Der Schulrat gab den Kindern eine zweite Chance und verwies auf die fünfte Strophe: „Oh Schlüssel David." Ein Kind meinte, dass es wie Weihrauch rieche, ein anderes: „Ich kann nichts riechen". Danach wurde auch noch das Wort „Immanuel" berochen, keine Antwort war den Kindern zu entlocken. Da sagte der Schulrat, als er sich die genannten Namen selbst unter die Nase hielt und dabei laut schnüffelte: „Dat stinkt nach Knoblauch! Wisst ihr, was ihr heut' morgen gesungen habt?" Keine Antwort seitens der Schüler. Diese aber gab dann der Herr Schulrat selbst: „Lauter dreckige Juddelieder". Kopfschüttelnd verließ Schulrat Bernd die Klasse meines Vaters und knallte hinter sich die Türe zu.

Was ich hier berichtet habe, ist kaum zu glauben. Mein Vater hat sich immer und meist sogar sehr gründlich auf den Unterricht vorbereitet. Anlässlich eines meiner späteren Besuche in meiner alten Heimat hat mir sein ehemaliger Schüler Rudi Becker von dieser Begebenheit erzählt und dabei geschmunzelt. Leider habe ich nur wenige Unterlagen meines Vaters aus dieser Zeit finden können. Wie glücklich war ich, als ich in einem nur noch teilweise erhaltenen Vorbereitungsheft diesen abgebildeten Auszug fand.

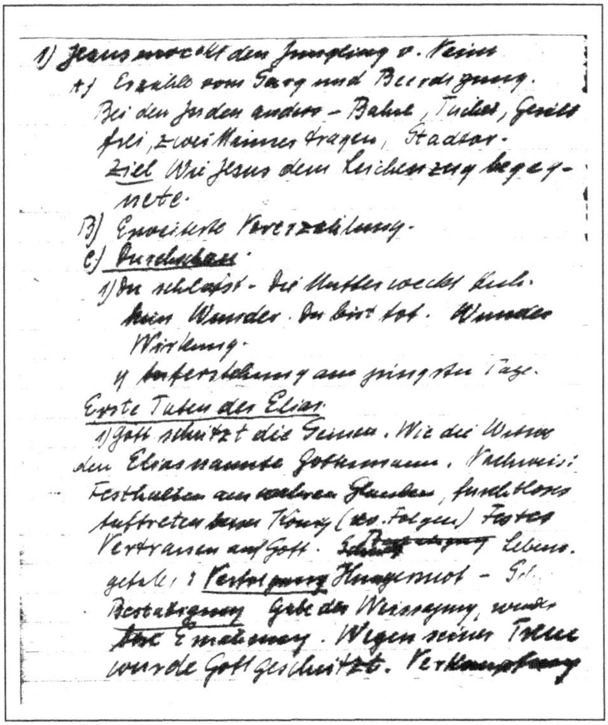
1) Jesus erweckt den Jüngling v. Nain
A) Erzähle vom Sarg und Beerdigung.
Bei den Juden anders – Bahre, Tücher, Gesicht frei, zwei Männer tragen, Stadttor.
Ziel Wie Jesus dem Leichenzug begegnete.
B) Erweiterte Vorerzählung.
C) Durchschau.
1) Du schläfst – die Mutter weckt dich. Kein Wunder. Du bist tot. Wunder Wirkung.
4) Auferstehung am jüngsten Tage.
Erste Taten des Elias.
1) Gott schützt die Seinen. Wie die Witwe den Elias nannte Gottesmann. Nachweis: Festhalten am wahren Glauben, furchtloses Auftreten beim König (m. Folgen) Festes Vertrauen auf Gott. [illegible] Lebens. gefahr: Verfolgung Hungersnot – [illegible] Bestätigung Gabe der Weissagung, wunderbare Ernährung. Wegen seiner Treue wurde Gott geschützt. Verkündigung

Wir Kinder waren alle so erzogen, dass die meisten an die reale Existenz des Heiligen Nikolaus und die des Christkindes glaubten. Mit dem Osterhasen war das etwas anderes. Eierlegende Hasen konnte ich mir nicht vorstellen. Wegen meiner Zweifel befragte ich diesmal meinen Vater. Als Lehrer musste er das doch bestimmt wissen. Da erhielt ich meinen ersten „Aufklärungsunterricht“. Papa musste lachen. Was tat er? Er sang:

Der Vater färbt die Eier,
die Mutter legt sie ins Gras.
Da meinen die dummen Kinder:
Es wär der Osterhas!

Ein weiterer Kommentar von ihm: „Jetzt weißt du Bescheid“. Wenn ich ihn damals gefragt hätte, wie sich das mit dem „Kinderkriegen“ verhält, hätte er sich ganz bestimmt viel schwerer getan. Diese Frage wagte ich auch nicht zu stellen. Etwas von dem, wonach ich meine Mama in der Nacht nach meinem Albtraum fragte, war noch nicht endgültig beantwortet: „Mama, wenns ich mich noch so anstreng, ich kann mich nicht mehr dran erinnern, alt ich noch en Engelchen war.“

Zweifel daran, dass der richtige Heilige Nikolaus vom Himmel herab auf die Erde kam, um liebe Kinder zu beschenken und die bösen, von denen ich einer war, – wie im Nikolaus-Buch in Wort und Bild veranschaulicht – in den Sack zu stecken, kamen zwar längst in mir auf. Auch flüsterten sich Kinder hinter vorgehaltener Hand zu: „Et gibt keinen Nikolaus, bei uns war dat der Krewer Hein“. Selbst den „Hans Muff“ oder den „Pelzebock“ schienen sie zu kennen. Auch der liebe Gerhard Lamberty glaubte, den wahren Nikolaus erkannt zu haben, als er sagte: „Der hatte eine Frauleutsstimme, dat war meine Tante Maria, und der „Hans Muff“ war dat Rehs Sanni“. Selbst in der Schule wurde diese Frage gestellt. Wie schwer taten sich damals auch unsere Lehrer, diese Frage wahrheitsgemäß zu beantworten. Das hätte wohl in der Öffentlichkeit zu einem Aufstand geführt. Jedenfalls wurde den Kindern angedroht: „Wenn du nicht mehr an den Nikolaus oder an das Christkindchen glauben willst, bekommst du auch von diesen beiden nichts mehr geschenkt“. Diese Begründung zog dann auch bei mir.

Wir feierten den „Heiligen Abend“. Ich fieberte der Bescherung entgegen. Tagelang zuvor schaute ich immer durch das Schlüsselloch der Verbindungstür zwischen Wohn- und Esszimmer. In letzterem fand immer die Bescherung statt. Unser Vater war jetzt gegenüber den vorherigen Jahren fast immer daheim. Die Klassenräume betrat er an den Nachmittagen nicht mehr, da diese immer zweckentfremdet genutzt wurden. Jetzt aber ging er ins Esszimmer. Er machte sich darin zu schaffen. Wahrscheinlich schmückte er den Christbaum. Das aber konnte man durch das Schlüsselloch nicht sehen, da der Weihnachtsbaum an einer anderen Seite stand. Nur unser Esszimmertisch war zu erspähen und dahinter unser großer Esszimmerschrank. Auf einem Stuhl entdeckte ich plötzlich etwas, das wie ein rosa gefärbtes Hemd aussah. In meiner Phantasie malte ich mir aus, dass dies wohl das Kleid des Christkindes sei. Ich rief nach Tutti. Sie kam auch, ließ mich aber in meinem Glauben; sie ist fünf Jahre älter als ich. Als ich etwa eine Stunde später durch das Schlüsselloch schaute, um auch noch meiner kleinen Schwester Mechthilde das Kleid des Christkindes zu zeigen, war es verschwunden. Auf dem Tisch aber stand, leider nur zum Teil erkennbar, ein Spielzeug. Es war so geschickt platziert, dass ich nicht richtig sehen konnte, ob es ein Motorrad oder ein Auto war. Als ich dann Mechthild meine Entdeckung zeigen wollte, war dieses Gebilde wieder verschwunden. Da sah man jetzt die Beine einer Puppe. Der Papa war sehr erfinderisch in solchen Dingen. Es bereitete ihm Spaß, uns Kinder an der Nase herumzuführen. Wir waren alle in der großen Wohnküche versammelt, als endlich das Klingelzeichen ertönte: Vater, Mutter mit Mechthild an der Hand, Schwester Lore, Schwester Tutti und ich zogen nun feierlich ein in den von Kerzen erleuchteten Raum. Da standen wir nun alle, unser lieber Papa nahm die Geige und den Bogen zur Hand, und dann sangen wir: „Oh Tannenbaum, oh Tannenbaum, wie treu sind deine Blätter“. Es folgte ein weiteres Lied zum großen Geschehen in Bethlehem. Wunderkerzen verbreiteten einen besonderen Geruch. Die Schweicher Jungen nannten sie „Spautsmänncher“. Nun wurde das elektrische Licht eingeschaltet, und wir sahen das, wonach sich Kinderherzen ein ganzes Jahr sehnen: unsere Geschenke. Für mich stand da das Geschenk, das ich durch das Schlüsselloch nur teilweise sehen konnte, ein Motorrad. Man konnte es mit einem besonderen Schlüssel aufziehen und zum Laufen bringen. Damit es nicht umkippt, waren rechts und links kleine Stützräder angebracht. Sofort spielte ich damit auf dem Fußboden. Wie oft ich das Spielzeug in Bewegung setzte, weiß ich nicht mehr. Jedenfalls sagte mir dann der Papa: „Schau dir doch auch noch die anderen Sachen an, die da liegen“. Die interessierten mich aber nicht besonders: Unterhosen, Strümpfe, Hosenträger (in Schweich „Galien“ genannt), ein Pullover und sonstiges „Zeug“ zum Anziehen. Da wurde ich doch etwas traurig. Dann zeigte Papa auf einen lackierten Holzkasten. Als ich ihn sah, schrie ich auf vor lauter Freude. Es war ein „Trixbaukasten“ mit vielen Metallteilen, einem kleinen Eletromotor, über hundert Schrauben mit entsprechenden Muttern und einem bunt gedruckten Heft mit Darstellungen der Dinge, die man aus diesem Sammelsurium der Einzelteile zusammenschrauben konnte. Natürlich wollte ich direkt das größte der Gebilde realisieren, ein Flugzeug. Leider fehlte zu meinem größten Bedauern die Batterie, die für die Inbetriebnahme des kleinen Elektromotors nötig war. Wie sehnte ich den Tag herbei, an dem ich mir diese bei Portens Steitzchen kaufen konnte.

Traditionsgemäß gab es dann zum Abendessen Heringssalat und Pellkartoffeln. Am Sonntag zuvor hatte unser Pastor nochmals darauf verwiesen, dass der Tag vor Weihnachten ein „Vigiltag" sei. Was das war, wusste ich damals nicht, aber meine Eltern hielten sich an dieses Gebot. Mamas Meinung: „Es muss ja nicht immer Fleisch sein, was gut schmeckt!" Wir gingen am Weihnachtsmorgen in das Hirtenamt. Ich schaukelte mal wieder mit den andern Kindern auf unsern Kniebänken. Die Knie taten uns furchtbar weh, und das Geschehen am Altar nahm einfach kein Ende. Wir merkten auch nicht, dass sich dort ein Wechsel vollzogen hatte. Plötzlich stand unser „Kirchenschweizer" vor uns und sprach: „Nun macht ihr, datt ihr endlich heimkommt". Wir hatten, obwohl wir es nicht ahnten, zweimal hintereinander unser Fest- und Feiertagsgebot erfüllt. Mama empfing mich daheim und sagte: „Wo bist du mal wieder solange gewesen?" Ich konnte ihr den Sachverhalt auch nicht erklären. Nach dem feierlichen Mittagessen hielten mich aber keine zehn Pferde mehr in der Wohnung. Den Trixbaukasten wagte ich nicht mitzunehmen, dafür schnappte ich mir aber das Blechmotorrad und ab ging es über die Straße zu Schillings. Erstmalig sah ich dann Herrn Schilling im Familienkreis. Auch dort stand der große Weihnachtsbaum und darunter das Krippchen mit vielen Figuren. Das Kind in der Krippe, Maria und Josef, Ochse und Esel, viele Hirten und jede Menge Schäfchen. Da wurde ich wieder sehr traurig, weil wir keine Krippe hatten. Die Traurigkeit war aber schnell überwunden, als die größeren der Schillingsjungen mein Motorrad begutachteten. Danach lagen wir alle auf dem Boden und ließen das Ding „flitzen", wie die Jungen sagten. Anschließend wechselten wir in einen separaten Raum, das Spielzimmer. Da aber gingen mir vor lauter Staunen die Augen weit auf. Da stand eine große „Kasperle-Bühne" ähnlich der, die einmal ein Schausteller in der alten Schule aufgebaut hatte, wo wir Kinder gegen ein geringes Entgelt am Nachmittag dem Kasperle begegnen durften, der uns laut fragte: „Seid ihr auch alle daaaaaaa?" Wir brüllten darauf alle ohrenbetäubend:„ Jaaaaaaaaa". Eine solche Bühne war also in diesem Raum aufgebaut. Natürlich wollte ich nun auch sehen, wie es hinter der Bühne aussah. Das durfte ich in diesem Moment noch nicht. Vor der Bühne stand eine Bank und es waren Stühle aufgestellt. Die vier ältesten der Schillungs-Jungen verschwanden hinter der Bühne. Der Raum war abgedunkelt, aber in der Mitte brannte Licht. Dann ging der Vorhang auf. Wir schauten auf Kulissen. Der Kasper, eine große Figur, trat auf. Dann sogleich die laute Frage: „Seid ihr auch alle da?“ Nicht so laut wie in der alten Schule kam prompt die Antwort: „Jaaaaaaaaaaaaaaa!“ Kurz noch zu den Figuren, die dann die Szene beherrschten: Kasperle mit der Bratpfanne, Tünnes mit einem dicken Holzhammer, der Polizist, der Räuber, der böse Satan, das entführte Mädchen und natürlich auch ein großes Krokodil. Dann zuckten wir alle erschrocken zusammen, als plötzlich der Teufel, aus der Unterwelt kommend, im Blitz mit Getöse erschien. Die Schillingsjungen hatten einige Spautzmänncher (Wunderkerzen) in einer Dose zerstampft und dieses Pulver in dem Moment entzündet, als der Teufel zum Vorschein kam. An Gefahr dachte dabei wohl keiner. Übrigens sollte dies mein letztes Treffen mit den Schillings-Jungen sein.

Wir feierten Silvester 1938-39. Zuerst gingen wir zum Jahresabschluss in die Kirche. Ich weiß nur noch, dass der Pastor eine fast nicht endende Reihe vorlas, wo von Menschen die Rede war, die im vergangenen Jahr verstorben waren und für die wir dann auch beteten. Er nannte auch die Anzahl der Osterkommunionen. In der Osterzeit wurden Osterbildchen an die Kommunizierenden ausgeteilt. Jeder durfte sich aber nur einmal ein solches Bildchen mitnehmen. So konnte festgestellt werden, wie viele Pfarrkinder ihre Osterpflicht erfüllt hatten. Das Kirchengebot, das uns allen im Unterricht von Dr. Süß scharf eingeprägt wurde und auch im Katechismus zu finden ist, lautet: „Du sollst wenigstens einmal im Jahre die Heilige Kommunion empfangen, und zwar in der österlichen Zeit“. Bekanntlich endet diese am Sonntag nach Christi Himmelfahrt. Am Samstag vor besagtem Sonntag traten so manche „Einjährige“ dann noch in letzter Minute ihren Weg zum Beichtstuhl an, um wieder in den Besitz der „Heiligmachenden Gnade“ zu gelangen, die zwingend Voraussetzung war zum Empfang der Heiligen Kommunion. Pastor und Kaplan hatten dann Hochbetrieb. Die anstehende Schlange vor dem Beichtstuhl des Kaplans war aber meist länger. Dafür dauerte das Beichten beim Pastor umso länger. Dazu wurde in Schweich erzählt: Ein im Ort bekannter Schnapsbruder nahm auch diesen letzten Termin wahr und legte beim Pastor seine Osterbeichte ab. Der Geistliche muss wohl lange auf ihn eingeredet haben. Vor Freude über die sakramentale Vergebung seiner Sündenschuld ging der gute Mann anschließend in die Wirtschaft Monzel. Er wollte nur einen Schnaps trinken und dann heimgehen. Daraus wurde aber nichts, weil jemand ihm weitere Schnäpschen spendierte. Volltrunken trat der Mann seinen Heimweg an. Als er die Kirche passierte, kam gerade Dechant Doktor Süß auf die Straße und schaute den Betrunkenen an. So standen sich die beiden gegenüber. Dann lallte der notorische Säufer: „Herr Pastor, was wir beide eben abgemacht haben, datt gilt nit mehr". Kommentar meiner Mutter: „Am letzten Sonntag vor Pfingsten gehen selbst die Pferdediebe beichten."

Mein Vater hatte, von Trier kommend, ein eigenartiges Päckchen mitgebracht und angekündigt, dass wir am Silvesterabend „Blei gießen". Voller Erwartung sah ich diesem Ereignis entgegen. Lieber wäre mir gewesen, wenn er meinem Drängen nachgekommen wäre, doch einige „Schweizer Kracher" und Knallfrösche bei „Reisen Toni" zu kaufen. Dafür hatte er jedoch nichts übrig. An Absagen gewohnt, musste ich auch diese Entscheidung kommentarlos respektieren. Es wurde dunkel. Mama hatte im Esszimmer das Abendessen aufgetischt. Am Weihnachtsbaum brannten die Kerzen. Wir aßen, und anschließend erzählte uns der Papa Ereignisse aus seiner Kindheit. Das war so spannend. Dabei kam heraus, dass seine Eltern ursprünglich wollten, dass unser Papa Pastor werden solle, nachdem sein älterer Bruder nach dem Abitur nicht den Weg ins Trierer Priesterseminar gefunden hatte. Seine beiden anderen Brüder bereiteten sich in der „Bergschule" auf den Beruf des Steigers vor. Nach der Entlassung aus dem achten Schuljahr wurde Vater Schüler an der „Präparanden-Anstalt" in Saarbrücken. Er sollte Lehrer werden. Der Abschluss der Präparandenausbildung war damals die Voraussetzung zum Studium in einem Lehrerseminar. Mit dem Püttlinger Pastor wurde vereinbart, dass mein Vater und ein weiterer Junge seines Jahrgangs nach dem Abschluss in Saarbrücken eine Aufnahmeprüfung im Bischöflichen Konvikt in Trier machen sollten. Um auch in eine entsprechende Klasse aufgenommen zu werden, war die lateinische Sprache Voraussetzung. So marschierte mein Vater zwei Jahre lang zur Wohnung des Pastors, der seinen beiden Privatschülern Lateinunterricht erteilte. Was mein Vater dabei lernte, versetzte mich später wirklich ins Staunen.

Mit diesem Wissen angereichert, traten er und sein Freund ihren Weg nach Trier an. Für beide verlief die Prüfung gut. Der Pfarrer hatte ganze Arbeit geleistet. Im Anschluss an die bestandene Aufnahmeprüfung fanden dann aber noch „Exerzitien" mit weiteren Jungen statt. Eisernes Schweigen war geboten. Drei Tage und drei Nächte, absolutes Sprechverbot. Alle schliefen in einem großen Saal. Die einzelnen Betten wurden mit weißen Laken voneinander getrennt. Wie froh waren die etwa 16-17-Jährigen, wenn sie am späten Nachmittag im großen Garten des Konviktes spazieren gehen konnten, natürlich mit der Weisung, dabei einen „frommen Gedanken" zu betrachten. Die Geschichte wurde spannend! Vater entdeckte plötzlich im Laub einen Igel. Den Schalk im Nacken ergriff er das Tier, obwohl die Stacheln ihn sehr piekten. Es gelang ihm, das Lebewesen mit in den

Schlafsaal zu nehmen. Er legte das Tier unter die Schlafdecke des Freundes. Was danach geschah, ist schnell erzählt. Spärliches Abendessen, Andacht in der Kapelle, anschließend Meditation. Ab neun Uhr absolute Bettruhe bei spärlicher Raumbeleuchtung. So nahm jeder sein Nachtlager ein. Da, plötzlich ein lauter Schrei. Freund Backes brüllte wie am Spieß, und das große Licht ging an. Ein gestrenger Priester, den sie den Präfekten nannten, trat in Aktion. Der liebe Backes hatte sich mitten auf den Igel gelegt und seinen Rücken verletzt. Er blutete sogar. Noch am andern Morgen wurde ein Telegramm an den Vater meines Papas mit der Aufforderung gesendet: „Bitte Sohn Joseph sofort abholen." Vater besuchte nach diesem Ereignis das Lehrerseminar in Wittlich.

Damals konnte ich nicht begreifen, dass wir Kinder untereinander alle verwandt waren, und wir natürlich auch mit unsern Eltern. Als ich dann aber erfahren musste, dass die Einzigen in unserer Familie, die nicht miteinander verwandt waren, unsere Eltern sind, brach für mich fast eine Welt zusammen. Das schien mir einfach unmöglich. All mein Philosophieren half da nicht. Ich grübelte und grübelte und stellte dann auch Mama diese Frage. Sie erzählte mir, wie sie und Papa sich kennengelernt hatten. Auch Tutti hörte zu. Bei solchen Gesprächen erfuhren wir so vieles vom Lebenslauf der Mama, von ihrer frühen Kindheit bis zu dem Moment, als sich unsere Eltern in einer Lehrerveranstaltung kennenlernten. Es war die Zeit, als die „geistliche Schulinspektion" von einer liberaleren abgelöst wurde. Der damalige Regierungsrat, vor dessen hohem Titel man sich damals noch in Ehrfurcht beugte, muss dennoch ein sehr beliebter Mensch gewesen sein. Er brach schon damals mit einer bis dahin üblichen Tradition. Da saßen nicht mehr, wie „Böcke von den Schafen" getrennt, die Herren separat von den Fräuleins. Der Regierungsrat forderte vielmehr auf zur „gemischten Reihe". So nahm der Lehrer Joseph Speicher Platz neben der ebenfalls noch jungen Lehrerin Eleonore Lentes. Der beliebte Vorgesetzte, der so andersgeartet war als seine Vorgänger, ermunterte diejenigen, die er sogar als Kollegen ansprach, bei nächster Gelegenheit Geigen mitzubringen. Ein Klavier stand bereits in dem Saal, wo man sich traf. Nach getaner Arbeit forderte er dann zum Tanz auf. Einigen bis obenhin zugeknöpften Damen mag das nicht so recht mit dem Status einer Lehrerin vereinbar gewesen sein, und ebenso hatten einige verknöcherte alte Schulmeister etwas gegen diese Art von Kollegialität einzuwenden, obwohl oder weil sie unter Kuratel ihrer Frau standen, die sie aus „pekuniären" Gründen wegen des damals nicht gerade üppigen Lehrergehaltes geehelicht hatten. Regierungsrat Böll jedenfalls forderte die Kollegen zum Tanz auf, und Joseph tanzte damals zum ersten

Mal mit seiner Ella. Das ließ sich besser aussprechen als Eleonore. Als Joseph als Kavalier auch mit einer älteren Kollegin das Tanzbein schwang, war es der Regierungsrat, der anschließend nach einem Tusch ansagte: „Und jetzt folgt ein Extratanz für unsere Junglehrer und Junglehrerinnen.“ So lernten sich die beiden kennen, schätzen und lieben.

Papa hatte bereits seine zweite Lehramtsprüfung abgelegt. Für ihn galt es jedoch, noch eine weitere Hürde zu nehmen: die Erfüllung seiner Wehrpflicht. Diese begann, laut vorliegendem Wehrpass, am 1. April 1914 als Einjähriger Freiwilliger bei 11/174 in Straßburg, welches seit 1871 wieder zum Deutschen Reich gehörte und stets Zankapfel zwischen Deutschland und Frankreich war. Dann begann der Erste Weltkrieg. Papa musste sofort an die Front. Schon im August 1914 wurde er zum ersten Mal verwundet. Wir Kinder hingen immer an seinen Lippen, wenn er zu erzählen begann. Er stellte sich niemals als großen Held dar. Er hatte wohl den Ton des „Alarmhorns“ falsch verstanden, als er aus einem Keller kommend eine Schützenlinie einen Hang hinaufstürmen sah. So schnell er konnte, reihte er sich in die stürmende Menge ein. Nach einigen Sprüngen verspürte er, wie er damals glaubte, einen heftigen Schlag auf sein rechtes Gesäß. Von einer seitwärts gelegenen Anhöhe wurden die Stürmer mit einem Maschinengewehr unter Beschuss genommen. Da lag nun der Schütze verwundet auf freiem Feld. Er robbte sich bergab in eine Mulde. Erst hier empfand er einen stechenden Schmerz. Auf einem Leiterwagen wurde er mit mehreren Verwundeten in ein Feldlazarett gebracht, notärztlich versorgt und weiter in das „Reich“ mit der Bahn transportiert. Er sollte nach Trier verlegt werden, was er aber nicht wollte. Saarbrücken wäre ihm lieber gewesen. Aber was kann ein kleiner Soldat schon bei solchen Gelegenheiten ausrichten. Der Sanitätszug passierte sogar den Saarbrücker Bahnhof, fuhr dann weiter an Völklingen vorbei und hielt dann längere Zeit auf dem Bahnhof Dillingen. Diese Gelegenheit nutzte der in solchen Dingen sehr findige Schütze. Er verlangte nach frischer Luft und verließ in „Windeln“ verpackt sein Abteil. Er verkroch sich unter eine Bank und wartete dort, bis der Zug abfuhr. Als dieser sich entfernte, fing er an zu rufen. Alles Rufen half jetzt nicht mehr. Eine freiwillige Sanitätsschwester versorgte ihn und brachte ihn in eine Art Bahnwärterhäuschen. Was sich jetzt ereignete, stand einige Tage später in der Saarbrücker Zeitung. Doch hierzu noch ein Kommentar: Meine Mutter und ihre Schwester hatten als Lehrerinnen Schulferien und verbrachten davon einige Tage in dem kleinen Ort Wispelt im Kreise Wittlich, aus dem ihre Mutter, eine geborene Christine Gellner, stammte. Onkel Alfons, der Bruder meiner Mama, wurde wenige Tage vor meinem Vater verwundet und ins Lazarett nach Saarbrücken verlegt. So reisten dann die beiden Schwestern Lentes im Eisenbahnwaggon 4. Klasse, als der Zug in Dillingen gestoppt wurde. Ein französisches Flugzeug war in den Luftraum dieses Gebietes eingedrungen. Es fielen Schüsse. In übertriebener Hektik wurden die Menschen aus dem Zug gedrängt. Da sprach sie eine „Schwester“ mit Namen an. Nach Mamas Bericht stammte sie aus ihrer Nachbarschaft. Sie erzählte Mama, dass sie Verwundete versorge. Mutter muss wohl geantwortet haben, dass sie so etwas nicht könne. Die Antwort der Schwester lautete: „Man muss nur wollen, dann kann man alles. Es ist ja Krieg.“ Konkret sagte sie: „Da habe ich soeben noch einem jungen verwundeten Soldaten helfen können. Der liegt jetzt dort in diesem Häuschen. Sprechen Sie doch einmal ein liebes Wort mit ihm. Er wird sich darüber freuen“. Mama ließ sich überreden. Zuerst sah sie nur den Rücken des Verwundeten. Als sie ihn ansprach, drehte er sich unter leichtem Stöhnen vom Bauch auf die Seite. Dann kam das, was später in der Saarbrücker Zeitung stand. Meine Mutter schrie auf, und dem folgte dann der von mir später so oft gehörte Ausspruch: „Aber Joseph“. Man brachte den vermeintlich versehentlich auf dem Dillinger Bahnhof liegengelassenen armen Verwundeten ins Lazarett nach Saarbrücken. Dort gab es auch keine Schwierigkeiten die beiden angehenden „Schwäger“ im selben Krankensaal unterzubringen. In der Zeitung stand damals fettgedruckt: „Neunkirchener Lehrerin begegnet durch Zufall ihrem verwundeten Bräutigam auf dem Bahnsteig von Dillingen.“ Diesen Auszug hatte sich unsere Mama als kostbares Andenken aufbewahrt. Ich möchte die kommenden Kriegsjahre nur kurz in diesem Bericht erwähnen.

Vater wurde viel schneller als erwartet wieder „kriegsverwendungsfähig“ geschrieben und am 11. Februar in der Winterschlacht in Russland als „Gefreiter“ erneut verwundet. Ein Geschoss drang ihm genau zwischen Elle und Speiche durch den rechten Arm. Damals nannte man eine solche Verwundung einen „Heimatschuss“. Per Bahn wurde er mit einem Lazarettzug nach Königsberg überwiesen. Er aber wollte wieder heim. Auf einem Pappschild, das er umhängen hatte, stand: „Nach“ und darunter in kurzem Abstand: „Königsberg“. Mein Vater zögerte nicht lange. Mit seiner Linken schrieb er dann direkt unter das vorgedruckte „Nach“ „Trier“ und danach das Wort „über“. So gelang es ihm, alle zu überlisten. Eigentlich wollte er Saarbrücken schreiben, erzählte uns Papa. Dies hätte aber auffallen können. Erst nach Tagen erreichte der Zug die Stadt Trier. Das dortige Lazarett befand sich im Herz-Jesu-Krankenhaus. Als man ihn dort untersuchte, war die Wunde schon gut verheilt. Ein Militärarzt habe dann gebrüllt, welcher Idiot einen Soldaten mit einer solchen Verwundung aus dem äußersten Osten in den äußersten Westen schicke. Mein Vater ließ danach vorsichtshalber den Einweisungszettel verschwinden, der dann auch nicht mehr aufgefunden werden konnte. Noch ein weiterer Zufall spielte sich im Krankenhaus ab. Eine Nonne fragte meinen Vater, ob er aus Püttlingen stamme. Als dieser das bejahte, fragte die Ordensfrau, ob er einen Doktor Julius Speicher kenne. Er gab zur Antwort, dass dies sein Vetter sei. Dieser Doktor war damals Militärarzt im Herz-Jesu-Krankenhaus. Ihm hat unser Vater dann die volle Wahrheit anvertraut. Damit wurden auch alle Nachforschungen eingestellt. Vater wurde sogar ein kurzer Sonderurlaub gewährt. Grund: Die offizielle Verlobung.

Vater wurde 1917 Leutnant beim 7. Gardeinfanterieregiment. Er war Katholik, gehörte auch nicht dem pommerischen Landadel an. Einige junge Leutnants hänselten ihn: „Prost Gemeinde, der Pfarrer säuft“. Das war natürlich ein Stich gegen den Kommunionsempfang nach katholischer Tradition, wo ja nur der zelebrierende Priester aus dem Kelch trinken durfte. Damals befand sich mein Vater kurze Zeit in der Garnison seines Regimentes. Unter den jungen Fähnrichen war er ein Außenseiter. Zur Hochzeit wurde ihm auch Sonderurlaub genehmigt. Im November 1917 fand eine „Doppelhochzeit“ statt. Meine sehr konservative Oma soll damals gesagt haben: „Lehrerinnen dürfen doch nicht heiraten.“ Das entsprach ja auch der damals geltenden Meinung vom „Fräulein Lehrerin“. Die beiden Brüder Speicher heirateten dennoch das Geschwisterpaar Lentes. Mein Onkel Jakob wurde nach der Genesung von einer Verwundung wieder Steiger bei den Saargruben. Für meinen Vater und Mama hieß es mal wieder Abschied nehmen. Was Vater so alles als Soldat erleben musste, ist in seinem Wehrpass fein säuberlich notiert.

Am 30. Juli 1918 wurde er nochmals in der Abwehrschlacht an der Marne verwundet. Diesmal waren es die Amerikaner. Vater erzählte, dass alle mit knurrenden Mägen auf die Essensausgabe warteten und die „Essensholer“ unter starken Beschuss der leichten amerikanischen Artillerie gerieten. Als er endlich eine Kelle Essen erhielt, verwahrte er noch einen Rest in seinem Kochgeschirr. Brot hatte er auch nicht mehr. Jeder hatte sich mit seinem Spaten eingegraben. So lag er in seinem „Loch“, als der Befehl zum Angriff gegeben wurde. Kaum dass er stand, um mit seinem Zug einen Gegenangriff zu wagen, krepierten um ihn herum schon die Granaten. Diesmal traf ihn der Splitter einer Granate, die seitwärts von ihm detonierte. Vater verkroch sich in sein Schützenloch. Er blutete stark und verspürte dennoch Hunger. Sein letzter Gedanke auf dem Schlachtfeld galt dem Essensrest in seinem Kochgeschirr. Er aß ihn auf. Als er wieder aufwachte, spendete ihm gerade der Feldgeistliche die „Letzte Ölung“. Völlig entkräftet wurde er, so steht es in seinem Wehrpass, am 30. November 1918 „aus dem Heeresdienst entlassen“. Der Erste Weltkrieg war beendet.

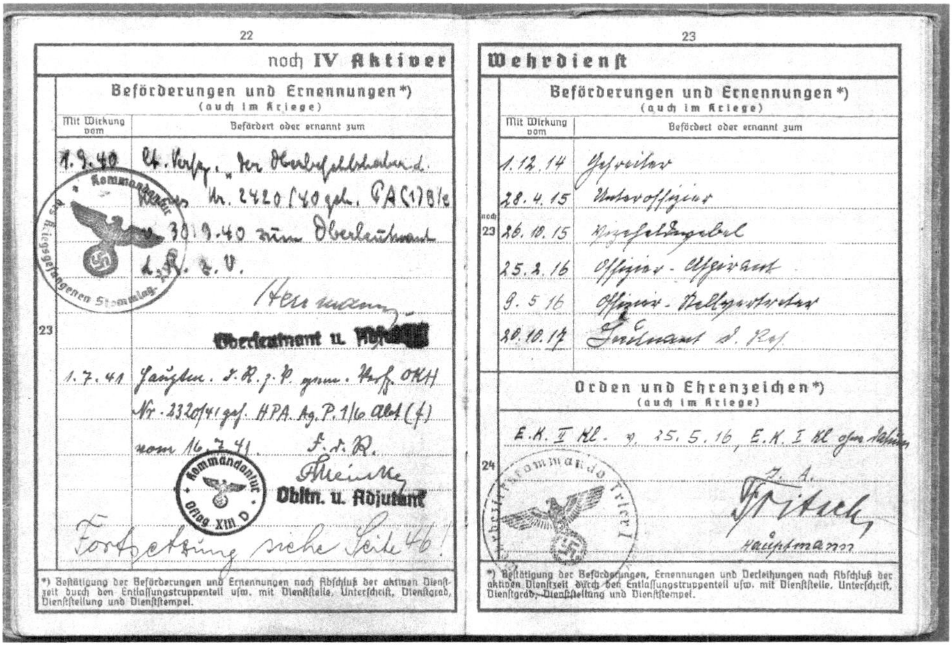
22

noch IV Aktiver

Beförderungen und Ernennungen*)
(auch im Kriege)

Mit Wirkung vom	Befördert oder ernannt zum
1.9.40	[illegible] Nr. 2420/40 [illegible] 30.9.40 zum Oberleutnant [illegible]
	Oberleutnant u. Adjutant
1.7.41	[illegible] OKH Nr. 2320/41 [illegible] HPA Ag. P. 1/6 Abt (4) vom 16.7.41 [illegible] Obltn. u. Adjutant

Kommandantur Oflag XIII D

Fortsetzung siehe Seite 46!

*) Bestätigung der Beförderungen und Ernennungen nach Abschluß der aktiven Dienstzeit durch den Entlassungstruppenteil usw. mit Dienststelle, Unterschrift, Dienstgrad, Dienststellung und Dienststempel.

23

Wehrdienst

Beförderungen und Ernennungen*)
(auch im Kriege)

Mit Wirkung vom	Befördert oder ernannt zum
1.12.14	Gefreiter
28.4.15	Unteroffizier
26.10.15	Vizefeldwebel
25.2.16	Offizier-Aspirant
9.5.16	Offizier-Stellvertreter
20.10.17	Leutnant d. Res.

Orden und Ehrenzeichen*)
(auch im Kriege)

E.K. II Kl. v. 25.5.16, E.K. I Kl [illegible]

I. A.
[illegible]
Hauptmann

*) Bestätigung der Beförderungen, Ernennungen und Verleihungen nach Abschluß der aktiven Dienstzeit durch den Entlassungstruppenteil usw. mit Dienststelle, Unterschrift, Dienstgrad, Dienststellung und Dienststempel.

Da mein Vater nach Ablegung der zweiten Lehramtsprüfung bereits Beamter war, wurde er sofort wieder in den Schuldienst übernommen und nach Zeltingen an die Mosel versetzt. Für meine Mutter bedeutete dies aber das Ende ihrer Berufstätigkeit. Sie musste damals wegen Heirat aus dem Dienst scheiden. Während der letzten Kriegsmonate jedoch wurde diese Regel nicht beachtet, da man jede Lehrkraft benötigte, um den Schulbetrieb aufrechtzuerhalten. Auch ihre Schwester musste mit Kriegsende ihren Dienst aus demselben Grund aufgeben. Übrigens: Eine Entschädigung erhielten

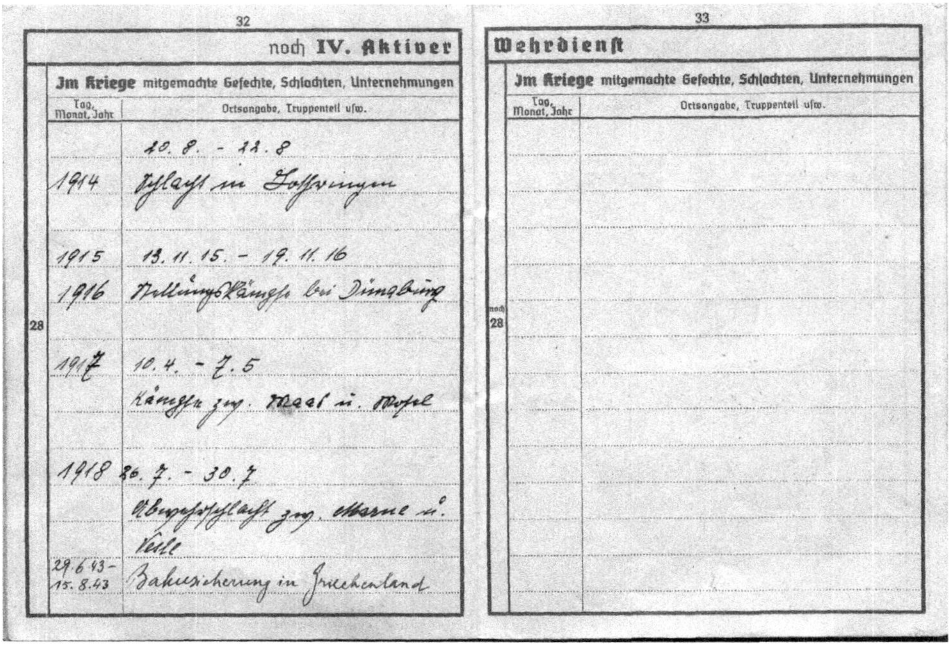

32

noch IV. Aktiver

Im Kriege mitgemachte Gefechte, Schlachten, Unternehmungen	
Tag, Monat, Jahr	Ortsangabe, Truppenteil usw.
	10. 8. - 22. 8
1914	Schlacht in Lothringen
1915	13. 11. 15. - 19. 11. 16
1916	Stellungskämpfe bei Dünaburg
1917	10. 4. - 7. 5
	Kämpfe zw. Maas u. Mosel
1918	26. 7. - 30. 7
	Abwehrschlacht zw. Marne u. Vesle
29. 6. 43 - 15. 8. 43	Bahnsicherung in Griechenland

28

33

Wehrdienst

Im Kriege mitgemachte Gefechte, Schlachten, Unternehmungen	
Tag, Monat, Jahr	Ortsangabe, Truppenteil usw.

noch 28

solche Frauen nicht. Auch jeder Pensionsanspruch ging damit verloren. Mama war Lehrerin in Neunkirchen an der Saar gewesen. Es wimmelte von „Schulmeistern" in ihrer Familie und der Verwandtschaft. Auch eine Schwester meiner Mama war ja Lehrerin und lernte über meine Mutter auch den Bruder meines Vaters, meinen Onkel „Rabkopp" kennen. So nannte ich ihn sehr lange, weil mir das Wort Jakob nicht über die Lippen kommen wollte. Dass wir Kinder beider Ehepaare „doppelt verwandt" waren, erfuhr ich bereits viel früher. Der Vater meiner Mutter, auch ein Lehrer, war schon Weihnachten 1898 verstorben und hinterließ seine Frau mit damals noch sieben lebenden Kindern. Zwei Mädchen starben im frühen Kindesalter. Mit einer äußerst geringen Pension sorgte fortan meine Oma für ihre Familie. Die älteste Schwester meiner Mutter heiratete, wie sollte es auch anders sein, einen Lehrer. Der Vater meiner Mutter, Paul Lentes, wurde 1850 als Sohn des Schullehrers Nikolaus Lentes in Minderlittgen bei Wittlich geboren. Drei seiner Söhne wurden ebenfalls Schulmeister (siehe nebenstehende Bilder). Nikolaus Lentes kam am 25. 10. 1816 in Mehring als Sohn des Ackermanns Wilhelm Lentes, geboren am 24. 4. 1773, und dessen Ehefrau Eva Christine Olinger, geboren am 21. 2. 1780, zur Welt. Die Daten füge ich bewusst hinzu, um eventuell denen helfen zu können, die an einer Ahnenforschung interessiert sind. Nikolaus Lentes verstarb am 25. 5. 1869 in Cordel. Fortan lebte dessen Frau, also eine meiner Urgroßmütter, bei ihrem Sohn Paul

Mein Großvater († 1898) mit Pfeife oben links im Bild und zwei seiner Brüder, die um 1894 auch „Schulmeister“ waren.

als Oma meiner Mutter. Sie war eine geborene Bastgen, stammte aus Bombogen bei Wittlich und verstarb 1891 in Neunkirchen. Nur die älteren Geschwister von Mutter haben sie noch kennengelernt. Das alles gehört zu meiner frühkindlichen Vergangenheit und somit auch zu einer Art Abschlussbilanz zum Jahresende an Silvester 1938. Ich hatte immer so viele Fragen und bekam dann meistens in Form einer lieben Erzählung, der ich spannend lauschte, einen weiten Rückblick in die

Mein Großvater Paul Lentes mit seiner Schulklasse um 1895. Schülerzahl ca. 75 Kinder!

vorgeburtliche Vergangenheit. Die Frage aber, dass doch alle in der Familie miteinander verwandt seien, nur Papa und Mama nicht, musste ich mir im Laufe der Jahre selber beantworten. Das fiel mir deshalb so schwer, weil ja mein Papa nicht irgendeine Frau, sondern eben die Mama geheiratet hatte.

So läuteten dann die Kirchenglocken das Jahr 1939 ein. Wir gingen alle zur Kirche. Der Pastor verlas die Namen aller Verstorbenen des vergangenen Jahres. Danach begrüßten die Leute sich und sagten: „Prost Neujahr!" Mama sagte mir, dass dies ein hiesiger Neujahrswunsch sei, und übersetzte sinngemäß: „Ich wünsche ein frohes und gesundes neues Jahr!" Jetzt wusste ich auch, was die Erwachsenen meinten, wenn sie mit den vollen Weingläsern anstießen und „Also prost" oder „Prosit" sagten. Manche sagten auch: „Zum Wohl". Später erfuhr ich, dass dieser Spruch schon bei den Römern üblich war. Diese hatten ja immerhin den Weinbau an die Mosel gebracht, fast vierhundert Jahre in den Trierer Landen gelebt und von dort versucht, das Römische Reich zu beherrschen. Hiervon hatten wir als Kinder auch viel im Fach Heimatkunde gehört, auch von Kaiserin Helenas Sohn Konstantin, der später in der Schlacht an der Melvinischen Brücke vor den Toren Roms mit dem Symbol des Kreuzes auf seinem Banner und auf den Schilden seiner Soldaten den Sieg errang. Wir wussten sogar, dass der liebe Gott in einem Traum dem Konstantin ein Kreuz zeigte und ihm vor der Schlacht sagte: „In diesem Zeichen wirst du siegen!"

Prost Neujahr 1939! Ein frommer, ein lieber Wunsch. Wir feierten das Fest der Heiligen Dreikönige, das damals noch bei uns kirchlicher und gebotener Feiertag war. In der Kirche wurden vor der Krippe die drei Könige aufgestellt mit ihrem ganzen Gefolge. Jeder von uns war natürlich längst in der Lage, die Geschenke, die die Könige dem Kind „darbrachten", beim Namen zu nennen und vor allem auch zu deuten. Wir bestaunten die Kamele, vor allem auch den schwarzen König, und waren mal wieder so richtig froh. Da war noch eine besondere Attraktion, die es zu bewundern galt: Ein Negerjunge, der zwar kleiner als die übrigen Krippenfiguren war, aber direkt in unserer Reichweite stand. Auf einem Schild vor ihm stand geschrieben: „Für die Missionen". Während sich aber die übrigen Figuren starr vor uns befanden, konnte man mit einer Geldmünze den Negerknaben zu einem „Kopfnickeln" bewegen. Dann machte er, wie man das damals von einem höflichen Jungen erwartete, „einen Diener". Wäre das Kind ein Mädchen gewesen, hätte es wohl als Dankeschön einen „Hofknicks" gemacht.

Von dieser Sonderheit erzählte ich natürlich meiner Mama. Sie erklärte mir, dass man von diesem Geld in Afrika „Kinder kaufen könne“, die dann getauft würden. Dann nahm sie aus einer Schublade ein Bild, auf dem ein Junge zu sehen war, der dem des Jungen vor der Krippe nicht nur durch seine Hautfarbe sehr ähnelte. Sie erklärte mir, dass sie für mich auch einen solchen Jungen „gekauft“ habe. Dafür habe sie 20 Mark bezahlt (das war soviel Geld wie das Kommuniongeschenk meines Patenonkels). Dieser Junge sei dann auf den Namen des Heiligen Wolfgang getauft worden. Danach las sie mir den genauen Text vor. Darunter stand geschrieben: Steyler Missionare. Ich war damals ganz stolz, jetzt auch in Afrika einen „Bruder“ zu haben. Wie gerne hätte ich erfahren, wo der jetzt lebt, um ihn schnell einmal zu besuchen. Auch das blieb mal wieder eine der nie beantworteten Fragen. Da standen wir beide, Willi und Wolli, und schimpften über den bösen „Herr Rodes“, der dieses Kind töten wollte. Jetzt hatten die Eltern aber Geld, einen Esel zu kaufen, um mit dem Kind nach Ägypten zu fliehen. Einer der Könige hatte ihnen ja Gold geschenkt. Damit konnte man sich alles erwerben. So war für uns beide zumindest die Finanzierungsfrage dieser Flucht geklärt.

Die Weihnachtsferien waren vorbei, der Schulunterricht begann. Willi war damals Schüler des dritten Schuljahres, ich war im vierten. Nachdem der Hintereingang nach dem Umbau der Tür meist verschlossen war, musste ich, wenn ich in der großen Pause schnell ein Butterbrot in der Wohnung meiner Eltern essen wollte, den Verbindungsweg zwischen dem Jungenschulhof und dem Mädchenschulhof wählen, dann durch unseren Vorgarten gehen und an der Haustür klingeln, die meine Mutter mir dann öffnete. Man höre und staune: Wir verfügten sogar über einen elektrischen Türöffner. Man mag sich über gewisse „Privilegien“, die ich besaß, streiten, ich selber wählte diesen Weg nur ungern. Zu der Verbindung zwischen den beiden Schulhöfen patrouillierten als Zweiergespann immer Lehrer Scherer und Fräulein Felten. Dieser Abschnitt bedurfte einer beständigen Überwachung. Auf der einen Seite war die Giebelwand der Schule, auf der anderen ein langer Schuppen und in Verlängerung dazu die sechs nebeneinanderliegenden „Mädchenaborte“. Es mag Mitte Januar gewesen sein. Willi befand sich mit seiner Mutter in deren Küche, als ich hinzukam. Er erklärte ihr gerade, dass ihm der gestrenge Lehrer Prügel angedroht habe, wenn er während der Schulpause über diesen Weg schnell nach Hause laufen wolle. Das gelte ausnahmslos für alle. Von der angedrohten Strafe abgesehen, hatte Lehrer Scherer durchaus Recht. Deshalb nahm auch ich diese Bedrohung sehr ernst und wagte fortan nicht mehr, diesen Weg zu beschreiten. Von meiner

Mama zur Rede gestellt, sagte ich, dass der Lehrer uns Prügel angedroht habe, und erzählte auch das, was dem Willi widerfahren war. Mein Vater bekam dies über meine Mutter mit und hat zu seinem Kollegen gesagt: „Moritz“, so nannte sich Herr Scherer selbst, obwohl er auf den Namen des Heiligen Michael getauft war, „du kannst doch nicht Kinder schlagen, wenn sie einmal über diesen Weg gehen!“ „Wen meinst du denn damit?“, war dessen berechtigte Gegenfrage. Dann nannte mein Vater meinen und Willis Namen. Der Lehrer bezeichnete mich als einen gemeinen Lügner. Das tat mir sehr weh. Ich hatte meiner Mama nicht gesagt: „Der Lehrer Scherer hat mich verhauen.“ Sondern: „Er hat dem Willi Prügel angedroht. Er hat gesagt, dass das für alle ohne Ausnahme gilt.“ Immerhin könnte es auch sein, dass mein Vater der Meinung war, dass ich verprügelt worden sei. Zumindest wusste mein Vater von den „Prügelstreifen“ auf meinem Hintern, die mir damals das „Onkel Fritzchen“ beschert hatte.

Am 30. Januar 1939 standen alle Schulkinder und Klassenlehrer geordnet vor Schulbeginn auf dem Jungenschulhof. Papa hielt aus Anlass dieses gebotenen Tages als Schulleiter pflichtgemäß eine Ansprache. Wir sangen das Deutschland- und anschließend das Horst-Wessel-Lied. Nach dem Morgengebet begann unser Unterricht. Meinen Freund Willi hatte ich ein paar Tage nicht mehr gesehen. So begann dann am 31. Januar nach dem Morgengebet die Schule. Da hörten wir ein Klopfen an unserer Klassentür. Fräulein Reis unterbrach ihren Unterricht. Mein Vater kam herein und sagte: „Soeben ist Schillings Willi gestorben!“ Bis heute liegen mir dieser Satz und die genaue Stimme meines Vaters in meinen Ohren. Ich weiß nicht mehr, was danach geschah, ob mein Vater alle Kinder nach Hause schickte oder ob noch unterrichtet wurde. Bei meiner Mama weinte, ja heulte ich mich aus. Sie tröstete mich in ihrer lieben Art und Weise. Da tauchte die bange Frage in mir auf: „Wo ist nun der lebendige Willi?“ Bestimmt hatte der liebe Gott dem Willi das nicht angetan, wie es in Wort und Bild des Nikolausbuches geschildert wird. Ich musste meinen Willi unbedingt sehen. Frau Schilling ging mit mir zu einem Zimmer, das sich direkt gegenüber dem Raum befand, wo die große „Kasperle-Bühne“ stand. Alles war abgedunkelt. Als das Licht anging, sah ich „meinen Willi“. Er lag in einem großen Bett, die Hände gefaltet und die Augen geschlossen vor mir. Frau Schilling stand neben mir. Sie weinte und sagte dann: „Oh Wolli!“ Ich weiß wirklich nicht, ob ich etwas sagte oder sie sogar konkret befragte, bevor Willis Mutter zu reden begann. Ich gebe es inhaltsgemäß wieder: „Der Willi ist jetzt bestimmt im Himmel. Der Herr Pastor hat ihn noch besucht und mit ihm gesprochen. Er hat ihm sogar die Heilige Kommunion gereicht und ihm anschließend auch die letzte Ölung gespendet. Der Willi ist jetzt ein Engelchen!" In einem kleinen weißen Sarg haben wir dann den Willi, begleitet von seinen Eltern und fünf Geschwistern, zu Grabe getragen, während der Pastor in lateinischer Sprache Trauerlieder sang. Für mich aber bedeutete dieses Ereignis das Ende meiner „Frühzeitgeschichte".

An dieser Stelle möchte ich noch etwas ergänzen: Wie oft sahen wir damals unseren Pastor oder den Kaplan im geistlichen Ornat, begleitet von einem Messdiener, aus der Kirche kommend, in den Ort gehen. Der Messdiener läutete dann mit einem Glöckchen. Die Menschen knieten auf der Straße nieder und schlugen sich mit der rechten Hand an die Brust. Schnell hatte auch ich erfahren, dass dieser Akt dem „lieben Heiland" galt, den der Priester einem Sterbenden als Wegzehrung ins Haus brachte und ihm die „Letzte Ölung" spendete. Auch die Hauskranken wurden regelmäßig von den Geistlichen besucht. Wir Kinder haben uns dann in Ehrfurcht hingekniet, bis der Priester und Messdiener an uns vorbeigeschritten waren. Begegneten wir zu anderen Anlässen unseren Geistlichen auf der Straße, grüßten wir diese nach damaligem Brauch und mit größter Selbstverständlichkeit: „Gelobet sei Jesus Christus!" Die Antwort lautete: „In Ewigkeit. Amen!" Wie in der Kirche nahmen wir dabei in Ehrfurcht unsere Mütze ab.

Außerhalb meines eng begrenzten Horizonts blieb die Welt nicht stehen. Für die großen Jungen gab es in diesen Tagen nur ein Thema: „Wer wird gewinnen?" Die beiden damals rivalisierenden Kontrahenten „Auto Union" und „Mercedes" rangen mit harten Bandagen um ihr Prestige. Neben ihren Rennwagen waren es zwei Namen, die jedes Kind kannte: Bernd Rosemeyer für Auto Union; Rudolf Caracciola für Mercedes. Spannende Autorennen auf der damals als Wunderwerk von Adolf Hitler erbauten „Reichsautobahn" waren angesagt. Bernd Rosemeyer war mit der ebenfalls allen bekannten Fliegerin Elly Beinhorn verheiratet. Eine Frau am Steuer eines Autos galt damals noch als etwas Besonderes, eine Frau als „Kunstfliegerin" war fast undenkbar. Wir jüngeren Schüler wurden von den älteren in die „Zange" genommen. Auch ich wurde gefragt: „Wer wird gewinnen?" Ich bekam es mit der Angst zu tun. Wen sollte ich da nennen? Rosemeyer oder Caracciola, Auto Union oder Mercedes? Selbst Erwachsene stritten sich bei dieser Frage, und die großen Jungen verprügelten sich auf dem Schulhof, weil der eine auf Auto Union, der andere aber auf Mercedes setzte. Was sollte ich da antworten? Ich sah mir mein Gegenüber an, der mehr als einen Kopf größer war als ich, und wagte kaum zu sprechen. Dieser aber forderte mich jetzt nochmals auf, meinen Favoriten zu nennen. In meiner Not gab ich zur

Karikatur von Bernd Rosemeyer und Elli Beinhorn

Antwort: „Bernd Rosemeyer!“ Im selben Moment erhielt ich von diesem Burschen eine „Backfeige“, die ich nie vergessen werde. Da andere ebenso befragt wurden, zog ich es vor, mich zu verkriechen. Am Tage von Willis Tod fand das letzte große Rennen zwischen den beiden Kontrahenten auf der Autobahn statt. Bernd Rosemeyer wurde bei einem Tempo von über 400 aus der Bahn geschleudert. Er war sofort tot. Rudolf Caracciola galt ab jetzt als erfolgreichster Rennfahrer der Vorkriegszeit. „Mein Mann der Rennfahrer“, unter diesem Titel veröffentlichte Elly Beinborn das Buch vom Leben und Wirken des berühmten Bernd Rosemeyer.

In den nachfolgenden Wochen blieb ich gerne daheim. Die meiste Zeit verbrachte ich gemeinsam mit meiner Mutter in der Küche. „Mama, erzähl‘ mir doch, wie das früher war.“ Das tat sie auch ausgiebig. Vor allem hat sie viel gesungen. Sie hatte als Seminaristin auch Gesangunterricht erhalten. Viele Melodien einschließlich der Texte klingen mir heute noch klar und deutlich in den Ohren. Dazu gehörten das Lied: „Der Reimer Thomas lag am Bach, am Kieselbach bei Huntly Schloss. Da sah er eine blonde Frau, die saß auf einem weißen Ross“, ein Gedicht von Theodor Fontane, das von Carl Loewe (1802-1869) vertont wurde. Die Melodie variierte von Strophe zu Strophe. Vom selben Komponisten stammte auch das von Mama so oft gesungene Lied: „Herr Heinrich sitzt am Vogelherd“, nach dem Text von Johann N. Vogl. Als Abendgebet sang sie manchmal ein Lied, das ich mir in Text und Melodie tief einprägt habe:

Harre meine Seele
Harre des Herrn!
Alles ihm befehle,
Hilft er doch so gern.
Sei unverzagt!
Bald der Morgen tagt,
Und ein neuer Frühling
Folgt dem Winter nach.
In allen Stürmen,
In aller Not,
Wird er dich beschirmen,
Der treue Gott.

In der Seminarklasse meiner Mutter waren auch viele Schülerinnen evangelischen Bekenntnisses. Die Väter waren meist preußische Beamte oder Offiziere. So wurde auch dieses Lied dort gesungen. Getextet wurde es von Friedrich Räder (1815-1872), einem „Raedlungsgehilfen aus Elberfeld“. Diese Gegend wird oft das „Harmoniumviertel“ genannt, weil es dort viele Aufsplitterungen pietistischer christlicher Gemeinschaften gibt, die sich getrennt voneinander zu Gottesdiensten in überschaubaren Kleinstgemeinden versammeln. Wie heißt es doch: „Der Geist Gottes weht, wo er will!“

Fortan fühlte ich mich verlassen und einsam. Eisig kalt war der nun folgende Februar. Ich hatte auch keine Lust, mit anderen Kindern am Nachmittag zu spielen. Da gab es ja noch den Rudi und den Lothar Schilling. Aber auch diese waren vom Tod ihres jüngeren Bruders mitgenommen. So machte ich mich an einem frostigen Nachmittag alleine auf den Weg. Ich hatte gehört, dass die mit Wasser gefüllten Kiesgruben in der Nähe des Fährturmes zugefroren seien und man dort gut Schlittschuh laufen könne. Es seien auch viele Kinder dort anzutreffen. Ohne meinen Eltern etwas davon zu sagen, ging ich los und nahm die Schlittschuhe meiner Schwester mit. Sie hatte Schuhgröße 35. Zwar waren sie mir etwas zu groß, aber ich konnte sie mithilfe einer Schnur so an meinen Schuhen befestigen, dass ich mich auf das Eis wagen konnte. Als ich aber dort unten ankam, war keine Menschenseele zu sehen. So stand ich ganz allein da. Zwar fiel mir das Gedicht ein, das wir bei Fräulein Reis gelernt hatten, mit der Überschrift: „Will sehen, was ich weiß, vom Büblein auf dem Eis“. Trotz aller Warnungen tat ich eben genau das, was auch dieses Büblein sprach: „Ich will‘s doch einmal wagen, das Eis, das wird schon tragen“. Ich ging das Wagnis ein. Nach einigem Stolpern glitt ich schon, zwar noch etwas wackelig auf den Beinen, über das Eis. Da hörte ich ein leises Knistern unter meinen Füßen. Noch hatte ich genügend Schwung und glitt weiter, als hinter mir das Eis einbrach. Schnell gelang es mir, festen Boden zu erreichen. Vom Bübchen auf dem Eis heißt es: „Wär‘ nicht ein Mann gekommen, der sich ein Herz genommen, wer weiß?“ Noch heute läuft es mir eiskalt über den Rücken, wenn ich an dieses Ereignis denke. Damals dankte ich meinem „Schutzengel“, zu dem wir Kinder tagtäglich beteten: „An diesem Tag, so bitte ich, beschütze und bewahre mich.“ Meiner Mama erzählte ich alles. Sie drückte mich an sich und sagte. „Da hast du aber einen guten Schutzengel gehabt.“ Als es danach noch kälter wurde und selbst auf der Mosel dicke Eisschollen trieben, wagte ich mich nicht mehr dorthin, obwohl sich nunmehr dutzende Kinder und Erwachsene dort tummelten.

Wie war das früher? Ich hatte so viel zu fragen. Von seinen Kriegserlebnissen erzählte mir mein Vater nur wenig. Dass er oft dem Tod entgangen ist und sehr viel Glück hatte oder eben einen guten Schutzengel, wusste ich. Meine Mama und auch er hatten mir erzählt, wie und wo er verwundet worden war. Aber das genügte mir nicht. Ich hatte ja oft genug von Ehrenzeichen und Orden gehört, die besonders tapferen Soldaten verliehen worden waren, so auch vom „Eisernen Kreuz“. Mein Vater gehörte zu jenen, die mit dem „Eisernen Kreuz erster Klasse“ ausgezeichnet wurden. Also musste er für mich auch ein Held sein. Mein Papa sagte mir, dass er nie ein Held gewesen sei und sich im Kriege auch gefürchtet habe. Er verdanke es Gott, dass er noch am Leben sei. Eigentlich war ich damals sehr enttäuscht über meinen Vater. Deshalb fragte ich ihn: „Warum hast du denn diesen Orden erhalten?“ Und dann erzählte er mir sinngemäß: „Wir lagen als Soldaten in vorderster Stellung, als wir unter starken Beschuss der Artillerie gerieten. Ich weiß bis heute nicht, ob es die eigenen Granaten waren oder die der Franzosen. Ich war kriegsmüde geworden, und der Hunger quälte uns.“ Als das Trommelfeuer nachließ, wagte er sich aus seinem Schützenloch heraus, irrte kriechend umher und suchte seine Einheit. Er hatte sich verlaufen, als er plötzlich vor einem französischen Schützengraben stand. „Jetzt ist für mich der Krieg vorbei“, war sein erster und sogar befreiender Gedanke. Ehe er die Hände als Zeichen der „Ergebung“ hochheben konnte, winkten ihn aber die französischen Soldaten herbei. Da saß er nun, einer unter vielen. Sie gaben ihm zu essen, Dinge, die er nicht kannte: Weißbrot, Fleischkonserven und auch Rotwein! Vater konnte sich in französischer Sprache mit der Grabenbesatzung unterhalten. Es stellte sich heraus, dass sie ebenso wie mein Vater kriegsmüde waren. Sie wollten sich ergeben. Mit dieser Truppe gemeinsam, zu der sich unterwegs noch ein anderer versprengter Soldat gesellte, fand der Vater nun den Weg zurück zu seiner Einheit. Für die „Heldentat" erhielt er, da er schon Träger des „Eisernen Kreuzes zweiter Klasse" war, den höheren Orden, das EK 1. Ob dieser Tatsache war ich zwar stolz, aber auch traurig zugleich. Wie ich aus sicheren Quellen weiß, meuterte 1917 eine ganze französische Armee. Die französische Armeeführung griff zwecks Aufrechterhaltung der Disziplin zu härtesten Maßnahmen. Der deutschen Heeresleitung war dies aber nicht bekannt (Quelle: Paul Coelestin Ettighoffer: Eine Armee meutert).

Meine Schwester Lore kam eines Tages nach Hause und sagte, sie müsse wegen ihrer Abiturprüfung einen „Arier-Nachweis" erbringen, und verwies dabei auf eine Verordnung des Reichskultusministeriums. Da der ältere Bruder meines Vaters sich vorher schon mit dem Stammbaum seiner Vorfahren befasst hatte, war es für Lore leicht, diese Angaben sogar weit über das gesetzlich festgelegte Datum zu erbringen. Ebenso erfolgreich war mein Onkel Alfons Lentes, der jüngste Bruder unserer Mutter. Er konnte uns zu den Vorfahren mütterlicherseits alle notwendigen Angaben machen. Damit war der Arier-Nachweis erbracht. Lore saß nun da und gestaltete ihren „Stammbaum". Wieder war ich es, der weiterforschen wollte. Nur steckte ich mir in meinem Forschungsdrang ein viel weiteres Ziel. Ich wollte unsere Abstammung gleich ab Adam und Eva verfolgen. Nur der

SPEICHER, NICOLAUS ⚭ N.N.

SCHULTHEISS UND MEYER IN PÜTTLINGEN
ERWÄHNT 1579 VOR GERICHT
" 4.9.1581 BEI DER TÜRKENSTEUER

VOR 1590 WURDE SIE ALS HEXE VERBRANNT
DER EHEMANN MUSSTE 1200 FRANKEN ALS BUSSGELD ZAHLEN
ELTERN NICHT BEKANNT *

SOHN SPEICHER, JACOB
ERWÄHNT 1582 – 1613

* Bemerkung
„Wegen des Todesurteils wurden alle Daten, wie damals üblich, in den Akten ausgelöscht"

Brudermörder Kain sollte darin nicht vorkommen. Da wäre mir der Abel schon wesentlich lieber gewesen. Den aber hatte der böse Kain erschlagen. Dass dieser Bösewicht, nachdem er seinen Bruder Abel ermordet hatte, anschließend in ein anderes Land zog und sich dort eine Frau nahm, war mir einfach ein biblisches Rätsel. Wir Menschen stammten doch alle von Adam und Eva ab, und diese hatten doch erst zwei Kinder. Wie sollte da der Kain eine Frau in einem anderen Land finden. Da fiel mir allerdings ein, dass Adam und Eva später noch andere Kinder bekommen hatten. Über diese wollte ich mich daher an meine Urahnen herantasten (Mit Entsetzen vernahm ich, dass eine meiner Vorfahren, eine Frau, als Hexe verbrannt worden ist.). Mein Vater erwischte mich bei diesem Vorhaben. Es erwachte in ihm wieder das Gefühl, ein gestrenger Schulmeister sein zu müssen. Ehe ich mit meinen Forschungen weiterkam, wurde aus dieser Begebenheit wieder eine der von mir so gehassten „Unterrichtsstunde". Er gab mir ein Blatt Rechenpapier und stellte mir eine „mathematische" Aufgabe. Die lautete: „Du hast zwei Elternteile. Auch deine Eltern hatten einen Vater und eine Mutter, und bei diesen war das genau so." Jetzt begann der Lehr- und Lernprozess. Ich musste einen dicken Punkt in die Mitte des obersten Quadrates machen. Dahinter schrieb ich: „Ich". „Du hast zwei Elternteile." Ich hatte begriffen und machte unter meinen Punkt nochmals zwei. Es folgte die erste Verdoppelung von Punkten. Aus denen wurden vier Punkte, aus vier acht, es folgten 16, dann 32, danach 64, 128, 256, 512, 1024, 2048, 4096, 8192 . Längst reichte selbst das Querformat des Rechenblattes nicht mehr aus für die Punkte, als der Pädagoge mir sagte, dass ich ab jetzt keine Punkte mehr zu machen brauche. Ich sah auch ein, dass dies in dieser Weise nicht möglich war. Während der Zeit, in der ich die Punktezahl immer wieder verdoppeln musste, brauchte ich mein „Hirn" nicht sonderlich zu bemühen. Das lästige Kopfrechnen aber ging weiter. Ich weiß nicht, ob meinem Vater als Begriff schon das Wort „Dualsystem" bekannt war, die Anwendung war ihm aber sehr geläufig. Auch das Wort „Mengenlehre" existierte damals noch nicht unter diesem Begriff in der Mathematik. Schnell ging mein Vater jetzt von den Vorfahren zu einem anderen „Mengenbegriff" über, nachdem er mich von der Unmöglichkeit der Erstellung meines Stammbaumes, rein rechnerisch gesehen, überzeugt hatte. Er nahm aus Mutters Küche eine Tasse voller Reiskörner und schüttete diese auf den Tisch. Das nannte er „Anschauungsunterricht." Statt mit Vorfahren zu rechnen, war das jetzt eine andere „Menge", eben Reiskörner, und ich musste weiterrechnen. Längst waren keine Reiskörner mehr vorhanden. Mir dampfte der Schädel, als ich bei Zahlen anlangte, die ich nicht mehr erfassen konnte: 16384, 32768, 65536, 131.072, 262144, 524244, 1048488. Jetzt war auch bei meinem Vater der Punkt erreicht. Er war am Ziel seiner Unterrichtsstunde angelangt und fasste alles in einer Frage zusammen: „Wie groß wäre die Menge an Reis, wenn wir so weitermachen würden?“ Seine Antwort brachte er auf einen für mich verständlichen Nenner: die neue Menge hieß: „Ein ganzer Güterzug würde nicht ausreichen.“ Und wenn wir dann nochmals so weitermachten, wären das schon beim nächsten Schritt „zwei Güterzüge“, dann vier, danach acht ... Ich wagte noch die Frage, wie weit man denn zählen könne? Papas Antwort: „Endlos.“

Dann kam „Fastnacht“. Diesmal durfte ich mich auch endlich in das närrische Geschehen einreihen, nachdem uns Kommunionkindern im Vorjahr jede Form der Verkleidung verboten worden war. Das war Schweicher Tradition, und nicht nur das pensionierte Fräulein Lehrerin wachte mit „Argusaugen“ darüber, dass wir Kommunionkinder und deren Eltern diese „heilige Tradition“ wahrten. Fastnacht 1937 hatte ich mit Masern im verdunkelten Schlafzimmer gelegen und durfte wegen der Ansteckungsgefahr keinen Besuch empfangen. Selbst der von meiner Mama für mich aus frischen Apfelsinen gepresste Saft hatte mich da kaum trösten können. Jetzt aber wollte ich unbedingt mitmachen. Gegenüber der Bäckerei Kreusch gab es ein Geschäft, an dessen Schaufenster wir uns damals die Nasen platt drückten. Ausgerechnet ein Eselskopf hatte es mir angetan. Walter Schäffer, der neben mir stand, hatte sich für eine Froschmaske entschieden. Auf mein Bitten hin gab mir meine Mutter für den Kauf 50 Pfennig. Ich lief zum Laden und erhielt den „Eselskopf“. Tutti, vor der ich mich stolz postierte, war der Meinung, ich bräuchte keinen Eselskopf, weil ich sowieso ein Esel sei. Das machte mir jedoch nichts aus. Voller Stolz reihte ich mich anderentags in das närrische Geschehen ein, war aber traurig, als mich keiner erkannte. Schwester Lore war mit ihrer Volkstanzgruppe dabei. Mama und Papa standen am Straßenrand. Einer von beiden hatte Schwester Mechthild auf dem Arm. Sie war wohl die Einzige, die mich erkannte, worauf ich besonders stolz war. Auch Wagen zogen durch den Ort. „Ein Narrenschiff“, eine „Altweibermühle“, in die oben durch einen großen Trichter „alte Weiber“ hineingeworfen wurden, die sich bei dem „Mahlprozess“ wieder zu jungen schönen Mädchen verwandelten. Auch Atrappen von lebensgroßen Elefanten und Giraffen, jeweils von zwei jungen Männern getragen, waren Bestandteile des Zuges. Diesmal durften sich die Kinder des Kommunionjahrgangs 1939 nicht verkleiden, obwohl die Pfarrgemeinde einen neuen Pastor bekommen hatte, von dem man sagte, dass er nicht so streng sei wie sein Vorgänger. Er führte auch sogleich einige Neuerungen ein.

Die Fastenzeit begann. Zeit der Buße und Umkehr. Kurz vor Ostern fuhren meine Eltern nach Trier. Genau wie vor Allerheiligen war es mal wieder eigenartig still im Hause Speicher. Ich möchte sagen, eine „Heilige Stille“ kehrte bei uns ein. Vor allem meinem Papa war anzusehen, dass ihm etwas Besonderes bevorstand. Die Eltern gingen beichten. Zwar hatte man am Sonntag zuvor von der Kanzel verkündet, dass am Samstag vor Ostern auch ein fremder Beichtvater die Beichte hören würde. Ich hatte Angst, dem neuen Pastor Anschau meine Sündenlast zu bekennen. Den neuen Kaplan kannte ich auch nicht. Da war es Schwester Tutti, die mir in meiner Not half. Sie und ihre gleichaltrigen Freundinnen verwiesen mich an den Klosterpater, der in der Sakristei der Kirche seinen Beichtstuhl hatte. Als man mir dann auch noch sagte, dass dieser schlecht höre und nicht viel nachfrage, wagte ich nach gründlicher Gewissenserforschung und Verrichtung der Vorbereitungsgebete ab Seite 11 unseres Gebet- und Gesangbuches den mutigen und vertrauensvollen Schritt in die Sakristei. Hinter einer seltsamen Konstruktion, einem „Notbeichtstuhl“, saß ein Mann mit einem Bart. Vor einem Holzgitter stand ein ganz gewöhnliches Kniebänkchen. Der Pater Rektor, wie ihn die Schwestern des Krankenhauses nannten, schaute mich zuerst von der Seite an. Ich kniete mich auf das kleine Bänkchen. Es folgte der immer gleiche Vorspann. Dann: „Meine letzte Beichte war vor soundsoviel Wochen. In Demut und Reue bekenne ich meine Sünden.“ Ich beichtete. Der Pater hatte mich wohl besser verstanden, als mir dies Tutti berichtet hatte. Er bemängelte nur eines. Er riet mir, möglichst alle vierzehn Tage zu beichten, spätestens aber alle vier Wochen. Ohne zu schimpfen sagte er: „Bete zur Buße fünf Vaterunser.“ Danach gab er mir die Lossprechnung. In der nun folgenden Zeit habe ich in Schweich keinen anderen Beichtstuhl mehr gesehen. Die Buße blieb immer die gleiche, bei mir, bei Tutti und allen Zufluchtsuchenden.

Schwester Tutti und ich fuhren über Ostern 1939 mit der Bahn zur ältesten Schwester meines Vaters nach Püttlingen, wo wir ein paar Tage unserer Ferien verbrachten. Für mich war das alles andere als eine schöne Zeit. Meine dortigen Vettern und Kusinen waren wesentlich älter als wir beide. Meine Patin war Lehrerin und wohnte mit ihren drei ledigen Schwestern, ihren Eltern und ihren drei ledigen Brüdern zusammen im Geburtshaus meines Vaters. Daneben hatte meine Tante Anna vom elterlichen Erbe ein großes Eigenheim mit Einliegerwohnung errichtet. Sie war der Typus einer Gouvernante und von ihren Schülern mehr gehasst, als geliebt. Auch ich hatte immer Angst vor ihr. Ich musste bei ihr in der Wohnung auf dem Sofa schlafen. Darüber hing das Bild des „Ecce homo“. Sein Anblick wirkte auf mich furchterregend.

Am Gründonnerstag nahm mich meine Patin mit zur Abendandacht in die Kreuzkapelle. Dort gab es aus Hüttenschlacke errichtete Grotten, in denen sich figürliche Darstellungen der Geißelung, der Dornenkrönung und der Verspottung Jesu nach seiner Gefangenschaft befanden. Die Figuren wirkten auf mich lebensgroß. Flackerndes Kerzenlicht beleuchtete die gesamte Szenerie. Alles erschien grausam und schrecklich. Die Bilder schienen sich zu bewegen. Meine Phantasie ging mit mir durch. Vor Furcht klammerte ich mich an meine Patin. Mit diesen Eindrücken musste ich mich dann allein zur Nachtruhe auf das Sofa unter das – wie mir schien – mit Blut gemalte Bild des „Ecce homo“ legen. All mein Bitten half da nicht. Tante Anna blieb hart. Noch etwas anderes verfolgte mich in dieser Nacht: Aus Schweich hatten wir erfahren, dass unser Nachbar, der Gastwirt Adams, verhaftet worden sei. Er muss denunziert worden sein, weil er sich nicht im Sinne der damaligen Weltanschauung politisch geäußert hatte. Es wurde auch der Name des Denunzianten genannt. In dieser Nacht nun sah ich unseren Nachbarn mit gebundenen Händen in der Grotte direkt neben dem Gegeißelten an der Säule stehen. Wie froh waren Tutti und ich, als wir noch in Püttlingen erfuhren, dass Herr Adams nicht mehr im Gefängnis sei. Das Ehepaar Adams hatte einen Sohn, Heini genannt. Er war einer der wenigen jungen Männer, die damals über ein eigenes Motorrad verfügten. Natürlich wurde er von Altersgleichen beneidet und von uns wesentlich Jüngeren abgöttisch bewundert. Eines Tages hörten wir wieder: „Majusebetta, majusebetta! Habt ihr schon gehört, dän Adams Heini is mit däm Motorrad verunglückt.“ Heini lag lange im Krankenhaus. Unter anderem wurde sein Kehlkopf schwer verletzt. Es vergingen Monate, bis er wieder sprechen konnte. Seine Stimme klang fortan rauh und heiser. Dennoch wurde er Soldat.

An ein weiteres Schreckensgespräch aus damaliger Zeit kann ich mich auch noch gut erinnern. In unserem Ort wurden Telefondrähte an die schon vorhandenen Holzmasten verlegt. Wir bestaunten die Postbediensteten, die mit Steigeisen an den Füßen und einem Gurt um die Hüften flink wie die Eichhörnchen an den Masten hochstiegen und Drähte um die aus Steingut gefertigten „Tässchen“ (so nannten wir die Isolatoren) spannten. Wie gerne hätten wir das auch einmal getan. Einem Jungen war es gelungen, es den Telegrafenarbeitern gleichzutun. Wie er an die Steigeisen kam, weiß ich nicht. Das Majusebetta der Schweicher klingt noch heute in meinen Ohren:„Habt ihr schon gehört, oh wie gräulich, den Adams Fritz wollt mit Steigeisen den Telefonmast ruffklettern un is dabei abgestürzt. Mit einem Zacken hat er sich am Unterleib schwer verletzt. Den arme Jung!“ Fritz war Sohn des Sattlers Adams, seine Mutter eine Schwester von Stefan Andres.

Ein Jahr später:
Der Ostermorgen war angebrochen. Mein Vater ging im großen Flur unserer Wohnung auf und ab. Er rezitierte ein Gedicht von Immanuel Geibel:

Die Lerche stieg am Ostermorgen
empor ins klarste Luftgebiet
und schmetterte im Blau verborgen
ein freudig Auferstehungslied.

Obwohl ich nicht mehr an den Osterhasen glaubte, hatte nicht, wie von ihm besungen, der Vater die Eier gefärbt, sondern in meinem Beisein die Mama. Nur Mechthild bekam hiervon nichts mit. Zunächst musste aber noch ein Problem gelöst werden: die Wahrung des „Nüchternheits-Gebotes". Im Hochamt wurde damals keine Heilige Kommunion ausgeteilt. Die Auferstehungsmesse mit der Weihe des Weihwassers fand schon in aller Frühe statt. Ich meine, dass Schwester Lore sich entschied, an diesem Festtag während der Messfeier bei Schwester Mechthild zu bleiben. Die Eltern, Tutti und ich gingen dann in den Gottesdienst, den man damals schlicht und einfach „Schulmesse" nannte. Ich nahm dort Platz, wo alle Kinder knieten. Es war ein fremder Pater, der die Kanzel bestieg. Weil wir jetzt mit dem Rücken zum Alter einen freien Blick auf den von einem Baldachin gekrönten Predigtstuhl hatten, merkten wir sofort, dass dies ein anderer Priester war. Von seiner Predigt habe ich nichts behalten. Er sprach nur laut, und mehrmals erklang der Satz: „Osterglocken, wie sie rufen, wie sie locken!" Zu Hause angekommen, fanden wir schnell die gefärbten Ostereier. Auch ein Osterhase aus Schokolade war dabei, dessen Lebenserwartung nicht sehr groß war. Nach dem Mittagessen ging ich dann vor drei Uhr mit Mauerers Franz wieder in die Kirche. Natürlich auf die Empore. Dort mussten wir uns etwas enger zusammensetzen, da in dem „gepachteten Gestühl" schon der Papa Mauerer saß. Er hatte aber nichts gegen unsere Anwesenheit einzuwenden, obwohl wir eigentlich auf die Kniebänke ganz vorne in der Kirche gehörten. Was dann folgte, fanden wir gar nicht schön. Man betete und sang die „Vesper". Ein Trost für uns beide: Während die anderen Kinder kniend auf ihren Bänken die lange Zeit verharren mussten, konnten wir beide neben Papa Mauerer sitzen.

Schwester Lore machte vor Ostern 1939 ihr Abitur an der Auguste Viktoria Schule. Das war der letzte Jahrgang, der nach neun Gymnasialklassen die Reifeprüfung ablegte. Danach wurde die Gymnasialzeit auf acht Jahre verkürzt. Die damaligen Machthaber drängten darauf, ein Jahr früher über die jungen Menschen verfügen zu können, vor allem für den Militärdienst. Zunächst mussten aber sowohl die jungen Männer als auch die jungen Mädchen ein halbes Jahr zum „Reichsarbeitsdienst". So auch alle Freunde und Freundinnen ihres Abiturjahrgangs.

Mein Vater war ein äußerst ungeduldiger Mensch, und Lore hatte es in den kommenden Wochen nicht leicht. Täglich lief er zum Briefkasten, weil er die Einberufung meiner Schwester zum Reichsarbeitsdienst erwartete. Auch war er mit der eigentlichen Berufswahl meiner Schwester nicht einverstanden. Lore wollte Journalistin werden. Ihren ehemaligen Deutschlehrer, Studienrat Weller, lernte ich später in Wissen an der Sieg kennen. Ich war damals an der Landwirtschaftsschule Wissen tätig, an der er nebenamtlich auch als evangelischer Religionslehrer unterrichtete. Als er meinen Namen hörte, sprach er mich sofort auf Lore an. Er erinnerte sich genau an deren Abituraufsatz und sagte, dass sie gerade für das Fach Journalistik prädestiniert sei. Für Lore kam jedoch alles anders. Wieder war mein Vater der „Weichensteller" für deren Zukunft. Eines Tages lagen auf seinem Schreibtisch mehrere Hefte, eines davon mit der Aufschrift: „Der Akademiker". Lore und Papa führten Streitgespräche. In den Schuldienst wollte sie nicht. Da lag auch ein Heft mit der Aufschrift: „Der Pharmazeut". Papa meinte, dass dies wohl in der damaligen Zeit der wesentlich bessere Beruf sei. Nochmals widersprach Lore dem Herrn Papa, diesmal mit der Begründung: „Ich will keine Giftmischerin und Pillendreherin werden." Dann aber geschah etwas, was meinen Vater fast „Kopf und Kragen" hätte kosten können. Lore war als geeignete Kandidatin für die Ausbildung zur Journalistin ausgewählt worden. Ein gut gekleideter Herr erschien in unserer Wohnung, stellte sich als Ausbildungsleiter für Journalisten vor. Vater nahm ihn mit in sein Arbeitszimmer und hörte, dass Lore nach Beendigung der Arbeitsdienstpflicht sofort ein Volontariat antreten könne. Als Vater dann wissen wollte, um welche Zeitung es sich handele, bekam er zur Antwort: „Beim Völkischen Beobachter". Das war neben dem Amtsblatt „Der Stürmer" die Zeitschrift, die die ganzen Ideologien der damaligen Machthaber veröffentlichte. Vater wurde laut, Mama, die das alles mitbekam, fing an zu weinen, und Lore verkroch sich in ihr Schlafgemach. Mein Vater sagte nein. Der Mann verließ kopfschüttelnd das Arbeitszimmer und forderte meinen Vater auf, sich mit diesem Angebot eingehender zu befassen. Es folgten einige unangenehme Szenen, die ich nicht näher beschreiben will. Ruhiger wurde es jedoch erst, als Lore ihre Einberufung zum Reichsarbeitsdienst erhielt.

Anlässlich der Vollendung ihres 70. Lebensjahres sah ich mich verpflichtet, ihr für alles zu danken. In den wohl entscheidendsten Jahren meiner Kindheit hat sie mich behutsam begleitet. Was ich ihr damals schrieb, ist auch ein wesentlicher Bestandteil unserer Familiengeschichte und der Zeit, als „Wolfgang noch der Wolli war“, also in Schweich/Mosel, Isseler Straße 119.

Meiner Schwester Lore zur Vollendung ihres 70. Geburtstages am 23. 12. 1989, den wir übrigens in Schweich feierten, und zur nachgeholten Geburtstagsfeier ihres 85. am 19. März 2005 in Prüm:

Zum heutigen Tage, so hab ich gedacht,
will ich Dir, Dein Bruder, das sagen,
was Du mir stets warst und was Du gemacht
in all Deinen Jahren und Tagen.
Zuerst von der Zeit, die da ging voraus,
eh‘ ich ward, dein Bruder, geboren.
Du hattest schon zweimal den Ort und das Haus
durch den Umzug der Eltern verloren.

Doch lass mich beginnen, ich möchte ja Dich,
die Du siebzig wirst, dichtend beschreiben.
Ich kann es nicht anders, fast schäme ich mich,
denn ich kann nur bei wenigem bleiben.
Doch das kommt von Herzen und vieles von dem,
was die Eltern von Dir so erzählten,
was Mama und Papa von alledem
aus ihrer Erinnerung wählten.

Du kamst doch zur Welt, ein Christkind beinah,
ein Tag vor dem Heiligen Abend.
Die Mama so glücklich, wie stolz der Papa,
sich an Tochter und Weine labend.
Kaum lagst Du in Windeln, da steckte Dich
in den Schaft seines Stiefels und lachte,
und er war voller Wonne und freute sich
ob des Glanzstücks, das er da vollbrachte.

Er war wieder Leutnant, der alte Gardist,
und er übte mit Dir paradieren,
Gewehr über und ab, der Infanterist,
geschultert mit Dir präsentieren.
Ließ erst von Dir ab, als fast an der Wand

Du am langen Nagel gehangen.
Nach Mamas Erzählung hat Dich noch die Hand
Deines Engels im Stürzen gefangen.

In der Zeltinger Kirche, zur Weihnachtszeit,
empfingst Du das Zeichen der Frommen.
Dem Namen der heiligen Lore geweiht,
hast Du dort die Taufe bekommen.
Tante Anna, die Patin, die blieb zuhaus,
da die Grenze die Anfahrt erschwerte,
und Tanta „Tarara" dazu noch freiraus
Onkel Alfons die Reise verwehrte.

Du lerntest früh sprechen, Du lerntest auch gut,
und du liebtest, was Kinder so wollen,
und Du schriest in der Nacht, und der Papa, der tut
das, was Väter einfach nicht sollen.
Du wolltest „Makrönchen", Schokolade dazu,
Zuckersteinchen und sonst feine Sachen.
Alles Schelten nichts half, aus war's mit der Ruh'.
Was dann kam, das war nicht zum Lachen.

Nach Lockweiler ging's, denkst Du noch daran?
Um Fastnacht ward Tuti geboren.
Die Schwester war da und der Geldwert zerrann
und alles Gesparte verloren.
Schmalhans war Koch, schmal das Gehalt
für die Eltern, für Dich und die Wiege.
Doch die Eltern sehr fleißig züchteten bald
ein Schwein, ein Schaf, eine Ziege.

Ich muss überspringen, was sonst so geschah,
erzählen, was Mama vollbrachte,
wie sie bei Nacht und keiner es sah
aus Resten die Kleider euch machte.
Wie mutig sie war, vom Zoll kontrolliert,
Rollschinken versteckt in der Hose.
Sie wurde beäugt und streng observiert,
doch es fand nichts bei ihr der Franzose.

Noch eins sei erwähnt, die Mama war stolz,
sie erzählte so gern, wie's gewesen.
Du konntest – sag nicht jetzt, was soll's –
mit fünf Jahren schon schreiben und lesen.
Ein Ausflug von Dir und Hildegard klein
als Pilzsuche niemals vergessen:
Die „Ziegenküttel" hm- „meckt der pein"
Habt ihr statt Pilzen gegessen.

Dann gings wieder weiter, in Nunkirchen , Saar,
wurde ich dann, Dein Bruder, geboren
als drittes Kind der Speicherschar,
zum Stammhalter auserkoren.
Viel weiß ich nicht aus dieser Zeit:
Nur vom Pferd der Familie Lauer,
ein Kanarienvogel, die Marliese schreit.-
Es war nur von kurzer Dauer.

Und wieder ein Sprung – nach Hermeskeil.
In mir wird es jetzt schon heller:
Ich seh' Dich auf Stelzen, der Sturz war steil,
und Du lagst auf dem Boden beim Keller.
Noch Jahre priesen nach dieser Zeit
zwei Diplome Dein Können und Wesen:
Der Besten der Schule, der Kameradin geweiht,
unter Glas eingerahmt war's zu lesen.

Nochmal ging's weiter, wir kamen nach Schweich,
dem Ort meiner Kindheit und Wonnen.
Eine Zeit für mich an Erlebtem so reich,
doch leider so sehr schnell zerronnen.
Ich will, was alles hier geschah,
nur punktuell berichten,
was ich erlebte, empfand, was ich sah,
in einfache Reime verdichten.

Du fuhrst gleich nach Trier, tagtäglich per Bahn:
Auguste – Victoria – Schule!
Noch ehe am Morgen krähte der Hahn
– getreu wie der König in Thule –,

von Mama geweckt und umsorgt jeden Tag,
bist stets Deinen Weg Du gegangen.
Hast später dafür als Lohn und Ertrag
das Zeugnis der Reife empfangen.

Vergessen sei nicht, was ein Wunder fast war,
dass Mama noch Mechthild bekommen,
sie siebenundvierzig, Du sechzehn Jahr´,
und wie froh ward das Kind angenommen.
Nun, liebe Schwester, sorgtest Du Dich,
dass es mir jetzt anders ergehe,
dass ich, ob der jüngeren Schwester mich,
verdrängt nun im Abseits sehe.

Wir gingen spazieren, Du zeigtest mir
das weite und breite Gelände.
Wir sangen gemeinsam, ich lernte von Dir,
Du nahmst mich in Deine Hände.
Du trugst mich zu Bett, erzähltest mir auch
von den Großen der Menschheit und Sagen.
Ja, so war´s damals, so war´s bei Dir Brauch,
gabst Antwort auf all meine Fragen.

Auf einmal war dann beendet die Zeit,
die Pflicht rief, und Du bist gegangen.
In Bietschied wurdest Du Arbeitsmaid,
und der Krieg hat angefangen.
Deine Freunde zogen auch hinaus,
hinein in des Krieges Grauen.
Nur wenige kehrten zurück nach Haus',
zu Eltern, Geschwistern und Frauen.

Von Bietschied zurück, gleich mußtest Du dann
nach Mayen, Entenpfuhl sieben.
Die Anschrift ich niemals vergessen kann,
im Gedächtnis für immer geblieben.
Pharma-Praktikantin, zwei Jahre sogar.
Ich habe an all diesen Tagen
an Dich stets gedacht, es ist wirklich wahr,
Nußkuchen zur Post getragen.

Und wieder ging's weiter, wir kamen nach Trier,
weil die Zeit das eben so wollte,
drum will ich auch nicht klagen hier,
weiß auch nicht, was das jetzt noch sollte.
Papa war Soldat, er war von uns fort,
für uns jedoch hieß es zu räumen.
Die Kurfürstenstraße war künftig der Ort
für unser Wachsein und Träumen.

Doch Du warst jetzt da, warst wieder daheim,
in der Schmitz-Apotheke verpflichtet:
Du kochtest uns Seife aus Soda und Leim,
hast köstliche Speisen gerichtet:
Kunstwurst aus Hefe, Schokolade gemacht,
Marzipan aus Grieß und Kartoffeln.
Noch anderes hast Du damals vollbracht,
aus Kunstleder Mama Pantoffeln.

Du sorgtest Dich auch um unsere Kultur,
Du kanntest auch damals die Quellen.
Theaterkarten erhielten nur,
die bekannt mit den richtigen Stellen.
Du führtest Mechthilde die Ursula zu,
die Mama mit Nachbarn zusammen.
Die Fotos von damals bewahrtest Du
vor Bomben, Granaten und Flammen.

Dann war es soweit, die Nachricht, die kam,
Du durftest trotz Krieg jetzt studieren.
Du packtest zusammen den wenigen Kram:
„In Straßburg immatrikulieren".
Ein Jahr warst du dort, dann war es geschehen,
der Krieg macht' das Planen zunichte.
In Marburg sollte es weitergehn,
doch das wollte nicht die Geschichte.

Du kamst wieder heim, was nunmehr geschah,
kann ich nur verkürzt hier beschreiben.
Die Bomben fielen, und die Front war so nah,
in Trier jedoch musstest du bleiben,

mit Tutti zusammen genommen in Pflicht.
Apothekendienst musstet ihr leisten.
Wer das nicht erlebt, versteht es auch nicht.
Doch euch traf es damals am meisten.

Vergessen sei nicht unsere Nachtflucht aus Trier:
Verschüttet - dem Bunker entronnen:
Heiliger – Abend – und gerettet wir
und die Freiheit wieder gewonnen.
Die Nacht war eisig, wir traten hinaus,
Qualm drang aus Fenstern und Lücken,
zerstört unsre Wohnung, in Flammen das Haus.
Kaum passierbar Straßen und Brücken.

Wir fanden erst Ruh in der kommenden Nacht.
Fünfzig Kilometer gegangen!
Es hatte geschneit, jetzt war es vollbracht,
vorbei war das Hangen und Bangen.
In Wispelt waren wir angelangt,
hier war fortan unsre Bleibe.
Ein Dach überm Kopf, Gott sei es gedankt,
es war so, wie ich es hier schreibe.

Der Krieg ging vorüber, so wie's bei uns war,
will ich nicht näher beschreiben.
Wir lebten zusammen ein ganzes Jahr,
und zusammen durften wir bleiben.
Eng war der Raum, und es fehlte am Licht,
doch unsere Lieder erklangen.
Wir lebten noch alle, mehr brauchten wir nicht.
Und gemeinsam die Not wir bezwangen.

Wir hielten zusammen, und wir teilten das Brot,
und tagtäglich erschallte dann wieder,
trotz aller Entbehrung, trotz aller Not
am Abend das Lied aller Lieder.
Ein„gaudeamus igitur",
wir haben es dennoch gesungen.
So haben wir in Moll und in Dur
die düstere Zeit bezwungen.

Und die Not, sie kehrte erneut bei uns ein,
doch wir haben sie niedergerungen,
denn keiner ließ den andern allein:
Unsere Tutti hat sich verdungen.
Und Du hast damals für andere genäht,
ich bin in den Wald gegangen.
Mama hat gekocht, der Papa gesät.
Ja, wir hielten zusammen und sangen.

Was weiter geschah, übergehe ich jetzt,
die „Nachkriegsfamiliengeschichte“.
Wir wurden alle ins Leben gesetzt,
es begannen die eignen Gedichte.
Geblieben ist, was in damalger Zeit
uns so treu aneinander gebunden.
Zu helfen war einer dem andern bereit,
bis dieser den Selbstand gefunden.

So sage ich, liebe Schwester, Dir jetzt,
nach all den vielen Jahren:
Ich hab Dich als Bruder geliebt und geschätzt,
gleich wie die Zeiten auch waren.
Du nahmst Dir immer und treu so viel Zeit,
hast so viel verschenkt und gegeben.
Was für mich bleibt, ist Dankbarkeit,
jetzt und für das ganze Leben.

Dein Bruder Wolfgang

Nach den Osterferien 1939 wurde ich dann Schüler einer „Sonderklasse“. Vater setzte eine seiner Ideen in die Tat um. Er meinte es dabei sehr gut: Einige Mädchen und Jungen, die er besonders fördern wollte, wurden jetzt Schüler in dieser Förderklasse. Wir alle sollten nach einem Jahr in Trier die Aufnahmeprüfung in die zweite Klasse des Gymnasiums ablegen, also ein Schuljahr „überspringen.“ Seinen Lehrplan hatte er sorgfältig vorbereitet und viel in diesen hineingepackt. Eine Schwierigkeit trat jedoch dabei auf: Vater konnte kein Englisch. Fräulein Felten aber war bereit, uns im Einzelunterricht diese Sprache nach dem Lehrbuch für die Klasse Sexta zu erteilen. Eine Besonderheit dieser Klasse diente aber auch dem Versuch, schwache Schüler, die schon mehrmals eine Klasse wiederholen mussten, wenigstens in der

Endphase ihrer allgemeinen Schulpflicht noch zu fördern. Neben Mauerers Franz und mich setzte er je einen dieser Schüler. Sie durften, was sonst doch so verpönt war, jederzeit bei uns abschreiben. Mit diesen Schülern übte er, während wir schriftliche Aufgaben lösten. Die Gedichte, die wir damals lernten, habe ich bis heute behalten. Dazu gehörten die Balladen von Schiller: „Der Taucher", „Die Bürgschaft", „Die Kraniche des Ibykus" und auch „Das Lied von der Glocke". Da waren aber noch andere Gedichte wie „Das Grab am Busento" von August von Platen, „Ein Hunnenzug" von Börries von Münchhausen und „Nis Randers" von Otto Ernst. Beim Aufsagen der Gedichte mussten wir immer nach der Überschrift auch den Verfasser nennen. Mir liegt noch das Lesebuch für das 5. und 6. Schuljahr vor. Wir können nur staunen, wie eng verwoben christliches und nationalsozialistisches Gedankengut im selben Buch zu finden sind. Ein Abdruck soll dies hier verdeutlichen.

Moselfrühling.

Nun wandert der Frühling durchs lachende Land;
die Glocken, sie läuten zur Feier.
Er schmückt wie ein Bräutchen das Dörflein am Strand
mit rosigem Blütenschleier.

Der Sonnenschein prallt auf das Schiefergestein
der steilen Rebengelände;
dem Winzer verheißt er den köstlichen Wein
als Lohn für den Fleiß seiner Hände.

In blühende Schlehen ganz eingehüllt
steht droben das Heiligenhäuschen,
und täglich schmückt man der Schmerzhaften Bild
mit duftendem Feldblumensträußchen.

Im Dornengeranke am felsigen Hang
sind leuchtende Rosen entzündet;
süß lockt in dem Zauber der Nachtigall Sang,
die dort eine Heimstatt gegründet.

Durch schimmernde Wogen still gleitet mein Kahn
zum anderen Ufer hinüber ...
Und droben am Himmel auf luftiger Bahn
ziehn silberne Wölkchen vorüber.

Peter von der Mosel.

Deutsche Jungen.

In unseren Augen, da muß der deutsche Junge der Zukunft schlank und rank sein, flink wie'n Windhund, zäh wie Leder und hart wie Kruppstahl!

Adolf Hitler.
Aus der Rede bei der Kundgebung der HJ. auf dem Parteitag der Freiheit 1935.

Im Fach Mathematik lernten wir den Umgang mit Primzahlen, die Berechnung von Flächen, die Kongruenzsätze, den Satz des Thales, den des Pythagoras und des Euklid und selbst das „Ziehen von Quadratwurzeln". Auch Kreisinhalt und Kreisumfang unter der Anwendung der Zahl Pi = 3,14 etc. konnten wir berechnen. Gut erinnere ich mich daran, als er uns die Begriffe Adhäsion, Kohäsion und Expansion erklärte. Er benutzte ganz einfaches Anschauungsmaterial. Mit der Kreide schrieb mein Vater das Wort „Adhäsion" an die Tafel. Das konnten wir alle gut lesen. Dann sagte er: „Dass wir die Schrift sehen können, verdanken wir dem ‚Gesetz der Adhäsion'. Adhäsion kommt aus der lateinischen Sprache und heißt Anhängekraft. Der Kreidestaub bleibt also an der Wandtafel „hängen". ‚Ko' bedeutet zusammen. Es ist also die Kraft, die ‚Stoffe' zusammenhält, deshalb heißt es Kohäsion. Besonders stark ist die Kohäsion bei Stahl. Obwohl Wasser flüssig ist, verfügt es sowohl über die Adhäsions- als auch Kohäsionskraft." Wir mussten an eine kühle Fensterscheibe hauchen. Der Wasserdampf blieb an der Scheibe hängen. „Passt auf, was geschieht!" Es bildeten sich kleine Tröpfchen, die dann, langsam immer größer werdend, die Scheibe hinunterliefen. Dann vereinigten sich mehrere, sie wurden zu schwer, flossen als Wasser vom Fenster herab. Er zeigte uns noch ein anderes Experiment. Dazu nahm er eine Rasierklinge und ein mit Wasser gefülltes Glas. Dann legte er die Rasierklinge behutsam auf die Wasseroberfläche. Wir glaubten alle, dass diese sofort untergehe. Aber siehe, die Klinge schwamm auf dem Wasser, obwohl Eisen ja nach dem archimedischen Prinzip wesentlich schwerer als Wasser ist. Wenn wir genau hinsahen, konnten wir entdecken, dass die Rasierklinge sich etwas unterhalb der Wasseroberfläche befand. So bewies er uns, dass das Wasser über eine Kohäsionskraft verfügte, die verhindert, dass die Eisenklinge im Wasser untergeht. Als er etwas am Glas wackelte, versank die Rasierklinge sofort.

Ein weiteres Experiment konnte er uns nicht in ähnlicher Weise veranschaulichen, wenigstens nicht im Klassenraum. Gerne hätte er mit einem Luftballon experimentiert. Den hatte er aber nicht. Dann kam ihm aber der rettende Einfall. Er verwies uns auf die Luftpumpe und auf die Fahrradbereifung. Luft kann man zusammenpressen. Wenn wir aber das Ventil eines vollgepumpten Fahrradreifens öffnen, entweicht diese zischend. Jetzt kann die Luft „expandieren". Hätten wir jetzt einen prall gefüllten Luftballon gehabt und mit einer Nadel hineingestochen, hätte es einen lauten Knall gegeben. Diese Form einer plötzlichen Expansion nennt man Explosion. Das konnten wir gut verstehen. Angst hatte ich jedoch immer vor Diktaten. Mein Vater hatte diese Schwäche schnell erkannt, deshalb übte er auch nach dem Unterricht mit mir die hohe Kunst der deutschen Rechtschreibung. Man sagte mir immer, das Wort wird genauso geschrieben, wie es gesprochen wird. Gerade das aber war der Grund, weshalb ich immer mehr verunsichert wurde. Schon als ich das Wort Hemd schreiben musste, versuchte ich der Weisung folgend zu buchstabieren: H E M P T ! Da war es meine Mama, die mir den Rat gab, es immer zuerst mit der „Mehrzahl" zu versuchen. Und siehe, es funktionierte. Die Mehrzahl lautete nicht HEMPTEN, sondern die Hemden. Die „Einzahl", also ein Hemd. „B" und „P", „D" und „T", „G" und „K" klanglich voneinander zu unterscheiden, war sehr schwer für mich, war ich doch ein so genannter „Akustiker" und kein „visuell veranlagter Typ". Erst durch viel Lesen gelang es mir, die Konsonanten richtig zu gebrauchen. Mein Vater machte weite Spaziergänge mit mir und nahm dabei ein „Diktatbuch" mit. Keiner kann sich vorstellen, wie ich dieses Werk hasste. Unter der „Dicken Eiche" nahmen wir Platz. Er diktierte und ich musste schreiben. Dabei wandte er die altbewährte Regel an, die schon die alten Römer kannten und in unsere Sprache übersetzt lautet: „Die Wiederholung ist die Mutter aller Studierenden". Deshalb prägte ich mir auch das Bild eines Wortes optisch ein. Fortan bemühte ich mich, die Konsonanten deutlich auszusprechen, um auch auf diese Weise „B" und „P", „G" und „K" besser voneinander zu unterscheiden. Dass dies bei mir an einer angeborenen Hörschwäche lag, merkten meine Eltern und Lehrer nicht. Mir fielen die verrücktesten „Eselsbrücken" ein, mit denen ich dann operierte. Vom Hören her kann ich bis heute nicht klar wahrnehmen, ob es sich um ein „K" oder „G" handelt. Meine Eselsbrücke lautete beispielsweise: „groß" schreibt man klein (von der Höhe der Buchstaben her betrachtet) und „klein" schreibt man groß. Anders ausgedrückt: „K" zeigt nach oben, „g" zeigt nach unten. Schulisch gesehen war dieses fünfte Volksschuljahr ein großer Erfolg, von dem ich noch heute zehre. Nur unser Englischunterricht entsprach nicht den Erwartungen meines Vaters, und auch meine späteren Englischlehrer wollten meine englische Aussprache und Rechtschreibung lange nicht „anerkennen". Wenn ich dann in dieser Sprache etwas vorlesen sollte, lachte die ganze Klasse. So weit zu meinen Schwächen.

Wie stolz war ich, als ich endlich „Pimpf des Fähnleins 36" wurde. Im Gasthaus Junges fand an einem Spätnachmittag im April 1939 unsere feierliche „Aufnahme" in das Jungvolk statt. Mein Vater ging nicht mit mir. Dafür begleitete mich aber meine Mama. Natürlich kaufte man mir auch meine Uniform: Braunhemd, schwarzes Halstuch mit geflochtenem Lederknoten, Koppel und Schulterriemen, ein Fahrtenmesser und eine passende kurze schwarze Hose. Selbst die kleinsten Größen waren mir noch zu groß. Mutter verkürzte mir die Ärmel meines Braunhemdes, indem sie einen „Abnäher" beiderseits anbrachte. Mit meinem Gürtel ging ich zum „Kordelschuster“, der mit einer Lochzange den Gürtel meinem Bauchumfang anpasste. Meine von der Lehrerin kritisierten Kommunionsstrümpfe passten mir noch. Probleme gab es lediglich noch beim Schuhwerk. Gerne hätte ich mit „Pinnen“ beschlagene hohe Schuhe angezogen. So war ich auch beim „Aufnahmezeremoniell“ mal wieder der Einzige, der eine Ausnahme machte mit meinen Halbschuhen. Mein Freund Leo begrüßte uns alle. In Ehrfurcht blickte ich zu ihm empor. Er war unser Fähnleinführer. Es folgte ein Gelöbnis, das wir ihm nachsprachen. Behalten habe ich nur noch den Satz: „Aus Liebe und Treue zum Führer“. So wurde ich mit allen anderen Jungen ein echter Pimpf. Fortan fand wöchentlich in der „Alten Schule“ unsere Gruppenstunde statt. Wenn sich das ganze Fähnlein traf, kamen wir in der „Neuen Schule“ zusammen. Hier lernten wir exerzieren und fühlten uns als „kleine Soldaten“. Schon im 2. Schuljahr hatten wir das Lied gelernt: „Ich bin Adolf Hitlers kleiner Soldat. Ich trag voll Stolz sein braunes Kleid, bin ihm zu dienen stets bereit.“ Wir machten Geländespiele und marschierten einmal moselabwärts mit einem geliehenen Tournister samt Zeltplane, Wolldecke und Kochgeschirr auf dem Rücken, einer Feldtasche, mit Feldflasche am Koppel, über Longen und Lörch nach Mehring und kampierten auf der gegenüberliegenden Seite auf einem Plateau. Jeder von uns sollte ein Päckchen Maggisuppe mitbringen. Wir mussten Holz sammeln. Ein Feuer wurde entfacht. Der Versuch, in einem Kessel Wasser zu kochen, misslang. Zwar wurden alle Maggipäckchen in das lauwarme Wasser geschüttet und mit einem Stock umgerührt. Das Zeug schmeckte fürchterlich. Aber wir mussten es essen. Mit gespreizten Beinen trat ich den Heimmarsch an, als „Schütze A im letzten Glied“. Ich machte damals meinem echten Vornamen alle Ehre, hatte mir einen furchtbaren „Wolf gelaufen“. Im „Wolfgang“ erreichte ich endlich wieder unsere Wohnung. Meine Mama ging sogleich mit mir hinauf in das Badezimmer, wusch mich mit kaltem Wasser ab, nahm Penatencreme und Puder und behandelte mich wie meine kleine Schwester Mechthild. Vorerst hatte ich „die Schnauze gestrichen voll“. Im Schweicher Fähnlein gab es einen „Fanfarenzug“. Dieser übte gerade unter unserer Wohnung in einer Schulklasse, was meinen Vater fast zur Weißglut brachte. Auf sein Geheiß wechselte deshalb diese Gruppe in die „Alte Schule“. Weil auch ich gerne in diesem Zug eine Fanfare „blasen“ wollte, bat ich um ein solches Instrument. Zwar wollte man mir lieber eine der großen Trommeln geben, diese aber reichte mir herunter bis zu den Zehenspitzen. Wie strahlte ich, als ich dann doch eine Fanfare bekam. Dies war zwar das Instrument mit den meisten Beulen, aber das war mir nicht besonders wichtig. Stolz über diese Errungenschaft ging ich hinauf zum Spieles und weiter durch die Isseler Straße nach Hause. Ich hatte schon einige Töne erlernt. Das musste ich natürlich auch kundtun. Ehe ich aber den Weg über den Schulhof in unsere Wohnung einschlug, ging ich weiter und führte meine Künste zunächst einmal Thuls Katti vor. Sie hielt sich zwar die Ohren zu, spendete mir aber dennoch ein Lob. Jetzt erst ging ich heim. Hier übte ich fleißig: „Kartoffelsupp, Kartoffelsupp, Kartoffelsupp, Kartoffelsupp“. So nannte man eine traute Weise des Fanfarenspiels. Mein Vater sagte nicht viel zu meiner neuen Errungenschaft. Als ich am nächsten Tag üben wollte, war die Fanfare verschwunden. Mein „böser“ Papa hatte sie einfach einem Jungen des 8. Schuljahres mit dem Auftrag ausgehändigt, das Instrument zurückzubringen.

Nach dem Schulunterricht musste ich erst einmal meine Hausaufgaben machen. Wir hatten die Zahl „Pi“ behandelt, die bei der Berechnung des Kreises wichtig ist. Vater hatte uns sogar gesagt, dass diese Zahl nicht ganz genau sei. Hinter der Pi-Zahl 3,14 könne man noch unendlich viele Zahlen anfügen. So lautete eine für ihn typische Aufgabe: Eine Lokomotive fährt von Köln nach Königsberg. Die Fahrtstrecke beträgt 1.100 Kilometer. Die beiden Vorderräder haben einen Durchmesser von 80 cm, die acht Antriebsräder sind alle doppelt so hoch. Wie oft drehen sich die beiden Vorderräder zusammen, wie oft alle Antriebsräder. Berechne jetzt die Gesamtzahl der Umdrehungen auf dieser Fahrt von Köln nach Königsberg.“

In Geschichte behandelten wir die „Völkerwanderung.“ Wenn sich die Kimbern nicht von den Teutonen getrennt hätten, wären sie nicht von den Römern besiegt worden. Zusammenhalt macht stark! Auch der Aufbruch der Ost- und Westgoten nach Spanien und vor allem Italien faszinierte mich. Diese mussten vor dem Druck der Hunnen ihre Heimat verlassen. Da war es vor allem das Gedicht „Das Grab im Busento“ von August Graf von Platen, das mich tief bewegte. Wie habe ich nachträglich noch um den jungen Gotenkönig getrauert, der sterben musste: „Während noch die Jugendlocken seine Schultern blond umgaben“. Am liebsten wäre ich in solchen Momenten aufgebrochen, um das Grab im Busento zu suchen und den Alarich samt seiner Rüstung auf dem Pferde auszugraben. Es gab aber auch andere Dinge, die ich bestaunte. Da war das „Märzenhaus“ bei der alten Schule. Damals wohnte im Untergeschoss Zanders Johann, der von sich sagte, dass er ein „Silvesterkälbchen“ sei, weil er am 31. 12. 1928 geboren wurde. Wie beeindruckten mich die bunten Bilder, die das Haus zierten. Leider konnte ich nur ein Foto ausfindig machen. In meiner Erinnerung sehe ich noch immer zwei Männer, die eine sehr große „Traube“ an einer Stange tragen. Als man mir damals erzählte, dass diese Bilder vom Onkel der „Märzen Maria“, der Priester war, gemalt worden seien, glaubte

ich erst recht, vor einem der größten Kunstwerke der Weltgeschichte zu stehen. Die Darstellung zeigt den Einzug der Israeliten in das „Gelobte Land“. Obwohl nach der Verheißung dies das Land war, in dem Milch und Honig fließen, brachten die Juden damals eine weitere Frucht mit: die Traube. Leider fiel gerade dieses Gebäude in späteren Jahren der Spitzhacke zum Opfer.

Der Mai war gekommen. Da trieb es mich auf den Spieles, das Zentrum unseres Ortes. Dort gab es allerhand zu sehen. Diesmal waren es besonders zwei Apparate an der Hauswand zwischen dem Geschäft Baustert und der Metzgerei und Gaststätte Max. Hier konnte man nach Einwurf eines Münzbetrages Zigaretten ziehen: Eckstein, Güldenring, Overstolz und Salem. Den Tag werde ich wohl nie vergessen. Einer der großen Jungen erklärte uns den Mechanismus, warf Geld in einen Schlitz und zog anschließend ein Schublädchen heraus, dem er eine Schachtel Zigaretten entnahm. Das Mundstück der Glimmstängel war goldumrandet. Auch befand sich ein kleines Zettelchen darin, das er „Scheck“ nannte. Wenn man davon fünfzig gesammelt habe, könne man Bilder bestellen, das Album dafür müsse man aber selber bezahlen. Danach gingen wir in eine nicht gut einsehbare Ecke neben dem Jugendheim. Dort versuchte ich, meine erste Zigarette zu rauchen. Ich musste furchtbar husten und verlor fast das Gleichgewicht. Ein anderer Junge nahm mir die Zigarette ab und sagte dabei: „Hoffentlich hast du dir die Unterhose unten zugebunden“. Was er damit meinte, bestätigte sich kurze Zeit später, als ich gerade noch unsere Toilette erreichte. Danach gurgelte ich über dem kleinen Handwaschbecken, biss sogar in das Stück Seife, um den Tabakgeruch aus meinem Mund zu entfernen. Papa und Mama haben nichts von diesem Fehltritt bemerkt.

Wenige Tage nach dieser Episode befand ich mich wieder auf dem Spieles. Ein Junge zeigte uns eine Münze. Sie war so groß wie das damalige 10-Pfennigstück, das wir Groschen nannten. Es war ein altes Geldstück, es „galt“ nicht mehr. Die Frage war jedoch, ob davon auch schon der

Automat etwas erfahren hatte. Das kam auf den Versuch an. Wieder war ich das Opfer. Man verwies mich auf einen ähnlichen Automaten, der an der Giebelwand des Lebensmittelhändlers Kintzinger angebracht war. Wenn ich mich auf die Zehenspitzen stellte, konnte ich den Einwurfschlitz für die Münze soeben erreichen. Die Jungen blieben in respektablem Abstand von mir stehen. Ich versuchte mein Glück mit der Münze, es gelang mir aber nicht, den Apparat zu überlisten. In diesem Moment nahm mich jemand am „Schlafittchen“. Es war der Herr Kintzinger. Ich weiß nicht wie, ich konnte ihm entwischen und lief, so schnell ich konnte, die Kirchgasse hinunter. Ich meine, dass ich bei Schleimers Richard damals eine Zufluchtsstätte fand. Übrigens spielte ich sehr gerne mit ihm. Er war auch viel braver als die meisten Jungen meiner unmittelbaren Nachbarschaft. Wenn ich mich recht erinnere, züchtete sein Vater Seidenraupen, pflückte Maulbeerbaumblätter und verfütterte diese an die Raupen. Auf den „kleinen Damm“ hatte man eigens für eine solche Aktion des „Vierjahres-Planes“ Maulbeerbäume angepflanzt. Da bekam ich auch Kokons zu sehen. Wenn die Seidenraupen ein gewisses Wachstumsstadium erreicht hatten, „verpuppten“ sie sich mit einem hauchdünnen Seidenfaden zu dem Gebilde, das man Kokon nannte. Diese wurden dann verkauft und die dünnen Fäden zu einem Garn gesponnen, aus dem „Fallschirme“ gefertigt werden konnten. Kunstseide war hierfür nicht geeignet. Einige dieser Kokons, es waren wohl die größten, wurden vorher aussortiert und in einem Behälter verwahrt. Aus diesem bohrte sich nach einiger Zeit ein Schmetterling, der dann winzige Eier legte, aus denen sich wieder Seidenraupen entwickelten. Ob sich das für die Familie Schleiner lohnte? Neben dem Anwesen von Richards Eltern floss der „Föhrener Bach“ vorbei, der auch die Energiequelle für viele Mühlen war. Ich spielte hier immer sehr gerne bis zu dem Moment, als ich einmal an einer glitschigen Stelle ausrutschte und mitten in den Bach fiel. Man half mir heraus, und pudelnass rannte ich heim. Danach habe ich dieses Gelände nicht mehr betreten.

Der Alltag war bei mir eingekehrt. Da war der Schulbesuch an den Vormittagen. Zweimal wöchentlich begab ich mich nachmittags mit Franz Mauerer zu Fräulein Felten zum Englischunterricht. Sonntags trafen sich dann alle Kinder ab zehn Jahren am Nachmittag in der Kirche zur „Christenlehre“. Dann durften wir immer in den Bänken der Erwachsenen Platz nehmen und uns während des Unterrichts sogar setzen. Eingeleitet wurde diese Stunde durch ein Lied zum Heiligen Geist. Fragen wurden gestellt, und der Herr Pastor erhielt die Antworten. Ich habe mich selten gemeldet, weil da kaum eine Chance bestand, eine Antwort geben zu können. Wen sollte der

Seelsorger schon auswählen, wenn gleichzeitig dutzende Kinder aufzeigten? Besonders aufmerksam war ich aber auch nicht. Einmal hatte sich ein Spatz in unsere Kirche verirrt. Der flatterte da umher. Ihm schenkte ich weit mehr Aufmerksamkeit als den Fragen, die der Pfarrer stellte. Jetzt war ich es aber, der seinen Finger erhob. In Erwartung, die richtige Antwort zu erhalten, sagte der Geistliche mit erhobener Stimme: „Ja, Wolfgang?" Ich stand auf und sagte: „Herr Pastor, da oben fliegt ein Vogel!" Nachdem ich einige Male vergessen hatte, in die Alte Schule zur Gruppenstunde des Jungvolks zu gehen, sich aber daheim niemand daran erinnerte, kam Steffges Friedel bei uns vorbei und sagte dies dann meiner Mama. Künftig vergaß ich dann weniger oft, meine Uniform rechtzeitig anzuziehen.

Was aber taten wir da? Von Disziplin war keine Rede, nur wenn wir sangen, herrschte Harmonie. Damals lernten wir viele Lieder: „Vorwärts, vorwärts schmettern die hellen Fanfaren!" „Wir sind die Hitlerjugend und helfen euch befrei'n, wir stehn mit unser'm jungen Blut für Volk und Heimat ein!" „Ein junges Volk steht auf, zum Sturm bereit!" Die meisten Lieder, die wir damals begeistert sangen, klingen bis heute noch in meinen Ohren. Aber es gab auch viele Lieder, die heute noch gesungen werden: „Ein Heller und ein Batzen, die waren beide mein!" Auch Lieder aus der „Wandervogelzeit" gehörten dazu: „Aus grauer Städte Mauern ziehn wir durch Wald und Feld!" Ein ganz besonderes Liedgut hatte es uns auch angetan: Die vielen Soldatenlieder, die ich gar nicht alle aufzählen kann. Zu diesen lernten wir marschieren: „Im Gleichschritt, gleich rechts schwenkt, marsch!" Dann ertönte auch schon das Kommando: „Ein Lied! Drei, Vier!"

Wir trafen uns nochmals mit dem ganzen Fähnlein in der „Neuen Schule". Leo erzählte uns, dass nun auch Österreich seit fast einem Jahr zu Deutschland gehöre und eigentlich immer deutsch gewesen sei. Er zeigte uns mit dem „Epidiaskop" Bilder vom begeisterten Empfang des Führers in seiner Heimat. Wir hörten ihm sehr aufmerksam zu, als er uns vom Sudetenland erzählte, wo nach dem verlorenen Ersten Weltkrieg viele Deutsche von den Tschechen unterdrückt, jetzt aber von deutschen Soldaten endlich befreit worden seien. Wenige Wochen danach trafen wir uns auf dem großen Schulhof. Unser Fähnleinführer erzählte uns, dass für unseren „Bann 69" in diesem Jahr ein großes Zeltlager an der Nordsee geplant sei. Wir erhielten alle ein Heftchen, das dem eines „Rabattmarken- Heftes" ähnelte, in das wir immer die Märkchen klebten, die wir im EDEKA-Geschäft erhielten. Wir konnten bei unserem Jungenschaftsführer in den Gruppenstunden Märkchen kaufen und 15 Mark ansparen, wenn wir mit in das Lager an der Nordsee fahren wollten. Derjenige, der nicht zu den Gruppenstunden käme, müsste zuhause bleiben. Nach diesem Treffen nahm ich jeweils zwei Treppenstufen auf einmal nach oben. Meine Eltern waren gerade dabei, in der neuen Lesemappe Kreuzwort- und Silbenrätsel zu lösen, als ich hineinstürmte und rief: „Wir machen ein Zeltlager an der Nordsee!“ Ich erzählte ihnen, was uns Leo berichtet hatte, und verwies auf die Sparkarte. Diesmal war es meine Mutter, die sofort reagierte. „Dies kommt überhaupt nicht in Frage!“ Dem folgte dann die Begründung. „Du bist erst zehn Jahre alt!“ Anschließend trug sie noch eine Menge anderer Gründe vor. Ich glaube, es waren moralische Bedenken. Weinen durfte ich bekanntlich im Beisein meines Vaters nicht. Dennoch standen mir die Tränen in den Augen, als Vater das Wort ergriff und zu Mama sagte: „Lassen wir ihn ruhig mitfahren. Er braucht einfach ein solches Erlebnis. Ich werde mit Leo sprechen.“ Dann gab er mir sofort fünf Reichsmark. Ich erwischte noch Weisshaars Siggi, unseren Jungenschaftsführer, und wollte von ihm gleich für fünf Mark Märkchen kaufen. Die konnte ich aber erst bei der nächsten Gruppenstunde bei ihm erwerben. Diesmal war ich wenigstens einmal der „Erste“. Es gab aber auch manch trauriges Gesicht unter den anderen Jungen, deren Eltern nicht in der Lage waren, die fünfzehn Mark aufzubringen. Einigen wurde aber dennoch der Wunsch erfüllt, weil Leo es verstand, aus anderen Quellen diesen Beitrag zu leisten. In den kommenden Wochen nahm ich umso freudiger an allen Treffen unseres „Jungzuges“ teil.

Noch aber war es nicht so weit. Das Warten wurde mir zur Qual. Wir erfuhren, dass unser Lager in Dangast am Jadebusen aufgeschlagen würde. Dann wurden wir darüber aufgeklärt, was der Jadebusen sei. Ich musste zunächst an die Brust denken, die man bei den Frauen einen „Busen“ nennt. Soviel hatte ich inzwischen auch erfahren. Auf einer Landkarte zeigte man uns auch den Ort und die Stelle, wo vor einigen Jahrhunderten die „Nordsee, die Mordsee“, wie es im Gedicht vom Halligmatrosen heißt, in einer Sturmflut das Weideland überspülte. Die Gezeiten wurden uns erklärt, die Begriffe Ebbe und Flut veranschaulicht und uns wurde gesagt, dass bei Ebbe das ganze Wasser des Jadebusens wieder ins Meer zurückströmt, um bei Flut wieder sehr schnell zurückzukommen. Nur wenige Kilometer westlich vom Seebad Dangast könne man Wilhelmshaven sehen, wo die deutsche Kriegsmarine vor Anker liege.

In der Kirche wurden wir an einem Sonntag zu einer besonderen Wallfahrt zum „Heilbronnen“ eingeladen. Dort wurde eine neue Mutter-Gottes-Statue eingeweiht. Der Pastor sprach davon, dass sie ganz anders aussehe als die anderen Mariendarstellungen. Es sei eine „Schutzmantel-Madonna", sagte er. Er sprach auch von einem Lied, das nicht in unserem Gesangbuch stand, das aber wohl in anderen Diözesen gesungen werde. Wir machten am kommenden Sonntag die Wallfahrt zum Heilbronnen. Der Andrang war so groß, dass die Kinder, die sich bei ihren Eltern befanden, zunächst nichts außer der Menschenmasse erkennen konnten. Endlich standen auch meine Eltern und ich vor dem neuen Bildwerk. Ich war enttäuscht. Zum Ersten war diese Muttergottes viel kleiner, als ich erwartet hatte. Was aber sollte das? Bei genauerer Betrachtung sah man viele Köpfe, die unter dem Mantelstoff herausblickten. Das Bild wolle uns nur sagen, dass wir von der Gottesmutter beschützt würden. Ich meine, dass wir damals das Gebet sprachen:

„Unter deinen Schutz und Schirm fliehen wir,
oh heilige Gottesgebärerin.
Verschmähe nicht unser Gebet in unseren Nöten,
sondern erlöse uns jederzeit von allen Gefahren,
oh du glorreiche und gebenedeite Jungfrau.
Unsre Frau, unsre Mittlerin, unsere Fürsprecherin.
Versöhne uns mit deinem Sohne,
empfiel uns deinem Sohne,
stelle uns vor deinem Sohne. Amen"

Wenige Tage später trafen wir uns wieder in unserem Gruppenraum. Diesmal wurden sogar ein Grammophon und eine Schallplatte mitgebracht, und wir übten Lieder für die Abende im Zeltlager. Auch die Jungen aus den übrigen „Jungvolk"-Gruppen des Kreises Trier (Bann 69) würden diese Lieder einüben, und da dürften wir uns vom „Fähnlein 36" nicht blamieren. Man möge es mir nicht verübeln, wenn ich zwei dieser Lieder vollständig zitiere. Die Melodien klangen so „kirchlich" und die Texte wie „Gebete", selbst einzelne Worte kannten wir nur aus der Kirche. Heinrich Spitta hatte eigens zu nachstehenden Texten für das Liederbuch der HJ die Melodien komponiert und diesen einen „sakralen Klang" verliehen:

Heilig Vaterland! In Gefahren
Deine Söhne sich um dich scharen.
Von Gefahr umringt, heilig Vaterland!
Alle stehen wir Hand in Hand!

Bei den Sternen steht, was wir schwören.
die Sterne lenkt, wird uns hören.

Eh' der Fremde dir deine Kronen raubt,
Deutschland, fallen wir Haupt bei Haupt!

Heilig Vaterland, heb zur Stunde
Kühn dein Angesicht in die Runde!
Sieh uns all entbrannt, Sohn bei Söhnen stehn.
Du sollst bleiben, Land, wir vergehn!

Text nach Alexander Schröder 1914

Er scheute sich auch nicht, ganze Liedstrophen umzudichten und sie dann, zusammen mit der von ihm komponierten Melodie, unter seinem Namen zu veröffentlichen.

Erde schafft das Neue, Erde nimmt das Alte,
Deutsche heil'ge Erde, uns allein erhalte;
Sie hat uns geboren, ihr gehören wir,
Treue, ew'ge Treue, kündet das Panier.

Refrain:
Wir Jungen schreiten gläubig der Sonne zugewandt,
Wir sind ein heil'ger Frühling,
In's deutsche Land.

Glaube schafft das Neue, Glaube tilgt das Alte,
Deutscher heil'ger Glaube, nie in uns erkalte;
Aus der Dunkelheit, Wimpel wehend künden:
Deutschland ist befreit.

Refrain:
Wille schafft das Neue, Wille zwingt das Alte,
Deutscher heil'ger Wille, immer jung uns halte;
Himmlische Gnade und den Führer gab,
Wir geloben Hitler Treue bis zum Grab.

Was dem aber folgte, klang fast noch feierlicher als das „Te deum“ an den Hochfesten unserer Kirche. Wir versuchten, sogar den Klang der Schallplatte nachzumachen. Der Text stammte zwar vom Dichter Eberhard Wolfgang Möller (1906-1945), einem ehemaligen Mitglied der inzwischen verbotenen „Bündischen Jugendbewegung“. Komponist aber war Georg Blumensaat, ein Schüler von Paul Hindemith.

Wir sangen:

Deutschland, heiliges Wort,
du voll Unendlickeit!
Über die Zeiten fort
seist du „gebenedeit"!

Heilig sind deine Seen,
heilig dein Wald
und der Kranz deiner stillen Höh'n
bis an das grüne Meer!

Dabei legten wir unsere rechte Hand auf die Brust. In keinem anderen Zusammenhang, außer im Gruß an die Gottesmutter Maria, hatten wir bislang das Wort „gebenedeit" vernommen. Wir tun uns bis heute sogar sehr schwer bei dem Versuch, dies zu ändern (lat. bene dicere = gut sprechen).

Ich wurde hin- und hergerissen von all dem, was geistig und seelisch in mir brodelte. Trauer und Freude, ein Wechselbad der Gefühle; Angstgefühle und Wagemut. Am liebsten hätte ich mich nachts immer ganz dicht an meine Mama gekuschelt. Ich dachte an die neue Marienstatue mit den vielen Köpfen, die unter deren Mantel Schutz suchten. Ob meine Mama auch einen Kummer mit sich schleppte? Sie sang doch immer so schön. Da gab es auch Gesänge, die von einer inneren und wohl tiefen Sehnsucht sprachen, wenn sie über das Bügeleisen geneigt ihren inneren Gefühlen folgend sang:

„Da rauscht es in des Waldes Räumen,
Ein Flüstern geht von Baum zu Baum.
An deinem Herzen lass mich träumen.
Oh, gönne mir den Frühlingstraum."

Kurz nach Willis Tod wechselten wieder die Mieter im Hause Schilling. Aus dem Frankenland kommend bezog ein Ehepaar mit Sohn dieses Haus. Er war etwa drei bis vier Jahre älter als ich. Schnell wurde er in die Gemeinschaft der Jungen aufgenommen. Er galt als schwer erziehbar. Wenn er von seiner Mutter Stubenarrest erhielt, sprang er einfach aus dem hohen ersten Stockwerk der Wohnung auf den darunter befindlichen Misthaufen. Der Junge hieß Franz. Schon bald darauf verschwanden einige der älteren Jungen mit ihm im Feuerwehrturm. Mir aber wurde der Zugang verwehrt. Einmal hatte er sich auch unter dem Gebälk der Mädchenaborte versteckt und beobachtete die Schülerinnen. Dieser Franz wusste wirklich alles, und was er wusste, das erzählte und zeigte er auch. Letztlich verkroch er sich mit einer Reihe von Jungen sogar auf den Schulspeicher. Dieser war verschlossen. Auch ich war diesmal mit dabei. Eine Fensterscheibe auf der Rückseite hatte einen Riss, durch den er eine Drahtschlaufe nach oben schob und diese über den Öffnungshebel legte. Jetzt zog er langsam den Draht herunter, und das Fenster konnte geöffnet werden. Wir stiegen alle durch das ebenerdig gelegene Fenster ein und verschlossen es wieder. Danach begab sich Franz an die Kleiderhaken. Diese bestanden aus einem dicken gebogenen Eisendraht. Einen davon bewegte er jetzt ständig auf und ab, bis er abbrach. Danach machte er sich an dem großen Schlüsselloch der Speichertür zu schaffen, steckte den dicken Draht hinein und bog ihn nach unten. Er zeigte uns das Ergebnis: Aus dem dicken Draht war ein Dietrich geworden. Er brauchte nicht lange herumzufummeln: Das Schloss öffnete sich. Im übrigen Schulgebäude war um diese Zeit kein Mensch anwesend. Da oben standen leere Blumentöpfe, ausgedientes Lehrmaterial und einige alte Schulbänke. Außerdem hatte der „Reichsluftschutzbund" hier vor einiger Zeit noch einen isolierten Raum gebaut, in dem Übungen mit der Gasmaske unter der Leitung von Herrn Zenner stattfanden. Dafür verfügte er über Gaspatronen, die er in diesen Raum warf. Hier übten dann die Luftschutzhelfer den Einsatz mit der Gasmaske. Durch ein isoliertes Fenster konnte man alles genau beobachten. Natürlich hatte es uns dieser Raum besonders angetan. Durch ein Außenfenster überblickten wir den Eingangsbereich zum Schulgelände. Obwohl die letzte Übung bereits vor Wochen war, stank es noch immer nach Gas. Der Franz gab uns jetzt „Aufklärungsunterricht" in vulgärster Weise. Damals verlor ich sogar die Achtung vor meinen Eltern. Mir fiel dabei der Satz aus meiner Beichtandacht (Seite 11, Vorbereitungsgebet) ein: „Siehe, in Sünden schon hat mich meine Mutter empfangen". Jetzt glaubte ich endlich zu wissen, was das mit dem „Sechsten Gebot" auf sich hatte und was das Wort „empfangen" bedeutete. Meine liebe Mama war also eine „Todsünderin". Hätte uns nur einmal jemand diesen Satz erklärt: „In Sünden schon hat mich meine Mutter empfangen"; es wäre doch so einfach gewesen, diese Aussage so zu übersetzen, dass sie das wiedergab, was der Psalmist bekundet: „Denn siehe, ich war schon ein Sünder, als mich meine Mutter empfing". Der Aufklärungsunterricht ging weiter, der Franz zeigte sich. Ich hielt es nicht mehr länger aus und wollte gerade flüchten, als einer der Jungen sagte: „Da unten kommen Leute." Da gab es kein Entrinnen mehr. Wir saßen fest. Es dauerte mehrere Stunden. Wir wagten kaum, miteinander zu sprechen. Ob es Angst war, die jemandem auf Magen und Darm schlug? In seiner Not nahm einer der Jungen einen der leeren Blumenkübel, ging in eine Ecke und stellte ihn danach wieder auf seinen alten Platz. Die Jungen kicherten leise, als einer von ihnen sagte: „Ich muss auch mal ...“. Ob noch ein weiterer diesem Beispiel folgte, weiß ich nicht. Meinem Vater habe ich mich leider aus lauter Angst nicht anvertraut. Mama fragte mich, was denn mit mir los sei. Ich aber schwieg. Gerade in der nun kommenden Nacht sehnte ich mich nach Geborgenheit und der Nestwärme im Bett meiner Mutter. Mir erklang die ganze Nacht über das Bußlied auf der Seite 27 unseres Trierer Gebet- und Gesangbuchs in den Ohren:

„Sündenlast drückt mich danieder, ach, wie mag die Zukunft sein?
Ihr erschüttert Herz und Glieder: Tod, Gericht und Höllenpein!
Ewig in den Flammen wohnen, und kein Himmel mehr für mich!
Herr, noch einmal woll‘ verschonen, Gottes Sohn, erbarme dich.“

Im Geiste sah ich sogar die Frau, die erst nach der Aussegnung wieder würdig war, am Gottesdienst der Gemeinde teilzunehmen. Nochmals hatte mich das Bild aus dem Nikolausbuch eingeholt und die Frage von Dechant Dr. Süß anlässlich meiner Erstbeichte, welche diesmal wohl nach meiner Meinung berechtigt gewesen wäre: „Wohin wärst du gekommen, wenn du jetzt gestorben wärest?“ Ohne auch nur einen Augenblick zu zögern, hätte ich die Hölle genannt. Um dieser zu entkommen, trat ich den Bußgang an. Aber das böse Gesicht des „Vatergottes“ nahm jetzt andere Züge an. Ich glaubte, in diesem den „lieben Heiland“ zu sehen. Der Klosterpater hörte mir aufmerksam zu, er fand auch trostreiche Worte der Ermutigung. Er sagte mir dann auch, ich solle die Geschichte mit dem Franz meinem Lehrer erzählen. Dem folgte der Satz: „Bete zur Buße fünf Vaterunser.“ Vor allem war ich von Herzen froh, als ich in der Beichte erfahren durfte, dass meine Mama keine Todsünderin war. Wie ein Komet war dieser Franz bei uns aufgetaucht. Als ein solcher verschwand er auch wieder. Keiner hat ihn danach wieder gesehen. Aber die Spuren, die er hinterließ, konnten so schnell nicht beseitigt werden.

In der kommenden Zeit befand ich mich wieder mehr im Hause Thul. Maria hatte geheiratet, Katti versorgte den Haushalt, ihre Brüder Paul und Hein bearbeiteten die Weinberge, die Felder und versorgten das Vieh. Da gab es auch einen Jungen, den ich beneidete, weil ihm sein Vater aus den Rädern eines alten Kinderwagens und einem Brett ein Auto gebaut hatte, das bis auf die vier Räder jedoch kaum einem wirklichen Automobil ähnelte. Es verfügte aber über eine Art Lenker. Auf das Brett konnte man sich setzen. Durch zwei

Kordeln war die bewegliche Vorderachse mit einem improvisierten Lenkrad verbunden. So konnte dieses Gefährt gesteuert werden. Natürlich waren wir wieder zur Stelle, als der Junge uns voller Stolz seinen Besitz präsentierte. Am liebsten hätte ich sogleich unseren alten Kinderwagen demontiert und aus den „Kutschenrädchen", wie man diese bei uns nannte, ein ähnliches Gebilde konstruiert. Das ließ meine Mama aber nicht zu. Wir schoben das Gefährt samt Steuermann die Straße hinunter und bogen dann rechts ab, an Pühlen-Schuster vorbei. Dort führte ein abfallender Weg zwischen zwei Stacheldrahtzäunen hinunter zu den Wiesen. Jetzt brauchte uns der Junge nicht mehr. Das Gefährt lief und wir sausten hinterher. Eine der Schnüre, mit denen das Lenkrad und die Vorderachse verbunden waren, riss, und die Karre war nicht mehr zu steuern. Aus war der Traum! Das Gefährt kippte um und der Junge landete im Stacheldraht. Er hatte sehr viel Glück dabei. Mit einigen Kratzern an Händen und Oberschenkeln kam er davon. Was ich aber gemein fand: Man lachte ihn aus. Da ich unseren Kinderwagen nicht ausschlachten durfte, war es der liebe Hein, der half. Er nahm eine große Säge und ging mit mir in den Holzschuppen. Da lagen dicke runde Holzscheite. Eines davon legte er dann auf den Holzbock und sägte von dem Rundholz zwei etwa fünf Zentimeter breite Scheiben ab. Danach nahm er einen seltsamen Holzbohrer und bohrte mit diesem jeweils ein breites Loch in die Mitte. Da stand auch noch der Stiel eines zerbrochenen Heurechens. Er nahm Augenmaß, griff sich wieder die Säge und fertig war die Achse. Diese befestigte er am Boden einer alten Weinkiste, schob anschließend die beiden Räder hinein und sagte: „Jetzt brauchen wir nur noch „Lunen". Ich wusste natürlich, was das war. Lunen verhinderten das Abrutschen der Räder von den Achsen. Auch dieses Problem war schnell gelöst. Es fehlte nur ein entsprechender Griff, um das Gefährt schieben oder ziehen zu können. Auch diese Konstruktion gelang meinem Freund Hein.

Natürlich musste die Karre schnell eingeweiht werden. Ihr Bau hatte auch andere Kinder angelockt. Ein Junge setzte sich hinein, und los ging die Fahrt. Vor einiger Zeit hatte ich einen Mann gesehen, der mit einem Affen auf dem Rücken auf dem Spieles mit einer Drehorgel stand. Nachdem ich mich davon überzeugt hatte, dass Herr Kintzinger, dessen Zigarettenautomaten ich mit einem ungültigen Geldstück hatte überlisten wollen, nicht vor seinem Laden stand, wagte ich mich seitwärts auch als Zuschauer und Zuhörer in die Nähe. Der Mann kurbelte, und aus dem Kasten erklang Musik. Dann hielt er seinen Hut auf. Einige Leute warfen dort Geld hinein. Im Besitz dieser Karre wurde sogleich in mir eine neue Idee geboren. Bei uns im Keller stand ein sehr großer Pappkarton. Dieser passte genau über die umfunktionierte Weinkiste.

Es fehlte nur noch eine Handkurbel. Meine Eltern hatten mir einmal einen kleinen Baukasten mit Hammer, Zange und Handbohrer geschenkt, der einem echten großen sehr ähnelte. Den nahm ich jetzt, machte an einer Seite des Kartons ein rundes Loch und steckte durch dieses die Kurbel. Woher aber die Töne nehmen, die der Drehorgelmann seinem Gerät entlockte? Da war es Schillings Rudi, der nach Monaten wieder zu mir gefunden hatte. Einer von uns musste unter den fahrbaren Kasten kriechen, der andere durfte ihn schieben. Letzteres hätte ich zwar lieber getan, musste mich aber der Einsicht beugen, dass Rudi größer war als ich und auch nicht singen wollte. So kroch ich unter den Karton. Leider hatte ich nicht daran gedacht, einige Löcher in die Pappe zu schneiden. Absolute Finsternis! Und weil der Karton wie maßgefertigt genau über die Weinkiste passte, gelangte auch keine Frischluft in das Innere. Zusammengekauert und hilflos wurde ich so über das Kopfsteinpflaster geschoben. Rudi hielt endlich an, und ich verlor jeden Halt, weil jetzt der Boden des Gefährtes in eine Schieflage geriet. Eingequetscht auf engstem Raum lag oder saß ich da, als Rudi die Kurbel in Betrieb nahm. Ich sang dann „Hänschen klein", obwohl ich doch so viele andere Lieder attraktiver fand. Draußen lachten Leute. Ein Ruck und der Kistenboden befand sich wieder in waagerechter Lage. Ich aber purzelte nach vorne und durchbohrte mit beiden Händen die Pappwand. Nun hielt mich aber nichts mehr in der Kiste. Leider waren die Holzräder dem Druck meiner späteren Versuche nicht gewachsen.

Bei Familie Schilling wurde wieder eine Wohnung frei. Neuer Mieter war Familie Gerhard mit zwei Söhnen, „Köbes und Willi". Obwohl beide jünger waren als die Jungen aus der Nachbarschaft, spielte ich oft mit den beiden in deren Wohnung. Eines Tages herrschte auch in der Remise und auf dem Hof der Familie Schilling reger Betrieb. Man hatte etliche leere „Viezfässer" aus dem Keller gebracht, um diese zu reinigen. Das war nötig, ehe sie mit neuem Apfelmost gefüllt werden konnten. Durch Vergärung wurde aus dem Apfelsaft dann Apfelwein, den man hier „Viez" nannte. Zunächst schüttete ein Mann durch das Spundloch mit Hilfe eines großen Trichters lauwarmes Wasser in das Fuderfass (ein Fuder = ca. 1000 L). Dann wurde das Fass hin- und hergeschüttelt und gerollt, nach einiger Zeit das schmutzige Wasser abgelassen und im Anschluss daran wurden nochmals zwei Eimer warmes Wasser in das Fass geschüttet. Das wiederholte sich, bis kein trübes Wasser mehr beim Entleeren zu sehen war. Einer der Männer nahm aus einem flachen Pappkästchen einen langen gelben Streifen, den er an einen Faden hing. Mit einem Streichholz entzündete er diesen und ließ ihn an dem Faden durch das Spundloch in das Fass hinab. Nach einiger Zeit quoll seltsamer Rauch hervor.

Jemand fragte mich, ob ich einmal in das Loch schauen und auch riechen wolle. Dazu war ich sofort und gerne bereit. Man hob mich direkt über das Fass. Ich sah eine kleine Flamme und roch einmal gründlich. Ich war mal wieder gründlich hereingefallen, glaubte zu ersticken. Ich hustete und würgte bis zum Erbrechen. Es dauerte Stunden, bis ich wieder normal atmen konnte. Später habe ich dann erfahren, dass die Fässer, nachdem sie gründlich gereinigt worden sind, ausgeschwefelt werden müssen, um auch die letzten schädlichen Organismen abzutöten, ehe sie mit neuem Most gefüllt werden.

Es mag Ende Mai 1939 gewesen sein, als mein Vater mich fragte, ob ich Lust hätte, mit ihm in den Meulenwald zu gehen. Ehe ich ihm eine Antwort gab, vergewisserte ich mich, ob er nicht das von mir so gehasste Diktatbuch in der Hand hatte. Das war nicht der Fall, und ich willigte freudig ein. Oberhalb des Gasthauses Schilling schritten wir durch die Bahnunterführung, hinter der sich damals eine kleine Müllkippe befand. Wir standen vor der Kreuzung an der Straße, die von Quint kommend nach Föhren verläuft. Am rechten Straßenrand sah ich ein steinernes Kreuz. Natürlich musste ich vorlesen, was da geschrieben stand. Vater erzählte mir, dass an dieser Stelle ein Kaplan bei einem Unfall ums Leben gekommen war. Mehr konnte ich von ihm nicht erfahren, nur dass dieses Kreuz schon mehrmals umgestoßen und geschändet worden sei. In diesem Moment erinnerte ich mich daran, dies schon einmal gehört zu haben. Man nannte damals sogar Namen. Wir überquerten die Föhrener Straße, gingen aber diesmal nicht in Richtung Heilbronnen, sondern einfach weiter. Da sah ich vor uns ein Haus, von dem ich schon früher gehört hatte. Man sagte, dass dort der „Bibelforscher" wohne. Mein Vater aber wusste von dessen Existenz nichts. Wir erreichten den Wald. Papa zeigte auf eine niedrige Mauer und sagte: „Das ist der Hubertusbrunnen." Da gab es eine Quelle. Natürlich schöpfte ich mir sogleich mit der Hand Wasser. Es schmeckte nicht sonderlich gut. Wir gingen weiter, als uns ein Mann begegnete, dem ein Gewehr über der Schulter hing. Ich kannte ihn bereits, es war Rentmeister Adolf Schmidt. Die beiden Männer unterhielten sich. Er fragte, ob wir ihn nicht auf seinen „Hochsitz" begleiten möchten. Da gab es für mich kein Zurückhalten mehr. Wir stiegen eine hohe Leiter hinauf und betraten einen engen Raum, der mich an einen „Abtritt" erinnerte, in dessen Tür kein Herz gesägt war. In Kopfhöhe konnte man durch einen breiten Spalt nach allen Seiten hin das ganze Gelände sehen. Wir nahmen auf den schmalen Bänken Platz und ich hielt unruhig Ausschau nach allen Seiten. Was die beiden Männer miteinander sprachen, interessierte mich nicht. Nur an einen Sprachfetzen kann ich mich vage erinnern. Mehrmals kam das Wort „Zahlmeister" vor. So sehr ich mich auch anstrengte, ich bekam kein Reh, keinen Fuchs, keinen

Hirsch und auch kein Wildschwein zu Gesicht. Zur Jagd sei das nicht die richtige Tageszeit, und Hirsche gebe es hier keine. Dann erklärte mir der Jägersmann, dass er nur Ausschau nach frischen Wildschweinspuren gehalten und viele davon bei seinem Streifengang gefunden habe. Da aber müsse man eine Treibjagd veranstalten, und zwar sehr schnell. Er spreche heute noch mit weiteren Jägern und werde die notwendigen Treiber ausfindig machen. Wir verließen den Hochstand und kamen anschließend an einem sehr großen und seltsamen Gebilde vorbei. Vater sagte mir, dass dies ein Ameisenhaufen sei. Wir bestaunten das emsige Treiben dieser krabbelnden Insekten. Sie schleppten Tannen- und Kiefernnadeln herbei, und nachdem sie diese an andere Ameisen abgegeben hatten, begaben sich die Winzlinge wieder auf Suche. Damals hörte ich auch den Begriff Ameisenstaat. Herr Schmidt erzählte dann: „Wenn du eine tote Maus auf einen solchen Ameisenhügel legst, findest du am anderen Tag nur noch die blanken Knochen“. Gerne hätte ich auch ein solches Experiment gewagt. Es scheiterte einfach an der Maus. Wenige Tage nach diesem Treffen erschien die Tochter des Rentmeisters und brachte uns mit einem schönen Gruß ihres Vaters ein Stück Wildschweinbraten.

Für eine Deutsche Reichsmark kaufte ich mir das letzte noch fehlende Märkchen und klebte es in mein Sparheft für das Zeltlager. Gleichzeitig erfolgten praktische Übungen: Wir erhielten zunächst Zeltplanen und lernten, wie man diese zusammenlegt. Da kam es auf genaue und einheitliche Falten an. Danach wurden die Planen aufgerollt: nicht fest, nicht zu locker. Auch die Wolldecke, die jeder erhielt, wurde so zusammengelegt, dass man diese mit vier kleinen Riemen um den „Affen“, wie wir den Tornister nannten, schnallen konnten. Jeder Junge musste sich ein „Einheitsbesteck“ kaufen, das zusammengefügt werden konnte. Brotbeutel, Feldflaschen sowie Tornister wurden uns ausgeliehen. Was wir aber selbst noch kaufen mussten, waren: ein Trainingsanzug, ein Paar braune Turnschuhe, Turnhose und kurzes Sporthemd mit auf der Brustseite aufgenähtem HJ-Abzeichen sowie eine gute Badehose. Für die Aufbewahrung unseres Taschengeldes musste jeder auch einen „Brustbeutel“ tragen.

Endlich war der Tag der Abreise gekommen. Vollbepackt zogen wir singend durch den Ort zum Staatsbahnhof. Ich war mal wieder „Schütze „A“ (A bedeutet Arsch) im letzten Glied“. Der Brotbeutel hing mir herunter bis auf die Waden, der vollbepackte „Affe“ rutschte mir bis zu den Kniegelenken, weil die Traggurte nicht kürzer zu schnallen waren. Viele Menschen standen am Straßenrand, sie lachten und staunten. Von meinen Eltern hatte ich mich bereits auf dem Schulhof verabschiedet. Vorher hatte meine Mama noch

Scherers Reimund gebeten, auf mich besonders aufzupassen. Begeistert aber klang meine Stimme:

„Singend wollen wir marschieren in die neue Zeit.
Adolf Hitler soll uns führen, wir sind stets bereit!
Links und rechts und rechts und links
schaut manches liebe Mädel aus dem Haus heraus!
Wir, wir, wir marschieren geradeaus!"

Ein liebes Schweicher Mädchen hat uns sogar zum Bahnhof begleitet und sich über mein Erscheinungsbild „kaputtgelacht": Hilde Thesen. Dafür habe ich ihr sofort Rache geschworen und diesen Schwur nicht gebrochen. In Ehrang hieß es umsteigen. Mit einem Sonderzug ging es dann weiter bis Köln. Wir bestaunten die Kirchtürme des Domes. Aussteigen durfte aber niemand. Die Wartezeit kam uns sehr lange vor. Wir saßen in Eisenbahnabteilen der dritten Klasse. Unsere Zugfenster konnten mit einem breiten Lederriemen geöffnet und geschlossen und sogar die Höhe oder Tiefe dank der vorhandenen Löcher im Gurt reguliert werden. Über unseren Sitzen waren Gepäcknetze angebracht. Auf einem Hinweisschild war zu lesen: „Zu den Aborten". Gerade dahin zog es nun einige. Über dem „Trichter" stand geschrieben: „Es wird ersucht, den Abort auf den Bahnhöfen nicht zu benutzen." Da war aber einer, der diesem Ersuchen nicht nachkam. Danach durften wir sein Werk von oben bestaunen. Gut sichtbar lag das „Stoffwechselendprodukt" zwischen den Bahnschwellen und dem Schotter, genau zwischen den Geleisen. Endlich ging es weiter. Wir sangen: „Auf der Mauer, auf der Lauer liegt ein kleiner Wanzen. Seht euch mal den Wanzen an, wie der Wanzen tanzen kann". Nun ging es fast endlos weiter immer mit nur einem Vokal: „Afdar Ma'ar af dar Ma'ar...". Das setzten wir mit dem Rest der Vokale fort. Schon hinter Gerolstein hatten sich die ersten über ihre Butterbrote hergemacht. Ich lutschte fast meinen ganzen Bonbonvorrat auf. Mir wurde übel. Von dieser Prozedur geschwächt nahm man sich meiner fürsorglich an. Man verordnete mir Bettruhe. Zwei Tornister wurden aus dem Gepäcknetz auf den Boden gestellt und „hau ruck" wurde ich dorthin befördert. Da lag ich nun und schlief ein. Es war früher Abend, als unser Sonderzug im Ort Varel einlief. Mit steifen Gliedern hieß es aussteigen und antreten. Marschieren hatten wir alle schon genug gelernt. Den Affen auf dem Buckel, Brotbeutel und Feldflasche an der linken Seite, hieß es: „Im Gleichschritt marsch!" Ich meine, dass dieser Marsch fast zwei Stunden dauerte. „Nur ja nicht schlappmachen", lautete die Parole. Und in unserem Lesebuch stand unter dem Gedicht „Der Moselfrühling" geschrieben: „Der deutsche Junge der Zukunft muss schlank und rank sein, flink wie ein Windhund, zäh wie Leder und hart wie Kruppstahl". Dann standen wir endlich vor dem hell erleuchteten Lagerturm. Jedes „Fähnlein" wurde einzeln aufgerufen. Unsere Zelte standen im Lagerteil C.

Hundemüde krochen wir in unsere Zelte und warfen uns sofort auf das Strohlager. Wir mussten alle zunächst nochmals antreten und die Tornister auf dem Boden abstellen. Danach hieß es: „Zeltplanen und Wolldecken abschnallen!" Wir wurden angehalten, die Zeltplanen über das Stroh auszubreiten und darauf unsere Wolldecken zu legen. Die Außenlichter beleuchteten den ganzen Platz. Nachdem unser Nachtlager hergerichtet war, erfolgte der Befehl: „Uniform ablegen, Trainingsanzüge anziehen und den Tornister ans Kopfende legen. Einige von uns „mussten noch mal". Ausnahmsweise durften diese dann zwischen den Zelten über einen angrenzenden Weg in ein Gebüsch verschwinden. Dann wurde der Befehl zu absoluter Nachtruhe erteilt. Wir lagen mit etwa zehn Jungen jeweils in einem Rundzelt mit dem Kopf zur Zeltwand. Jemand musste lachen. Prompt wurde er vom Zeltältesten ermahnt. So müde ich auch war, auf der Zeltplane im Strohgeruch konnte ich nicht einschlafen und drehte mich immer wieder von der einen Seite auf die andere. Den anderen Jungen zwischen zehn und vierzehn Jahren mag es nicht anders ergangen sein. Als endlich etwas Ruhe einkehrte, geschah etwas, worüber alle lachen mussten. Einer der Jungen ließ, wie man das etwas vornehmer ausdrückt, „einen fahren". Jetzt hieß es: „Auf, marsch, marsch"! Reimund Scherer, unser Zeltältester, teilte mit seiner Longuicher Gruppe und einigen Schweichern unsere Schlafstätte. Wir mussten antreten. Er gebot Ruhe. Einer aber fing wieder an zu lachen, und diesem Lachen folgte das Gelächter der anderen. Wir mussten Kniebeugen machen, „hinlegen" und „auf, marsch, marsch" üben. Unser ganzer Lagerabschnitt wäre wohl wach geworden, wenn sich die beiden Zeltältesten nicht gütlich geeinigt hätten. Ohne Kommandoton hieß es: Nun ab in die „Klappe" und seid still. Am frühen Morgen wurden wir aber wieder im Kommandoton geweckt. Wir hatten gerade noch Zeit, unsere Turnschuhe anzuziehen. Einen meiner Strümpfe konnte ich nicht mehr finden, weil er in das Stroh gerutscht war. Man gab uns noch nicht einmal genug Zeit, in der Hecke zu verschwinden. Mit unserm Handtuch unter dem Arm und einem Stück Seife und der Zahnbürste liefen wir zur Waschanlage direkt an einer Einrichtung vorbei, die man den „Donnerbalken" nannte. Hier löste sich die Truppe schon auf. Eine ganze Batterie von Duschen war dort installiert. Einige Jungen versuchten es hier mit der Katzenwäsche. Wir hatten alle die Trainingshose an. Das Wasser war sehr kalt, und jeder musste sich den Oberkörper gründlich waschen. Dann hieß es, morgen früh treten wir

alle in der Badehose zum Waschen an. Der Morgenreinigung folgten noch gymnastische Übungen. Vor unseren Zelten saßen wir dann im Kreis und erhielten unser Frühstück: Kommissbrot, Margarine, Vierfruchtmarmelade und Malzkaffee. Der Deckel unseres Kochgeschirrs wurde als Teller genommen, der Blechaufsatz unserer Feldflasche war die Kaffeetasse, und auch das Einheitsbesteck wurde benutzt.

Danach mussten wir unser Essgeschirr unter kaltem Wasser abspülen. Weil man auf der Liste vergessen hatte, auch ein Abtrockentuch aufzuführen, trockneten die meisten ihr Essgeschirr einfach mit dem Badehandtuch ab. Am Lagerturm mussten wir dann alle antreten und strammstehen. Der Lagerführer begrüßte uns nach „Großdeutscher Art“. Man sagte uns, dies sei der Bannführer. Er erzählte uns etwas von Lagerdisziplin und ermahnte uns, diese streng zu beachten. Alles endete dann in dem Satz: „Wahre die Ordnung und die Ordnung wird dich bewahren.“ Dann übergab er uns in die Obhut unserer eigenen Gruppenführer.

Natürlich wollten wir alle endlich mal das Meer sehen. Wir marschierten los. Als wir hinter einem Damm ankamen und dort hinüberschauten, sahen wir nur eine uns endlos erscheinende graue Masse. Wir hörten, im Moment sei „Ebbe“, den Begriff kannten wir alle von der Schule und aus der Gruppenstunde des Jungvolks. Nach dem Mittagessen könnten wir aber erleben, wie die Flut den ganzen Jadebusen in kürzester Zeit überspült. Wir hatten jetzt erstmals die Gelegenheit, den Strand zu erkunden. Es roch seltsam, so ähnlich wie Fisch. Unsere Turnschuhe, die wir ohnehin meistens trugen, legten wir alle zusammen auf einen Haufen. Über den feinsandigen Strand gelangten wir nach kurzer Zeit an eine Stelle, wo aus Weiden geflochtene, mit Segeltuch überspannte breite Stühle standen. Vor einigen befand sich ein Holzgitter mit einem Hängeschloss, in anderen aber Frauen und Männer. Jemand sagte uns, dass dies Strandkörbe seien. Wieder erwachte in uns die Neugierde. Ich konnte nicht verstehen, weshalb es mir verboten war, einen Strandkorb einmal zu benutzen. Und wieder ließ eine Erklärung nicht lange auf sich warten. Man müsse für die Benutzung Geld bezahlen. Die Strandkörbe würden vermietet. Komisch, dachte ich. Meinen Brustbeutel mit meinem Taschengeld hatte ich umhängen. Als ich dann aber den Preis erfuhr, widerstand ich der großen Versuchung. Dafür kaufte ich mir in dem Strandcafé, wie sich das flache Holzgebäude nannte, ein Päckchen Rahmkaramellen. Einer der Pimpfe zeigte uns jetzt Muschelschalen. Schon liefen alle los. Und wirklich, da lagen ganz viele direkt am Meeresstrand. Etwas weiter im Schlick fanden wir sogar solche, die noch verschlossen waren. Dann wurden wir aufgefordert, ins Lager zurückzukehren. Unser Forscherdrang aber war ganz gewaltig. Wir mussten doch auch einmal die „Donnerbalkenanlage“ nicht nur genauer erkunden, sondern auch ausprobieren. Wir sahen zunächst die äußere Umrandung, einen langen Bretterverschlag. Auf einer Länge von etwa zehn Metern war ein tiefer schmaler Graben ausgehoben, dessen Erdreich zu einem kleinen Wall aufgeschüttet war. Über diesem Gebilde befand sich nun das, was der

Anlage den Namen gab: „der Donnerbalken". In gleichmäßigen Abständen hatte man lange Nägel in die Vorwand eingeschlagen, an denen Zeitungen hingen. Da saßen wir nun, lachten und schaukelten auf diesem Gebilde „Mann neben Mann" als echte Kameraden beim gemeinsamen Tun. Wieder fiel mir ein Vergleich ein. Ich dachte an unsere Kniebänke in der Kirche und war froh, dass mir auf diesem Balken die Knie nicht schmerzten. Auf dem Popo konnte man auch wesentlich besser die Balance halten. Selbst die Sitzstellung war hier bequemer als diejenige nach unserer 180 Grad-Wendung in unserer Kirche. Nur der Geruch war hier total anders als der des Weihrauchs. Aber auch daran hatte man gedacht. In einer Ecke stand eine Holzkiste mit einem Klappdeckel. Auf einem Pappschild war zu lesen: „Chlorkalk". Von Zeit zu Zeit mussten einige Jungen mit einer Schippe, die der Kohlenschaufel in unserem Kohlenkasten ähnelte, Kalk in die Grube schütten. Wir hörten, dass diese Jungen etwas „ausgefressen" hatten und vom Lagergericht zu dieser Strafe verurteilt worden waren. Meist nahmen wir uns für eine Sitzung auf dem Donnerbalken viel Zeit.

Zum ersten Mal versammelten wir uns zur Essensausgabe. Diesmal in „Einerreihen" und ich wieder als Schütze A, als Letzter. Das Einheitsbesteck hatte ich in der Trainingshose, mein Kochgeschirr in der linken, den Deckel mit dem Klappstiel in der rechten Hand. Auf zwei Holzböcken standen große, graue, verschließbare Behälter. Wir hatten einen „Bärenhunger", der gute Essensgeruch machte uns schon ungeduldig. Da fing das Brüllen an: „Wir haben Hunger, Hunger, Hunger, haben Hunger, Hunger, Hunger, haben Hunger, Hunger, Hunger, haben Durst. Wo bleibt das Essen, Essen, Essen, bleibt das Essen, Essen, Essen, bleibt das Essen, Essen, Essen, bleibt die Wurst!" Einer nach dem andern erhielt jetzt seinen „Schlag mit der Kelle". Eine Portion Suppe in den Deckel; Kartoffeln, Sauce, Gemüse und Gulasch in den Topf. Ich musste mal wieder am längsten warten. Einige Jungen wollten nicht warten und nahmen bereits das Einheitsbesteck aus der Hosentasche. Sie wurden aber direkt angeschnauzt. Zunächst mussten wir uns alle wieder zeltweise auf den Boden setzen. Dann kam das stramme Kommando: „Ein Tischspruch". Die meisten machten schon das übliche Kreuzzeichen, als unser Gruppenführer, der schon einige Lagererfahrung hatte, aufstand und den Tischspruch sprach: „Es isst der Mensch, es frisst das Pferd, doch heute ist es umgekehrt." Am Ende dieses geistreichen Zitats hieß es dann, „Alle Mann", und wir brüllten: „Rannnnnn". Das war unser Amen vor dem Mittagessen. In der Folge hörten wir noch eine ganze Reihe sinniger Tischsprüche. Einer lautete: „Holz frisst der Ofen, Koks frisst die Heizung, wer zu viel frisst, kriegt Blinddarmreizung." Sofort nach dem Essen hieß es: „Badehosen anziehen, Handtuch mitnehmen, Brustbeutel in den Affen legen.“ Das Rundzelt wurde zugeknöpft. Danach erfolgte der strikte Befehl, dass keiner von uns das Zelt mehr betreten dürfe, bis dieses wieder von unserem Zeltältesten geöffnet werde. In jedem Lagerabschnitt blieb eine Wache zurück. Singend marschierten wir an der Duschanlage vorbei zum Strand. Jetzt sahen wir das Meer und jubelten laut wie die Gefährten des Odysseus, als diese nach unendlich scheinenden Irrwanderungen das Meer erblickten.

Es folgte eine Besprechung in „vertrauter Runde: „Mit ‚vollem Bauch‘ dürft ihr nicht zu weit ins Wasser gehen, keine Alleingänge wagen, immer in kleinen Gruppen zusammenbleiben, jeder auf jeden achtgeben.“ So gingen wir zum ersten Mal im Meer baden. Der Wellengang begeisterte uns besonders und das Rauschen der Brandung klang in unsern Ohren wie Musik, die nur vom Schreien der Möwen übertönt wurde. Wir brauchten uns nicht einmal gegenseitig zu bespritzen. Das verrichteten die Wellen. Viele Jungen machten sofort eine böse Erfahrung mit dem Salzwasser. Einige Tropfen davon waren ihnen in die Augen geraten und, dem Reflex folgend, wollten sie diese wieder mit der nassen Hand abwischen. Andere aber waren da weniger empfindlich, und dazu gehörte sogar ich. Den Salzgehalt nahmen wir nicht nur am Geschmack wahr. Weil ich immer nur kurze Strümpfe trug, hatte ich auch kleine Wunden an den Knien. Die fingen nun an zu brennen. Nach kurzer Dauer war dies aber auch vorbei. Einige ältere unserer Kameraden, die schwimmen konnten, gingen etwas weiter ins Meer hinaus. Mit Bojen hatte man die Strecke markiert, die zum Badestrand gehörte. Dem Wasser entstiegen legten wir uns in den weichen Sand. Ich träumte still vor mich hin. Erst als ein Fußball mich traf, merkte ich, was die anderen Jungen taten. Schon damals konnte ich dem Fußballspiel nichts Besonderes abgewinnen. Völkerball gefiel mir besser. Eine andere Gruppe war dabei, eine Sandburg zu bauen. Auch ich begann zu buddeln, andere gesellten sich zu mir. Wir hatten uns für einen Sandberg entschieden, den wir „Rupprot“ nannten. Aus allerhand Treibgut bepflanzten wir die Bergkuppe und versuchten sogar, den „trigonometrischen Turm“ nachzubilden, der damals weithin sichtbar die Bäume des Waldes überragte.

An den Badeduschen drückte ich mich heimlich vorbei, weil das Wasser einfach zu kalt war. Selbst die Badehose ließ ich an. Sie trocknete sowieso von selbst. Der von mir ausströmende „Heringsgeruch“ störte weder mich noch die anderen. Im ganzen Zelt roch es ohnehin nur noch nach Fisch. Meinen am Morgen vermissten Strumpf hatte ich wiedergefunden und nach der Heimkehr zusammen mit der anderen Socke wieder angezogen, die Badehose abgelegt und mich mit Turnhose und dem Turnhemd mit den großen HJ-Abzeichen bekleidet. So war ich wieder Gleicher unter Gleichen. Wir trafen uns in großer Lagerrunde zum Singen. Neue Lieder wurden eingeübt. Melodie und Texte, die wir damals sangen, möchte ich an dieser Stelle nicht wiederholen. Sie gehören einer unglückseligen Vergangenheit an, die uns als Kinder betörte.

Der Abend kam. Wir versammelten uns zum Empfang des Essens mit den üblichen Utensilien. Wie zu jedem Abendessen gab es Wurst, Käse, Margarine und, wie es sich für angehende Soldaten gehört, Kommissbrot aus einer Feldbäckerei. Alle Gruppenführer versammelten sich mit dem Bannführer zur Lagebesprechung im Führungszelt im Teil A direkt beim Lagertor. Dort brannte auch die „Ewige Flamme", vor der immer zwei auserwählte ältere Hitlerjungen die getreue Lagerwacht hielten. In strammer Haltung standen diese da, man könnte sagen regungslos. Während der langen Besprechung fanden wir anderen endlich Zeit, uns auszutoben. Die einen spielten Krieg, andere bespritzten sich mit Wasser, wieder andere ermittelten den besten Messerwerfer. Einige ältere Jungen verfügten zusätzlich über ein Taschenmesser. Diese warfen sie an einen Baum. Gesiegt hatte der, dessen Klinge in der Baumrinde mit der Spitze nach vorn stecken blieb. Unsere Fahrtenmesser waren hierfür nicht geeignet. Ich übte meist als Solist den Handstand, bis es mir gelang, nicht nur auf den Händen zu stehen, sondern sogar auf diesen zu laufen. Anderen, die mir das nachmachen wollten, gelang das nicht in gleicher Weise. So blieb ich der „Star in der Manege". Mit Einbruch der Dunkelheit versammelten wir uns um die Fahne, die wir jeden Tag beim feierlichen Morgenappell hissten. Ein Lagerfeuer wurde entfacht, Gedichte wurden vorgetragen und danach gesungen: „Flamme empor ..., solang sie noch lodert, ist die Welt nicht klein". Das sollte nun auch unser Abendlied und Nachtgebet sein. Diesmal schliefen wir schnell und sehr ruhig ein.

Der kommende Morgen begann mit dem gleichen Zeremoniell: zackiges Wecken. Nur mit der Badehose bekleidet ging es im Dauerlauf ab zur Morgenwäsche. Warmgelaufen erreichten wir die Duschen. Ob wir wollten oder nicht: jeder ohne Ausnahme musste diese Prozedur über sich ergehen lassen. Auch ich! Wer diesen Prozess schnell beenden wollte, wurde einfach von besonders abgehärteten Burschen viel länger als nötig festgehalten. Danach hieß es: „Gründlich einseifen und schrubben, von Kopf bis zu den Füßen." Sogar die Körperpartie unter der Badehose musste eingeseift werden. Danach begab sich jeder mehr oder minder freiwillig wieder unter das kalte Nass, um sich vom Seifenschaum zu befreien. Eines habe ich danach festgestellt: das Wasser war zwar noch gleich nass, kam mir diesmal aber nicht mehr so kalt vor. Dennoch zitterten wir noch eine Weile. Mit nasser Badehose liefen wir zurück ins Lager. Diese stank jetzt nicht mehr nach Hering. Zwischen den Zelten hatten wir eine Schnur aufgespannt, an der wir unseren „kleinsten Dienstanzug“ zum Trocknen aufhängten.

Nach dem Frühstück war Boxen angesagt. Unsere Gegner waren die Pimpfe des Konzer Fähnleins, die neben unseren Zelten lagerten. Ihr Anführer war der „Tom“, den ich besonders gut leiden konnte. Die Einzelkämpfe zwischen den Älteren von uns nahmen viel Zeit in Anspruch. Wir Kleineren sollten gut aufpassen. Jeder von uns wollte zumindest ein kleiner Max Schmeling sein, der einmal Weltmeister aller Klassen war und am 19. Juni 1936 im Yankee-Stadion von New York über den farbigen Joe Louis nach hartem Kampf den Sieg errungen hatte. Damals jubelte ganz Deutschland, und wir Kinder stimmten mit ein in diesen Jubel. Zwei Jahre später standen sich die beiden Boxer nochmals gegenüber. Dem „Braunen Bomber“, wie er spöttisch von den Amerikanern genannt wurde, unterlag Schmeling bereits in der ersten Minute des Boxkampfes. Ich weiß noch, was die Kinder damals erzählten: Der böse „Louis“ habe „Eisenplatten“ unter seinen Boxhandschuhen getragen. Ehe man uns Kleinen die Boxhandschuhe anlegte, wurden wir über einige Regeln des Boxkampfes belehrt. Tiefschläge seien nicht erlaubt, also alle Körperpartien unterhalb des Nabels tabu. Die Boxhandschuhe waren uns viel zu groß, trotzdem drängten wir darauf, auch boxen zu dürfen. Mit zusätzlichen Schnüren wurden die „Übergrößen“ oberhalb unserer kleinen Fäuste fixiert, und los ging der Kampf. Wir schlugen, „was das Zeug hält“, aufeinander ein. Dieser Boxkampf endete „unentschieden“. So verging auch dieser Vormittag. Zur Flutzeit marschierten wir in kleinen Gruppen zum Meer. Diesmal hatte ich mir meinen Brustbeutel mitgenommen. Wir setzten uns am Fuß einer abgerundeten Kaimauer nieder, die bei Sturmfluten das hinter ihr liegende Land schützen sollte. Es war ein besonders klarer Tag. In der Ferne sahen wir einen hohen Leuchtturm. Auf einer Kaffeedose meiner Mutter hatte ich schon einmal ein solches Gebilde gesehen mit der Aufschrift „Roter-Sand-Leuchtturm“. Mutter bezog damals immer ihren Kaffee von einer Rösterei aus Bremen. So hatten sich bei uns einige Dosen angesammelt, in denen die Mama andere Dinge aufbewahrte und die ich als Kunstwerke bestaunte. Auf einer dieser Dosen war eine Ritterfigur dargestellt: Roland der Riese vor dem Rathaus in Bremen. Auf einer weiteren Dose war zu lesen: „Der Hunnenring bei Otzenhausen“. Auf dem Bild konnte ich aber nichts

Wesentliches erkennen. Dass es sich bei dem „Hunnenring“ nicht um eine Verteidigungsanlage gegen die Hunnen handelte, habe ich erst viel später erfahren. An der Autobahnausfahrt Otzenhausen steht ein Hinweisschild: „Keltische Fliehburg.“ Angesichts dieses Leuchtturms mit den roten und weißen Streifen versuchte ich mein Wissen an den Mann zu bringen. Ich meine, dass es diesmal Weisshaars Siggi war, der eine Landkarte vor sich ausgebreitet hatte. Er nahm das Gebilde in Augenschein. Dann schüttelte er den Kopf und sagte, der Rote-Sand-Leuchtturm liege weiter draußen in der Wesermündung.

Wir hatten gerade an diesem Tag eine besonders gute Weitsicht. Etwa sechs Kilometer vor uns sahen wir die Stadt Wilhelmshaven und genau davor den Hafen der Kriegsmarine. Ein großes Schiff lag vor Anker. Wir konnten sogar die Geschütztürme erkennen. Dann fiel der Name, den kurze Zeit später fast jeder Deutsche kannte: „Die Graf Spee“. Siggi sagte uns, dass der Name eines Schiffes immer mit „Die“ beginnt, selbst wenn es sich, wie in diesem Fall, um einen Mann handele, nach dem es benannt ist. Wir hörten, dass dies ein Panzerschiff sei. Danach erzählte er uns vom „heldenhaften Untergang“ der kaiserlichen Südseeflotte vor den Falklandinseln im Weltkrieg. Ihr Kommandeur war Admiral Graf von Spee. Zu dessen Ruhm und Ehre trage das Schiff seinen Namen. Nur wenige Tage später verließ „Die Graf Spee“ am 21. August 1939 ihren Heimathafen in Richtung Südatlantik.

Das Wetter änderte sich, wir saßen in unseren Zelten. Es wurde ungemütlich. Unser Atemdunst kondensierte an den Zeltplanen. Tropfen fielen herunter. So konnte es nicht weitergehen. Schnell wurde da die Not zur Tugend. Badehosen anziehen, raus aus den Zelten, im Dauerlauf marsch, marsch. So rannten wir durch den Regen. An der großen Kaimauer standen wir und sangen:

In Dangast brennt es, in Dangast brennt es,
Feuer, Feuer, – Feuer, Feuer,
und wir haben kein Wasser.

Danach folgte die geistreiche zweite Strophe, die das schilderte, was wir im Moment erleben mussten.

In Dangast „schifft“ es, in Dangast „schifft“ es,
Wasser, Wasser, – Wasser – Wasser,
und wir haben kein Feuer.

Ein Glück, dass meine liebe Mama sich das nicht anhören musste. Bestimmt hätte sie in diesem Moment dem Vater gegenüber gesagt: „Aber Joseph, wir hätten das Kind nicht mitfahren lassen sollen."

Das Kind aber war in Dangast, und dort nahm das Leben seinen gewohnten Lauf. Nach Regen folgt Sonne: Wir räumten die Zelte. Das nasse Stroh wurde aufgeschüttelt und mehrmals am Tag gewendet. Unsere Zeltplanen und Wolldecken legten wir über einen Weidezaun neben dem Feldweg, und das Wetter zeigte sich gnädig. Noch waren die Tage relativ lang. Das Stroh war noch etwas klamm, als wir es wieder auf dem Zeltboden ausbreiteten und darüber die Planen legten. Es roch eigenartig; dennoch waren wir heilfroh, als wir die nächste Nacht nicht in einem „tropfenden" und nasskalten Zelt verbringen mussten. Auch dazu gab man uns eine Belehrung mit auf den Weg. Diesmal sangen wir:

> *Pimpfe, das sind wilde Kerle, Pimpfe, das sind wilde Kerle:*
> *Reiten, kämpfen, jagen.,*
> *Können ohne Wimpernzucken, können ohne Wimpernzucken*
> *Schmerz und Leid ertragen.*

Von dieser Sicht her betrachtet, begann damals für uns bereits die vormilitärische Ausbildung, die unter dem Leitsatz stand: „Gelobt sei, was hart macht."

Es war Sonntag. Reimund Scherer verließ am frühen Morgen mit einer größeren Gruppe Schweicher und Longuicher Jungen in ihren Uniformen das Lager. Sie gingen in den Ort Varel, wo eine katholische Kirche war. Dort besuchten sie die Frühmesse. Wir vom „Jungzug 4" mussten bis zum normalen Wecken in den Zelten bleiben. Uns wurde gesagt, dass wir für einen so weiten Dauerlauf noch viel zu klein seien. Leo, unser Fähnleinführer, hatte uns verlassen. Wegen einer Blinddarmreizung musste er ins Krankenhaus. Nach einigen Stunden kehrten dann die „Dauerläufer" ins Lager zurück. Der Weg war viel weiter, als sie angenommen hatten. Neben dem allgemeinen Lagerablauf gingen wir wieder zum Strand, und diesmal, weil Sonntag war, alle in Uniform. In den Strandkörben saßen wieder Leute. Fast alle Körbe waren belegt, und auch im Strandcafé waren fast alle Plätze besetzt. Als einige von uns sich dort einfanden, fingen etliche Erwachsene an zu meckern. Wir mussten sofort das „ungastliche Haus" verlassen und wurden sogar beschimpft. Ich wollte mir wieder einige Rahmkaramellen am Tresen kaufen, wurde aber weggeschickt. Anderntags wurde auch im Lagerappell geboten, diesen Strandabschnitt und den dazu gehörenden Badestrand zu meiden. Ein Glück für uns war, dass ein geschäftstüchtiger Mann seine Chance entdeckte. Direkt neben unserer Zeltreihe baute er eine Bude auf. Hier konnten wir fortan das kaufen, was wir im Strandcafé nicht mehr bekamen. Wir mussten ja auch unser zwar spärliches, aber immerhin noch vorhandenes Taschengeld ausgeben. Da lagen vor allem Andenken. Ich kaufte mir eine große Muschel mit der Aufschrift: Dangast am Jadebusen. Das sollte mein großes Geschenk an meine Mama sein. Auch der Rest meines Taschengeldes wurde hier schnell „versilbert“.

Abends sangen wir. Das Lagerfeuer brannte. Der Lagerführer stand vor uns. Er hielt eine Rede. Fast klang seine Stimme wie die eines Priesters auf der Kanzel. Wir fühlten uns wirklich wie in einem Gottesdienst. Auch die Melodien unserer Lieder ähnelten denen aus unserem Gesang- und Gebetbuch. Oft empfand ich sie noch feierlicher und ergreifender. Dann wurde es still. Der Lagerleiter stimmte an:

Heilig Vaterland! In Gefahren,
Deine Söhne sich um dich scharen.
Von Gefahren umringt, heilig Vaterland!
Alle stehen wir, Hand in Hand!

Dieses Lied hatten wir schon in unseren Gruppenstunden gesungen. Hier aber klang es, wie gesagt, noch sakraler und feierlicher. Es fehlten eigentlich nur noch der Schlusssegen und der Weihrauch. Die Fahne wurde wieder eingeholt. Auch das war ein ritueller Akt. In aufrechter Haltung standen wir da und sangen: „Ja, die Fahne ist mehr als der Tod.“

Am nächsten Tag versammelten wir uns zu gewohnter Zeit zum Morgenappell. Es hieß: Stillgestanden“. Die gesamte Lagerleitung stand vor uns, als der Bannführer laut sagte: „Stellt mir den Lumpen in die Mitte“. Dann wurde ein Pimpf, der vielleicht 13 Jahre alt war, herbeigezerrt. Da stand nun der arme Kerl vor dem Pranger. Er wurde angeschnauzt: „Wie heißt du?“ Der Junge antwortete so leise, dass wir ihn nicht verstehen konnten, und hielt sich einen Ellenbogen vor sein Gesicht. Dann musste er strammstehen. Der Bannführer brüllte ihn nochmals an und forderte ihn auf, laut und deutlich zu antworten: „Wie heißt du?“ Der Junge zitterte vor Angst und nannte klar und deutlich seinen Namen. „Was bist du?“ Die Antwort: „Ein Dieb“. „Was hast du verbrochen?“ Die Antwort: „Ich habe gestohlen.“ „Wen hast du bestohlen?“ Die Antwort: „Einen Kameraden.“ „Was bist du?“ Die Antwort: „Ein Lump.“ Und dann kam noch die Frage: „Was ist dein Vater?“ Jetzt brach der arme Kerl fast zusammen, als er weinend antwortete: „Polizeioberwachtmeister.“ Danach gab ihm der Bannführer noch einige kräftige Ohrfeigen und der Junge musste sich wieder in ein Zelt verkriechen, vor dem zwei „Hitlerjungen“ wachten. Das war nun einfach zu viel für mich. Ich versetzte mich in die Lage dieses Jungen. Hätte mir nicht auch so etwas passieren können?

Noch lange danach hat mich diese Art der Demütigung angewidert. Ich dachte an die Scham, die ich empfand, als ich in der Schule aufgefordert wurde: „Stell dich ins Eckchen und schäm dich“, und an den Moment vor dem Schaufenster, als ein Junge mir im Beisein anderer sagte: „Schäm dich, du hast ja heute Morgen in der Schule Prügel bekommen.“ Dieser Junge aber wurde vor den Augen des ganzen Lagers in solch gemeiner Weise gedemütigt.

Wir sollten noch eine Überfahrt mit einem Boot nach Wilhelmshaven machen und unter anderem auch das Panzerschiff „Graf Spee“ aus der Nähe betrachten. Es kam aber anders. Man rief uns alle zusammen. Der Bannführer erklärte uns, dass wir noch am selben Abend die Heimreise antreten müssten. Er sagte etwas von einer Krankheit, von Ansteckungsgefahr und auch, dass unsere Eltern uns am anderen Tag am Bahnhof wieder abholen könnten. Ich freute mich riesig über diese Mitteilung. Wir mussten in der schon beschriebenen Weise wieder unsere Habseligkeiten im Affen verstauen, Decke und Zeltplane kräftig ausschütteln und vorschriftsmäßig zusammenfalten, aufrollen und mit den vier Riemen an den Rucksack schnallen. Zum letzten Mal bekamen wir unser Mittagessen, danach wurde die Fahne eingeholt, noch einmal das Deutschlandlied samt Anhängsel gesungen. Unsere Feldflaschen konnten wir mit Kräutertee füllen; in unseren Brotbeuteln verstauten wir die Marschverpflegung. Wer noch etwas Geld hatte, kaufte sich einige Süßigkeiten oder ein Andenken beim „Mann mit dem Büdchen“. Dann marschierten wir los. Jemand schrie: „Ein Lied!“ „Müde und matt und aller Plage satt“ erreichten wir endlich den Bahnhof Varel. Ein Sonderzug stand bereits auf einem Nebengleis. Nur gruppenweise wurden wir aufgerufen. Alles verlief ohne Hektik in militärischer Disziplin. So stiegen wir auch in das Abteil, das uns zugewiesen wurde. Aber es dauerte noch sehr lange, bis sich der Zug endlich in Bewegung setzte. Die Heimreise dauerte wesentlich länger als die Anreise. Der Zug musste oft auf freier Strecke lange warten. Ich wurde sehr müde. Wieder wurden zwei Rucksäcke aus den Gepäcknetzen genommen und ich nach oben befördert, wo ich nun in den „Schlaf der Gerechten“ fiel. Ich muss wohl sehr lange und tief geschlafen haben, als man mich weckte. Es fing schon an zu tagen, als wir durch Gerolstein fuhren. Ab hier zählte ich alle Stationen. Besonders freute ich mich, als ich eine Bahnstation mit Namen Speicher entdeckte. Dann kamen wir in Ehrang an. Für uns hieß es umsteigen. Mit lautem Geschrei aus den geöffneten Zugfenstern wurden wir von den Trierer Kameraden verabschiedet. „Zicke zacke, zicke zacke, heu, heu, heu!“ Zicke zacke, zicke zacke, heu, heu, heu!“ Am Schweicher Bahnhof wurden wir bereits erwartet. Gähnend vor Müdigkeit fand auch ich meinen Weg zum Elternhaus. Meine Mama wusch mir als Erstes mit einem Waschlappen das Gesicht. Dann eilte ich nochmals über die vielen Treppenstufen und die große Diele zum stillen Örtchen. In der Wohnung angekommen, legte mich die Mama sofort ins Bett. In diesem Moment glaubte ich, einfach zu versinken: so weich waren die Matratzen gegenüber dem harten Strohlager im Zelt in Dangast am Jadebusen.

In diesen Tagen besuchte uns Lehrer Tendam aus Issel. Er teilte meinem Vater mit, dass gegen ihn eine Anzeige vorliege. Er nannte sogar den Namen dessen, der diese Anzeige erstattet habe. „Kannst du vielleicht etwas für mich tun?“, war wohl die Frage. Ich würde gerne in Issel bleiben, und unsere Tochter (er nannte sie „Seppel“) hat doch ihre Lehre bei Notar König begonnen. Man will mich in den hintersten ‚Hunsbuckel‘ verbannen.“ So ähnlich verlief das Gespräch. Auch meine Mutter war mit dabei. Kurze Zeit später erfolgte tatsächlich die Versetzung von Vaters Kollegen nach Raunen. Als dessen Nachfolger stellte sich nach einiger Zeit Herr Klawun bei meinen Eltern vor.

Eines Morgens waren aus unseren Schulklassen die großen Kreuze verschwunden. Dort, wo sie hingen, konnte man noch deutlich die hellen Stellen sehen, die zuvor von den Kruzifixen verdeckt waren. Seitens der Partei war verfügt worden, alle christlichen Symbole aus den Schulen zu entfernen. Wer aber hatte das getan? Die Gerüchteküche brodelte mal wieder. „Majusebetta, majusebetta, habt ihr schon gehört?“ Namen fielen. Der gefürchtete Mann mit der langen und krummen Nase sei es gewesen. Dieser wurde schon früher verdächtigt, das Gedenkkreuz auf dem Weg zum Heilbronnen umgestoßen zu haben. Man erzählte auch, die Kreuze seien im Heizungskeller zerschlagen und anschließend verbrannt worden. Majusebetta.

Viele Jahre nach diesem Ereignis erfuhr ich per Zufall den Hergang dieser Aktion. Als Leiter des Landvolkdienstes im Erzbistum Köln hielt ich einen Vortrag zum Thema: „Der landwirtschaftliche Familienbetrieb in einer Zeit wandelnder Sozialstrukturen". Hier hatten sich Ortslandwirte, Gemeinderatsmitglieder, Ortsbürgermeister, Lehrer und auch Neuansiedler versammelt. Der Saal war brechend voll. Nach nicht enden wollender Diskussion kam ein Mann auf mich zu und fragte mich, ob ich einmal Schweicher Bürger gewesen sei. Als ich bejahte, gab er sich zu erkennen und fragte mich, ob er noch „Du" zu mir sagen dürfe. Es war der ehemalige Amtsbürgermeister Kurt Keuschen. In der Folge erzählte er mir, dass er als Träger des Goldenen Parteiabzeichens und früherer Ortsgruppenleiter sofort interniert worden sei und nunmehr in Mutscheid bei Münstereifel mit seiner Frau eine Privatpension betreibe. Unter anderem berichtete er, dass er damals persönlich die Kreuze mit einem Mann, der übrigens im Verdacht gestanden hatte, an dieser Aktion beteiligt gewesen zu sein, in beiden Schulen abgehängt habe. Er selber sei ja evangelisch und habe auch nicht den Polizisten Bosbach damit beauftragen wollen, da dieser ihm zu verstehen gegeben habe, dass er dieses mit seinem Gewissen nicht verantworten könne. Die Kreuze habe er dann mit Betttüchern umhüllt auf dem Dachboden seiner ehemaligen Dienstwohnung abgelegt. Wenn sie keiner dort weggenommen habe, müssten sie heute noch da liegen.

Am 1. September 1939 brach der 2. Weltkrieg aus. Für uns Kinder war das ein freudiges Ereignis. Wir Jungen spielten jetzt noch mehr als vorher Soldat. Ein etwa 16 Jahre alter Junge aus dem Langgarten brachte in den Pöhlen eine schwere Pistole mit und ein ganzes Päckchen großkalibriger Leuchtspurmunition. Die hatte er zuhause im Schuppen gefunden. Vor unseren Augen schob er eine Patrone in den Lauf und ballerte ein Geschoss in die Höhe. Staunend verfolgten wir die Spur des roten Geschosses, bis es verglühte. Nochmals wurde dieses Schießeisen geladen und abgefeuert. Wenig später brachten auch andere Jungen zum Spielen echte Waffen mit. Einer hatte einen Revolver mit echter Munition. Damit wurde dann herumgeballert. Zielscheibe war ein alter Eimer und danach eine dicke Bohle. Die Kugel drang mitten durch das Holz. Dort, wo das Geschoss eingeschlagen war, befand sich nur ein kleines, auf der Rückseite aber ein viel größeres Loch. Die Knallerei hatte Leute herangelockt. Nun war es Zeit, das Feld zu räumen. Die Lust an der Ballerei hatte uns aber alle gepackt. Waffenhändler Toni Reis machte damals gute Geschäfte. Zwar konnten wir dort keine echten Pistolen kaufen, wozu uns übrigens das Geld gefehlt hätte. Ein älterer Junge kaufte mir von meinem Geld für fünf Mark einen Schreckschussrevolver und ein Päckchen Platzpatronen, andere Jungen erwarben für den gleichen Preis ein Luftgewehr. Zum Spielen hatten wir wieder den großen Schulhof mit dem

Hintergrund: eine Schulklasse; darin die Schusterwerkstatt. Soldaten des „Instandsetzungs-Trupps" auf einer Schulbank. Mein Vater sitzt als „Noch-Zivilist" in der hinteren Reihe. In solchen Bänken verbrachte ich meine Schulzeit und über diese Bänke lief immer unser Lehrer Scherer mit dem „Onkel Fritzchen" (1939-40).

Feuerwehrturm entdeckt. Da erzählte uns „Hauen Pittchen", dass im Hof vor dessen Haus Sprengstoff vergraben sei. Sein alter Opa hinderte uns nicht, als wir dort zu graben begannen. Tatsächlich wurden wir fündig und entdeckten dort einige backsteingroße feuchte Pakete. Der Opa bezeichnete diese als Sprengladungen, die aber nicht mehr gefährlich seien. Im angrenzenden Garten wurde dann ein solches Päckchen geöffnet, ein Teil des Inhaltes auf ein Stück Papier gelegt und angezündet. Der erhoffte Knall blieb aus. Der nasse Sprengstoff brannte zwar. Das war aber auch alles.

Wir bekamen schnell wirkliche Soldaten zu sehen. Noch im Herbst bezogen Flaksoldaten ihre Quartiere in Privathäusern und bauten am Ortsrand ihre Stellungen auf. Über den Kriegsverlauf wurden wir natürlich täglich informiert. Schon kurz nach dem Polenfeldzug erhielt mein Vater ein großes Paket Hefte mit der Überschrift: „Der Siegeszug der 18 Tage". Diese wurden an alle Klassen verteilt und dort auch gelesen. Wenige Tage später erfuhr mein Vater, dass der Sohn seines Kollegen August Antz aus Ehrang gefallen war. Trotz des allgemeinen Siegesrausches spürte jetzt schon jeder, wie schrecklich ein Krieg ist. Die Mobilmachung lief auf Hochtouren. Unsere Schule wurde in Beschlag genommen und der ganze Unterrichtsbetrieb eingestellt. Lastwagen fuhren auf den Schulhof. Aus unsern Klassenräumen wurden „Magazine“. In einem Schulraum wurden stapelweise Wolldecken gelagert, die nach Mottenkugeln stanken. Zeltplanen wurden angeliefert, Notbetten mit Brettereinlagen. Mein Vater wurde angewiesen, den gesamten Unterrichtsbetrieb in die vier Klassenräume der alten Schule zu verlegen. Es begann der „Schichtunterricht“. Die Schüler, für die zuvor zehn Klassen zur Verfügung standen, die wegen der großen Schülerzahl ohnehin nicht ausreichten, wurden jetzt auf vier Räume verteilt. Die Schülerzahl je Klasse musste heraufgesetzt werden, das heißt, es gab jetzt nur noch acht Schuljahrgänge. Auch die Zahl der Unterrichtsstunden wurde zur großen Freude der Kinder erheblich reduziert. Bis sich alles eingespielt hatte, verging einige Zeit. Der ständige Wechsel zwischen Vormittags- und Nachmittagsunterricht gefiel mir gar nicht. Aber ich musste mich, wie die anderen Kinder auch, mit dieser Tatsache abfinden. Die Lehrer taten sich dabei leichter. Zum Ersten standen jetzt zehn Lehrkräfte für den Unterricht in nur acht Klassen zur Verfügung. Und wegen der notwendig gewordenen Reduzierungen der Lehrfächer brauchten sie noch weniger zu unterrichten. Gleichzeitig erfolgte auch noch die Umstellung auf 40 Minuten je Unterrichtseinheit. Schwieriger hatte es da mein Vater, der den ganzen Organisationsplan bewältigen musste.

Es herrschte ab jetzt eine allgemeine „Mobilmachungsstimmung“. Sehr oft hatte ich bis dahin erlebt, dass junge Männer mit Kunstblumensträußen durch den Ort zogen. Sie kamen von der Musterung und sangen: „Es ist so schön Soldat zu sein, Ro- Rosemarie, nicht jeder Tag bringt Sonnenschein.“ Andere sangen: „Reserve hat Ruh‘, Reserve hat Ruh‘, und wenn Reserve Ruhe hat, dann hat Reserve Ruh‘.“ Meist hatten diese dann, „einen Tüchtigen in der Krone.“ Jetzt sah man plötzlich viele junge Männer zusammen. Früher als erwartet wurden sie für den Wehrdienst gemustert. Aber auch „Altgediente“ erhielten scharenweise den Einberufungsbescheid, darunter auch Verheiratete. Eines Tages kamen viele Männer in unseren Schulhof. Am linken Arm trugen sie eine Binde. Auf dieser stand: „Deutsche Wehrmacht“. Sie sollten hier uniformiert werden. Es schien etwas bei der Organisation schiefgelaufen zu sein. Einige Klassenräume, in denen ein Kleiderdepot geplant war, blieben ungenutzt. Zwei Männer begrüßten meinen Vater. Es waren die Kollegen Gerhards und Streit aus Föhren. Beide hatten am gleichen Tag den Einberufungsbefehl erhalten und mussten sich hier melden.

Es schlug bei uns wie eine Bombe ein, als die Schweicher Bevölkerung aufgefordert wurde, sich auf eine bevorstehende Evakuierung vorzubereiten. Frau Schilling erzählte mir, dass sie noch für jedes Kind ein Stück Seife gekauft habe. Und wieder waren es die Kinder, die sich über diese angekündigte Aktion freuten. Auch meine Mutter begann damit, die notwendigen Vorbereitungen zu treffen. Unsere saarländische Verwandtschaft war schon mit Sonderzügen unterwegs nach Thüringen. Dem folgten ganze Gemeinden im Grenzgebiet entlang der luxemburgischen Grenze. Dazu gehörte auch der Weinort Nittel. Nur wenige Männer durften zurückbleiben, um das Vieh zu versorgen. Wir aber blieben von dieser Maßnahme verschont und konnten sogar wieder für kurze Zeit die Schule benutzen. Wie jubelten wir Kinder des 5. bis 8. Schuljahres, als wir aufgefordert wurden, am nächsten Morgen mit festem Schuhwerk und genügend Butterbroten schon um 7:00 Uhr zu erscheinen. Wer über eine „Weinbergschere" verfügte, solle diese mitbringen. Obwohl die Weinlese auch bei uns bereits begonnen hatte, lieh mir meine liebe Katti diese, bat mich aber, sie nicht zu verlieren. Wir sollten mit allen Schülern unter Aufsicht unserer Lehrer in den Weinbergen des evakuierten Ortes Nittel die Trauben „lesen". Ein Sonderzug brachte uns über Trier und Konz zum Ziel. Wir wurden in Gruppen aufgeteilt und in die unmittelbar am Dorfrand liegenden Weinberge geführt. Da standen auch einige Kuhgespanne mit großen Holzbütten. Wir erhielten einen Eimer. Kindern, die keine Traubenschere bei sich hatten, wurde eine solche in die Hand gedrückt. Es dauerte recht lange, bis es uns gelang, mit unseren kleinen Händen, für die die Scheren zu groß waren, die Trauben abzuschneiden. Ich konnte es nicht und riss die Trauben einfach von den Rebstöcken ab. Zunächst aber schlugen wir uns mit den reifsten Früchten die Bäuche voll. Männer schütteten die gefüllten Eimer in besondere Traggefäße und entleerten diese in den großen Bütten auf den Kuhgespannen. Unsere Lehrer hatten es sehr schwer, ihrer Aufsichtspflicht nachzukommen. Wir aßen zwar Butterbrote, brachten aber die meisten davon wieder mit nach Hause. Trinken brauchten wir auch nicht, weil wir zu viele Trauben gegessen hatten. Am späteren Nachmittag brachen wir auf zur Heimreise. Wieder dauerte es sehr lange, bis der Zug abfahren konnte. Da es damals keine Großraumwagen gab, brauchten die Lehrer viel Zeit beim Nachzählen. In Trier hielt der Zug auch wieder lange Zeit. Einigen Abteilen entstiegen Frauen und Männer, die auch zur Weinlese in Nittel waren. Da dröhnte es aus dem Bahnhofslautsprecher: „Die Aktion wird morgen fortgesetzt. Abfahrt des Zuges hier vom selben Bahnsteig um ? Uhr." Wie auf Kommando sang dann die ganze Gruppe: „Das kann doch einen Seemann nicht erschüttern, keine Angst, keine Angst, Rosmarie." Wir Kinder aber wurden für einen solchen Einsatz nicht mehr benötigt, weil ein solcher, wie mein Vater sagte, der reinste Blödsinn sei.

Wir bekamen die ersten Soldaten eines FLAK-Bataillons zur Einquartierung. Leutnant Dr. Gonnel stammte aus Königsberg. Dort war er Privatdozent.

Wachtmeister Plitzko kam aus Oberschlesien. Im Schweicher Katasteramt residierte ein Major mit seinem Stab. Ein Instandsetzungstrupp dieser Einheit bezog jetzt einige Klassenräume: eine Schneiderei mit zwei oder drei Mann und auch eine Schusterwerkstatt. Es stellte sich bald heraus, dass die Schule nicht der geeignete Standort war, und man fand eine andere Lösung. Bis auf die Klassenzimmer, die noch immer als Lagerraum dienten, stand jetzt die Schule leer und war unbewacht. Das hatten die großen Jungen schnell heraus. Durch das schon beschriebene Fenster, das bislang noch nicht repariert war, gelang ihnen der Einstieg. Sie tobten vor allem auf den Wolldecken, die noch immer dort gelagert wurden. Ich bekam leider davon nichts mit, weil ich gerade in dieser Zeit an den Nachmittagen in der alten Schule Unterricht hatte. Danach wurde das Depot endlich geleert.

Die Ereignisse überschlugen sich. Das Verdunkelungsgebot wurde erlassen. Bei unseren sehr hohen Fenstern war das ein Problem. Hier zeigte sich die Gemeinde aber großzügig. Wir bekamen Rollläden. Trotzdem musste man sich an die Verdunkelungsvorschrift gewöhnen. Als mein Vater und ich vom Schulunterricht heimkamen, erzählte uns die Frau Mama, dass Herr Bosbach in voller Uniform erschienen sei und ihr mitgeteilt habe, gegen uns liege eine Anzeige vor wegen Missachtung der Verdunkelungspflicht. Im Wiederholungsfalle würde dies mit einer Geldbuße von 100 Reichsmark geahndet. Künftig hielten wir uns alle an die Regel: „Erst verdunkeln, dann Licht einschalten.“ Mit Einbruch der Dunkelheit wurde künftig alles finster. Die Scheinwerfer der Autos wurden mit schmalen Schlitzen ausgerüstet, durch die nur wenig Licht drang. Das galt auch für alle Militärfahrzeuge und Motorräder. Außerdem wurden alle Straßenlaternen abgeschaltet.

Wieder war es die Familie Schilling, die vom Schicksal heimgesucht wurde. Egbert war Bäcker- und Konditorlehrling in Trier. Es war bereits Abend, als ihn ein Geselle mit seinem Motorrad nach Hause fahren wollte. Auf der Landstraße parkte eine Kolonne abgedunkelter Militärfahrzeuge. Frontal prallte das Motorrad gegen den ersten Wagen. Egbert war auf der Stelle tot. Da fiel mir wieder die Frage ein, die mir mein Pastor anlässlich meiner ersten Beichte stellte: „Wohin wärst du gekommen, wenn du jetzt gestorben wärest?“ Wo mag jetzt der Egbert sein? Ich dachte an die „Vollkommene Reue“, die ein Sterbender noch gegenüber Gott bekunden kann. Konnte Egbert noch sagen: „Mein Jesus, Barmherzigkeit?“ In den nun folgenden Nächten schlief ich wieder sehr unruhig. Ich schrie laut, und meine Mama nahm mich in ihre schützenden Arme. Ab jetzt verbrachte ich viel Zeit in unserem Wohnzimmer. Dort stand auch unser alter Radioapparat.

Sondermeldung folgte auf Sondermeldung. Was in dem Sonderdruck „Der Siegeszug der 18 Tage“ als Pflichtlektüre zu lesen war, wurde hier ständig kommentiert, von Marschmusik begleitet.

In den frühen Abendstunden fanden sich immer viele Schweicher Jungen auf dem „Spieles“ ein. Da wurde viel gequatscht und dumme Witze erzählt. Manchmal rauchte auch einer dabei eine Zigarette. Wir Kleineren standen in respektablem Abstand neben ihnen und hörten neugierig zu. Dann kam es immer wieder vor, dass einer der großen Jungen beide Hände wie einen Trichter vor den Mund hielt und wie ein „röhrender Hirsch“ spielesabwärts und langgezogen brüllte: „Stunes, Stunes“! Einem Elch gleich tönte es von unten zurück: „Stunes, Stunes“.

Meine Schwester Lore kehrte aus dem Arbeitsdienst zurück. Den Traum vom Journalismus hatte sie aufgegeben und sich nach reiflicher Überlegung für die Pharmazie entschieden. Als Vorpraktikantin wurde ihr eine Ausbildungsstelle in Mayen zugewiesen. Pfarrer Anschau war sofort bereit, ihr dort bei der Suche nach einer Unterkunft zu helfen. Während dieses zweijährigen Praktikums musste meine Schwester ein „Herbarium“ anlegen. Wer die Ungeduld meines Vaters kannte, wird auch verstehen können, wie er jetzt reagierte. Nach einem vorgegebenen Verfahren mussten alle möglichen Kräuter (Herba = Kraut) gesammelt werden. So nahm er mich an die Hand und ging mit mir spazieren. Das „böse Diktatbuch mit dem grauen Einband“ nahm er nicht mit. Diesmal ging es Richtung Issel und weiter moselaufwärts. Wir gelangten an den „Viadukt“, welcher später der Moselkanalisierung zum Opfer fiel. Er wurde in der Kaiserzeit aus rotem Buntsandstein errichtet, aber nicht vollendet, weil durch den Friedensvertrag von Versailles Lothringen an Frankreich fiel. Eine neue Bahnlinie sollte den Transport von Erzen und Kohlen zwischen dem „Reich“ und Lothringen erleichtern. Dies untersagte aber der Versailler Vertrag. Vater erzählte mir, dass die Porta Nigra in Trier aus den gleichen Steinen erbaut worden war, die aber im Laufe der vielen Jahrhunderte schwarz wurden. Porta Nigra bedeutet nichts anderes als „Schwarzes Tor“. Der eigentliche Zweck unseres Spaziergangs galt aber der Kräutersuche. Wir wurden auch fündig. Noch gab es viele so genannte Herbstblüter. Papa erklärte mir nach genauer Betrachtung den Unterschied zwischen einer Dolde und einer Trugdolde, er warnte mich vor der Giftwirkung der Herbstzeitlose und des Riesenbärenklaus. Letzteren fanden wir zwar nicht, andere Kräuter nahmen wir mit. Zuerst aber hielten wir Einkehr in einer Gaststätte am Moselufer. Er bestellte uns sogar eine Schlachtplatte mit Sülze, Blut- und

Leberwurst und selbstgebackenem Bauernbrot. Im September 1939 war dies noch möglich. Natürlich trank mein Vater sein „Casparybräu“ und ich meine Limonade. Auf dem Wohnzimmertisch legten wir das Blumenbündel nieder und Vater nahm sofort Schmeils „Handbuch für Pflanzenkunde“ zur Hand. Die letzten Ausgaben des „Trierer Nationalblatts“ lagen auch auf dem Tisch. Von unnötigen Blättern wurden die Pflanzen jetzt befreit und beim Namen benannt. Vor allem kam es meinem Vater darauf an, die botanische Bezeichnung, so nannte er diese, zu finden und aufzuschreiben. Was Papa tat, tat er auch gründlich. Danach legte er die Pflanzen samt deren Bezeichnung exakt zwischen zwei Zeitungsblätter. Im Laufe der Zeit mussten alle Lexikonbände herhalten, um die Pflanzen zusammenzupressen. So wurde von ihm der „Grundstein“ für Lores Herbarium gelegt.

Lebensmittel- und Kleiderkarten bestimmten künftig auch unsern Konsum. Sogar eine Reichskarte für Urlauber (siehe Abbildung) wurde eingeführt. Nur noch gegen Vorlage dieser amtlichen Bescheinigungen konnte eingekauft werden. Für die Geschäftsleute bedeutete das eine fast unzumutbare Belastung. Sie mussten mit der Schere die Einzelabschnitte abtrennen und fein säuberlich in ihr Warenausgangsbuch einkleben. Selbst Kaffeeersatz gehörte zur „bezugsscheinpflichtigen“ Ware. Wer in einem Gasthaus speisen wollte, konnte dies künftig auch nur gegen Vorlage der „Reichskarte für Urlauber“.

Der Lebensmittelkarte folgte wenig später die Einführung der „Reichskleiderkarte“. In den ersten Kriegsmonaten kamen wir recht gut mit unseren Rationen aus, vor allem deswegen, weil wir in unserem großen Garten reichlich Gemüse und Kartoffeln ernten konnten. Wir litten auch in den nun folgenden Monaten keinen Hunger. Nur der Fleisch- und Wurstwarenkonsum musste etwas eingeschränkt werden. Meine Eltern kochten immer viel Marmelade und konservierten Erbsen, Bohnen, Apfelkompott, Birnen, Mirabellen, Zwetschgen und saure Gurken. Gerade in diesem Herbst war die Ernte besonders groß. Aus eigenem Anbau verfügten wir auch über einen guten Kartoffelvorrat, Wintergemüse und eingelegtes Sauerkraut. Es mangelte zwar etwas am Fett, besonders an magerem Speck, Mehl und Zucker. Ich kann mich nicht daran erinnern, dass ich über unser Mittag- und Abendessen zu klagen hatte. Statt des Sonntagspuddings aßen wir bis weit in den kommenden Winter hinein Äpfel. Der „Winterrambur" war besonders lange lagerungsfähig, und auch die „Martinsbirnen" wurden während der Lagerung immer reifer. Man höre und staune: Noch weit über das kommende Frühjahr hinaus konnten wir von unserem Bäcker mit Brötchen beliefert werden. Neben dem Kaufpreis wurden selbstverständlich auch die Abschnitte der Lebensmittelkarten benötigt. Außerdem war unsere Mama eine gute Köchin. Es gab damals auch Leute, die nicht über genügend Geld verfügten, um den vergleichsweise hohen Butterpreis von 90 Pfennig je halbes Pfund zu bezahlen. Anderen war auch der Preis von 1,80 Mark für ein Pfund Rindfleisch zu hoch. Ein Mädchen brachte uns Butter und freute sich, wenn unsere Mutter ihr dafür einen Groschen mehr in die Hand drückte. Zum großen Bedauern meiner Eltern verkaufte gerade in dieser Zeit die Familie Max ihr Gasthaus samt Metzgerei und verzog nach Ehrang. In deren Laden befand sich künftig ein Fischgeschäft, welches die Gärtnerei Teschke als eine Art „zweites Standbein" eröffnete. Fische konnte man noch ohne Lebensmittelkarten einkaufen. In ausgekachelten Kübeln wurden „Stockfische" eingeweicht und dann verkauft. Auch gesalzene und grüne Heringe konnte man hier erwerben und sogar Spezialitäten, die sonst nur in der „Nordsee" zu finden waren.

Der Pferdemetzger Dickmann erlebte fortan eine Hochkonjunktur und brauchte den Rollladen vor seinem Schaufenster nicht mehr herabzulassen. Jetzt bewirkte die Aufschrift „Pferdemetzgerei" das Gegenteil wie damals, als ich ihm die Kunden vertrieb und er mir drohte, dass er mir „das Geling herumdrehen" werde. Die Kunden gaben sich förmlich die Klinke in die Hand. Ab jetzt galt „Sauerbraten vom Pferd" als besondere Delikatesse, und die Schweicher sangen:

„Rindfleisch, das ist teuer, Schweinefleisch ist knapp,
gehn wir bei den Dickmann und kaufen uns Trapp-Trapp."

Nur an wenige Einzelheiten des Weihnachtsfestes 1939 kann ich mich noch erinnern. Schwester Lore kam über die Festtage nach Hause und schenkte mir ein Buch: „Der Wettflug der Nationen“ von Hans Dominik. Ab jetzt wollte ich Flieger werden. Dann lehrte mich Lore folgendes Lied von Joseph Buchhorn (1875-1954):

Wir fliegen durch silberne Weiten,
Selig dem Himmel gesellt,
Schweben und sinken und gleiten
Über unendlichen Breiten,
Die Gott uns zum Schauen bestellt.

Über der Erde zu thronen
Hoch im sonnigen Schein,
In unerschlossenen Zonen
Neue Menschen zu sein,
Braust es im Chor:
Flieger, empor!

Wir werden zum Kämpfen geboren,
Augen stets offen und klar!
Klingt die Musik der Motoren,
Fühlen wir uns unverloren
Und furchtlos in jeder Gefahr.

Über der Erde...

Wir werden nicht immer gewinnen,
Dennoch! Uns schreckt keine Not!
Leben, Vergeh'n und Verrinnen,
Aber der Glaube tief innen
Ist stärker als Not und Tod.

Über der Erde...

„Ach, wer das doch könnte, nur ein einziges Mal.“ Nicht einmal zwei Jahre waren vergangen, seit wir das Gedicht bei Fräulein Reis lernten, welches damals schon Sehnsüchte in mir wachrief: Einmal auf dem Rücken eines Drachen liegen zu dürfen. Jetzt sah ich mich in einem richtigen Flugzeug sitzen, und zwar in einer Weise, die mir dieses Lied veranschaulichte: Fliegen durch silberne Weiten, selig dem Himmel gesellt, schweben und sinken und gleiten, über unendlichen Breiten, die Gott uns zum Schauen bestellt. Das war fortan meine große Sehnsucht. Dann erzählte mir meine Schwester, dass auch „Thesens Jupp“ unten vom Bach, der im selben Jahr wie sie das Abitur machte, als Soldat Flugzeugführer werden wolle und bereits mit dieser Ausbildung begonnen habe. Der Sohn unseres Küsters und Organisten „Heini Kuhn“ sei bereits Leutnant und Flugzeugführer bei der Luftwaffe. Ab jetzt galt mein großes Interesse der Flugtechnik. Lore schenkte mir ein Buch mit allen damaligen Flugzeugen der deutschen Luftwaffe. Schnell lernte ich die wichtigsten Typen kennen. Das waren zunächst die Jagdflugzeuge Me 109 und FW 190, der Sturzkampfbomber Ju 87 (Stuka), der zweimotorige Bomber He 111, der Fernaufklärer Do 17 und die Ju 52 mit ihren drei Motoren. Bald konnten wir all diese Flugzeuge auch im Original unterscheiden, wenn wir sie am Himmel erblickten, und auch die Namen derer erfahren, welche ab jetzt als Helden der Luftwaffe verehrt und ausgezeichnet wurden.

In den kommenden Tagen verbrachte ich viel Zeit vor dem Radio. Da erfolgte eine Sondermeldung: Deutsches U-Boot versenkt britische Kriegsschiffe. Deutschland hatte ein neues Idol, Kapitänleutnant Prien, den Helden von Scapa Flow. Auch in der Schule wurde er als Held gepriesen. Prien wurde als Erster mit dem Ritterkreuz ausgezeichnet. Seinen Namen kannte damals jedes Kind. Eine andere Nachricht erschütterte besonders mich. Wie bereits erwähnt, sahen wir kurz vor Ausbruch des Krieges den „stolzen Panzerkreuzer Graf Spee“ in Wilhelmshaven vor Anker liegen. Nur wenige Tage nach dem Abbruch unseres Zeltlagers war er mit über 1100 Mann an Bord ausgelaufen. Jetzt kam die schreckliche Meldung, dass der „Stolz der damaligen Kriegsmarine“ nach „erfolgreichen Seegefechten mit vielen Toten sowie Verwundeten an Bord“ wegen notwendiger Reparaturen den Hafen von Montevideo habe anlaufen müssen. Zwischenzeitlich versperrten britische Zerstörer die La Plata-Mündung. Hier wurde auf Befehl des Kommandanten das Schiff versenkt. Er selbst erschoss sich und wurde zusammen mit den Gefallenen der Schiffsbesatzung in einer Art „Staatsbegräbnis“ auf einem eigenen Ehrenfriedhof beigesetzt, die gesamte Besatzung anschließend aber interniert.

Der Schulunterricht verlief wieder normal. Zweimal wöchentlich trat ich meinen Gang zum Englischunterricht an. Fräulein Felten lobte meinem Vater gegenüber sogar meine Leistungen. Meine deutsche Rechtschreibung verbesserte sich wesentlich. Auch entdeckte ich damals meine Liebe zu „Karl May“.

Neue Einquartierung stellte sich ein. Die meisten Soldaten wurden in Privatquartieren untergebracht. Auf dem großen Schulhof stationierte die Artillerie ihre Geschütze samt Lafetten und vielen Kisten mit Granaten und Kartuschen. Es war eine „bespannte Einheit", die ihre schweren „Kanonengäule" in den Scheunen der Bauern untergebracht hatte. Einige der Soldaten schliefen dort auf einem Strohlager. Unter den sechs großen Kastanienbäumen des vorderen Schulhofes standen Autos und Motorräder mit Beiwagen. Keiner kam auf den Gedanken, zusätzliche Wasserkranen zu installieren. Es mag wohl Anfang März 1940 gewesen sein, als meiner Mutter von einem Zahlmeister dieser Einheit eröffnet wurde, man müsse unsere „Waschküche" beschlagnahmen und dort eine Feldküche einrichten. Da half alles Gerede nichts. Mutter musste fortan unsere gesamte Wäsche im Badezimmer waschen. Auf dem Herd unserer Küche stand ein großer Waschtopf für die Kochwäsche. Inzwischen waren auch die altbewährten Waschmittel wie Sil, Henko, Persil und Immi nicht mehr zu haben. Es gab nur noch gegen Bezugsscheine „Einheitsseife" und schlechtes Waschpulver. Nur Soda konnte man noch ohne Einschränkungen einkaufen.

Es waren Westfalen, welche jetzt bei uns ein- und ausgingen. Fortan stand auch die Haustür immer offen. In einem Nebenraum des Kellers lagerten unsere Kartoffeln, Vaters Weinvorrat sowie Kohlen und Briketts. Einer der Soldaten brachte meiner Mutter einen kleinen Schlüssel und sagte, man habe bewusst eine Absperrung angebracht, damit niemand von den Soldaten diesen Raum betreten könne. Außerdem dürften die Soldaten nur die Aborte auf den Schulhöfen benutzen. So wurde aus unserem Waschraum eine Feldküche. Das Essen roch sehr gut, die Köche waren sauber. Einer von ihnen war Metzgermeister, ein anderer gelernter Bäcker. Hin und wieder erschien einer der Soldaten an der Abschlusstür zu unserer Wohnung, grüßte freundlich und brachte uns einen Topf Eintopfsuppe mit großen Fleischstücken. Den Abfall entsorgten sie mit besonderen Gefäßen außerhalb des Hauses, Essensreste erhielt ein Bauer zur Verfütterung an seine Schweine. Alle Gerätschaften in der Küche wurden immer fein säuberlich gespült und der gesamte Arbeitsbereich wurde gründlich gereinigt. Leider wurde diese Einheit im Zuge des Truppenaufmarsches verlegt. Dann kamen die Bayern und Österreicher. Man konnte sie kaum verstehen. Auch nahmen sie den Waschraum wieder in Beschlag und wollten dann sogar uns den Zugang zu unserem Kellerraum untersagen, weil sie diesen als Vorratsraum brauchten. Da half nur noch eine Absprache mit dem Kompaniechef, der allerdings sehr freundlich war. Er muss wohl den leitenden „Küchenbullen" zur Räson gerufen haben. Wir konnten wieder unseren Kellerraum betreten. Aber der

Muffkopf grüßte ab jetzt nicht einmal meine Mutter. Es stank fortan im ganzen Haus, Essensreste wurden einfach in einer Ecke vor unserer Haustür im Sandkasten ausgeschüttet. Der Bodenabfluss in der Waschküche war verstopft. Die Einheit wurde verlegt, der ganze Dreck aber blieb liegen, ohne dass sich einer darum kümmerte. Da war es meine Mama, die alles säuberte. Noch nach Tagen stank der ganze Keller. Ein Gemeindearbeiter kam, reinigte den total verstopften Abfluss, und die Kellerfenster standen tagelang offen.

Nochmals bezog ein ganzes Bataillon eines Würzburger Regimentes bei uns sein Quartier. Der Standort der Feldküche wurde verlagert. Diese Einheit blieb bis zum Beginn des „Frankreichfeldzugs" in unserem Ort. Viele Namen der Soldaten habe ich bis heute behalten: den Edgar Stamm aus Rechtenbach am Main, den Erhard Simon aus Schweinfurt und auch den Flaksoldaten Georg Hopmann aus Brakel. Ein Soldat des „Instandsetzungstrupps" hieß Jacki Aulbur. Übrigens sprachen wir Kinder alle Soldaten, gleich welchen Ranges, immer nur mit dem vertrauten „Du" an. Wir hörten aus dem Radio von der Besetzung Dänemarks und Norwegens. Sondermeldungen unterbrachen immer wieder das allgemeine Programm. Wir hörten viel Marschmusik, lernten wie von selbst dutzende Militärlieder, sahen den Soldaten beim Marschieren und Waffenreinigen zu und verloren unterdessen jedes Interesse am Schulunterricht. Wieder war Schichtunterricht angesagt. Es war ein Nachmittag, und ich sollte gegen zwei Uhr zur „Alten Schule", als ich unterwegs dorthin an einer „Feldschmiede" vorbeikam. Da standen einige der schweren „Kanonengäule", welche mit neuen Hufeisen beschlagen wurden. Das war so interessant für mich, dass ich Zeit und Schulpflicht einfach vergaß und mich nur noch der Gegenwart zuwandte. Zwar wusste ich, wie dies unser Schmied Rosenbaum aus der Isseler Straße machte. Hier aber gab es keinen Blasebalg. Stattdessen brannte da in einer besonderen „Esse" das Kohlenfeuer. Einer der Soldaten trampelte kräftig mit einem Fuß auf ein Pedal und trieb damit eine Art Propeller an, der die benötigte Luft erzeugte, ohne die die Kohle nicht zur Glut werden konnte. Ein Amboss stand auf einem Holzklotz. Der Schmiedehammer wurde geschwungen, und ein Pferd nach dem anderen wurde beschlagen. Die Zeit zerrann, ich dachte an die Schule. Da stand mein Papa. „Wo kommst du Schlingel denn her?" „Ei, ei, ei, ich hab nicht dran gedacht." Mehr konnte ich nicht sagen. Die ganze Klasse wartete schon auf die nun folgende Reaktion meines Vaters. Diese kam auch prompt. Es folgte keine körperliche Züchtigung. Ich musste eine „Strafarbeit" schreiben, damit mir so etwas nicht mehr passiere. Thema: „Als ich die Schule schwänzte." Gegen eine Strafarbeit hatte ich nichts einzuwenden. Nur die Überschrift gefiel mir ganz und gar nicht. Ich wehrte mich gegen den Begriff „schwänzen“. Ich hatte nämlich den Unterricht nicht geschwänzt. Zum Schwänzen gehörte nach meiner Meinung, dass ich dies bewusst und absichtlich getan hätte. Dies war aber nicht der Fall. Ich bat um eine Änderung der Aufsatzüberschrift. Vater aber blieb uneinsichtig. So begann ich meinen Aufsatz: Auf dem Weg zur Schule sah ich Soldaten zu. Das Wort „Schwänzen“ kam in dem folgenden Aufsatz aber nicht vor.

Es klingelte an unserer Haustür. Unten stand ein Soldat, Ernst Thesen, der uns besuchen wollte. Mit meiner Schwester Lore gehörte er zum Abiturjahrgang 1939. Danach wurde er sofort zum Reichsarbeitsdienst einberufen und anschließend Soldat. Jetzt hatte er seine Grundausbildung beendet und einige Tage Urlaub erhalten. Meine Eltern freuten sich über sein Erscheinen. Ernst war der Bruder von Tuttis Klassenkameradin Louise, der Schwester meiner „Freundin“ Hilde. Sein älterer Bruder Werner war ein lustiger Typ. Ernst dagegen war genau das, was sein Vorname besagt. Auch ich saß mit in der Runde. Da äußerte sich Ernst und sagte, dass er wohl im Kriege fallen werde. Er spüre das. Sein Bruder Werner aber hätte keine Angst, der nehme alles auf die leichte Schulter. Und nun eine Prophezeiung: „Wenn der Werner in Gefangenschaft gerät, sagt er als Erstes: Komm, wir gehen einen trinken.“ Da saßen wir alle zusammen. Ernst nahm meine kleine Schwester Mechthild

Ernst Thesen mit meinem Vater, Lore, Mechthild und mir im Frühjahr 1940.

auf den Schoss. Meine Eltern versuchten, den damals 21 Jahre alten jungen Mann zu ermutigen. Doch Ernst blieb ernst.

Am 24. März begingen wir das Osterfest. Wenige Tage nach den Ferien musste ich mich der Aufnahmeprüfung für die Klasse „Quinta“ im Kaiser-Wilhelm-Gymnasium stellen. Bis auf das Fach „Englisch“ ging alles gut. Ich verstand nicht einmal das, was der Prüfer diktierte, wie sollte ich dies dann schreiben? Oft wurde ich von den Mitschülern ausgelacht, wenn ich ein Wort falsch aussprach oder sogar einen englischen Text vorlesen sollte. Es hat wohl zwei Jahre gedauert, bis ich dazu in der Lage war und auch der Englischlehrer meine Rechtschreibung endlich anerkannte.

Nun war ich Fahrschüler. Um sechs Uhr morgens wurde ich geweckt. Nach der Morgenwäsche und dem Frühstück verließ ich mit meiner Schwester Tutti unsere Wohnung und marschierte mit ihr über die Brücke zur Moseltalbahn. Pünktlich um 7:05 Uhr fuhren wir ab in Richtung Trier. Von dort gelangte ich mit den anderen Schülern binnen weniger Minuten in die „Lehranstalt“. Vor dem Hintereingang mussten wir, von der Windstraße kommend, warten, bis der Hausmeister, Herr Käsemann, das Einlasstor zum Schulhof öffnete. Einmal in der Woche gingen wir nach unserer Ankunft direkt in die „Welschenonnenkirche“ zum Gottesdienst. Unser geistlicher Studienrat, Msgr. Zimmer, feierte dort mit uns die Heilige Messe. Anfangs fühlte ich mich äußerst unwohl in dieser Klasse. Meine Mitschüler nannten mich „Schweecher Stunes“. Ein Schüler, der wie ich ebenfalls Neuling in dieser Klasse war, meldete sich auf eine Frage des Unterrichtenden und sagte „Herr Lehrer“. Er wurde aber schnell eines anderen belehrt: „Ich bin nicht Lehrer, ich bin Assessor“. Jetzt erfuhr ich auch, dass die älteren Lehrpersonen „Studienräte“ genannt werden.

Die Lehrer sprachen uns ausnahmslos nur noch mit unserem Familiennamen an. Ich zuckte zusammen, wenn mich einer aufrief: „Speicher!“ Aber auch diese Situation musste von mir bewältigt werden. Wir erhielten gegen Bezahlung alle neue Schulbücher. Wichtigstes Utensil war das Aufgabenbuch. Neben unseren Bleistiften verfügte jeder Schüler über einen Federhalter mit der genormten Schreibfeder S 4. Ein Schüler erhielt die ehrenvolle Aufgabe, die „Tintenfässchen“ in unseren Bänken nachzufüllen. Um schreiben zu können, wurde hier das „Schreibgerät“ eingetaucht. Dies war schon eine Kunst, die es zu beherrschen galt, wenn man keine „Kleckse“ machen wollte. Mit einem kleinen Läppchen wurde nach Gebrauch die Feder abgetrocknet und über die noch feuchte Tinte in unserem Schreibheft ein Blatt „Löschpapier“ gelegt. Mama gab mir täglich 30 Pfennig Taschengeld. Bei unserem Hausmeister konnte ich mir damals davon zwei „Teilchen" kaufen und einen „Groschen" sparen.

Nur wenige Wochen nach meinem Schulwechsel verabschiedeten sich Leutnant Gonnel und Wachtmeister Blitzko von uns. Sie waren seit Monaten bei uns einquartiert. Über Nacht zogen auch die „Würzburger Soldaten" ab. In nicht enden wollenden Kolonnen marschierten müde Infanteristen durch den Ort. Sanitäter kümmerten sich um die Fußkranken. Diese hatten sich bei ihrem Gewaltmarsch Blasen an den Füßen zugezogen. Ihre Stiefel nannte man „Knobelbecher". Wir sahen zu, wie Sanitäter den armen Kerlen mit einer Schere die Blasen aufschnitten und die Wunden mit Jod beträufelten. Die meisten Soldaten hatten keine Strümpfe an, sondern die Füße mit „Fußlappen" umwickelt. Nach kurzer Pause marschierte der ganze Trupp weiter, bepackt mit vollem Tornister, der Gasmaske an der einen Seite des Koppels, den Brotbeutel mit Feldflasche an der anderen, die vollgefüllten Munitionstaschen daneben und den Stahlhelm vor dem Bauch. Das hieß marschieren mit vollem „Marschgepäck". Man hörte jedoch niemanden singen. Auf beiden Moselufern zogen die Soldaten weiter in Richtung Westen. Gierig tranken sie klares Wasser, welches Frauen in Eimern bereitstellten.

In dieser Situation war an Hausaufgaben gar nicht zu denken. Plötzlich stand auch die ganze Schule leer. Der Instandsetzungstrupp wurde nach Trier beordert. Einmal begann die Flakeinheit zu schießen. In großer Höhe wurde ein französisches Flugzeug gesichtet. Leuchtspurgeschosse ballerten aus den „Zwillingsgeschützen", erreichten aber zu unserem großen Bedauern nicht das Ziel. Meine Mutter stürzte förmlich die Treppe hinunter und riss mich einfach mit in unsere Wohnung. Eines dieser Geschosse schlug im Oberstift auf das Kopfsteinpflaster und verletzte eine Frau. Dann erklang die Sondermeldung in unseren Ohren: „Deutsche Panzer befinden sich auf dem Siegeszug nach Frankreich." Der Westfeldzug hatte begonnen.

Die Sondermeldung versetzten so manchen in einen unbeschreiblichen Siegestaumel. Nach jedem „Wehrmachtsbericht" ertönte das eigens für den „Westfeldzug" geschriebene und vertonte Frankreichlied:

Kamerad, wir marschieren gen Westen
Mit den Bombengeschwadern vereint;
Und fallen auch viele der Besten,
Wir schlagen zu Boden den Feind!

Vorwärts! Voran, voran!
Über die Maas,
Über Schelde und Rhein
Marschieren wir siegreich
Nach Frankreich hinein, hinein,
Marschieren wir, marschieren wir
Nach Frankreich hinein.

Sie wollten das Reich uns verderben,
Doch der Westwall, der eherne, hält;
Wir kommen und schlagen in Scherben
Ihre alte verrottete Welt.

Vorwärts...

Kamerad, wir marschieren und stürmen,
Für Deutschland zu sterben bereit,
Bis die Glocken von Türmen zu Türmen
Verkünden die Wende der Zeit.

Vorwärts...

An einen normalen Schulunterricht war in der nun folgenden Zeit kaum zu denken. Mit allen Klassen marschierten wir mehrmals zum „Capitol“ und sahen uns begeistert in „Bild und Ton“ die Kriegsberichte an. Deutsche Panzer auf dem Vormarsch durch Belgien und Luxemburg, Fallschirmjäger, welche über Holland aus ihren Flugzeugen sprangen und zu Boden schwebten und dort Brücken besetzten. Dann hörten wir auch das „markerschütternde“ Geheule der Sturzkampfbomber, welche ihre Bomben abwarfen und mit Maschinengewehren den „Feind“ unter Beschuss nahmen. Voller Begeisterung schrieen wir: „Stukas, Stukas.“ Wir sahen zu, wie Pioniere in ihren Sturmbooten über die Maas fegten, Infanteristen mit „aufgekrempelten“ Ärmeln im Sturm eine französische Stellung einnahmen. Gefallene deutsche Soldaten bekamen wir nicht zu Gesicht. Dafür aber sahen wir ein großes Heer französischer Soldaten mit erhobenen Armen den Weg in die Gefangenschaft antreten. Calais wurde eingenommen, Dünkirchen fiel, der „Tommy“ ins Meer geworfen. Und die Hasspropaganda gegen England lief auf Hochtouren. Besonders ins Visier der Spötter gerieten damals die beiden Politiker Chamberlain und Churchill. In Karikaturen waren sie immer dargestellt mit einem überdimensionalen

Regenschirm „bewaffnet“, Churchill dazu mit einer dicken Zigarre im Mundwinkel. Man missachtete die Einsatzstärke der britischen Luftwaffe, verspottete deren Piloten, betonte vor allem die große Überlegenheit der deutschen Luftwaffe und bezeichnete die englischen Flugzeuge als „Enten“. Aus unseren Lautsprechern ertönte dann der Spottgesang: „Oh du altes Lügenschwein, du hast Grund zum Lügen, deine „Enten“ sind schon tot, es waren lauter Fliegen!“ In einer weiteren Strophe wurde gejohlt: „Oh du Schandfleck der Nation“. Gemeint war damit der englische Premierminister Churchill. Meine Mutter war entsetzt und mein Vater sagte: „Das kann nicht gut gehen.“

In dieser Situation erfuhren wir, dass wieder Bestrebungen im Gang seien, meinen Vater zu versetzen. Die Stelle solle künftig durch einen Schulleiter besetzt werden, welcher die weltanschaulichen Belange der Partei endlich in die Tat umsetze. Um diesen Bestrebungen zu entgehen fuhr mein Vater nach Trier. Im Wehrbezirkskommando erfuhr er, wie bereits berichtet, dass für ihn schon ein „Einberufungsbefehl“ vorliege, der ihm in den nächsten Tagen zugestellt werde. So wurde Vater wieder Soldat.

Auf dem Trierer Bahnhof kamen die ersten verwundeten deutschen Soldaten an und wurden meist in das „Brüderkrankenhaus“ eingewiesen. Auf den Nebengeleisen liefen Güterzüge ein, und nun sahen wir die ersten französischen Kriegsgefangenen. In Formationen und äußerst diszipliniert marschierten diese dann, von deutschen „Posten“ bewacht, durch einen eigenen Ausgang hinauf zum „Petrisberg“, wo sich ein Gefangenenlager befand. Diese Gefangenen sahen nicht so „unmenschlich“ aus, wie wir uns dies als Kinder vorstellten. Es waren Soldaten, nur in einer anderen Uniform, jedoch ohne Waffen. Bald sollte ich diese Männer scharenweise persönlich kennen lernen. Unter ihnen befanden sich sehr viele Kolonialsoldaten.

Kurz nach seiner Einberufung wurde mein Vater als „Abwehroffizier“ gerade in dieses Gefangenenlager beordert. Die Baracken hinter dem großen Stacheldraht waren derart überfüllt, dass hier dringend Abhilfe geschaffen werden musste. So wurde dieses Lager zur „Kriegsgefangenen-Weiterleitungsstelle“ erklärt. Ein Großteil wurde nach Bitburg in das Lager Pützhöhe, und wieder andere Gefangene wurden weiter ins „Reich“ verlegt. Etwa drei Wochen später war auch diese Aktion beendet. Die offizielle Bezeichnung lautete fortan „Stalag XII D“, „Stalag XII A“, dann „Stalag 322“. In der „Kemmelkaserne“ hatte mein Vater jetzt ein Büro, das er mit zwei altersgleichen ehemaligen Weltkriegsoffizieren teilte, sowie einen eigenen Schlaf- und Wohnraum. Ihm

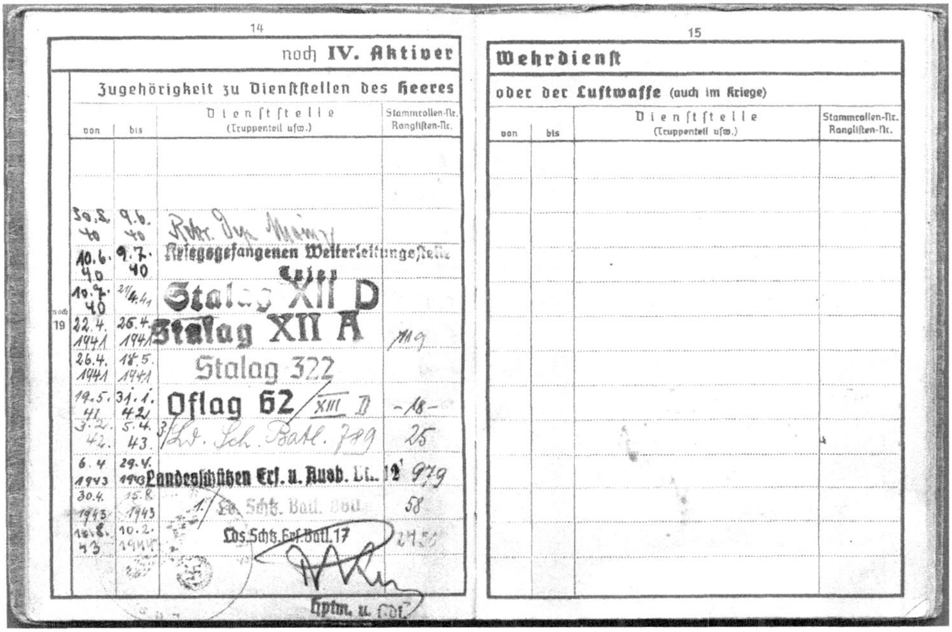

14

noch IV. Aktiver

Zugehörigkeit zu Dienststellen des Heeres

von	bis	Dienststelle (Truppenteil usw.)	Stammrollen-Nr. Ranglisten-Nr.
30.8. 40	9.6. 40	[illegible]	
10.6. 40	9.7. 40	Kriegsgefangenen Weiterleitungstelle Trier	
10.7. 40	21/4.41	Stalag XII D	
22.4. 1941	26.4. 1941	Stalag XII A	[illegible]
26.4. 1941	18.5. 1941	Stalag 322	
19.5. 41	31.1. 42	Oflag 62/XIII D	-18-
3.2. 42.	5.4. 43.	3/Ld. Sch. Batl. 789	25
6.4 1943	29.4. 1943	Landesschützen Ers. u. Ausb. Bt. 12	979
30.4. 1943	15.8. 1943	1./Ld. Schtz. Batl. [illegible]	58
16.8. 43	10.2. 1944	Lds.Schtz.Ers.Batl.17	[illegible]

Hptm. u. Kdr.

15

Wehrdienst

oder der Luftwaffe (auch im Kriege)

von	bis	Dienststelle (Truppenteil usw.)	Stammrollen-Nr. Ranglisten-Nr.

wurde aber gestattet, nach Ende der Dienstzeiten bei uns zu übernachten. So sah ich meinen Herrn Papa in Uniform und war stolz auf ihn. Morgens fuhren wir gemeinsam nach Trier, und mein Vater nahm mich als Erstes mit in das „Hotel Terminus“. Dort tranken wir beide eine kräftige Fleischbrühe und aßen dabei ein Brötchen, ohne ein „Brotkartenmärkchen“ abgeben zu müssen. Dann machte sich der Papa auf den Weg zu seiner Dienststelle, und ich ging zur Schule. Mit meinen Gedanken war ich ganz woanders: Oben auf dem Petrisberg. Ab jetzt besuchten wir nur noch einmal wöchentlich „Fox tönende Wochenschau“ im Kino. Wir wurden über alle Ereignisse informiert und sahen den „Führer“, wie er von unseren Soldaten umjubelt als Sieger durch Paris fuhr und wie er persönlich den Tapfersten das Eiserne Kreuz verlieh. Transparente wurden gezeigt mit der Aufschrift: „Ein Volk, ein Reich, ein Führer“.

Aus Lehrermangel fielen manche Unterrichtsstunden aus. Seltsamerweise existierte aber noch ein Schülerchor. Studienrat Graf war unser Musiklehrer. In der Aula sangen wir mehrstimmig oder auch im Wechsel:

O Ewigkeit, du Donnerwort,
O Schwert, das durch die Seele bohrt,
O Anfang sonder Ende!

O Ewigkeit, Zeit ohne Zeit,
Ich weiß vor großer Traurigkeit
Nicht, wo ich mich hinwende!
Mein ganz erschrocken Herz erbebt,
Dass mir die Zung am Gaumen klebt.

O du verfluchtes Menschenkind,
Von Sinnen toll, von Herzen blind,
Lass ab die Welt zu lieben!
Ach, ach, soll denn der Höllen Pein,
Da mehr denn tausend Henker sein,
Ohn Ende dich betrüben?
Wo lebt ein so beredter Mann,
Der dieses Werk aussprechen kann?

Dieser Text machte mich schwermütig. Ich musste nachts weinen, und Mama nahm mich zu sich in ihr warmes Bett. Ob unser Studienrat Graf sich in unser zartes Gemüt hineinversetzte? Mit Orgelbegleitung sangen wir auch unter der Leitung des von mir so sehr geschätzten Lehrers im Schülerchor:

Auferstehn, ja auferstehn wirst du,
mein Staub, nach kurzer Ruh'.
Unsterblich Leben
wird, der dich schuf, dir geben.
Wieder aufzublühn wirst du gesät!
Der Herr der Ernte geht
und sammelt Garben uns ein, die starben.

(Friedrich W.Klopstock. Mel.:K.H.Grann)

Dem Lehrplan entsprechend lernten wir aber auch viele Lieder, welche einen anderen Geist beinhalteten: „Siehst du im Osten das Morgenrot, ein Zeichen der Freiheit zur Sonne, wir halten zusammen auf Leben und Tod, mag kommen, was immer da wolle." Am Schluss hieß es da: „Im Volke geboren erstand uns ein Führer, gab Glaube und Hoffnung an Deutschland uns wieder. Volk ans Gewehr!" In solche Wechselbäder der Gefühle wurden wir getaucht! Ich wusste vor lauter „Traurigkeit nicht, wo ich mich hinwenden" sollte.

Am 20. April 1940 wurden wir alle in die Aula beordert, die aus allen Nähten zu bersten drohte. Der Führer wurde als Retter der „Großdeutschen Nation" gepriesen. Ein Primaner ging ans Rednerpult. Stille trat ein. Nun folgte einem „Te Deum“ gleich ein Hymnus zu Ehren eines Götzen:

Das ist an ihm das Größte, dass er nicht nur
unser Führer ist und vieler Held,
sondern „er selber“,
gerade, aufrecht, schlicht,
dass seine Seele an die Sterne strich,
und er doch Mensch blieb,
so wie du und ich!

(unbekannter Nazi-Schriftsteller)

Natürlich endete diese Veranstaltung mit dem Deutschland- und dem Horst-Wessel-Lied. Danach erwartete uns eine große Überraschung. Jeder Schüler und auch die Lehrer erhielten zu Ehren des „Geburtstagskindes“ ein Würstchen und Brötchen. Danach war Schulschluss. Das Gedicht mussten wir alle auswendig lernen, was mir aber keine Schwierigkeiten bereitete. Meine Mama schlug vor Entsetzen beide Hände über dem Kopf zusammen. Papa gab auch hierzu seinen Kommentar. Mama sagte: „Aber Joseph, das arme Kind.“

Wie schon erwähnt, war Studienrat Nikolaus Zimmer unser Religionslehrer. Auch er sprach uns alle nur mit unserem Familienamen an. An seiner Kleidung war er sofort als „Priester“ zu erkennen. Im 1. Weltkrieg wurde er mit dem Eisernen Kreuz 2. Klasse ausgezeichnet, dessen Band er an seiner Brust befestigt hatte. Er erteilte uns einen soliden Religionsunterricht auf der Grundlage des Katechismus nach der „Texterklärenden Methode“. Wir mussten alle Fragen und Antworten auswendig lernen, was mir wiederum in keiner Weise schwerfiel. Aber dabei beließ er es nicht. Es kam ihm besonders auf die „Erklärung“ der Fragen und Antworten an. Er war durch und durch Pädagoge und Priester zugleich sowie immer bereit, die Fragen zu beantworten, die man ihm stellte. Wir besuchten morgens die Heilige Messe in der schon erwähnten „Welschnonnen-Kirche“. Im Religionsunterricht fragte ich ihn, warum diese Kirche so heiße. Darauf erzählte er uns: Die „Welschen Nonnen“ waren Ordensschwestern, die vor etwa 300 Jahren aus Lothringen nach Trier kamen und hier eine Schule für Mädchen gründeten. Ein Kloster wurde gebaut sowie die Kirche, die nach diesen Schwestern benannt wurde. Auch ein Schulgebäude wurde errichtet. Weil die Schule so gut war, durften die Schwestern auch nach der Französischen Revolution in Trier bleiben. Erst im Kulturkampf wurden sie 1875 von den Preußen verjagt.

Studienrat Zimmer war auch Standortpfarrer in der „Kemmelkaserne" und lernte dort meinen Vater kennen. Er erzählte meinem Herrn Papa, dass ich sein Schüler sei. Dabei müssen beide wohl über Erziehungsmaßnahmen gesprochen haben. In der Tat, Studienrat Zimmer tat sich sehr schwer bei der Wahrung der Disziplin während seines Unterrichtes. Es gab viele Schüler, die um diese Schwäche wussten. Außerdem wurde offiziell der Religionsunterricht in dieser Zeit nur noch geduldet. Vater muss ihm wohl gesagt haben: „Wenn der Schlingel nicht pariert, dann lassen Sie es ihn eben spüren." Ob unser Religionslehrer seine Lesebrille verlegt hatte, weiß ich nicht. Er betrat die Klasse, erhob ganz kurz die rechte Hand, ohne den in damaliger Zeit üblichen Spruch zu sagen. Natürlich sprachen wir ein Gebet zum Heiligen Geist. Dann hieß es: „Setzt euch!" Studienrat Zimmer nahm zunächst das Klassenbuch zur Hand und griff gleichzeitig in seine Rocktasche. Statt einer Brille kam ein „Kneifer" zum Vorschein. Als er diesen auf die Nase setzte, mussten wir lachen. Auch ich konnte mich nicht mehr halten. Ausgerechnet mich nahm er jetzt ins Visier und sprach mich an: „Speicher, warum hast du gelacht?" Was war das für eine dumme Frage? Er musste doch selber wissen, dass das Gelächter seinem „Kneifer" galt. Dennoch stand ich geschockt da und suchte nach einer der Wahrheit entsprechenden Formulierung. Da klang es aber schon schärfer: „Speicher, warum hast du gelacht?" Noch immer um eine Antwort ringend kam es dann über meine Lippen: „Ei, ei, ei, die andern haben auch gelacht!" Jetzt reagierte der „Stepps", wie ihn die Schüler nannten.Seine Gegenfrage lautete: „Wenn andere in die Mosel springen, springst du dann auch hinein?" Kleinlaut antwortete ich: „Nein". Ich musste jetzt an das Pult herantreten, dann sagte er: „Komm mal her, du Schlingel!" Mit der linken Hand nahm er mich beim Ohr, mit den Fingerkuppen der rechten gab er mir einige „Kopfnüsse", die es in sich hatten.

Mein Vater musste als wachhabender Offizier für einige Nächte in der Kaserne bleiben. Morgens fuhren wir Fahrschüler mit der „Bimmel" nach Trier. Helmut Rohr hatte seinen Katechismus in der Hand. Wir behandelten damals den dritten Glaubensartikel von der Menschwerdung des Sohnes Gottes. Ich wollte nochmals dieses Kapitel lesen. Da stand die Frage: „Wer war der heilige Joseph?" Seit meiner Teilnahme am Nordseelager in Dangast hatte ich immer ein kleines Taschenmesser bei mir. Da stand als Antwort: „Der heilige Joseph war der jungfräuliche Gemahl Mariä und der Nähr- und Pflegevater Jesu." Sofort saß mir da der Schalk im Nacken. Ohne dass Freund Helmut etwas merkte, kratzte ich mit meinem Messerchen einfach das „r" vom Papier. Diese Methode wendeten wir auch an, wenn der Radiergummi

46. Wer war der hl. Joseph?

Der hl. Joseph war der Nähr- oder Pflegevater Jesu.

„Jesus wurde für den Sohn Josephs gehalten." (Luk. 3, 23.) — Der hl. Joseph ist der Schutzpatron der katholischen Kirche. — Das Fest des hl. Joseph wird am 19. März gefeiert, sein „Schutzfest" am Mittwoch in der dritten Woche nach Ostern. — Jesus, Maria und Joseph zusammen nennt man die heilige Familie.

Mein Testament soll sein am End': „Jesus, Maria, Joseph!"

nicht ausreichte, um in unseren Schulheften Korrekturen vorzunehmen. Aus dem Text war nun das „r" verschwunden, aus Nährvater ein „Nähvater" geworden. Helmut musste, weil er dies wirklich gut konnte, vorlesen. Schon brüllte die ganze Klasse los und die Stimme vom Pult dröhnte: „Rohr, mach keinen Quatsch!" Helmut rannte nach vorn und sagte laut: „Bei mir steht Nähvater! Studienrat Zimmer beäugte nun den Text und stellte natürlich sofort fest, dass das „r" weggekratzt war. „Das kann nur der Speicher gewesen sein", sagte Helmut sofort. Reumütig gestand ich sofort meine Tat. Ich war sogar stolz, dass ich diesen genialen und blitzartigen Einfall hatte und ihn sogar unbemerkt in die Tat umsetzen konnte. Ich musste nach vorne kommen. Die „Kopfnüsse" taten diesmal besonders weh, und es waren jetzt mehr als bei der ersten „Kostprobe". Was dem aber folgte, war die wohl größte Demütigung, die einem widerfahren konnte. Der „Stepps" erfasste mit seiner linken Hand mein rechtes Ohr und knetete solange meine linke Ohrmuschel, bis diese feuerrot wurde. Bei dieser Prozedur sagte er hämisch: „So, dann wollen wir dir einmal ein rotes Öhrchen machen". Ich saß damals in der letzten Zweierbank. Nur durch den schmalen Gang zwischen unseren Bankreihen getrennt neben Helmut. Als ich vor meinem Platz ankam, sah ich, dass er die beiden Zeigefinger übereinander rieb und sagte: „Ätsch, das war echte Friedensware." Fortan sann ich auf Rache! Weil die ganze Klasse mich auslachte, musste ich auch diese in meinen „Rachefeldzug" einbeziehen. Was aber tun, war hier die Frage. Ich wollte dem „Stepps" einen nassen Schwamm auf den Stuhl legen. Den hätte dieser aber sofort entdeckt, und natürlich, der Verdacht wäre auf mich gefallen. Vielleicht konnte ich eine stabile Nähnadel von unten durch den Sperrholzsitz seines Stuhles stecken. Der Täter wäre sofort ermittelt worden. Sich an einer ganzen Klasse zu rächen erschien mir noch aussichtsloser. Wenn Helmut statt meiner ein „Rotes Öhrchen" gerieben bekommen hätte, hätte ich ja auch meinen Spaß gehabt. Solche Art der Schadenfreude hätte ich außerdem nicht als Sünde empfunden. Der Zufall war es, der mir die richtige Idee eingab. Im Treppenhaus war ein Brett angebracht. Mit „Heftzwecken" befestigte der Hausmeister daran „Aushänge" der Schulleitung. Mit meinem Taschenmesser konnte ich schnell eine „Heftzwecke“, die schon leicht angerostet war, entfernen. Was aber damit tun? Sollte ich diese dem Helmut unbemerkt auf seinen Sitz legen. Zwar hätte ich mich gefreut, wenn sich dieser unmittelbar nach dem Schulgebet hineingesetzt und dabei laut gebrüllt hätte. Aber ich musste es doch so machen, dass nicht sofort ich der Hauptverdächtige wäre. Der Tag der „Rache“ war gekommen. Wir erhoben uns zum Morgengebet, riefen den Geist Gottes an. Der Startschuss fiel: „Setzen“. Ohne dass es jemand bemerkte, hielt ich den Reißnagel zwischen meinen Fingern und brüllte unmittelbar, nachdem ich mich gesetzt hatte, laut: „Au, au, au, das hat hier gelegen.“ „Was hat da gelegen?“ „Ei, ei, ei, das hat hier gelegen.“ Schon befiel mich tiefe Reue. Hätte ich doch so etwas besser sein lassen sollen? Ich hatte also gelogen und musste nunmehr auch bei dieser Lüge bleiben. Jetzt war ich in größter Not. Ich ging zum Pult, rieb mir den Hintern. Studienrat Zimmer betrachtete den Reißbrettnagel und schüttelte den Kopf. In der Klasse herrschte jetzt eisiges Schweigen. „Rohr, bist du das gewesen?“ „Nein“, sagte der. „Rohr, ich frage dich nochmals, bist du das gewesen?“ Obwohl er diesmal absolut unschuldig war, klang sein „Nein“ wohl in den Ohren des Fragenden wenig überzeugend. Dann wandte sich unser Religionslehrer an meinen anderen Nachbarn: „Spaniol, bist du es gewesen?“ Auch dieser verneinte. Ich selbst war natürlich absolut sprachlos. Ich durfte einfach in diesem Moment kein Bekenntnis mehr ablegen. Noch immer stand ich mit wackeligen Knien vor dem Pult. „Stepps“ hielt nun einen Vortrag über Wundstarrkrampf und Blutvergiftung und forderte mich auf, sofort zum Arzt zu gehen, der mir eine Tetanusspritze geben müsse. Das Schicksal meinte es aber gut mit mir. Ich konnte sagen, dass ich bereits wegen einer anderen Verletzung vor einigen Wochen gegen Wundstarrkrampf geimpft worden war. Danach verhängte der „Pädagoge“ als Konsequenz eine Kollektivstrafe als erzieherische Maßnahme: Für die nächste Stunde schreibt ihr alle dreimal den fünften Glaubensartikel, außer dem Speicher.

Dennoch „ piesackten“ mich Gewissensbisse. Ich hatte gelogen. Unschuldige wurden statt meiner bestraft. Alle aber hatten mich ausgelacht, als ich mit dem roten Öhrchen in die Pause gehen und mich aus Scham in der Toilette einschließen musste, um dem Gelächter und Spott zu entgehen. Ich dachte sogar an den verlorenen, aber reumütigen Sohn. Ich brauchte doch nur zu meinem Lehrer gehen und ihm alles eingestehen. Im Moment kam mir der Gedanke, ihm als Priester meine Sünde zu beichten und mich dabei auch bei ihm persönlich zu entschuldigen. Den Weg in den Beichtstuhl hätte ich nicht einmal gescheut. Aber ich fürchtete mich vor dem Bußakt. Sicherlich wäre ich dabei wesentlich schlechter davongekommen als beim

„Klosterpater“ in der Sakristei unserer Kirche. Er hätte wahrscheinlich von mir verlangt, auch ein offenes Bekenntnis vor der ganzen Klasse abzulegen. Nach reiflicher Überlegung war ich der festen Überzeugung, dass es sich in meinem Fall um eine „Notlüge“ gehandelt habe. Es tat mir wirklich leid, dass ich das getan hatte, aber aus Not nicht mehr anders handeln konnte. Ich nahm mir ernstlich vor, mein Leben zu bessern und möglichst nicht mehr so zu sündigen.

Der Frankreichfeldzug brachte auch Trauer in unseren Ort. Leutnant Klasener war einer der Ersten, der den „Heldentod“ gestorben war. Weitere Gefallene kamen hinzu. Werner Thesen kehrte mit geschorenem Kopf nach kurzer Gefangenschaft aus Frankreich zurück. Von nun an wurde es still in unserem Ort. Immer mehr Männer wurden zum Heeresdienst einberufen. Die Gymnasialzeit bis zum Abitur wurde von neun auf acht Jahre verkürzt. Ein Jahr früher als zuvor machten auch die Schüler unserer Anstalt das Abitur und wurden sofort zum Reichsarbeitsdienst einberufen. Damals wurde das Lied vom „schönen“ Westerwald umgedichtet: „Oh, du schöner Arbeitsdienst, 25 Pfennig ist der Reinverdienst, ein jeder muss zum Arbeitsdienst und dann zum Militär“. So war es auch hier. Die Jungen von 18 bis 19 Jahren wurden so schnell wie möglich zu Soldaten bei den verschiedensten Waffengattungen ausgebildet. Gerade die Abiturienten meldeten sich „freiwillig“ mit dem Berufsziel Offizier zu werden. Freund Leo war einer von ihnen. Er wurde Pilot.

Es war ein schöner Frühsommertag, als ich in einer „Gerümpelkammer“ viele lange Stricke entdeckte. Das waren Überbleibsel von Girlanden, die mit Tannengrün oder anderen grünen Zweigen und Blumen umwickelt wurden. Mit ihnen wurden die Straßen geschmückt, wenn Festzüge veranstaltet wurden. In einem Weinort wie Schweich verstand man es, solche Ereignisse prachtvoll zu gestalten. Dann zogen die Bauern und Winzer mit ihren Festwagen durch den Ort, und die meisten der Bewohner hissten auch die Fahnen. Das entsprach dem damaligen Zeitgeist. Diese Stricke wurden jetzt nicht mehr benötigt. Wer sollte im Moment hierfür noch eine Verwendung finden. Vielleicht dachte man, sie für die große Feier des „glorreichen Endsieges“ zu verwahren. Ich schnappte mir davon gleich zwei. Wie gesagt war ich inzwischen „Karl May-Leser“ geworden und begeistert von den Helden der Prärie. So fertigte ich mir zunächst ein Lasso und versuchte mich in der Kunst des Werfens, was mir gründlich misslang. Es fehlte mir am lebendigen Objekt. Ein Junge war weit und breit nicht in Sicht. Da dachte ich an meine kleine Schwester Mechthild. Sie war jetzt gerade vier Jahre alt und hing sehr an ihrem „großen Bruder". Immerhin war ich sieben Jahre älter als sie. Es bedurfte keiner besonderen Redekunst, sie auf den Schulhof zu locken. Ich erzählte ihr, was Indianer seien, schwärmte von deren Tugenden. Alles endete in der Zusammenfassung: „Indianer können Schmerzen ertragen ohne zu klagen". Meine Versuche, das arme Kind mit dem Lasso einzufangen, gelangen nicht. Einige Male traf ich mit dem Strick Mechthilds Kopf, was ihr sichtlich sehr unangenehm war. Da gab es aber auch noch den „Marterpfahl", an welchen die Indianer ihre Opfer fesselten. Von solchen Opfern wurde berichtet, dass sie niemals einen Laut der Klage von sich gaben. Auch die Indianerfrauen seien sehr tapfer. Mechthild hörte sehr aufmerksam zu und war sofort bereit, das Martyrium am Marterpfahl auf sich zu nehmen. Ich versprach, ihr dabei nicht „wehzutun". Neben den „Jungenaborten" stand ein großer Birnbaum. Mechthild musste sich an den Stamm stellen, und ich erwies mich als ein Meister der Fesselkunst. Den etwa zwanzig Meter langen Strick wickelte ich so oft um ihren Körper und den Baum, bis das Ende der Schnur erreicht war. Außer ihrem Kopf und den Schuhen sah man kaum noch etwas von ihr. Nun sprang ich erst einmal wie ein Indianer heulend um sie herum. Mechthild musste lachen, verzog aber keine Miene. Sie nahm sich alles sehr zu Herzen, was ich ihr erzählt hatte. Auch Ausdauer gehöre zu den Charakterstärken der „Roten Rasse". Ich ging jetzt auf den anderen Schulhof, von dort auf die Straße und dachte nicht mehr an das arme Kind. Was mich davon abhielt, ich weiß es nicht mehr. In unserer Wohnung fragte mich Mama später, wo denn meine Schwester sei. Ohne zu antworten rannte ich zum Birnbaum. Da stand sie noch immer gefesselt am Marterpfahl. Ohne Tränen in den Augen sagte sie zu mir: „Wogga, mach mich los!"

Ab jetzt drangen täglich neue Sondermeldungen durch den Äther: Bomben, Bomben, Bomben auf England! Die Luftschlacht über England hatte begonnen. Neue Helden wurden gefeiert. Vor allem waren es die Jagdflieger Mölders und Galland, die als Helden gepriesen wurden. Da traf die Meldung ein: „Kuhns Heini ist mit seinem Flugzeug abgestürzt." Eine Überlandleitung wurde ihm zum Verhängnis. Auf dem Schweicher Friedhof wurde er unter großer Anteilnahme der Bevölkerung mit militärischen Ehren bestattet. Soldaten, die Heimaturlaub hatten, trugen ihn zu Grabe. Mit meinem Vater fuhr ich nach wie vor morgens gemeinsam nach Trier. Der Kellner im Hotel Terminus kannte uns längst. Die Fleischbrühe und das Brötchen waren ein „vorweggenommenes" zweites Frühstück. Am Abend dieses Tages brachte mir mein Vater als Andenken aus der „Beutesammelstelle" einen französischen Stahlhelm mit. Natürlich musste ich diese Errungenschaft gleich zur Schau stellen. So stand ich da und wurde bestaunt. Wenige Tage später bekamen wir auch die ersten französischen Kriegsgefangenen zu Gesicht. In der „Synagoge" und im alten Gefängnis waren sie untergebracht. Morgens wurden die Gefangenen zur Arbeit von den Bauern abgeholt und abends wieder zurückgebracht. Der „Reichsnährstand" hatte diese Aktion gefordert, weil viele Bauern zum Heeresdienst einberufen waren und die Landwirtschaft dringend Hilfskräfte benötigte. Der Ortsbauernführer hatte zu entscheiden, wem ein Gefangener zugewiesen wurde. Wir Kinder kannten bald die meisten dieser Franzosen. Bei Familie Schilling war es der „Schang". Er half jetzt mit beim Schnapsbrennen, bei den Feldarbeiten und versorgte den Stall. Im Zivilberuf war er Notar in Paris. Verpflegt wurden die Gefangenen in den Familien ihrer Arbeitgeber. Sie durften aber nicht an deren Tischgemeinschaft teilnehmen. Meist stellte man deshalb einen kleinen Tisch in eine Ecke, wo der Gefangene essen konnte. Die meisten empfanden dies nicht einmal als Demütigung. Bewacht wurden die Gefangenen nur von altgedienten Soldaten. Während der Arbeit war dies aber nicht möglich. Auf einem Plakat stand zu lesen: „Gefangene sind und bleiben Feinde!" Daran aber hielten sich nur wenige Moselaner. An unser Brot konnten sich die Gefangenen nur schlecht gewöhnen, obwohl sie sich schon im Lager von ihrem beliebten Weißbrot auf das „harte Kommissbrot" umstellen mussten. Nicht jedem schmeckte das Essen, obwohl es vom selben Tisch kam, von dem die Familien aßen. Jedenfalls erhielten die meisten von ihnen jetzt einen Ersatz für das, was einfach zur französischen Küche gehört und worauf auch jeder französische Soldat täglich Anspruch hatte. Statt Rotwein war es „Viez", wie im Trierer Raum der Apfelwein genannt wird. Familie Thul gab ihrem Gefangenen, wenn dieser im Weinberg arbeitete, immer einen vollen „Viezkrug" und so viele belegte Butterbrote mit, wie dieser wollte. In einem Fall musste ein Bauer allerdings aufgefordert werden, seinen Gefangenen besser zu verpflegen. Auch in der Gärtnerei Teschke war ein Gefangener beschäftigt. Er hieß Bodo. Von Beruf war er Kunstmaler. In der Schule mussten wir ein Pferd zeichnen. Mein Gaul stand zwar auf vier Beinen, hatte auch einen Schwanz und eine Mähne. Hätte ich auf den Kopf noch Hörner gezeichnet, konnte man auch Kuh zu diesem Gebilde sagen. Ich nahm meinen „Kohlenstift", den wir im Kunstunterricht verwendeten, und meinen Malblock und ging zu Bodo. Selbst der Gärtner schaute nun zu, wie Bodo in kürzester Zeit ein „Kunstwerk" zu Papier brachte. Es war ein Ritter in voller Rüstung. Ich konnte dieses Bild zwar nicht als meine „Schöpfung" unserem Kunstlehrer vorstellen. So zeichnete ich nochmals meinen eigenen Gaul. Hufe und Beine sowie der Kopf ähnelten jetzt wenigstens einem Ross. Mit beiden Zeichnungen begab ich mich dann in die Schule. Der Lehrer sah sich die Bilder an und schrieb unter mein Werk die Zahl 3. Ich war sehr zufrieden. Meinem Wunsch, Bodos Bildnis an der Ausstellungswand zu befestigen, entsprach er aber nicht.

Was einige Wochen später geschah, nehme ich vorweg. Thuls Gefangener, der „Clever“, kam von seiner Weinbergsarbeit nicht zurück. Ein weiterer Gefangener war auch verschwunden. Der gute „Clever“ hatte genügend Brot getrocknet und nur den Schinken gegessen. Seine Uniform fand man später unter Stroh verborgen in der Scheune. Eine Arbeitsjacke und eine Hose sowie ein Hut aus dem angrenzenden Schuppen waren dagegen verschwunden. Diese gehörten meinem Vater. Sie waren hier abgelegt, weil wir hinter der Scheune einen großen Garten hatten. Die beiden Gefangenen wurden nie mehr gesehen.

Zu Beginn der Ferien wurde der Plan gefasst, eine Radtour zum Kloster Himmerod zu machen. Ich war wiederum der Jüngste in dieser Truppe. Da

An dieser Stelle erinnere ich mich noch genau an einen wunderbaren Tag, an dem mein Vater mit allen Kolleginnen und Kollegen einen Tagesausflug zum „Kaiserhammer-Weiher“ machte. Es war Sommer 1932. Fräulein Mauerer nahm auch ihren Neffen „Mauerers Jupp“ mit. Ein Bild zeigt die Kinder der Lehrkräfte. Direkt hinter „Mauerers Jupp“ plantsche ich im Wasser. Im oberen Bild hält mich mein Papa im Arm.

waren zunächst die Älteren: Franz-Ludwig, die beiden Pelzers-Jungen, welche neben dem Winzerkeller wohnten, Schillings Lothar und Wagners Rudi, Ernst von nebenan, der Martin Tönnes vom Langgarten und noch einige, deren Namen ich vergessen habe. Die Radtour sollte drei Tage dauern. Selbst Herr Schilling war mit diesem Plan einverstanden. Sein Bruder war Besitzer des Gutes „Palzkyll" bei Dudeldorf. Hier sollten wir übernachten und dann weiter nach Himmerod fahren. Ich selber hatte kein eigenes Rad, konnte aber das Damenfahrrad meiner Schwester benutzen. Es wäre wohl anders gekommen, wenn wir uns alle an diese Planung gehalten hätten. Da weihten uns die vier Älteren in ihr Vorhaben ein. Vater Schilling dürfe auch nicht einen einzigen Ton hiervon erfahren. Wir Jüngeren sollten nach Himmerod fahren, während die Brüder Pelzer und Franz-Ludwig mit Bruder Lothar eine Nachtfahrt mit Paddelbooten eingeplant hatten. In einem Trierer Bootshaus hatten die vier sich zwei Paddelboote gemietet. Es war Samstag, als wir aufbrachen. Wir fuhren mit unseren Fahrrädern, bepackt mit allem Notwendigen, los.

Die „Großen" verschwanden und brachten zunächst die beiden Paddelboote von Trier nach Schweich, um dann am Abend die „Mondscheinfahrt" anzutreten. Wir strampelten mit unseren Fahrrädern in Richtung Quint. Zum ersten Mal sah ich dabei den Ausgang des Tunnels auf der Quinter Seite. Dann bogen wir rechts ab, machten kurz halt am Kaiserhammer. Danach mussten wir die Fahrräder bergan schieben. Erschöpft kamen wir nach über einer Stunde bei einem Gebäude an, das die Jungen „Rotes Haus" nannten. Wir machten hier Rast und aßen einige Butterbrote. Dann fuhren und schoben wir weiter und weiter. Nicht nur die Beine taten mir weh. Der Sattel an Tuttis Fahrrad konnte nicht mehr tiefergestellt werden. Wegen meiner kurzen Beine rutschte ich ständig hin und her. Kein Wunder, dass mir mein „Allerwertester" schmerzte. Wir erreichten das Ziel der heutigen Radtour. Ich bestaunte das große Anwesen. Rudis Tante und sein Onkel begrüßten uns herzlich. Dann tranken wir Kaffee und aßen Kuchen. Neben den Stallungen befand sich ein großer Raum, wo einige Feldbetten standen. Hier übernachteten vor dem Frankreichfeldzug Soldaten. Den wollten wir Jungen direkt beziehen. Frau Schilling brachte uns aber alle in ihrem Haus unter. Nach dem Abendessen fielen wir müde in die Betten. Es war Sonntagmorgen. Herr Schilling schlug uns vor, weiter bis Badem zu fahren, um dort die Heilige Messe zu besuchen. Zuerst aber erhielten wir noch ein gutes Frühstück. Diejenigen, welche keine Butterbrote mehr bei sich hatten, wurden mit neuen versorgt. Wir verabschiedeten und bedankten uns. Nach gut einer Stunde erreichten wir das Dorf Badem. Die Kirche war schnell gefunden, die Messe hatte aber schon angefangen. Der Pastor stand noch auf der Kanzel. Deshalb blieben wir hinten in der Kirche stehen. Die Messdiener klingelten genauso wie bei uns bei der Wandlung. Wir knieten also nieder und schlugen uns auch an die Brust. Noch ehe der Priester den Schlusssegen spendete, hörten wir ein eigentümliches Geräusch an der Kirchentür. Da stand Rudis Onkel. Mit seinem Auto war er uns nachgefahren. Unsere „Habseligkeiten" hatten wir mit in die Kirche genommen, die Fahrräder draußen abgestellt. Die Leute schauten sich um. „Ihr müsst sofort heimfahren", sagte Herr Schilling, „es ist etwas Schreckliches passiert!" Böses ahnend machten wir uns auf den Heimweg. Die größte Strecke führte bergab. Wir weinten ausnahmslos, als wir gleich nach Erreichen des Ortes erfahren mussten: „Heute Nacht ist Schillings Lothar ertrunken." Heulend fiel ich in die Hände meiner Mama. Sie sagte: „Die arme Frau Schilling!" Und Mama weinte mit mir. Was aber war wirklich geschehen? Wie ein Lauffeuer ging die Nachricht durch den Ort: Herr Schilling war der Meinung, dass seine Söhne Franz-Ludwig und Lothar zusammen mit uns „Himmerod-Pilgern" aufgebrochen waren. Indessen trafen sich aber die beiden mit ihren Freunden Karl und Heinz Pelzer am frühen Abend an der Mosel und bestiegen bei beginnendem Mondschein ihre Paddelboote: Franz-Ludwig mit Karl, Lothar mit Heinz. So formiert ließen sie sich moselabwärts treiben. Die Nacht brach herein. Es wurde kalt. Lothar wickelte sich in eine Decke, weil er keine Jacke bei sich hatte, und legte sich anschließend noch tiefer in das Boot. Er muss sogar eingeschlafen sein. In Mehring hatte ein Fischer an einem langen Balken sein Treibnetz ausgelegt. Genau auf diesen Balken trieben nun die Boote zu. Im letzten Augenblick erkannten Franz-Ludwig und Karl die Gefahr. Es gelang ihnen, gerade noch einen Zusammenstoß mit dem verankerten schwimmenden Balken zu vermeiden. Das andere Boot aber kenterte und blieb „kieloben" an dem Balken hängen. Die beiden Insassen waren verschwunden. Der Mond schien hell. Da sahen die Jungen in den anderen Booten einen Haarschopf aus dem Wasser tauchen. Diesen ergriffen sie. Es war der Nichtschwimmer Heinz Pelzer. Lothar konnte aber niemand entdecken. Er war übrigens der Einzige, der schwimmen konnte. Ob er sich vielleicht schwimmend ans Ufer retten konnte? Auf ihr Rufen antwortete aber keiner. In ihrer Verzweiflung paddelten sie ans Ufer, wo sie zunächst den Geretteten ganz aus dem Wasser zogen. Einer von beiden lief nun ins Dorf. Es war schon später Abend. Der Fischer wurde ausfindig gemacht, das Treibnetz samt Balken an Land gezogen. Lothar hatte sich mit Kopf und Händen darin verfangen und konnte sich nicht befreien. Was sich danach im Hause Schilling ereignete, kann man nur ansatzweise erahnen. Die Gerüchteküche brodelte mal wieder: „Majusebetta, Majusebetta, Majusebetta. Habt ihr schön gehört! Majusebetta! Die arm Frau Schilling. Drei Jungen in nitt mal zwei Jahren." Das war die Reaktion der Bevölkerung. Alle waren zutiefst geschockt. Lothar wurde in der Leichenhalle neben dem Krankenhaus aufgebahrt. Wir Jungen nahmen Abschied von ihm. Sein Bild habe ich bis heute vor Augen. In einer Ecke dieses Raumes lag seine kurze Hose mit dem breiten Gürtel, den er so gerne trug. Neben seinen beiden Brüdern wurde Lothar beigesetzt. Franz-Ludwig habe ich danach nicht mehr lachen sehen. Er war ohnehin ein sehr zurückhaltender und ernster Junge. Er sollte einmal den Betrieb des Vaters übernehmen und war jetzt vielleicht 19-20 Jahre alt. Nach diesem Ereignis meldete er sich freiwillig zum Militärdienst und wurde bald Soldat. Seinen Arbeitsplatz nahm dann der schon erwähnte Kriegsgefangene „Schang“ ein. Wenige Tage nach Lothars Beerdigung besuchte ich Frau Schilling in ihrer Küche. Ich glaube, dass sie betete. Nach einer Weile sagte sie, ähnlich wie beim Unfalltod ihres Sohnes Egbert: „Hoffentlich ist der Lothar jetzt im Himmel!“ Arme Frau Schilling.

Es muss ein Samstag gewesen sein. Wir hatten an diesem Tag nur vier Unterrichtsstunden, weshalb ich eigentlich schon den „Triebwagen“, die neueste Errungenschaft der Mosel-Tal-Bahn, hätte erreichen können. Wahrscheinlich hatte ich geträumt und gebummelt. Als ich bei der Station ankam, war das Gefährt bereits entschwunden. Außerdem hatte ich keine eigene Armband- oder Taschenuhr. Das Kommuniongeschenk meiner Patin hatte man Lore mitgegeben, weil diese keine eigene Uhr besaß, aber unbedingt eine benötigte. Die anderen Schüler waren schneller als ich. So saß ich allein an der Haltestelle und musste über eine Stunde dort warten. Der Zug lief ein. Für diesen war es die Endstation. Der Schaffner ging in das kleine Bahnhofsgebäude. Die Lokomotive mit den anhängenden Eisenbahnwagen stand weiter unter Dampf, und ich konnte mal wieder meiner Neugierde nicht Herr werden. Zwischen den Rädern der Abteile bestaunte ich schon seit Wochen eine Eisenstange mit rundem Griff. Den sah ich mir jetzt einmal genauer an. Ich schaute noch einmal nach rechts und links. Die Luft schien rein zu sein. Mit einem Fuß langte ich in den Ring und zog diesen ruckartig an. Ein lautes Zischen war die Folge. Ehe ich überhaupt begriff, was ich verursacht hatte, kam schon der wütende Schaffner angerannt, packte mich am Schlafittchen, schmiss mich zu Boden und gab mir einige kräftige Fußtritte. Dann stieß er mich weiter vor sich her, gab mir Ohrfeigen und brüllte wie ein Berserker. Genau vor dem Kartenschalter warf er mich nochmals vor seine Füße und trampelte auf mich los. Da erschien mein Herr Papa in voller Uniform. Er sah mich da liegen und über mir den Schaffner. Ich kann es kaum schildern, was jetzt geschah. Schlimmer konnte kein Unteroffizier auf dem Kasernenhof seine Rekruten anschnauzen. Ich kann das nur sinngemäß, aber auch der Wahrheit entsprechend wiederholen: „Sie elender Lümmel, sind Sie wohl total verrückt geworden, sich in dieser Weise an einem Kind zu vergreifen. Sie erbärmlicher, feiger Hund! Vor einer solchen Memme kann man nur ausspucken. Wissen Sie, wohin Sie gehören? Am liebsten würde ich Ihnen...!“ Der Schaffner verkroch sich jetzt in einer Demutshaltung in das Bahnwärterhäuschen. Mein Vater und ich fuhren gemeinsam nach Hause. Den Schaffner bekamen wir beide auf der Heimfahrt nicht mehr zu Gesicht. Für mich aber war es dennoch kein Grund zu triumphieren: „Was hast du Schlingel wieder angestellt?“ „Mein lieber Freund und Kupferstecher!“ „Merke dir das eine!“ Ganz lieb und brav schlich ich dann an der Seite meines alten Herrn in unsere Wohnung.

Die Zeit der Heuernte war gekommen. Paul Thul spannte den „Einspänner Fritz“ vor den Leiterwagen. Mit Katti und Hein fuhren wir in Richtung Föhren und kamen mit voll beladenem Heuwagen wieder in der Scheune an. An den Vortagen wurden dort schon mehrere Fuhren abgeladen, und der Heuhaufen war schon recht hoch und musste immer zusammengetreten werden. Diese Aufgabe übernahm Katti. Hein stand auf dem Wagen und gabelte das Heu hoch zu Paul und dieser nochmals höher vor Kattis Füße, die ganz oben alles verteilte und „eintrampeln“ musste. Katti bat mich, ihr dabei zu helfen. Weil ich so klein war, konnte ich mich unter der Dachschräge besser bewegen. Ich kroch noch in den letzten Winkel. Allein die vielen Spinnennetze unter den Dachsparren störten mich sehr. Sie blieben mir in den Haaren hängen. Aber das gehörte nun einmal dazu.

In der Schule hatten wir wenige Tage zuvor einen Propagandafilm gesehen: „Die Stukas“. Sturzkampfbomber. In diesem Moment kam ich mir vor wie der Pilot, der sich auf das feindliche Ziel stürzt. Einige Meter unter mir sah ich einen Heuhaufen. Ich visierte diesen an und schrie: „Stuka“! Aber der Absprung misslang, weil ich abrutschte. Von einer „zweizinkigen Strohgabel“ wurde mein Sturz ruckartig gebremst. Ein Zinken hatte mir meinen rechten Oberschenkel durchbohrt. Ich muss in diesem Moment mehr als nur einen Schutzengel gehabt haben. Der Einstich begann auf der Innenseite kurz oberhalb des Kniegelenks. Wegen der leichten Krümmung der Gabel verfehlte er den Knochen. Wesentlich höher kam dann die Gabelspitze an der Außenseite meines Oberschenkels zum Vorschein. Paul nahm die Gabel in beide Hände. Ein Ruck. Ich war befreit. Wie ein Lauffeuer hatte sich die Nachricht über meinen Unfall in Windeseile verbreitet. Kinder hatten mitbekommen, was sich da in der Scheune ereignet hatte. Selbst Herr Schilling stand schon an der Straße, als man mich nach Hause brachte. Ich höre ihn noch sagen: „O, Wolli, was hast du gemacht?“ Unser Hausarzt, Dr. Max, war nicht erreichbar. So wurde Dr. Recht gerufen, der sogleich kam.

Anlässlich meines Geburtstags 1999 von Christoph Speicher gezeichnet.

Das war kein Fall für das Schweicher Krankenhaus. Ich musste dringend nach Trier in das Herz-Jesu-Hospital gebracht werden. Wie aber dahin kommen? Ein Taxiunternehmen gab es nicht mehr. Notar Dr. König aber hatte damals noch einen eigenen Wagen. Er fuhr mich auch sofort nach Trier. Dort wurde ich ärztlich versorgt, nochmals gegen Tetanus geimpft und mit einer Schiene am Bein in mein Krankenzimmer gebracht. Mein Vater besuchte mich schon am nächsten Tag. Voller Stolz sagte ich zu ihm: „Papa, ich habe aber nicht geweint!"

In der nun folgenden Nacht hatte sich wohl ein feindliches Flugzeug über Trier „verirrt". Die Flak fing an zu schießen, durch die Fensterscheiben konnte man sehen, wie die Scheinwerfer den Himmel absuchten. Leider konnte ich wegen der Schiene am Bein mein Bett nicht verlassen, um das Schauspiel besser verfolgen zu können. Ganz traurig war ich, dass es den Kanonieren nicht gelang, das Flugzeug abzuschießen. Damals war ich fest davon überzeugt, dass unsere Waffen und vor allem die Soldaten das konnten. Nach nicht ganz drei Wochen waren meine Wunden weitestgehend verheilt. Es stellte sich aber heraus, dass sich an der „Ausstichnarbe" „wildes Fleisch" gebildet hatte, welches noch operativ entfernt werden sollte. Man brachte mich in den Operationsraum und legte mich auf den Tisch. Ein

Arzt besah sich die Narbe, gab der Schwester einen Auftrag, den ich nicht verstand. Nur kurzer Zeit erschien diese mit Verbandmull und einer flachen Metallschüssel, in welcher mehrere für mich nicht erkennbare Gegenstände lagen. Dann sagte der Arzt sinngemäß, dass er hier nur das „wilde Fleisch" mit Höllenstein zu entfernen brauche. Die Schwester setzte sich mir zu Füßen, umklammerte meinen Unterschenkel mit beiden Händen. Was jetzt kam, war schlimmer als alle vorhergegangenen Schmerzen bei meinem Unfall. Ich brüllte wie am Spieß und war froh, dass mein Vater nicht anwesend war. Die Schwester war eine sehr starke Nonne. So gerne ich ihr in diesem Moment in den Magen getreten hätte, es gelang mir nicht. Nachdem diese Prozedur beendet war, wurde mein Oberschenkel wieder verbunden und ich auf mein Zimmer geschickt, welches ich mit drei weiteren Jungen teilte. Am nächsten Tag war eine weitere Behandlung vorgesehen. Ich überlegte nicht lange, dann weihte ich meine „Kameraden" in meinen Plan ein. Meine Schuhe standen unter meinem Bett. Die übrige Kleidung, welche ich bei meinem Unfall trug, lag in einem Spind. Eine Tasche hatte ich aber nicht dabei. Meine wenigen Habseligkeiten verstaute ich deshalb in meinem Nachthemd, welches ich zu einer Art Sack umfunktionierte, und schnürte mit den Ärmeln alles zusammen. Mit einem solchen Bündel unter dem Arm gab es aber für mich über den Flur und das Treppenhaus kein Entrinnen. Da musste ich unwillkürlich der „wachhabenden Schwester" direkt in die Arme laufen. Deshalb warf ich den Packen durch das Fenster des zweiten Stockwerkes in den angrenzenden Klostergarten. Meine „Leidensgenossen" hielten mir die Daumen und ich schlich wie ein Unschuldsengel an der Nonne vorbei zu den Toiletten. Sicherlich freute sie sich, dass ich nicht mehr mein „großes Geschäft" auf der „Bettpfanne" verrichten wollte. Durch den Türspalt behielt ich die Ordensfrau im Auge, bis diese in ein Krankenzimmer verschwand. Schnell war ich auf der Treppe, als mich eine andere Nonne zurück in mein Zimmer schickte. An unserem Fenster führte ein Blitzableiter vorbei. An diesem gelangte ich dann in den Klostergarten (siehe Bild). Mein Bündel lag direkt unter dem Fenster in einer kleinen Hecke. Ich schnappte es mir, und ohne entdeckt zu werden, gelangte ich auf die Straße und ging den langen Weg direkt zur Bahn. Dort kaufte ich mir für 30 Pfennig eine Fahrkarte für „Kinder", obwohl ich schon über elf Jahre alt war, und bestieg die „Bimmelbahn". Zuhause angekommen staunte meine Mama. Ich erzählte ihr alles und war sogar sehr stolz über meinen Einfallsreichtum.

Am nächsten Tag ging sie mit mir zu Dr. Recht, welcher mich ja in das Krankenhaus nach Trier eingewiesen hatte. Dieser sah sich die beiden

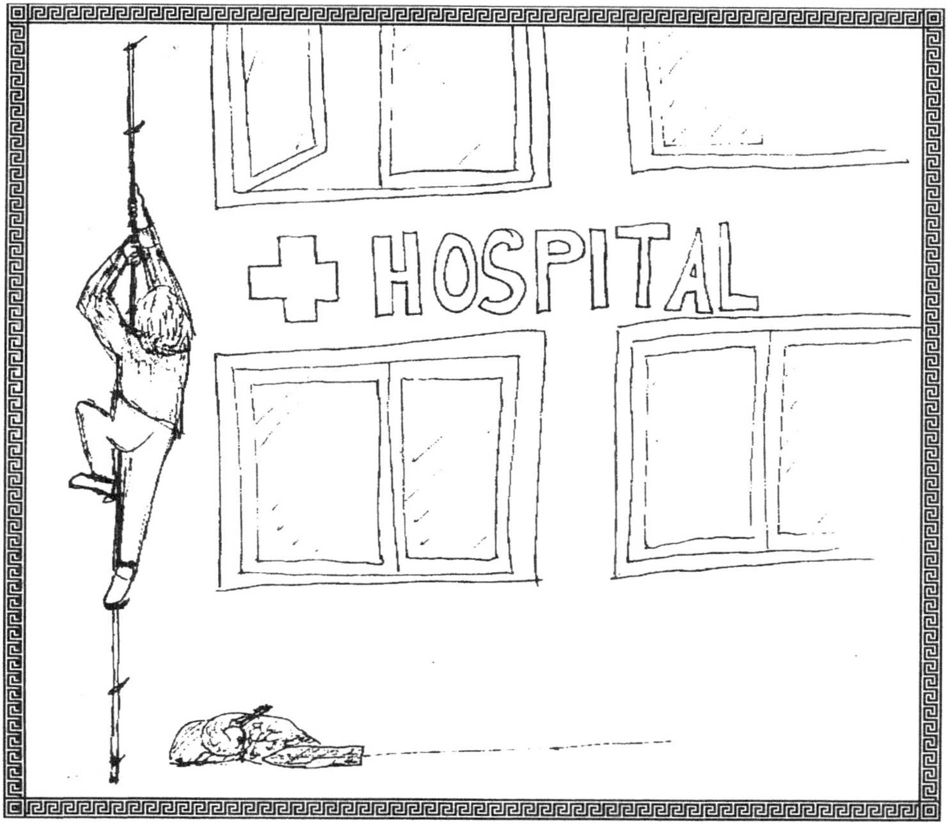

Mein Abschied vom Herz-Jesu-Krankenhaus; von Christoph Speicher gezeichnet.

Wunden an. Ich musste mich sogleich auf einen hohen Stuhl setzen, der dem bei meinem Frisör sehr ähnlich sah. Er brauchte nur mein kurzes Hosenbein etwas höher zu ziehen. Wieder fiel das Wort: „Wildes Fleisch". Dies sei aber weiter nicht schlimm. Mit Höllenstein könne man dieses einfach abätzen. Am liebsten hätte ich da direkt das Weite gesucht. Mama sprach mir ermutigend zu, ich biss auf die Zähne, und der Onkel Doktor fing an zu „ätzen". Es brannte aber diesmal nicht so stark. In den nächsten Tagen ging ich allein zum Arzt. Er unterhielt sich mit mir, und ich sprach ihn mit „Herr Recht" an. Das aber gefiel ihm nicht. Ich wurde aufgeklärt, und fortan wusste ich, dass er für mich der Herr „Doktor" sei. Er nannte in diesem Zusammenhang nicht einmal seinen Familiennamen. Maria März, aus dem bunten Haus an der alten Schule, war Studentin der Medizin und als solche Praktikantin im Herz-Jesu-Krankenhaus. Sie hatte mich während meines dortigen Aufenthaltes besucht und so erfahren, dass ich ohne Entlassung mich einfach einer Weiterbehandlung entzogen hatte.

Mit verbundenem Oberschenkel nahm mich mein Vater wenige Tage später mit zu seiner Dienststelle nach Trier. Wir hatten Schulferien. Nach einer kurzen Unterredung in der Wachstube hinter dem Eingangstor der Kemmelkaserne bekam ich eine Art Ausweis zum Betreten des Geländes. Im „Kasernenblock" meines Vaters angekommen, durfte ich zunächst einmal seine Stube besichtigen. Da standen ein Feldbett, ein Kleiderspind, ein normaler Tisch. Es roch furchtbar nach Mottenkugeln. Seine Stiefel standen an der Wand, weil Vater es vorzog, normale hohe Schuhe und Gamaschen zu tragen. Das Zimmer gefiel mir nicht. Man merkte auch, dass er sein dortiges Bett selten benutzte. Ein Waschbecken war nicht vorhanden. In einer Ecke befand sich aber ein Tisch mit einer großen Kanne und einer Waschschüssel. Daneben sah ich auch ein Wasserglas mit Zahnbürste und einen Rasierapparat, Toiletten- und Rasierseife liegen. Diese Dinge brauchte mein Vater, wenn er Offizier vom Dienst war. Er verfügte auch über einen „Burschen", der für Sauberkeit einschließlich „Schuhe putzen" verantwortlich war. Ihn lernte ich auch bald kennen. Mein Herr Papa vertraute mich ihm an, bat ihn, mir das ganze Kasernengelände zu zeigen, und stellte ihn, wie man das in militärischer Sprache nennt, für diese Aufgabe frei. Der Mann freute sich. Er war aus Schlesien und hieß „Pavelak". Kanonen kannte ich schon vom Schulhof hinter unserem Haus, aber einen Stall mit so vielen Pferden hatte ich bislang noch nicht gesehen. Dicht an dicht standen da dutzende „Kanonengäule", aber auch einige Reitpferde. Einem Soldaten musste mein Interesse an den Pferden besonders aufgefallen sein. „Freund Pavelak" nannte ihn Herr Unteroffizier. Dieser hieß Köhler und sagte zu mir, dass er hier „Stallmeister" sei. Gleich fragte ich ihn, ob ich auch einmal reiten dürfe. Der wohl „altgediente Soldat" lächelte und sagte sinngemäß, ich solle gegen drei Uhr mit Freund Pavelak am Nachmittag nochmals vorbeikommen, dann müsse er ein Pferd für den „Hauptmann X" satteln. Vorher könnte ich auch in der „Reithalle" mein Glück versuchen. Im Moment sei dieses aber nicht möglich. Wir gingen weiter über die vielen Flure der Kasernen. Es roch zum Teil nach Schweiß und Soda. Auf dem Exerzierplatz übten die Rekruten: Hinlegen – auf, Marsch, Marsch. Das Gewerrrr über – Gewerrr ab. Antreten – richt euch – Abzählen. Rührt euch – Schtanden (stillgestanden). Es waren Töne, die mir längst vertraut waren. All das hatte ich ja immer wieder auf dem Schulhof erlebt, wenn dort die SA marschierte, und in Dangast als Zehnjähriger selbst zu praktizieren gelernt. Dann hieß es: „Im Gleichschritt gleich links schwenkt, marsch!" Dem folgte das Kommando: „Ein Lied, drei-vier"!

„Es ist so schön Soldat zu sein,
Roosemarie.
Nicht jeder Tag bringt Sonnenschein,
Roosemarie.

Mein Vater nahm mich mit in das so genannte Offizierskasino zum Mittagessen. Man brachte mir auch einen Teller mit Besteck. Vater zeigte auf einen Offizier am Kopfende der langen Tafel und erklärte mir, dies sei der „Oberstleutnant". Neben ihm säßen zwei Majore, mehrere Hauptleute und andere Offiziere, zu welchen er gehöre. Dennoch war ich anschließend sehr enttäuscht. Glaubte ich doch, dass alle Soldaten gemeinsam aus der „Gulaschkanone" verpflegt würden.

Eigentlich wäre ich am Nachmittag lieber in das Gefangenenlager gegangen. Aber „Freund Pavelak" stand schon auf dem Flur und ging sofort mit mir zu Stallmeister Unteroffizier Köhler. Erst zeigte dieser mir, wie ein Pferd gesattelt wurde. Eine Wolldecke wurde gefaltet, auf den Rücken des Pferdes gelegt, den Sattel darüber, die Gurte unter dem Bauch des Pferdes gestrafft und vor allem jetzt das „Gebiss" durch das Pferdemaul gezogen und daran die Zügel befestigt. Ich sei noch zu klein, sonst würde er mir auch beibringen, wie man die Pferde putzt. Er zeigte mir auch die entsprechenden Geräte, die er Striegel und Kardätsche nannte. Die Steigbügel hatte er so hoch wie möglich gestellt. Für mich aber war das noch viel zu tief. Meine Beine waren einfach zu kurz. Kurzerhand schwang mich jetzt der „Reitlehrer" in den Sattel, zeigte mir am Sattelknauf noch einen Griff, den er „Notriemen" nannte, dann reichte er mir die Zügel. Ich rutschte hin und her und bewies mich wieder mal nicht als der große Held. Als das Pferd, welches der Unteroffizier am Halfter mitführte, in Trab fiel, konnte ich mich nicht mehr halten und fiel vom Gaul, obwohl ich mich noch am Notriemen festkrallte. Das war das Ende meiner ersten Reitstunde. Für heute wurde nichts mehr aus einem Besuch im Gefangenenlager.

Auf dem langen Flur des Kasernenblocks, wo mein Vater mit seinen beiden Kameraden sein Büro hatte, gab es direkt neben den „Aborten" eine große Nische. An einem langen und sehr breiten Tisch saßen französische Kriegsgefangene. Das weckte selbstverständlich mein Interesse. Schnell gesellte ich mich zu ihnen und wunderte mich: Alle beherrschten unsere Sprache. Es waren Elsässer. Vor ihnen lagen Briefe, Post von Franzosen an ihre Angehörigen. Diese galt es zu „zensieren". Vor jedem stand auch ein Glas Tusche. Jeder Brief musste gelesen werden. Was missfiel, wurde durchgestrichen. Einige Briefe wurden ausgesondert und an eine eigene Dienststelle weitergeleitet. Die Elsässer erzählten mir, dass sie bald entlassen würden, weil sie ja auch Deutsche seien. Einige von ihnen waren sogar ehemalige deutsche Soldaten im Ersten Weltkrieg. Da kam ein deutscher Soldat mit einer großen Kaffeekanne, ging, ohne die Tür zu schließen, direkt an die „Rinne“ und schüttete den Inhalt aus. Das war wieder so ein Moment, den ich bis heute nicht vergessen habe. Einige Gefangene sagten: „Oh“. Da ich einen wirklich guten und anschaulichen Erdkundeunterricht erfahren hatte, wusste ich auch, wo die Städte lagen, aus welchen diese Männer kamen: Kolmar, Mühlhausen im Elsass, Straßburg. Einer erzählte mir, er sei aus Diedenhofen in Lothringen. Mitten in diesem Gespräch hörte ich ein Räuspern. Dann sah ich eine deutsche Offiziersmütze und erkannte unter dieser einen Mann, den ich oberhalb meines Vaters im „Offizierskasino“ hatte sitzen sehen. Er nahm mich beim Ärmel und zog mich, ohne ein Wort zu sagen, hinaus auf den Flur. Erst jetzt gab er mir zu verstehen, dass ich dort nichts zu suchen habe. Wahrscheinlich wusste er, zu wem ich gehörte. Er brachte mich zu meinem Vater und dieser mich anschließend in seine „Stube“.

Am andern Morgen war es dann soweit. Endlich sollte ich das Gefangenenlager betreten dürfen. Dafür war mein Vater aber keineswegs zuständig. Der Dienstweg war ein anderer. Zuständig für den Sicherheitsbereich innerhalb des Stacheldrahtes war der Hauptfeldwebel Kreutzer. Er wohnte mit seiner Familie in unmittelbarer Nähe der Kaserne. Vor dem Lager befand sich eine Baracke für die Wachmannschaften. Hier war auch das Verwaltungsbüro, dem der alte Berufssoldat vorstand. Dort wurden auch Erlaubnisscheine für Deutsche ausgestellt, die das Lager betreten durften. Meist waren es Handwerker, die hier in den Morgenstunden Hilfskräfte mitnehmen konnten, wie Schlosser und Schreiner. Auch im benachbarten Café Pantenburg arbeitete einer der Gefangenen. Es gab aber auch Ausnahmen. Der Sohn des Herrn Kreutzer gehörte dazu. Das hatte ich erfahren. Deshalb suchte ich, ohne lange mit meinem Vater zu verhandeln, mit meinem Freund Pavelak den Hauptfeldwebel in dessen Büro auf. In seiner für mich etwas seltsam klingenden Aussprache wandte sich dieser in strammer Haltung an den für ihn so hohen Dienstgrad und zeigte ihm gleichzeitig seine dienstliche Bescheinigung. Ohne Wenn und Aber erhielt ich dann den gewünschten Schein und durfte mit diesem versehen gleich das gesicherte Tor zum Lager durchschreiten. Herr Kreutzer rief sogar einen Mann herbei, der nicht die Uniform eines Kriegsgefangenen trug, aber dennoch als Franzose erkennbar war. Ich kann es nicht eigens beschreiben. Er gehörte zum „Kommando“. Das waren Franzosen, die innerhalb des Lagers in eigener Regie für Sicherheit und Ordnung zu sorgen hatten. Damit sie sich von den übrigen Gefangenen auch äußerlich unterschieden, trugen sie eine Art „Räuberzivil“. Dieser Mann sprach ein gebrochenes Deutsch, das ich aber besser verstand als bei Freund Pavelak. Mir wurde das ganze Lager gezeigt und vor allem

die Baracken. Je drei Mann lagen da übereinander auf provisorischen Bettgestellen. Statt Matratzen hatte man diese mit dickem Maschendraht bespannt und darüber Decken gelegt. Es war ein schöner Sommertag. Die meisten Gefangenen lagen in Gruppen vor den Baracken in der wärmenden

Sonne. Zu uns gesellte sich jetzt auch der Sohn des militärisch Zuständigen. Natürlich wurden wir sofort Freunde. Das Wort „Kumpel" kannte ich damals noch nicht. Wir kamen jetzt in einen Lagerabschnitt, wo sich die farbigen Kriegsgefangenen befanden: Kolonialsoldaten der französischen Armee. Diese bestaunten uns fast noch mehr als wir sie. Die ganz schwarzen Gefangenen stammten zumeist aus dem Senegal. Während des Frankreichfeldzuges hatte man diese armen Teufel als „Kanonenfutter" direkt vor die „Maginotlinie" verlegt. Die deutschen Truppen eroberten aber Frankreich unter Umgehung dieser scheinbar unüberwindlichen Befestigungsanlagen. So gerieten diese Einheiten erst nach der Kapitulation in deutsche Kriegsgefangenschaft. Viele dieser „armen Kerle" waren ge-

Senegalschützen

Afrikaner beim Lausen

Kolonialsoldat mit Tropenhelm

Marokkanische Schützen

Nordafrikaner mit Halsschmuck

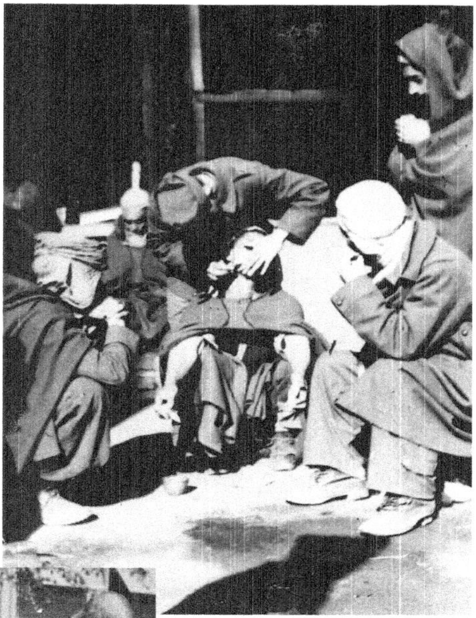

beim Frisör

Hindustaner

Hinduoffizier

Marokkaner

Gefangener mit Stammeszeichen

Vor dem Stacheldraht

Hinter dem Stacheldraht

Anamiten (heute Vietnamesen)

Anamiten bei der Essensausgabe

Formen der Strafverbüßung durch die französische Lagerverwaltung

Im Hintergrund rechts: Stabsfeldwebel Kreutzer

kennzeichnet. Stammeszeichen nannte man die Narben in ihren Gesichtern und auf der Stirn. Sie schienen auch gar nicht unserem Klima angepasst zu sein. Viele trugen selbst im Sommer ihren Soldatenmantel. Etwas abgesondert von diesen befanden sich die Baracken der übrigen Kolonialsoldaten: Marokkaner, Algerier und auch eine ganze Einheit von „Anamiten", heute Vietnamesen. Auch diese waren nach langer Seereise noch rechtzeitig in die vordersten Stellungen der französischen Armee verlegt worden. Stolz repräsentierte sich auch eine Gruppe Hindustaner vor der Kamara. Während sonst Offiziere und Mannschaften getrennt voneinander gefangen gehalten wurden, blieb ein Offizier bei seinen Landsleuten. Auch die Lagerleitung war mit dieser klugen Entscheidung einverstanden.

Ohne militärisches Geleit lernte ich in den folgenden Tagen das ganze Lager kennen. Es gab da zwei verschiedene Großküchen: Die französische Küche sorgte für die normalen Franzosen. Das Essen wurde ähnlich zubereitet wie bei uns. Die Gefangenen mussten sich von Weißbrot auf Kommissbrot umstellen. Statt Butter bekamen sie Margarine, statt Konfitüre oft Rübenkraut. Mancher Zentner Pferdefleisch wurde allerdings auf französische Art und Weise von den Köchen verarbeitet. Allerdings wurden sie auch unmittelbar mit französischem Fleisch beliefert. Daran waren selbst die Deutschen interessiert. Auch französischer Rotwein wurde für das kleinere Offiziersgefangenenlager angeliefert. Letztere erhielten sogar eine Art Wehrsold, für den sie dann Dinge im separaten Lagergeschäft einkaufen konnten. Dazu gehörten beispielsweise gute Rasierseife und Haarpomade. Selbst Schokolade und Bohnenkaffee kamen dazu. Man sprach sogar unter der Hand von Tauschgeschäften unter den „Offizierskameraden". Hunger leiden musste keiner. Nur die Feinschmecker unter den Gefangenen hatten wohl ihre gewaltigen Probleme. Es lebte sich hier einfach nicht so „wie Gott in Frankreich". Größere Schwierigkeiten ergaben sich dagegen bei den Gefangenen der „Kolonialeinheiten". Die Asiaten vermissten ihren Reis. Lediglich aus Italien konnte man damals Reis beziehen. Die sehr kleinwüchsigen „Anamiten" konnten sich weder an das Kommissbrot noch an die vielen Kartoffeln gewöhnen. Reis war von Kindheit an ihr eigentliches Grundnahrungsmittel, und das zu allen Mahlzeiten. Man versuchte, diesen Bedürfnissen zu entsprechen. Das internationale Rote Kreuz wurde eingeschaltet, die Genfer Konvention angesprochen. Die Lösung war aber nur schwer zu bewerkstelligen und brauchte einen langen Anlauf. Man versorgte diese Gruppe, so man konnte, mit sehr viel Gemüse. Die Köche waren Asiaten. Andere Probleme bereiteten die Muslime. Sie hatten auch in der französischen Armee einen Sonderstatus. Absolut tabu war der Verzehr von Schweinefleisch. In Frankreich wurden diese Soldaten meist mit Hammelfleisch versorgt. Deshalb gab es auch für die Algerier und Marokkaner eine eigene Küche Sie aßen immer getrennt von den anderen Gefangenen. Vor dem Stacheldraht empfanden die meisten Gefangenen nach einigen Wochen keine Scheu mehr. Selbst die Posten auf den Wachtürmen sahen zu, wenn die Gefangenen ihre Wäsche daran zum Trocknen aufhängten.

Ich aber wurde mit der Zeit immer dreister. Längst kannte ich die „Drei vom Kommando", welche für die innere Disziplin und Ordnung des Lagers verantwortlich zeichneten. Diese waren bei den meisten Gefangenen nicht besonders beliebt, was man aus berechtigten Gründen durchaus verstehen kann. In mein Planen passten sie jedoch. Meine Haare waren mir etwas zu lang geworden. Die Söhne meines Frisörs waren alle Soldaten. Er selbst hatte nur wenig Zeit, sich auch noch der Kinder anzunehmen, und ich wollte nie lange warten. Da sah ich, wie vor einer Baracke viele Gefangene saßen. Einige Frisöre schnitten ihren Kameraden die Haare. Die Haarlänge war diesen aus hygienischen Gründen vorgegeben. Ich bat einen der „Lagerführer" um den Gefallen, mir die Haare schneiden zu lassen. Mit ihm ging ich jetzt zu der Baracke, vor welcher die vielen Gefangenen ihren Haarschnitt verpasst bekamen. Statt mich in diese Gesellschaft einzuordnen, führte mich der gute Mann in eine Art „Frisörsalon", welcher abgetrennt innerhalb der Baracke eingerichtet war. Es roch nach „parfümierten Frauen". Alles war proper, alles tipp-topp sauber. Ich brauchte nicht lange zu warten, bis der „Figaro" kam. Ich musste mich auf einen Stuhl setzen, aber sofort wieder aufstehen. Danach stellte er noch ein kleines Fußbänkchen auf das Gestühl. Der Mann lachte und war wohl froh, an mir endlich wieder einmal sein ganzes Können unter Beweis stellen zu dürfen. Ein reines weißes Tuch wurde mir um den Hals gelegt, die Haare wurden nach hinten gekämmt, mit der Bürste erst einmal nachbehandelt und mit Kamm und Schere ging es weiter. Seine Technik unterschied sich wesentlich von der des Herrn Körperich. Jetzt erst nahm er eine elektrische Maschine zur Hand und entfernte mit ihr meine Nackenhaare. Man verfügte in diesem Raum sogar über eine

Die Drei vom Kommando

Steckdose. Damit war es aber noch nicht genug getan. Ich musste mich über eine Schüssel bücken. Er wusch mir die Haare mit duftendem Shampoo, massierte mir danach die Kopfhaut und griff anschließend, man höre und staune, zu einem Föhn. Als meine Haare trocken waren, machte er weiter. Da stand eine kleinere Flasche mit einer Sprühvorrichtung. Ein duftender Nebel ging auf meine Haarpracht nieder. Nochmals wurde ich gekämmt, meine Locken wurden kunstvoll geformt, und zum Schluss entfernte der Frisör mit einem Rasiermesser die letzten „Flaumfedern" am Genick. Als ich danach in den Spiegel sah, wusste ich nicht so recht, ob ich lachen oder weinen sollte. Zu einer Beantwortung dieser Frage kam es aber nicht. Der liebe Franzose zog jetzt eine Schublade heraus und gab mir eine kleine Tafel Schokolade. Ich sagte merci, merci und gab ihm die Hand. Nun war es aber Zeit für mich. Ich kam noch rechtzeitig vor Dienstende meines Vaters in der Kaserne an. Dieser sah mich an und schnupperte sogar an mir. Dann lachte er. Wir fuhren nach einem für mich so erlebnisreichen Tag wieder heim zu meiner Mama. Unterwegs fragte mich der Papa, ob ich Lust hätte, morgen mit ihm nach Leiwen zu fahren. Er habe den dienstlichen Auftrag erhalten, dort einen Bauern zu befragen, dessen Kriegsgefangener vor einigen Tagen geflohen sei. Natürlich konnte in diesem Moment keiner froher sein als ich. Wer hat schon solch einen Papa! Ich war stolz auf ihn. Am nächsten Morgen fuhren wir wieder gemeinsam nach Trier. Der Schaffner, dem mein Vater vor wenigen Tagen den „Marsch" geblasen hatte, schlich an uns vorbei. Im Hotel Terminus tranken wir unsere Fleischbrühe und aßen unsere Brötchen. Ich musste nochmals „verschwinden", ehe wir auf den Petrisberg stiegen, und folgte dem Schild „Zu den Aborten". Es war ein wirklich primitiver und stinkender Raum ohne Wasseranschluss. Immerhin war direkt vor dem Ausgang ein Emailleschild angebracht: „Es wird ersucht, noch vor dem Heraustreten die Kleider zu ordnen."

Der weitere Tagesablauf ist schnell geschildert. Mit einem Dienstwagen fuhren ein Unteroffizier, mein Vater und ich moselabwärts nach Leiwen. Besagter Bauer und Winzer war schnell gefunden. Mein Vater stellte ihm einige Fragen. Der Bauer erzählte all das, was er wusste. Sein Hut sei verschwunden. Der Gefangene hatte sich unbemerkt abgesetzt. Der Unteroffizier schrieb alles auf. Der wachhabende Soldat wurde auch noch befragt, konnte aber keine weiteren Angaben machen. Auf der Rückfahrt brachte uns das Auto sofort nach Hause. Ich war mächtig stolz, als mich die Kinder sahen, wie ich mit meinem Papa direkt vor der Schule dem „Militärauto" entstieg. Noch waren Schulferien und ich wieder „Gast" im Gefangenenlager. Sogar Hauptfeldwebel Kreuzer kannte mich schon. Für mich war er, wie man damals sagte, ein ganz „Hohes Tier". Mit seinem Sohn unternahm ich nochmals Kundschaftsausflüge im ganzen Lagergelände. Ein Anamit schenkte mir damals drei Würfel. Statt Zahlen waren darauf Figuren zu sehen. Wir kamen auch an der „französischen Küche" vorbei. Da sah ich einen schwarz-weiß gefärbten kleinen Hund. Mein Begleiter kannte diesen schon und sagte: „Das ist der Fiffi. Den hat ein Gefangener mitgebracht." Fiffi war in der Zwischenzeit wohl der Liebling der ganzen Küchenmannschaft geworden und schlief nachts immer an der Seite des „Oberkochs". Ab jetzt aber hatte ich es auf den Fiffi abgesehen. An diesem Tag war mein Vater OvD (Offizier vom Dienst). Für mich bedeutete dies, dass ich ohne ihn meine Heimfahrt antreten konnte. Die Verwirklichung meines Planes ließ nicht lange auf sich warten. Den Koch wagte ich nicht zu fragen. Da war aber noch mein neuer Freund „vom Kommando". Diese Beziehung spielte ich jetzt aus. Er verstand, was ich wollte. Heute bin ich noch der Überzeugung, dass zwischen den beiden Männern eine Rivalität bestand, der vom Kommando letztlich aber die größere Autorität besaß. Ehe wir uns zur Küche aufmachten, ging mein Begleiter noch in eine Baracke, die man „Beutesammelstelle" nannte. Ich wollte mitgehen, aber das untersagte er mir strikt. Als er zurückkam, hatte er eine kleingliedrige längere Kette mit Karabinerhaken bei sich und betrat mit dieser die Küche. Es wurde sehr laut. Fast bekam ich Angst. Da kam mein „Freund" samt Fiffi heraus. Ich strahlte vor Freude, der Koch aber fluchte und brüllte. Was ich diesem Mann damals angetan hatte, konnte ich in Wirklichkeit nicht erahnen. Das Tier an der viel zu schweren Kette, ging er dann mit mir zum Bahnhof und kaufte mir am Schalter eine Fahrkarte für Hunde, die damals erforderlich war. Daheim angekommen liefen mir direkt ein halbes Dutzend Kinder hinterher und riefen: „Der Wolli hat einen Hund." Meine Mama aber reagierte gar nicht begeistert. „Was sollen wir denn mit dem Hund?" Schwester Mechthild war es diesmal, die sich schützend vor uns beide stellte. Sie umarmte mich vor Freude, liebkoste sofort den Fiffi. Aus Dank dafür beleckte er Mechthilds Hand, und Mutter zeigte Erbarmen. Ein Glück, dass der „Herr des Hauses" ausgerechnet in dieser Nacht nicht daheim war. Fiffi vermisste wohl den Hautkontakt mit seinem früheren „Herrchen". Er jaulte die ganze Nacht auf dem Absatz unserer Treppe. Dorthin hatte ich eine alte Decke gelegt und ihn mit der „Kuhkette", wie Tutti diese nannte, angebunden. Auch den Begriff „Gassi" kannte ich damals noch nicht, sonst hätte ich das Tierchen am Abend wenigstens noch einmal vor das Haus geführt. Dafür aber durfte ich am Morgen mit dem Handfeger und Toilettenpapier das beseitigen, was Fiffi uns in zwei Aggregatzuständen beschert hatte. Die nächste Nacht durfte der Hund in unserer Wohnküche verbringen. Neben ihrer beliebten Puppe, dem

Peterle, hatte Mechthild jetzt einen wunderbaren Spielgefährten. Das Tier war sehr anhänglich und legte, wenn Mama frühstückte, seinen zierlichen Kopf immer auf deren Wade.

Während ich mich frei im Lager bewegte und die Kriegsgefangenen bestaunte, tummelte sich eine Anzahl gleichaltriger Jungen im Außenbereich herum. Sie wagten sich von dort an den Stacheldraht heran, wurden aber selten von den Posten auf den Wachtürmen verscheucht. An einer für die Wachmannschaften nicht gut einsehbaren Stelle war es zwei Gefangenen gelungen, sich einen Weg in die Freiheit zu bahnen. Zwei meiner Klassenkameraden aus der 2a beobachteten nun, wie sich diese im nahen Gebüsch versteckt hielten. Für Gerd van Wersch und Werner Paqué galt es, jetzt zu handeln. Sie schlichen unbemerkt zurück; einer beobachtete die sich in Sicherheit wägenden Franzosen weiter, während sich der andere eilends zur nicht allzu weit entfernten Lagerwache begab. Mit einigen bewaffneten Soldaten brach der Trupp, angeführt von einem „pflichtbewussten 12-jährigen Hitlerjungen", zu der Stelle auf, wo die beiden Franzosen noch immer getarnt im Gebüsch lagen. Den armen Kerlen blieb angesichts der auf sie gerichteten Gewehre keine andere Möglichkeit, als sich mit erhobenen Armen zu ergeben. Von diesem Ereignis berichteten anderntags das Trierer Nationalblatt und die Schulleitung. Gerd und Werner erhielten sogar eine Belobigung von „ganz oben", und alle Schüler schauten neidvoll auf die beiden. Wie gerne wäre ich der „Dritte im Bunde" gewesen.

Noch zweimal nahm mich mein Vater mit auf eine Dienstreise. Warum er nach Differdingen an der Westgrenze von Luxemburg musste, habe ich nicht mitbekommen. Jedenfalls hatten er und seine Begleiter dort eine Besprechung mit einem Kaufmann, der erst vor ein paar Wochen aus deutscher Kriegsgefangenschaft entlassen worden war. Es war ein geborener Lothringer und als solcher zu Kriegsanfang als wehrpflichtiger Franzose einberufen worden. Man sprach von einer versteckten Kriegskasse, die direkt nach der französischen Kapitulation irgendwo vergraben worden sei. Dem sollte mein Vater nun auf die Spur kommen. Und gerade diese Fährte wies in Richtung Differdingen. Um allen Schwierigkeiten bei der Verständigung zu entgehen, nahm mein Vater auch den „Sonderführer" und ehemaligen Seminaristen seines Kursus mit. Herr Offermann war Hauptlehrer in Rittersdorf bei Bitburg. Während des Ersten Weltkrieges war er recht früh in französische Kriegsgefangenschaft geraten. Diese Jahre benutzte er, seine Französischkenntnisse zu erweitern. Auch sagte man von ihm, dass seine Aussprache kaum von der eines geborenen Franzosen zu unterscheiden sei.

So wurde er dann Dolmetscher im Rang eines Sonderführers. Ich selbst brauchte für die Mitreise eine Erlaubnis der Behörde. Mit meinem Vater suchten wir einen Beamten der Staatspolizei in Trier auf. Nach kurzem Gespräch übergab er meinem Vater das gewünschte Papier. Wir kamen in Wasserbillig an. Dort musste mein Vater seinen „Marschbefehl" vorlegen. Auf einem über die ganze Brücke angebrachten Transparent war zu lesen: „HEIM INS REICH". Dann fuhren wir vom äußersten Osten zum äußersten Westen des „Ländchens". Das Ziel der Dienstreise war schnell gefunden. Die Leute redeten sehr „komisch". Hochdeutsch war es nicht. Immerhin konnte ich einige Worte mit viel Phantasie verstehen. Eine sehr „muffig" wirkende Frau führte uns in einen Raum. An der Tür stand geschrieben: „Bureau". Dort saß der ehemalige Kriegsgefangene. Er war sehr freundlich. Als Erstes erhielten die Angereisten einen „Cognac". Mir gab man eine ganze Tafel Schokolade. Unser Gastgeber sprach besser Französisch als Deutsch. Wenn er Letzteres versuchte, musste ich heimlich lachen. Erst später erfuhr ich, dass man in Luxemburg einen eigenen Dialekt spricht, der dem der Eifel ähnlich ist. Mir wurde es einfach zu langweilig in diesem Raum. Außerdem musste ich einmal verschwinden. Ich fragte nach dem „Stillen Örtchen". Die „muffige" Frau zeigte mir den Weg. Über einen Hinterhof erreichte ich in einem Nebengebäude eine Tür. Ich öffnete diese. Was aber sah ich dort? Mitten im Fußboden gab es ein rundes Loch. Links und rechts daneben je eine fußgroße Erhebung. Was war das? Sollte ich dazu Toilette, Abort oder gar Abtritt sagen? Die am Rande noch deutlich sichtbaren „Bremsspuren" bestätigten mir, dass dies zumindest der von mir gesuchte Ort war. An einem Nagel war Zeitungspapier befestigt. Wie ich mein Werk verrichtete, überlasse ich lieber der Phantasie der Leser. Jedenfalls war dies auf dem „Donnerbalken" im Zeltlager viel bequemer. Danach begab ich mich auf die Straße. Die Menschen sahen mich gar nicht freundlich an, und ich wagte auch nicht, jemanden anzusprechen. Wieder begegnete mir die „muffige Alte". Sie sprach kein Wort mit mir. Als ich mich nach ihr umdrehte, schüttelte sie den Kopf und meckerte etwas vor sich hin: „Die Preissen" (Preußen). Jetzt wusste ich, dass wir Deutsche bei den Luxemburgern unbeliebt waren. Was aber konnte ich dafür? Ich war sehr froh, als wir wieder daheim waren.

Wenige Tage später nahm mich mein Vater wieder mit. Dieses Mal wurde er sofort vor unserer Haustür mit dem Dienstwagen abgeholt. Im Auto saßen schon Herr Offermann, ein Unteroffizier und der Fahrer. Wir fuhren am Kaiserhammer vorbei, sahen auch das „Rote Haus", welches mir noch sehr gut von unserer „traurigen Radtour" bekannt war, und gelangten schließlich nach Bitburg. Von dort war es nicht weit, bis wir vor der Stacheldrahtumzäunung des Gefangenenlagers „Pützhöhe" ankamen. Wir wurden sofort durch das gut bewachte Tor eingelassen. Vor einer normalen Baracke kamen wir an. Ein Posten stand vor der Tür. Im Hintergrund waren die üblichen Einheitsbaracken zu sehen, in denen die Kriegsgefangenen untergebracht waren. Auch viele Kolonialsoldaten, vor allem Afrikaner, waren hier interniert. Die Offiziere begrüßten sich. Dann wurde gesagt, dass man schon alles vorbereitet habe und sogleich beginnen könne. In langer Reihe standen da Gefangene vor einer Seitentür. Der Unteroffizier nahm einen Koffer. Ich schlich hinter ihm her. Jetzt sah ich auch, was er wollte. In unserer Schule hatte ich schon mehrmals erlebt, wenn ein Fotograf seine Kamera aufbaute. Diese aber war wesentlich kleiner. Es sei eine Leica, erklärte mir der Fotograf. Damit könne man viele und gestochen scharfe Bilder machen. Ich durfte mich neben ihn setzen. Vor der Kamera stand ein Schemel. Der erste Gefangene setzte sich darauf. Ein weiterer Gefangener reichte ihm eine Tafel. Mit Kreide geschrieben stand darauf eine gut lesbare Nummer. Diese hielt der Franzose genau vor seine Brust. Es klickte ganz leise, und der Unteroffizier sagte: „Finie!"

An einem Nebentisch saßen zwei Soldaten mit einer großen Liste und einem Franzosen „vom Kommando", welcher als solcher an der Kleidung erkennbar war. Sie schrieben und riefen Namen auf, die ich nicht verstand. Wahrscheinlich hatte man mehrere Schreibtafeln. Der nächste Gefangene setzte sich auf den Schemel, hielt seine Nummer vor die Brust, es machte klick, der Fotograf sagte „Finie", der Gefangene legte seine Tafel auf den Tisch. So ging die Prozedur immer weiter. Es dauerte sehr lange, bis der Unteroffizier seine Arbeit unterbrach. Nach dem Essen machten wir weiter. Der leitende Offizier des Lagers hatte uns zum Mittagessen eingeladen. Neben dem Büro war die Kantine, in der man für uns den Tisch gedeckt hatte. Gefangene bedienten uns. Man hatte diese sogar mit einer weißen Schürze bedacht. Die Männer erhielten als Getränk Rotwein aus einer Karaffe. Mir reichte man Gerolsteiner Sprudel. Als Vorspeise gab es „Blumenkohlsuppe". Danach wurde ein Fleischgericht mit Kartoffeln und Blumenkohl serviert. Meine Mama bereitete diesen aber immer ganz anders zu. Hier wurde dieses Gemüse als ganzer „Kopf" auf den Tisch gestellt. Mit einem Löffel und dem Messer nahm sich jeder seine Portion. Das Essen schmeckte mir sehr gut. Dann aber sah ich auf meinem Teller zwischen einem „Strunk" eine dicke Raupe. Der Appetit war mir vergangen. Trotz meines gestrengen Vaters durfte ich diesmal den Rest auf meinem Teller liegen lassen. Daheim galt diese Regel nicht. Was man sich auf den Teller nahm, musste auch gegessen werden. Die Mittagspause nutzten die beiden Kollegen aus, um einen Lehrer mit Namen Hebler in der Nähe zu besuchen, welcher mit ihnen seinerzeit Seminarist in Wittlich gewesen war. Die Freude über das Wiedersehen war groß. Einem alten Eifeler Brauch entsprechend wurde zunächst ein „Tröpfchen" angeboten. Es wurde viel erzählt. Wie oft hörte ich: „Weißt du noch?" Dann wurde gelacht. Ernster wurde die Stimmung, als man die vielen Namen derer nannte, die im Ersten Weltkrieg gefallen waren. Jeder Dritte war geblieben. Lehrer Hebler, der im Ersten Weltkrieg Offizier war, erzählte nun, dass auch er seinen „Gestellungsbefehl" erhalten habe.

Die Schulferien waren zu Ende. Mit meinem Vater fuhr ich wie immer nach Trier. Im Gefangenenlager kehrte eine strengere Ordnung ein. Kein Zivilist durfte mehr das Lager betreten. Auch meine Sondererlaubnis galt nicht mehr. Ein Doppeltor trennte fortan das Lager von der Außenwelt. Was war geschehen? Es waren gleich mehrere Ereignisse: Vor wenigen Wochen wurden die farbigen Kriegsgefangenen ins Lager nach Frankreich umquartiert. Diese Maßnahme war nötig, weil die französische Landwirtschaft und der Weinanbau dringend Arbeitskräfte brauchten. So kam man auf die Idee, vor allem die vielen Schwarzafrikaner nach dort zu verlegen. Mein Vater nannte dies einen klugen Schachzug. Wegen ihrer Hautfarbe konnten dort die Gefangenen viel besser beaufsichtigt werden, und die Agrarwirtschaft kam nicht zum Erliegen. Gerade aber auf deren Produkte waren wir damals sehr angewiesen. Diese Gefangenen packten nun ihre wenigen Habseligkeiten zusammen und marschierten zum Bahnhof, wo ein großer Zug mit Viehwagen an der Güterstraße stand. In diesen mussten nun die „Farbigen" einsteigen. Der Zug fuhr ab. Erst am Abend fehlten beim Lagerappell etwa zwanzig französische Kriegsgefangene. Natürlich konnte dies schnell geklärt werden. Die Gefangenen freuten sich riesig, dass ihren Kameraden der Trick gelungen war. Sie hatten sich einfach mit Schuhcreme Gesicht und Hände schwarz gemacht und mitten unter die übrigen Menschen mit gleicher Hautfarbe gestellt. Der Zählappell schien auch nicht richtig funktioniert zu haben. Jedenfalls gelang es nicht mehr, den Zug zu stoppen. Dieser hatte längst bei Perl die französische Grenze überquert. Als er nach Stunden irgendwo in Frankreich gestoppt wurde, waren die imitierten Afrikaner längst verschwunden.

Zu gleicher Zeit verschwanden drei Kellner des Offizierskasinos. Hier trafen sich abends Offiziere, aber auch Sonderführer und die weniger geachteten Zahlmeister in geselliger Runde, meist aber in getrennten Gruppen. Ihre Mützen und Mäntel legten sie an der unbeaufsichtigten Garderobe ab. Ein

Militärfahrzeug stand vor der Tür. Keiner bemerkte, dass die Bedienung sehr lange brauchte, ehe man Wein oder Bier servierte. Man wurde erst stutzig, als ausgerechnet drei Zahlmeister ihre Offiziersmützen und Mäntel vermissten. Auch der Dienstwagen vor der Tür war verschwunden und mit diesem die drei Kellner. Man ging der Sache nach. Die drei fuhren in Uniform und mit militärischem Gruß langsam am Wachposten vorbei, der seine „Hacken" zusammenschlug und vorschriftsmäßig den Gruß erwiderte. Diesmal lachte sich mein Vater förmlich ins Fäustchen.

Ein weiteres Ereignis übertraf aber alles Vorhergegangene. Das Gefangenenlager wurde neu vermessen. Die mit solchen Aufgaben vertrauten Fachkräfte trafen hier ein und begaben sich an ihre Arbeit. Vor den Augen der Wachposten begannen sie ihr Werk. Vermessungsstäbe wurden an verschiedenen Positionen aufgestellt. Durch ein „fernglasähnliches" Gerät visierte einer die Pfähle an. Ein anderer vermerkte die Messwerte auf einem Plan, den er in den Händen hielt. Dasselbe Bild spielte sich mehrere Tage hintereinander vor den Augen der Torwache ab. Diese hatte sich an den Anblick bereits gewöhnt. Findige Franzosen kamen jetzt auf den Gedanken, es den Vermessungstechnikern gleichzutun. Sie hatten sich aus den Räumen der Zivilarbeiter im Laufe der Zeit etliche Hosen, Jacken und „Blaumänner" angeeignet. Damit bekleidet machten sich die Gefangenen an das Werk. Die Stäbe konnte man von den Originalen kaum unterscheiden. Selbst das Stativ, welches benutzt wurde, und auch das „Visiergerät" sahen den Originalen ähnlich. Einer schien auch in Frankreich Landvermesser gewesen zu sein. Der „Vermessungstrupp" nahm sich in aller Ruhe Zeit und näherte sich immer mehr dem bewachten Lagertor. Selbst hier vermaßen sie den Abstand von einem zum anderen Torpfosten, und die gestrengen Wachhaber traten höflich zur Seite, damit sie die Sicht nicht behinderten. Auch die Zugangsstraße zum Lagertor wurde vermessen. Danach war der Trupp verschwunden. Beim Lagerappell am Abend fehlten wieder fünf Gefangene. Ab jetzt galt eine wesentlich schärfere Lagerordnung. Auch innerhalb der Kaserne herrschte ein strengeres Regiment. Selbst die Offiziere mussten sich danach bei jedem Betreten und Verlassen der Kaserne ausweisen.

In unserer Schule ging der Unterricht weiter. Wir bekamen einen neuen Deutschlehrer und der Lehrplan änderte sich wesentlich. Wir wurden auf das „Deutschtum" eingeschworen. Das Lied „Ich weiß nicht, was soll es bedeuten" wurde verboten, weil diesen Text ein „Drecksjude" geschrieben habe. Da unsere Vorfahren Germanen waren, gehörten wir zur „Herrenrasse". Schuld am Krieg seien die Juden und die Kommunisten. Wir seien ein Volk ohne Raum. „Kaiser Rotbart" habe eine falsche Politik betrieben. Da sei Heinrich der Löwe ein ganz anderer Kerl gewesen. Der habe nach Osten geschaut wie unser Führer. Wir alle seien berufen, seinem Ruf zu folgen. Entsprechend waren auch die Gedichte, die wir nun lernten, die Lieder, die wir sangen, und die vielen Beiträge unseres Lesebuches. Dieser Studienrat konnte nicht einmal lächeln, bestenfalls nur verächtlich grinsen. Er kam, so meine ich, aus Wesermünde. Einen Text möchte ich hier einfügen:

Aus Gorch Fock, „Seefahrt tut Not":

„Und eines brannte der Vater dem Jungen wie mit glühendem Eisen ins Herz, drückte es tief und unverwischbar, unauslöschlich ein: Ne bange warm! Nicht bange werden, zu keiner Zeit und Stunde, einerlei, ob es hell oder dunkel ist. Ob es donnert oder blitzt oder weht, weder auf dem Wasser noch an Land, weder in den Masten noch auf den Bäumen, weder vor Menschen noch vor Tieren, weder vor Lebendigen noch vor Toten. Nicht bange werden!"

Am Schluss dieser Unterrichtsstunde sagte der wortgewaltige Pädagoge: „Das meinte unser Führer, als er vor der Hitlerjugend das Ziel seiner Erziehung nannte: Der deutsche Junge muss rank und schlank sein, zäh wie Leder, flink wie ein Windhund und hart wie Kruppstahl." Ähnliches hatten wir auch schon in Dangast gesungen: „Wir können ohne Wimperzucken Schmerz und Leid ertragen."

Unsere ideologische Erziehung fand jetzt hier im Kaiser-Wilhelm-Gymnasium durch den neuen Deutschlehrer eine Vertiefung. Gorch Fock folgte ein Gedicht:

„Wiegenspruch" von Heinrich Anacker (Seite 96, Lesebuch 4.Teil)

Ein Mann sollst du werden
und nicht ein Wicht!
Ein Kerl sollst du werden,
der Eisen bricht!
Kein Lauer und kein Halber,
kein Kriecher und Salber
und keiner, der winselnd den Rücken beugt.
Nein, immer ein heißer
Kettenzerreißer, der mutig für Recht und Wahrheit zeugt!

Ein Mann sollst du werden
mit Mark und Saft!
Ein Kerl sollst du werden
voll Eigenkraft.
Den Feinden ein wacher
Kampfwidersacher,
ein Streiter in unseres Führers Schar;
ein Selbstbezwinger
und, den Freunden so treu, wie's dein Vater war!

Danach schrieben wir in unser Heft: „Die Freiheit und das Himmelreich, die dulden keine Halben."

Ein weiterer Merkspruch lautete: „Wer nicht für die Freiheit sterben kann, der ist der Ketten wert." (Autor: Bürger, Beginn des Lesebuches, Seite 3)

Dieser Mensch versuchte förmlich, in uns die Sehnsucht nach dem Soldatentod zu erwecken. Er griff sogar dem voraus, was wir im kommenden Jahr erst erlernen sollten. Wir mussten den lateinischen Satz lernen: „Dulce et decorum est pro patria mori". „Ihr müsst ja auch als Messdiener lateinische Sprüche lernen, ohne diese zu verstehen. Ich aber liefere euch gleich die deutsche Übersetzung hierzu: Süß und ehrenhaft ist es, für das Vaterland zu sterben."

Wie sollte es auch anders sein. Wir lasen Heldengeschichten. Herbert Norkus, der „Hitlerjunge Quex", wurde uns erneut als leuchtendes Beispiel vorgestellt, obwohl wir diese Geschichte schon X-mal gehört hatten. Er lobte die Tapferkeit unseres Führers, welcher für sein Beispiel als Gefreiter im Ersten Weltkrieg mit dem Eisernen Kreuz der ersten Klasse ausgezeichnet wurde, und pries Hermann Göring als Sieger in acht Luftkämpfen. Alles aber gipfelte dann wieder in dem Gedicht von Heinrich Lersch: „Soldatenabschied". Wir alle mussten dieses Gedicht nicht nur lernen, sondern, wie es Gorch Fock formulierte, in unseren Herzen einbrennen.

„Die Freiheit und das Himmelreich, die dulden keine Halben." Was aber war Freiheit? Im Jungvolk sangen wir: „Nur der Freiheit gehört unser Leben, lasst die Fahnen dem Wind." „Arbeit macht frei!" Außerdem gab es die Zwangsarbeit, und wir Kinder mussten oft eine Strafarbeit schreiben. Im Religionsunterricht erklärte uns Studienrat Zimmer den Unterschied zwischen Freiheit und Willkür. Frei ist nicht derjenige, welcher machen kann, was er will. Nur wer in Verantwortung vor Gott und den Menschen

Soldatenabschied

Laß mich gehn, Mutter, laß mich gehn!
All das Weinen kann uns nichts mehr nützen;
denn wir gehn, das Vaterland zu schützen!
Laß mich gehn, Mutter, laß mich gehn!
Deinen letzten Gruß will ich vom Mund dir küssen:
Deutschland muß leben, und wenn wir sterben müssen!

Wir sind frei, Vater, wir sind frei!
Tief im Herzen brennt das heiße Leben;
frei wären wir nicht, könnten wir's nicht geben.
Wir sind frei, Vater, wir sind frei!
Selber riefst du einst in Kugelgüssen:
Deutschland muß leben, und wenn wir sterben müssen!

Uns ruft Gott, mein Weib, uns ruft Gott!
Der uns Heimat, Brot und Vaterland geschaffen,
Recht und Mut und Liebe, das sind deine Waffen.
Uns ruft Gott, mein Weib, uns ruft Gott!
Wenn wir unser Glück mit Trauern büßen:
Deutschland muß leben, und wenn wir sterben müssen!

Tröste dich, Liebste, tröste dich!
Jetzt will ich mich zu den andern reihen;
du sollst keinen feigen Knechten freien!
Tröste dich, Liebste tröste dich!
Wie zum ersten Male wollen wir uns küssen:
Deutschland muß leben, und wenn wir sterben müssen!

Nun lebt wohl, ihr Menschen, lebet wohl!
Und wenn wir für euch und unsere Zukunft fallen,
soll als letzter Gruß zu euch hinüberhallen:
Nun lebt wohl, ihr Menschen, lebet wohl!
Ein freier Deutscher kennt kein kaltes Müssen:
Deutschland muß leben, und wenn wir sterben müssen!

Heinrich Lersch

gewissenhaft handelt, sei wirklich frei. Alles andere sei Willkür, sei Sünde.

Zu Beginn des neuen Schuljahres wurde gefragt, welcher Konfession wir angehörten. Wie staunte ich, als etliche angaben: „Gottgläubig“. Ihre Eltern waren aus der Kirche ausgetreten. Darunter waren auch solche, die vorher mit uns Schüler im Fach Katholische Religionslehre waren.

Wir fragten den Herrn Studienrat, was „gottgläubig“ bedeute. Wo denn die „Gottgläubigen“ ihre Kirche hätten. Er zuckte mit den Schultern und verstand es, die Beantwortung dieser Frage geschickt zu umgehen. Mama sagte mir dagegen: „Das sind Menschen, die eigentlich an nichts glauben. Die sagen zwar, ich glaube an ein „Höheres Wesen“, aber nicht an einen persönlichen Gott. Deshalb sind sie aus der Kirche ausgetreten.“ Auch mein Vater wurde von „oben“ mehrmals aufgefordert, als Schulleiter in diesem Punkt mit „gutem Beispiel“ voranzugehen.

Am 9. November 1940 verstarb in England der frühere Premierminister Neville Chamberlain. Selbst der Verstorbene wurde in diesen Tagen noch im Rundfunk verhöhnt und dem Spott preisgegeben. Er war einer der Politiker, der damals das Münchener Abkommen im Auftrage ihrer Regierung unterzeichneten: Adolf Hitler, Neville Chamberlain, Ed. Daladier, Mussolini.

Chamberlain wurde im April von Churchill abgelöst. Mein Vater und meine Mutter besuchten an diesem Abend (9.11.) das Gasthaus Adams. Dort plauderten die beiden gerne mit Frau Adams im kleinen Nebenstübchen der Wirtschaft. Da war ein älterer Mann, der gerne einen “über den Durst trank”. Der sagte immer wieder sehr laut: „Der Schamberlein is schon gefreckt! Un der Kuchill freckt uch noch!“ Wie oft hat unsere Mama diese Geschichte erzählt. Dieser Mann aber war ein ganz braver normaler Bürger, der eben etwas zu viel getrunken hatte.

Wie strahlte ich, als unter dem Weihnachtsbaum ein besonders Geschenk meines Vaters lag: Ein Album mit Fotografien der Kemmelkaserne und des Lagers, welches ich nicht mehr betreten durfte.

Jetzt sah ich wieder so manches Gesicht, das mir inzwischen so vertraut geworden war: den Hauptfeldwebel Kreutzer, die „Drei vom Kommando“, welche bei den Mitgefangenen aus verständlichen Gründen nicht besonders beliebt waren. Aus eigener Befugnis waren diese berechtigt, zur Wahrung der Ordnung Strafen zu verhängen. Da mussten oft die armen Kerle zwei Stunden mit dem Gesicht zur Barackenwand stehen. Bei etwas schwereren Verfehlungen sogar mit erhobenen Händen. Besonders angetan hatten es mir die Anamiten mit ihren Kindergesichtern. Ein Bild zeigt Algerier beim Mittagessen, andere Bilder Marokkaner mit rotem Burnus, Gefangene, welche die Außenwelt durch den Lagerzaun betrachteten und ihre Leibwäsche am Stacheldraht trockneten. Da sah ich auch die

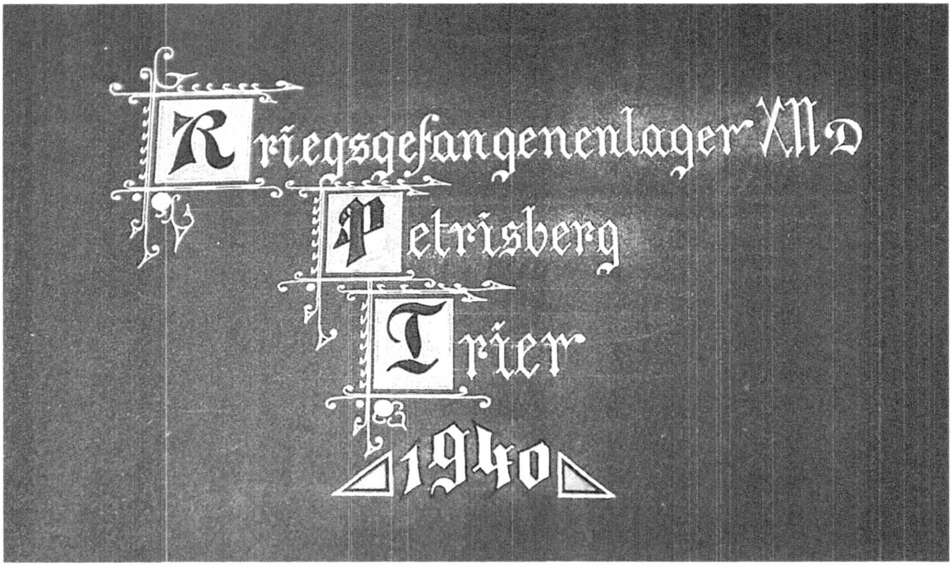

Aufnahmen von Schwarzafrikanern, deren Gesichter durch Stammeszeichen verunstaltet waren. Diese arbeiteten jetzt in den großen Weinbau- und Landwirtschaftsbetrieben in Frankreich. Nach den Weihnachtsferien nahm ich dieses Album mit in die Schule. Dort fühlte ich mich als „Star in der Manege". Mein Spielfeld verlagerte sich von der Isseler- in die

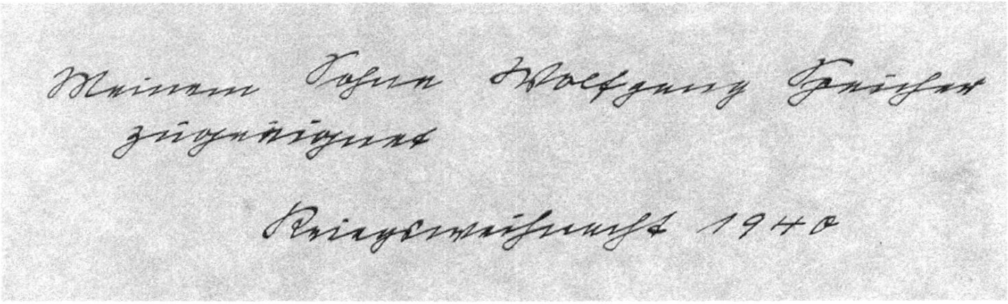

Meinem Sohne Wolfgang Speicher zugeeignet – Kriegsweihnacht 1940

Brückenstraße. Dort spielte ich in meiner Freizeit viel mit Königs Rudi. Er war ein Jahr älter als ich, besuchte aber das Friedrich-Wilhelm-Gymnasium. Erste Fremdsprache war dort Latein, dem folgte ab Quarta Griechisch und dann erst eine "neuzeitliche Sprache". Sein Vater, der Notar Dr. König, wurde als ehemaliger Kavallerieoffizier einberufen und später zum Rittmeister befördert, ohne nochmals ein Pferd zu besteigen. Die Familie König bewohnte ein sehr großes Haus und hatte einen parkähnlichen Garten. Die Kinder verfügten über reichlichen Spielraum. Dort stand zum Beispiel eine Tischtennisplatte. Mit von der Partie war auch Thuls Franz. Da es so viele Familien mit dem Namen Thul gab, nannte sich das Weingut Thul-Geibel. Auch noch andere Jungen kamen dazu. Frau König war eine herzensgute Frau. Auch Mädchen gingen hier ein und aus. Ihre Tochter Irmgard hatte ebenfalls ihren eigenen Raum zum Spielen.

In der Schule lief alles so weiter, wie bereits geschildert. Wir sangen das Lied von Hermann Löns: „Ich weiß einen Lindenbaum stehen". Alle vier Strophen enden: „O grüner Klee, o weißer Schnee, o schöner Soldatentod".

Man erzählte damals, dass die deutschen Truppen nunmehr in England landen sollten. Die Luftüberlegenheit der Deutschen wurde gepriesen. Der Rundfunk berichtete in Sondermeldungen von den Helden der U-Boot-Besatzungen. Hohe Auszeichnungen wurden verliehen. Das erste Eichenlaub zum Ritterkreuz erhielt der Gebirgsjägergeneral Dietl für seinen heldenhaften Einsatz in Norwegen. Über den Rundfunk erklang das Lied: „Hoch im Norden kämpft in Schnee und Eis Hitlers Alpenchor vom Edelweiß". Auch die Luftwaffe besang die Heldentaten ihrer Bomberpiloten. Ein Refrain lautete: „Bomben, Bomben, Bomben auf Engeland." Ein anderer: „Und wenn ein Tanker platzt, dann weiß die Welt genau, das war ein Flugzeugführer von der Wilden Sau." Auch das Heimweh und die Pflichterfüllung der

U-Boot-Besatzungen drangen durch den Äther: „Heimat, so weit von hier“, und weiter hieß es dann: „Da kommt es auf jedes Lederpäckchen an, vom Ka-Leu bis zum letzten Mann“. Die deutschen Jagdflieger wurden damals als die größten Helden der Nation gefeiert. Traute man den Nachrichten, war wohl bald die letzte „englische Ente“ abgeschossen. Oft hieß es am Ende einer Meldung: „Der Rest wurde am Boden zerstört“. Im Lied der Jagdflieger erklang dann der Refrain: „Bei uns wird nicht lange gefackelt, wir haben den Tommy versohlt, die stolze Maschine, die wackelt, den Feind hat der Teufel geholt.“

Dann aber wurde wieder zum „Angriff geblasen“. Hitler gab den Befehl zum Blitzkrieg gegen Jugoslawien. Eine Sondermeldung folgte der anderen. Eine altbekannte, aber für diesen Feldzug besonders geeignete Melodie erklang nach den Ansagen: „Prinz Eugen, der edle Ritter, wollt' dem Kaiser wied'rum kriegen Stadt und Festung Belgerad.“ Eine Siegesmeldung folgte der anderen. „Deutsche Truppen erobern Griechenland“. Fallschirmjäger vertreiben die „Tommis“ von Kreta. Max Schmeling sei einer der Helden.

Am 20. April feierten wir wieder den Geburtstag Adolf Hitlers. Er wurde 52 Jahre alt. Wir hörten auch hier wieder, dass er in Braunau am Inn als Sohn eines Zöllners geboren wurde und voller Sehnsucht über den Grenzfluss ans andere Ufer geschaut habe, sich Gedanken machte, warum das österreichische Wappen zwei Adlerköpfe, das auf der anderen Flussseite nur einen hatte. Dem folgten dann wieder Gedichte. Hitler wurde nun in einer Ansprache als der größte Feldherr aller Zeit besungen. Und wieder wurde Gott für das große Gnadengeschenk gedankt, das er unserem deutschen Volk beschert habe. Ein Pimpf in Uniform stellte sich auf die Tribüne. Gebotene Stille trat ein. Nur er hatte jetzt das Wort:

„Dem Führer“ von Willi Vesper

So gelte denn wieder
Urväter Sitte:
Es steigt der Führer
aus Volkes Mitte.

Sie kannten vorzeiten
nicht Krone noch Thron.
Es führte die Männer
ihr tüchtigster Sohn,

die Freien der Freie!
Nur eigene Tat
gab ihm die Weihe
und Gottes Gnad'!

So schuf ihm sein Wirken
Würde und Stand.
Der vor dem Heer herzog,
ward Herzog genannt.

Herzog des Reiches,
wie wir es meinen,
bist du schon lange
im Herzen der Deinen.

Danach sangen wir das Lied, das zum Pflichtgut der damaligen Zeit gehörte und mit Text und Melodie an allen Schulen gelehrt und gesungen werden musste: „Volk ans Gewehr". „Siehst du im Osten das Morgenrot? Ein Zeichen zur Freiheit, zur Sonne!" Vier lange Strophen. Nach jeder Strophe zweimal der Refrain: „Volk ans Gewehr."

Wir erfuhren in einer Sondermeldung, Rudolf Hess sei ohne Auftrag unseres geliebten Führers mit einem Flugzeug nach England geflogen und mit einem Fallschirm abgesprungen. Man erklärte den „Stellvertreter des Führers" kurzerhand für „wahnsinnig" und nicht zurechnungsfähig. Fortan herrschte großes Schweigen über dessen Verbleib.

Noch einmal besuchte uns Ernst Thesen. Freudig umarmte er meine kleine Schwester Mechthild. Auch unser Fiffi hatte ihn sofort in sein Hundeherz geschlossen. Das Tier spielte mit einem Mopp, den meine Mutter immer zum Bohnern benutzte. Es schüttelte den Lappen hin und her, legte diesen dann vor dessen Füße und biss sich derart an ihm fest, dass Ernst den Hund in die Höhe heben konnte. Danach nahm er Mechthild auf seinen Schoß. Ich bestaunte sein „Seitengewehr", das ja als Bajonett benutzt wurde, wenn der Befehl erging: „Pflanzt auf das Gewehr". Er sagte mir, dass seine Kompanie mit Beutegewehren ausgerüstet sei, auf die nur dieses Bajonett passe. Ernst wurde wieder sehr ernst. Die böse Vorahnung überkam ihn. Er sagte: „Ich komme nicht wieder!"

Mit Datum vom 19. Mai 1941 wurde mein Vater als Abwehroffizier mit einer neuen Aufgabe betraut und nach Hammelburg bei Bad Kissingen beordert.

Das kleine Offiziersgefangenenlager in Trier wurde geschlossen und die Gefangenen wurden aus „Sicherheitsgründen“ in die Mitte des „Reiches“ verlegt. Es hatte sich nämlich erwiesen, dass wegen der unmittelbaren Nachbarschaft eines Offizierslagers zum Mannschaftslager zu enge Beziehungen bestanden. In Hammelburg war schon ein solches „Oflag“ errichtet worden, als mein Vater seinen „Marschbefehl“ erhielt. Für uns aber hieß es Abschied nehmen. Vorbei waren für mich jetzt die gemeinsame Fahrt am Morgen und das Frühstück im Hotel Terminus. Froh war ich damals, dass mein „böser Schaffner“ jetzt endlich auch einen Gestellungsbefehl erhalten hatte. Ihn brauchte ich nicht mehr zu fürchten. Kaum waren die Klänge des Frankreichfeldzugs verhallt, als eine neue Marschmusik aus den Lautsprechern tönte: „Es rasseln die Ketten, es dröhnt der Motor, Panzer rollen in Afrika vor“. Wir Jungen kannten bald ausnahmslos die Melodie und alle Strophen des Textes.

Ab Juni 1941 erklangen wieder andere Siegesfanfaren. Der verheerende Russlandfeldzug hatte begonnen. Schon längst waren im Osten große Heereseinheiten stationiert. Bei aller Geheimnistuerei hatte sich das dennoch herumgesprochen. Trotz des „Nichtangriffspaktes“ griffen die Deutschen die Sowjetunion an. Auf den Bahnhöfen konnte man bald Plakate sehen: „Sieg oder bolschewistisches Chaos“. Auf anderen: „Pst, Feind hört mit“. Daneben hing ein schwarzer Mann, der „Kohlenklau“. Er ermahnte alle „Volksgenossen“ zur Sparsamkeit, und an jeder Telefonzelle war zu lesen: „Fasse dich kurz“. Bald folgte auch noch die Parole: „Räder müssen rollen für den Sieg!“ Die Zuteilungsrationen auf unseren Lebensmittelkarten wurden erheblich gekürzt. Als der Einmarsch der Truppen begann, durfte mein Vater seinen Resturlaub antreten. Er schimpfte und sagte: „Jetzt ist der Krieg verloren. Wir besetzen uns noch tot.“ Mutter stimmte mit ein. Und obwohl ich zuhörte, sagte sie diesmal nicht: „Aber Joseph“. Stattdessen bedauerte sie die armen Soldaten, welche für diesen Idioten sterben müssten. Schon bei den Todesanzeigen der Gefallenen des Frankreichfeldzuges konnte man öfter lesen: „Gefallen für Führer, Volk und Vaterland“. Für Mama war dieser Erstbenannte also ein Idiot. Und Papa sagte in diesem Moment auch nicht: „aber Ella“. Mein Vater nahm jetzt einen Atlas zur Hand und zeigte mir den „Standort“ seiner neuen Dienststelle. Bad Kissingen liege in der Nähe. Aber auch nach Schweinfurt sei es nicht weit. Er erzählte mir, dass dort ein besonderer Wein angebaut wird. Dieser werde aber nicht Mainwein, sondern „Frankenwein“ genannt. Dann sagte er mir, dass die Flaschen eine andere Form als unsere hätten. Da fiel ihm etwas Besonderes ein: „Geh doch mal zu unserm Kleiderschrank und hole die Weihwasserflasche.“ Ich ging und brachte ihm das Gefäß. „Siehst du, das ist ein Bocksbeutel. Der Mama hat diese Form so gut gefallen, dass sie darin immer das Weihwasser aufbewahrte und dann in der Kirche nachfüllte, wenn dieses zur Neige ging.“ Selbst in diesem Moment war er wieder ein Meister des Anschauungsunterrichts, und ich hatte nochmals etwas dazugelernt.

Wir hörten in dieser Zeit wieder, dass mein Vater als Schulleiter versetzt werden solle. Meine Mutter wurde sogar sehr höflich vom Kreisleiter gebeten, mit ihm alles zu besprechen. Sie fuhr auch wirklich nach Trier. Der Parteifunktionär sagte, dass sie sich nicht den gut gemeinten Bestrebungen in den Weg stellen solle. Man wolle wirklich nur das Beste. „Sprechen Sie doch mit Ihrem Mann, dass er unserem Plan zustimmt. Wir besorgen Ihnen eine schöne Wohnung in Trier, wir versprechen Ihrem Mann dort eine entsprechende Schulleiterstelle. Ihre Kinder haben dann kürzere Schulwege.“ Er pries Trier als Kulturstadt. Dann ließ er die Katze aus dem Sack und sagte: „Weltanschaulich gesehen entspricht der Ort Schweich einschließlich der Schule nicht den Erfordernissen unserer Zeit! Das muss einfach geändert werden, und dieser Plan steht fest.“ So belehrt, fuhr Mama wieder heim und informierte ihren Mann brieflich vom Inhalt dieser Unterredung.

Schwester Tutti brachte immer eine Menge Freundinnen mit in unser Haus. Neben Louise Thesen und ihrer Schwester „Hildchen“ sowie Gerta Kreusch waren es auch Schülerinnen ihrer Trierer Klasse. Obwohl diese bis auf das Hildchen fünf Jahre älter waren als ich, gesellte ich mich sehr gerne in diesen Kreis. Manchmal wurde ich auch weggeschickt, was mir aber nicht immer recht war. Sie erzählten sich Dinge, die ich nicht hören sollte. Dabei wurde viel gelacht. Ein Mädchen erzählte, dass sie einen Brief an einen „Unbekannten Soldaten“ in Frankreich geschickt habe. Als Absender nannte sie den Namen eines anderen Mädchens aus ihrer Klasse, welcher sie einen Streich spielen wollte. Alle warteten jetzt auf eine Reaktion. Und wirklich, einige Zeit später erhielt die Mitschülerin Post. Wahrscheinlich war es ein Soldat, der keine Angehörigen hatte und der deshalb von seinem Kompaniechef diesen Brief erhielt. Die Antwort auf das besagte Schreiben muss wohl starke Sehnsüchte in dem Gefreiten erweckt haben: Gerne nehme er die Einladung zu einem Heimaturlaub an. Er freue sich schon jetzt auf ihre Küsse. Der gestrenge Vater des nichts ahnenden Mädchens hatte den Brief geöffnet und gegenüber seiner Tochter entsprechend reagiert. Dabei beließ er es aber nicht. Er schrieb sofort an den Kompaniechef des Adressaten, und der wiederum übersandte den besagten Brief an den empörten Herrn Papa. Dieser hatte schon den richtigen „Riecher“. Sein Weg führte sofort zur

Auguste-Victoria-Schule. Ein Schriftvergleich führte zur Übeltäterin, einem Mädchen namens Christel. Das brauchte ich mir nicht mehrmals anzuhören. Mein Plan stand fest, jedoch wollte ich vorsichtiger sein. An meiner Schrift sollte der wahre Absender nicht erkannt werden können. Welches Mädchen sollte ich aber als Absenderin nennen? Ach ja, da war das „Hildchen". Noch hatte ich nicht vergessen, dass sie mich ausgelacht hatte, als ich mit meinem „Affen" auf dem Rücken und schwerem „Marschgepäck" als Schütze „A......" im letzten Glied singend zum Bahnhof marschierte. Sie sagte damals, von mir habe man nur noch Schuhe und das „Schiffchen" (HJ-Mütze) sehen können. Wie sagte man doch damals unter Jungen: „Rache ist Blutwurst!" Da lagen noch viele Ansichtskarten, welche anlässlich der Sammelaktionen des Winterhilfswerkes nicht verkauft worden waren. Ich nahm mir jetzt einige und begab mich ans Werk. Um einen eigenen Text brauchte ich mich nicht einmal zu bemühen. Der lag mir bereits vor und entsprach wortwörtlich dem oben genannten Schreiben. Selbst die Einladung zum Heimaturlaub fehlte nicht. In Druckbuchstaben brachte ich mühsam alles zu Papier. Zunächst die Adressen:

An einen unbekannten Soldaten der Kriegsmarine
An einen unbekannten Soldaten Luftwaffe
An einen unbekannten Gebirgsjäger in Norwegen

Dem folgte dann die vollständige Anschrift meiner Freundin Hildchen.
Der Text endete auf allen Karten mit dem gleichen Satz:
„Es grüßt und küsst Dich in froher Erwartung Deine Hilde."
In verschiedenen Briefkästen warf ich dann meine „Feldpost" ein.

Fast hatte ich meine „Schandtat" schon vergessen, als wenige Wochen später heulend meine liebe Hilde bei meiner Mutter erschien. Sie erzählte ihr und Tutti, dass sie von ihrem Vater beschimpft worden sei. Dieser hatte einen Feldpostbrief, welcher an sie adressiert war, einfach geöffnet. Als Hildchen ahnungslos von der Schule heimkehrte, wurde sie sogleich sehr ungnädig von ihrem „Alten Herrn" in Empfang genommen: „Du schlechtes Kind – dass ich solch eine Tochter haben muss – was soll aus dir noch einmal werden – schämst du dich denn nicht?" Meine Aktion hatte also die von mir erhoffte Wirkung gezeigt, und meine Rachegelüste waren gestillt. Schuldgefühle überkamen mich nicht. Papa Thesen wurde dennoch misstrauisch. Hildchen bat ihren Vater, ihr diesen Brief wenigstens zu zeigen. Doch ihr Bitten war vergeblich. Wer aber sollte der Urheber eines solch böswilligen Streiches sein? Selbst die arme Christel geriet wieder unter Verdacht. Das alles war mir jedoch egal. Ich wähnte mich auch absolut sicher. So ganz zufrieden war ich aber nicht. Ich wollte zumindest die Freude über mein gelungenes Werk mit jemandem teilen. So vertraute ich mich Franz Thul an, der gegenüber von Hilde wohnte und mein Klassenkamerad war. Natürlich: Hand auf's Herz, Schnauze halten, hoch und heilig! Franz sagte „ja", hielt aber nicht dicht. Hilde erfuhr von ihm alles, und diese erzählte es sofort ihrem Vater. Herr Thesen war Justizinspektor beim Amtsgericht in Trier und fuhr mit uns Fahrschülern morgens gemeinsam mit der Moseltalbahn. Ich hatte mal wieder gebummelt und kam gerade noch rechtzeitig vor der Abfahrt des Zuges angerannt. Meine Mitschüler waren bereits eingestiegen. So lief ich durch den ganzen Eisenbahnwagen und suchte den Rudi König. Plötzlich stolperte ich nach vorne. Ich merkte, dass mein Fuß vom Griff eines Spazierstockes festgehalten wurde. Es war Herr Thesen. Ich musste mich neben ihn setzen, und gehorsam folgte ich seiner Aufforderung. Er sprach ganz lieb auf mich ein. Eigentlich hätte ich einige kräftige Ohrfeigen von ihm erwartet. Seine lieben Worte aber erreichten da viel mehr. Wie dankbar war ich, als er sich in Trier ohne Androhung einer Vergeltungsmaßnahme von mir verabschiedete. Ich kam nicht einmal dazu, mich für mein Fehlverhalten zu entschuldigen.

Es wurde Herbst. Schwester Lore hatte in Mayen ihr pharmazeutisches Vorpraktikum beendet und wollte anschließend direkt studieren. Das wurde ihr aber verwehrt. Als so genannte „Vorexaminierte" wurde sie verpflichtet, zunächst in einer Trierer Apotheke zu arbeiten. Es herrschte großer Mangel an Hilfskräften.

Wieder berichtete der Rundfunk vom Vormarsch der deutschen Truppen. Manche Menschen verfielen förmlich in einen Siegestaumel, und im Rundfunk erklang die neue Marschmusik, deren zweite Strophe lautet:

Der Marsch von Horst begonnen
Im braunen Gewand der SA
Vollenden die grauen Kolonnen:
Die große Stunde ist da!

Refrain:
Von Finnland bis zum Schwarzen Meer:
Vorwärts, Vorwärts!
Vorwärts nach Osten, du stürmend Heer!
Freiheit das Ziel, Sieg das Panier:
Führer, befiehl! Wir folgen dir!

Wir Schüler marschierten morgens wieder zum „Capitol“ ins Kino und sahen deutsche Panzereinheiten, die täglich immer tiefer in die Weiten Russlands eindrangen, und Infanteristen, die russische Stellungen überrannten. Die Soldaten hatten ihre Ärmel „hochgekrempelt“. Mit erhobenen Händen traten hunderte „sowjetische Untermenschen“ ihren Weg in die Gefangenschaft an. Einige hatte man im Schlaf überrascht. Sie wurden nur mit der langen Unterhose bekleidet gefangen genommen. Für uns war das ein Grund zum Lachen. Sturzkampfbomber vernichteten russische Panzer. Die Luftwaffe feierte Erfolg über Erfolg. Dann hieß es, in wenigen Wochen erobern wir Moskau. Diese Art von Euphorie war jedoch schnell vorbei, als wir täglich im „Trierer Nationalblatt“ in stets zunehmender Zahl die vielen Todesanzeigen gefallener Soldaten lesen mussten. Laut Erlass durften diese nur noch in einheitlicher Größe veröffentlicht werden. Die Textgestaltung blieb, bis auf wenige Einschränkungen, den trauernden Angehörigen überlassen. Unter einigen Anzeigen war zu lesen: „In stolzer Trauer“. Auf anderen stand: „Für Führer, Volk und Vaterland“. Vom Heldentod war da zu lesen. Die meisten dieser Anzeigen zeugten aber von christlicher Hoffnung und endeten mit dem Ausdruck: „In tiefer Trauer“. Dem folgten die Namen der Eltern, der Geschwister, der trauernden Witwen, der Kinder. Meine Mama las immer zuerst diese Todesanzeigen. Total erschüttert war sie, als sie eines Tages folgende Einleitung lesen musste: „Für seinen Führer und Großdeutschlands Zukunft lebte, kämpfte und starb...“ Es handelte sich um den Sohn eines Kollegen meines Vaters.

Gefr. Ernst Thesen gefallen am 24.VIII.1941

Einer der Ersten war „Ernst Thesen“, gefallen am 24. August 1941. Noch eine Todesnachricht erschütterte den ganzen Ort: „Franz Ludwig Schilling“. Das war einfach zu viel. Die arme, die arme Frau Schilling. Vier Söhne in nicht ganz drei Jahren! Wie hatte diese Frau vor mir, dem kleinen Jungen, geweint, als Egbert tödlich verunglückte. „Hoffentlich ist er nicht mit einer schweren Sünde belastet gestorben. Hoffentlich konnte er noch Reue bekunden, hoffentlich noch sagen: „Mein Jesus, Barmherzigkeit.“ Ehe der kleine Willi starb, kam noch der Pastor. Der hatte ihm sogar, wie bereits berichtet, die „Erste und auch letzte Heilige Kommunion“ gespendet. Das nannte man „Wegzehrung“. Er war bestimmt im Himmel. Das hat diese so liebe Frau getröstet. Bei Egbert und Lothar war das anders. Wo blieben da

diese Tröstungen? Nun war auch noch Franz-Ludwig gefallen. Wurde er wenigstens von einem Priester begraben? Mir fiel in diesem Moment wieder das Bild vom „Nikolausbuch“ ein. Nein, das war nicht der Gott, den uns der Heiland verkündet hat. Ein „Lieber Gott“ tut so etwas nicht. Ein „Lieber Gott“ lässt seine „Kinder“, für die sein Sohn, den wir doch „Heiland“ nennen und der für unsere Sünden gestorben ist, nicht, wie es im Kirchenlied Nummer 43 (Seite 27) heißt: „Ewig in den Flammen wohnen“. Wenn wir dann in der Kirche zur „ Schmerzhaften Muttergottes“ beteten und sogar sagten: „Wo ist ein Schmerz, der dem deinen gleicht?“, antwortete ich ganz still: „Der Schmerz der Frau Schilling!“ Wie oft im Leben habe ich diese Frau in großen Nöten und tiefer Trauer als Fürbitterin angerufen. Sie ist einfach eine der „heiligen Mütter“, auch wenn sie nicht, wie so manche Ordensfrau, selig oder heilig gesprochen worden ist.

Im Deutschunterricht lernten wir fleißig patriotische Gedichte. Ich möchte meine Aufzeichnungen nicht zu einem Gesangbuch werden lassen. Man möge mir aber glauben, unter welcher Belastung wir Kinder von damals standen. Es prallte eben nicht alles an uns ab, womit man uns „bombardierte“. Nicht nur etwas blieb an uns haften, sondern Verstand, Wille und Gemüt versuchte man mit diesen Phrasen zu prägen. Man forderte uns sogar auf, unsere eigenen Eltern anzuklagen, wenn diese sich gegen die Weisungen des „geliebten Führers“ auflehnten. Ein Gedicht von Dietrich Eckart wurde wieder neu entdeckt und von Hans Gansser bereits 1922 Adolf Hitler zugeeignet: Wir mussten es lernen:

Sturm, Sturm, Sturm, Sturm, Sturm, Sturm!
Läutet die Glocken von Turm zu Turm!
Läutet, dass Funken zu sprühen beginnen,
Judas erschein, das Reich zu gewinnen,
Läutet, dass blutig die Seile sich röten,
Rings lauter Brennen und Martern und Töten,

Läutet Sturm, dass die Erde sich bäumt
Unter dem Donner der rettenden Rache!
Wehe dem Volk, das heute noch träumt!
Deutschland, erwache, erwache!

Sturm, Sturm, Sturm, Sturm, Sturm, Sturm!
Läutet die Glocken von Turm zu Turm
Läutet die Männer, die Greise, die Buben,
Läutet die Schläfer aus ihren Stuben,
Läutet die Mädchen herunter die Stiegen,
Läutet die Mütter hinweg von den Wiegen.
Dröhnen soll sie und gellen die Luft,
Rasen, rasen im Donner der Rache,
Läutet die Toten aus ihrer Gruft!
Deutschland, erwache, erwache!

Und im Lied der Hitlerjugend sangen wir: „Der Weltfeind, den wir hassen, ist nicht von deutscher Art." Gemeint waren damit die Juden. In diesen Tagen sah ich erstmals eine alte Frau, die in Trier gebeugt und scheu über den Bahnhofsvorplatz ging. An ihrem Mantel erblickte ich den „Davidsstern" mit der Aufschrift „Jude". Auf großen Plakaten konnte man fortan eine Karikatur sehen: Ein fetter Mann mit krummer Nase und dem Judenstern auf der Brust. Darunter stand geschrieben: „Der ist schuld am Kriege!" Und manchmal hörte man singen: „Oh Herr, gib uns den Moses wieder, auf dass er seine Glaubensbrüder heimführt ins Gelobte Land."

Selbst im Biologieunterricht behandelten wir nicht nur die „Mendelschen Gesetze". Wir sprachen von der „Reinheit der nordischen Rasse". Auf Bildern wurde uns gezeigt, wie sich „Arier" von den vielen „minderwertigen Volksgruppen" unterscheiden. Da waren es vor allem die Juden. Man sprach aber auch vom „Unwerten Leben", von Erbkrankheiten, die ausgemerzt werden müssten. Heiraten durfte fortan nur noch, wer diesem Ideal entsprach. Damals wurde auch ein Kind aus unserer Nachbarschaft, „das Paulinchen", nach Hadamar gebracht. Wie aber sollte ein Arier aussehen? Wer entsprach diesem Bild? Mein Vater hatte dafür die richtige Antwort parat: „Blond wie Hitler, schlank wie Göring, flink wie Göbbels."

Vater kam für einige Tage von Hammelburg bei Bad Kissingen auf Urlaub. Es war wohl Anfang Oktober 1941. Er erzählte, dass vor einiger Zeit ins „Oflag" litauische Offiziere eingeliefert worden seien. Er schenkte mir

Zehn Leitsätze für die Gattenwahl

1. Gedenke, daß Du ein Deutscher bist!

Alles, was Du bist, bist Du nicht aus eigenem Verdienst, sondern durch Dein Volk. Ob Du willst oder nicht willst, Du gehörst zu ihm; denn Du bist aus ihm hervorgegangen. Darum denke bei allem, was Du tust, ob es Deinem Volke förderlich ist.

2. Du sollst Geist und Seele rein erhalten!

Erhalte, was Du an Anlagen hast, werde, was Du Deinen Anlagen nach sein kannst. Halte fern von Geist und Seele alles, was Dir innerlich fremd ist, was Deiner Art zuwider ist, was Dein Gewissen Dir verbietet. Aussicht auf Geld und Gut, Aussicht auf schnelleres Fortkommen, Aussicht auf Genuß verleiten gar oft dazu, dies zu vergessen. Sei darum wahr gegen Dich selbst und vor allem gegen Deinen zukünftigen Lebensgefährten.

3. Halte Deinen Körper rein!

Was Dir an Gesundheit von Deinen Eltern verliehen worden ist, erhalte es, um Deinem Volke zu dienen. Hüte Dich, nutzlos und leichtsinnig damit zu spielen. Der Genuß eines Augenblicks kann die Gesundheit und das Erbgut dauernd zerstören; Dir, Deinen Kindern und Enkeln zum Fluche. Was Du von Deinem zukünftigen Lebensgefährten verlangst, mußt Du auch von Dir selbst verlangen. Gedenke, daß Du ein deutscher Ahnherr werden wirst.

4. Du sollst, wenn Du erbgesund bist, nicht ehelos bleiben!

Alle Eigenschaften Deines Körpers und Geistes vergehen, wenn Du ohne Nachkommen stirbst. Sie sind ein Erbe, ein Geschenk Deiner Vorfahren. Sie leben in Dir in ununterbrochener Kette weiter. Wer ohne zwingenden Grund ehelos bleibt, unterbricht diese Kette der Geschlechter. — Dein Leben ist zeitlich begrenzt; Sippe und Volk bestehen fort. Geistiges und körperliches Erbgut feiert in den Kindern Auferstehung.

5. Heirate nur aus Liebe!

Geld ist vergänglich Gut und macht nicht dauernd glücklich. Wo der göttliche Funke der Liebe fehlt, kann auch nie eine gute Ehe entstehen. Reichtum des Herzens und des Gemütes sind die Grundlagen einer dauerhaften und glücklichen Ehe.

Darum sei Deine Liebe nicht blind, sondern sehend und sich der Verantwortung bewußt!

6. Wähle als Deutscher nur einen Gatten gleichen oder artverwandten Blutes!

Wo Anlage zu Anlage paßt, herrscht Gleichklang. Wo ungleiche Rassen sich mischen, gibt es Mißklang. Mischung nicht zueinander passender Rassen führt im Leben der Menschen und Völker zu Entartung und Untergang, um so schneller, je weniger die Rasseneigenschaften zueinander passen. Hüte Dich vorm Niedergang! Glück ist nur bei Gleichgearteten möglich.

Der nordische Blutseinschlag verbindet das ganze deutsche Volk. Jeder Deutsche hat daran mehr oder weniger teil. Diesen Anteil zu erhalten und zu mehren ist heilige Pflicht.

7. Bei der Wahl Deines Gatten frage nach seinen Vorfahren!

Du heiratest nicht Deinen Gatten allein, sondern mit ihm seine Sippe und seine Ahnen. Wertvolle Nachkommen sind nur da zu erwarten, wo wertvolle Ahnen vorhanden sind. Gaben des Verstandes und der Seele sind ebenso ein Erbteil wie die Farbe der Augen und Haare. Schlechte Augen vererben sich ebenso wie gute.

Es gibt nichts Kostbareres auf der Welt als die Keime edler Rasse; verdorbene Keimmasse kann nicht in gute verwandelt werden. Darum heirate nie den einzigen guten Menschen aus einer schlechten Familie.

8. Gesundheit ist Voraussetzung auch für äußere Schönheit!

Gesundheit bietet die beste Gewähr für dauerndes Glück; denn sie ist die Voraussetzung für äußere Schönheit und seelischen Ausgleich. Verlange von Deinem zukünftigen Gefährten, daß er sich ärztlich auf Ehetauglichkeit untersuchen läßt, wie Du es selber auch tun mußt.

9. Suche Dir für die Ehe nicht einen Gespielen, sondern einen Gefährten!

Die Ehe ist nicht ein vorübergehendes Spiel zwischen zwei Menschen, sondern eine dauernde Bindung. Der Sinn der Ehe ist die Aufzucht gesunder Kinder.

Nur bei seelisch, körperlich und rassisch gleichgearteten Menschen kann dieses Hochziel erreicht werden zum Segen ihrer selbst und ihres Volkes; denn jede Rasse hat ihre eigene Seele. Nur gleiche Seelen werden einander verstehen.

Ein allzu großer Altersunterschied zwischen Ehegatten kann leicht das Gleichgewicht in der Ehe gefährden.

10. Du sollst Dir möglichst viele Kinder wünschen!

Erst bei vier Kindern bleibt der Bestand des Volkes sichergestellt. Nur bei großer Kinderzahl werden die in der Sippe vorhandenen Anlagen in möglichst großer Zahl und Mannigfaltigkeit in Erscheinung treten. Nicht ein Kind gleicht genau dem anderen. Ein jedes Kind hat verschiedene Anlagen seiner Vorfahren ererbt. Viele wertvolle Kinder erhöhen den Wert eines Volkes und sind die sicherste Gewähr für seinen Fortbestand. Du vergehst; was Du Deinen Nachkommen gibst, bleibt. Dein Volk lebt ewig!

sogar ein Foto. Die meisten, sagte mein Vater, seien „Überläufer" gewesen und von Stalin gezwungen worden, gegen Deutschland zu kämpfen. Mein Papa war, wie schon berichtet, dort „AO" und als solcher der Gruppe „des Chefs der Abwehrabteilung im Reichskriegsministerium Wilhelm Canaris" unterstellt. Er erhielt von dort den Auftrag festzustellen, wohin die Sowjets die „Schwimmdocks von Riga" transportiert hatten, ehe diese Stadt von den deutschen Verbänden eingenommen wurde. Eine Spur führte zu den gefangenen litauischen Offizieren. Im Radio erklangen weiter die Siegesfanfaren. In der „Wochenschau" sahen wir deutsche Soldaten, die sich tapfer und unverdrossen weiter kämpfend ihren Weg durch Hitze, Schlamm und unwegsames Gelände nach Osten bahnten. Danach erklang es wieder lautstark: „Freiheit das Ziel, Sieg das Panier: „Führer befiehl, wir folgen dir". Wir Fahrschüler sahen eines Morgens einen langen Güterzug mit Viehwagen auf der Ostseite des Bahnhofs einfahren. Viele Soldaten standen da mit „aufgepflanztem Bajonett". Wir erblickten die ersten russischen Kriegsgefangenen. Man hatte sie kahl geschoren, sie schauten sehr ängstlich drein. In langen Kolonnen marschierten sie streng bewacht über die vielen Treppenstufen hinauf zum Petrisberg. Gerne wären wir ihnen gefolgt, aber wir

Vater (rechts) in Hammelburg

Litauische Offiziere im Offlag Hammelburg

mussten zur Schule gehen. Auch andere Extrazüge fuhren ein. Verwundete Soldaten der Ostfront, meist Schwerverletzte, Amputierte auf Krücken, andere mit eingegipsten Armen und dicken Verbänden um den Kopf. Die meisten von ihnen wurden sofort ins Krankenhaus der Barmherzigen Brüder verlegt. Zu gleicher Zeit wurden in der Südallee Luftschutzgräben von Kriegsgefangenen ausgehoben. Einmal sahen wir auch streng bewacht eine Gruppe Männer und Frauen aus dem Gefängnis in der Windstraße auf ihrem Weg zum Bahnhof. Erst später erfuhr ich, dass dies wohl Juden waren. An Judensterne kann ich mich nicht erinnern. Eine der Frauen weinte, und auch ich musste weinen, als ich dies meiner Mama später erzählte. Da waren zwei Schüler in meiner Klasse, die von Hermeskeil kommend morgens mit uns in Trier ankamen. Ferdi Thelen aus Eitelsbach erzählte, dass da oben in Hinzert ein Gefangenenlager sei. Da seien Luxemburger eingesperrt. Die würden geschlagen und müssten sich „nackisch" fotografieren lassen.

Sondermeldung auf Sondermeldung erfolgte in der kommenden Woche. In wenigen Tagen würden die deutschen Soldaten Moskau erobern. Aber es kam alles anders. Waren es vorher der Schlamm und das unwegsame Gelände, die den Nachschub erschwerten, brachte diesmal der plötzlich einsetzende Frost mit Temperaturen unter 30 Grad den Vormarsch zum „Erstarren". Ohne Winterbekleidung waren die deutschen Soldaten den Unbilden der Natur ausgesetzt, während die russischen Divisionen mit warmen Uniformen und modernster Bewaffnung zum Gegenschlag ausholten. Meine Mama sagte: „Den armen Soldaten ergeht es jetzt genau so wie damals den Truppen Napoleons". Neben den Schwerverwundeten wurden jetzt scharenweise Soldaten mit abgefrorenen Fingern, Zehen, Ohren und Nasen in die Trierer Kliniken verlegt, und die Zahl der Todesanzeigen nahm von Tag zu Tag mehr zu. Uns Jungen aber wurde umso mehr die „Liebe zu Führer, Volk und Vaterland" als heiligste aller Pflichten vorgegaukelt. Wieder marschierten wir geschlossen ins „Capitol".

Diesmal wurde der Film „Kadetten“ aufgeführt. Wir sahen den harten Drill der jungen „Kadetten“. Jungen, so alt wie wir, wurden durch den Soldatenkönig in „preußischen“ Uniformen vorgestellt. Wir waren mal wieder begeistert. Diese Kinder waren ausnahmslos bereit, für ihren König zu kämpfen und auch als Helden zu sterben. Dann sangen wir: „Ich habe Lust im weiten Feld zu streiten mit dem Feind!“ Am Ende hieß es dann wieder: „Es geht mit uns der Herrgott“. „Gott mit uns“ stand übrigens auch auf dem Koppelschloss der deutschen Soldaten. Bei der Waffen-SS hieß es: „Meine Ehre heißt Treue“.

Mein Vater kam wieder einmal für ein Wochenende nach Hause. Diesmal war er sehr ernst. Während ich sonst meist dem Gespräch meiner Eltern bedenkenlos zuhören konnte, wurde ich jetzt gebeten, draußen zu spielen. Später bekam ich doch mit, warum mein Vater so betrübt war. Es fiel nämlich das Wort: „Kommissarbefehl“. Der Lagerkommandant habe sich direkt an das Oberkommando der Wehrmacht gewandt. „Wir Offiziere werden wohl alle in die verschiedensten Truppenteile abkommandiert“, Vater hatte wirklich Angst. Dann erzählte er mir, dass man die politischen Offiziere der Roten Armee von den normalen Offizieren trennen musste. Deshalb wurde eine Art „Säuberungsaktion“ im Lager durchgeführt. Mit Zigaretten und besonderen Annehmlichkeiten wurden Gefangene bestochen. Die verrieten dann „untergetauchte“ Kommissare. Die meisten der „Verräter“ hatten dabei auch keine Gewissensbisse, denn die politischen Offiziere waren bei der Truppe verhasst. Die Ausgesonderten wurden dem SD (Sicherheitsdienst) überstellt und auf Lastwagen abtransportiert, um in ein separates Lager verlegt zu werden. Auf die Frage, wo denn dieses Lager sei, gab man die Antwort, dies sei ein Massengrab in einem Steinbruch. Laut Hitler-Erlass müssten alle Kommissare erschossen werden, weil sie als bolschewistische Triebkräfte anzusehen seien. Der deutsche Lagerkommandant und vor allem „das Amt der Abwehr“ machten Bedenken gegen diesen Erlass geltend. Die harte Rückantwort des Oberkommandierenden der Wehrmacht Wilhelm Keitel: „Kommissare sind keine Soldaten. Deshalb billige ich diese Maßnahmen und decke sie.“ Das war es,

Stalins Sohn Jakob

was meinen Vater und auch meine Mama furchtbar belastete. Außerdem befand sich Stalins Sohn Jakob seit einiger Zeit im Offiziersgefangenenlager Hammelburg.

Vater selbst hatte in seinem Büro einen Gefangenen beschäftigt. Wie sich herausstellte, war auch er ein russischer Kommissar. Dieser Mann sollte am nächsten Morgen dem SD überstellt werden, hatte aber wohl von diesem Plan erfahren. Da fand man ihn. Er hatte sich erhängt. Mein Papa sagte: „Es war doch ein feiner Mensch." Fazit: Am 31. Januar 1942 wurde der deutsche Lagerkommandant seines Amtes enthoben, und alle deutschen Offiziere wurden in die verschiedensten Heeresabschnitte abkommandiert, und zwar von Murmansk bis Kreta. Meinen Vater schickte man nach Nancy in Frankreich als „Standortoffizier" und später als Kompaniechef nach Griechenland zur Bahnsicherung bei Larissa.

Die Kirchen waren selten so voll wie in jenen Kriegstagen. Es gab keinen Tag ohne „Rosenkranzandacht" für die Gefallenen. Auch die Wochentagsmessen, welche als Seelenamt für die Kriegstoten gehalten wurden, füllten den Kirchenraum. Als Fahrschüler konnte ich natürlich nicht mit dabei sein. Eine Frau sagte zu meiner Mama: „Not lehrt beten!" Mamas Antwort: „Not lehrt aber auch hassen und fluchen!" Heute weiß ich, was sie damit meinte. Wir riefen den heiligen Erzengel Michael um Hilfe an und sangen: „Oh unbesiegter Gottesheld, Sankt Michael! Komm uns zu Hilf', zieh mit uns zu Feld'. Hilf uns hier kämpfen, die Feinde dämpfen, Sankt Michael!" Damals gingen wir Jugendlichen einmal im Monat beichten und kommunizieren. Bei den Jungen hieß dieser Tag: „Aloisius-Sonntag". Inzwischen kannte mich auch der „Klosterpater". Mein Sündenbekenntnis war zwar immer ein anderes, weil ich eben kein ganz braver Junge war, das Bußmaß aber blieb immer gleich: „Bete zur Buße fünf Vaterunser." In unserer Kirche stand eine Statue des Heiligen Aloisius. Ehrlich gesagt, so wollte ich nicht aussehen. Er wirkte so blass, so krankhaft, so unmännlich. Dennoch wurde er uns als großes und leuchtendes Vorbild dargestellt. Er war so rein, er war so keusch, er hat den ganzen Tag nur gebetet. Er wollte Priester werden. Gott aber habe es gefallen, ihn schon als jungen Mann zu sich in den Himmel zu nehmen. Warum er aber zu einem leuchtenden Vorbild wurde, erklärte man uns zu wenig. Dass der Heilige Aloisius als junger Klosterschüler Pestkranke pflegte, bis er selber dieser heimtückischen Krankheit zum Opfer fiel, wurde uns nicht erzählt. Wie schnell hätte man gerade über dieses Vorbild erfahren, was Jesus meinte, als er in der Bergpredigt verkündete: „Selig sind diejenigen, die ihr Leben hingeben für ihre Mitmenschen". Der

Heilige Aloisius war doch einer von diesen. Warum da diese blasse Gestalt? Beides gehörte eben zusammen. Nach dem damals gängigen Schlagertext: „Du hast Glück bei den Frau'n, Bel Ami" sang man auch: „Du hast Glück bei der Flak, Erna Sack" (eine beliebte Schauspielerin). Eine weitere Version nahm wegen seiner „Blässe" auch den Heiligen Aloisius ins Visier: „Du hast Schiss vor Kommiss, Alois!" Was war bei uns Jungen dagegen „Herbert Norkus", der Hitlerjunge Quex, für ein Kerl!

Auch mit der Darstellung des Heiligen Josef war ich nicht ganz einverstanden. Er stand mit blassem Gesicht an einer Säule, hatte kleine und zierliche Hände und war doch im Leben ein wirklich gestandener Mann. Auch Jesus, der mit einem Holzhammer in der Hand neben seinem Pflegevater stand, war nur als eine „durchgeistigte" Gestalt zu erkennen. Er sah viel zu schwach aus, um überhaupt körperlich arbeiten, geschweige denn sündigen zu können. Der sollte also bis zur Vollendung seines 30. Lebensjahres – so hart wie der Zimmermeister Stein aus der Feldstraße – gearbeitet haben? Solche und ähnliche Bedenken äußerte ich auch gegenüber unserem Gymnasialpfarrer. Er gab mir Recht. Wir waren wieder bei der Katechismusstunde angelangt, wo ich seinerzeit mein Gewissen so schwer belastete. Msgr. Zimmer sagte uns, dass wir vom Heiligen Josef aus der Bibel nur sehr wenig wissen. Sicher aber sei uns bezeugt, dass er von Beruf Zimmermann gewesen sei. Man könne ihn wohl auch Schreiner nennen. Die Hände auf unserer Josefsfigur seien da wirklich zu klein geraten, und auch sein Gesicht sei für solch einen gestandenen Mann einfach zu blass. Außerdem berichte uns die Bibel von keinem Wort, das der Heilige gesprochen habe. Auf etwas sollten wir aber besonders achten: „Josef war ein Mann Gottes, der den Auftrag Gottes immer sofort in die Tat umsetzte." Einer stellte unserem Lehrer die Frage, ob Jesus denn keine Geschwister gehabt habe? Die Antwort: „Jesus war der einzige Sohn der Gottesmutter Maria." Josef war nur der Bräutigam der Jungfrau Maria und als solcher der „Nähr- und Pflegevater Jesu". Dabei blickte ich sehr verlegen zu Boden, was aber keiner merkte. Eine weitere Frage an den Studienrat lautete: In der Bibel stehe aber, dass Jesus Geschwister gehabt habe. Nach kurzem Bedenken kam dann eine Antwort: „Wir wissen wirklich nicht genau, was der Evangelist meinte, wenn er von den Brüdern und Schwestern Jesu berichtet. In jedem Fall waren es nahe Verwandte." Es könne aber auch sein, dass der Heilige Josef Witwer gewesen sei und leiblicher Vater von Kindern aus dieser Ehe. Da die Öffentlichkeit Jesus aber für den wirklichen Sohn des Heiligen Josef hielt, habe sie diese Kinder, obwohl älter, als Geschwister Jesu verstanden. Dies sei aber nur eine von vielen Meinungen und auch nicht wesentlich. „Wir dürfen den Heiligen

Josef immer als Schutzpatron anrufen. So wie er Maria und Jesus beschützt hat, steht er auch uns zur Seite." Dann sagte er noch: „Betet zum Heiligen Josef für die vielen Soldaten. Der Heilige Josef ist auch der Schutzpatron für die Sterbenden." Er trug uns auf, ihn wie die Mutter Gottes um eine glückliche Sterbestunde anzurufen, zuerst aber immer und immer wieder für die Lebenden zu beten. Auf die Frage nach dem Fegefeuer meinte er – und dies sei biblisch erklärbar –, dass im Moment des Todes der Mensch sich selbst im Antlitz Gottes durchschaue und einen Reueschmerz empfinde über alle Schuld, die er im Leben begangen hat. Weil Gott aber ewig sei, könnten wir heute sogar noch um eine glückliche Sterbestunde von „Adam und Eva" beten. Im Übrigen behandelte er in seinen Katechesen die Sakramentenlehre der Kirche. Wir sprachen von der Priesterweihe und den damals üblichen „Vorstufen". Da gab es die „niederen" und die „höheren Weihen". Die erste dieser Weihen nannte er die Spendung der „Tonsur". Dem Weihekandidaten wurden früher die Haare abgeschnitten. Heute aber sei das nur noch eine kleine Kahlstelle am Hinterkopf. Danach drehte sich der liebe Mann um und verwies mit dem Zeigefinger auf sein Haar. Da war tatsächlich eine kleine kahle Stelle zu erkennen. Jeder „Geweihte" müsse sich zeitlebens zu diesem Zeichen bekennen. Einmal wöchentlich gehe er zu seinem Frisör, der dann mit dem Rasiermesser diese kleine Fläche kahl halte. Dies gelte aber nur für die „Weltgeistlichen". Es gebe aber auch „Ordensmänner", die als Zeichen ihrer „Ergebenheit" ihr ganzes „Haupthaar" scherten. „Wie aber ist das bei den Nonnen? Haben die alle eine Glatze?" Der Geistliche antwortete: „Ich habe noch keiner unter die Haube geschaut." Ehe jemand zum Priester geweiht werde, empfange der Weihekandidat neben den restlichen niederen Weihen die höheren Stufen. Ab jetzt gehöre er zum „Klerus". Da wurde zunächst vom Subdiakon gesprochen. Wir sollten uns einmal in einem Festhochamt, am besten bei der Feier des Ewigen Gebetes, alles genau ansehen. Da könne man deren Funktion wahrnehmen. Damals schlüpften die Priester bei solchen Anlässen immer wieder in die Gewänder derjenigen, deren Funktion sie beim „dreispännigen" Hochamt wahrnahmen. Der Subdiakon bediente den Diakon, der Diakon den Priester. Damals erzählte uns der Priester, dass früher der Diakon eine mächtige Stellung in der Kirche innehatte, heute aber nur noch eine Durchgangsstufe vor der Priesterweihe sei. Es könne aber sein, dass ein Konzil wieder eine andere Regelung beschließe.

In der Schule wurden wir weiter ideologisch gedrillt. Wir hörten von den jungen deutschen Soldaten, die mit dem Deutschlandlied auf den Lippen in Flandern würdig waren, den Heldentod fürs Vaterland zu sterben. Ehe unser Deutschlehrer als Direktor eines anderen Gymnasiums versetzt wurde, lernten wir noch dieses Gedicht:

Und als sie die letzte Pflicht erfüllt,
König Totila dem Toten,
da hoben sie Teja auf den Schild,
Teja, König der Goten.

Der sprach: Ich danke euch, Mann für Mann,
und wollt ihr auf mich hören,
dann nehme ich die Krone an,
ein's aber müsst ihr schwören:

Zu leben trotzig, stolz und frei,
wie wir die Ahnen sehen,
und zu sterben wenn es sei,
ohne um Gnade zu flehen.

Und können wir vor der Feinde Zahl
unser Geschick nicht wenden,
dann sehe unser zerbrochener Stahl
uns als Männer enden.

Aufbruch meines Vaters ins „Ungewisse" (meine Eltern, Mechthild und ich)

Wohin soll ich mich wenden? Für was sollte ich mich entscheiden? Selbst meine liebe Katti Thul sang doch damals ein Lied, das sie schon im Ersten Weltkrieg gelernt hatte und heute noch konnte: „Ich hab mich ergeben mit Herz und mit Hand, dir Land voll Lieb' und Leben, mein deutsches Vaterland". Die letzte Strophe klang wie ein Gebet: „Lass Kraft mich erwerben in Herz und in Hand, zu leben und zu sterben für's heil'ge Vaterland!" Von jetzt an glaubte ich zu wissen: Die Treue zu Gott und dem Vaterland sind gleichwertig. Beiden gehört unser Leben. Wenn ich mir dann in der Heiligen Messe bei der Wandlung dreimal an die Brust klopfte, sagte ich, wie wir es gelernt hatten: „Jesus, dir leb' ich – Jesus, dir sterb' ich – Jesus, dein bin ich im Leben und im Tod." Danach wechselte ich in die „Wir-Form" über und sprach: „Komm, sei uns gnädig, sei uns barmherzig, führ uns, oh Jesu, in deine Seligkeit".

Als Folge dieser Erkenntnis unterzeichnete ich 1944 ein Formular. Man überreichte uns ein Dokument, das uns berechtigte, auf unseren Schulterstücken der HJ-Uniform ein „rotes Band" zu tragen. Leider ist mir dieser Ausweis abhanden gekommen. Den Text habe ich mir aber sehr gut eingeprägt: „Wolfgang Speicher ist Kriegsfreiwilliger der Jugend des Führers."

Auf der Innenseite war zu lesen:

„So kostbar ist kein Leben jetzt,
um nicht im Feld zu enden.
Von jedem, der zu hoch sich schätzt,
wird ab das Volk sich wenden.
Die Stunde fragt nicht nach Talent,
nach Stellung, nicht nach Namen.
Sie fragt, wer Pflicht und Anstand kennt.
Zieh aus und kämpfe! Amen.“

Der Herr hat mich errettet von allem bösen Werke und wird mir in sein himmliches Reich helfen. (Tim. II. 4. 18.)

Anfang April 1945 starb fern von denen, die ihn sehnlichst erwarteten, unser so sehr geliebter Sohn und Bruder, Enkelkind, Neffe und Vetter

Claus Schmitz

Soldat in einer Panzer-Grenadier-Division
Schüler der Kaiser Wilhelm Oberschule Trier

im Stadtgebiete von Hamm i. W. im Alter von 16 Jahren den Heldentod.
Sein junges Leben war erfüllt von Treue und Pflichtbewußtsein.

In tiefem Leid:
Familie Nikl. Schmitz-Haag
und Anverwandte.

Kenn, im Januar 1946.

Seelenamt am 30. Jan. 1946 vormittags 10 Uhr in der Pfarrkirche zu Kenn.

Totenzettel von Claus Schmitz

Auch Claus Schmitz aus Kenn gehörte zu denen, die das „rote Band“ tragen durften.

Es wurde Frühjahr 1942. Nach wie vor fuhr ich morgens nach Trier zur Schule. Es war immer dasselbe Bild. Im Zug trafen wir uns. In Longuich waren schon einige Schüler eingestiegen, unter ihnen auch Helmut Rohr. In Kenn kam dann auch mein Freund und Klassenkamerad Claus Schmitz zu uns. Aber diese gemeinsame Fahrt gehörte schon bald der Vergangenheit an. Mein Vater wurde nach Trier versetzt, obwohl er zu dieser Zeit Soldat war.

Der Möbelwagen rückte an. Ich weinte. Mama verabschiedete sich von einigen Menschen. Pastor Anschau kam noch rechtzeitig. Er sagte uns, dass er schon seinen Amtsbruder, den Vikar Begon in Trier, über unseren Umzug informiert habe. Wir sollten diesen herzlich von ihm grüßen. Mechthild führte unseren „Fiffi“ an der Leine. Wir nahmen Platz neben dem Fahrer des Möbeltransporters. Der sagte zur Mama: „Ich habe Sie auch schon vor zehn Jahren umgezogen.“

Auf Drängen vieler habe ich das zu Papier gebracht, „ehe der Faden reißt“. Für mich aber war damit der wohl wichtigste Lebensabschnitt beendet, von dem ich eingangs gesprochen und in der Folge berichtet habe: „Als Wolfgang noch der Wolli war“.